소설가 구보씨의 일일

최인훈 전집 4
소설가 구보씨의 일일

초판 1쇄 발행 1976년 12월 15일
초판 9쇄 발행 1989년 10월 5일
재판 1쇄 발행 1991년 2월 20일
재판 11쇄 발행 2007년 9월 3일
3판 1쇄 발행 2009년 3월 31일
3판 8쇄 발행 2024년 8월 23일

지은이 최인훈
펴낸이 이광호
펴낸곳 ㈜문학과지성사
등록번호 제1993-000098호
주소 04034 서울 마포구 잔다리로7길 18(서교동 377-20)
전화 02) 338-7224
팩스 02) 323-4180(편집) / 02) 338-7221(영업)
전자우편 moonji@moonji.com
홈페이지 www.moonji.com

ⓒ 최인훈, 2009, Printed in Seoul, Korea

ISBN 978-89-320-1918-5 04810
ISBN 978-89-320-1914-7(세트)

이 책의 판권은 지은이와 ㈜문학과지성사에 있습니다.
양측의 서면 동의 없는 무단 전재 및 복제를 금합니다.

최인훈 전집
4

소설가 구보씨의 일일

문학과지성사
2009

일러두기

1. 『최인훈 전집』의 권수 차례는 초판 발행 연도를 기준으로 했다.
2. 이 책의 맞춤법 및 외래어 표기는 국립국어연구원의 『표준국어대사전』을 따랐다. 다만, 일부 인명(러시아말)과 지명, 개념어, 단체명 등의 표기와 맞춤법, 띄어쓰기는 작가와 협의하에 조정하였다.
3. 인용문은 원본 그대로 표기하는 것을 원칙으로 하였으나, 경우에 따라 현행 맞춤법에 맞게 옮겼다.
4. 속어, 방언, 구어체, 북한어 표기 등은 작가가 의도한 바를 그대로 따랐다.
   예) 낮아분해 보이다/더치다/좀체로/어느 만한/클싸하다 등.
5. 한자는 우리말과 병기하는 것을 원칙으로 하였으나, 작가의 의도에 따라 한자만을 쓰기도 하였다.
6. 단편과 작품명, 논문명, 예술작품명 등은 「 」, 장편과 출간된 단행본 및 잡지명, 외국 신문명 등은 『 』 부호 안에 표기했다. 국내 신문은 부호 표기를 생략했다.
7. 말줄임표는 ……로 통일하였고, 대화문이나 직접 인용은 " "로, 강조나 간접(발췌) 인용은 ' '로 표기하였다.

차례

제1장 느릅나무가 있는 風景 • 7
제2장 昌慶苑에서 • 42
제3장 이 江山 흘러가는 避亂民들아 • 56
제4장 偉大한 단테는 • 86
제5장 홍콩 부기우기 • 114
제6장 마음이여 야무져다오 • 142
제7장 노래하는 蛇蝎 • 171
제8장 八路軍 좋아서 띵호아 • 201
제9장 가노라면 있겠지 • 230
제10장 갈대의 四季 • 260
제11장 겨울 낚시 • 289
제12장 다시 昌慶苑에서 • 313
제13장 南北朝時代 어느 藝術勞動者의 肖像 • 339
제14장 홍길레진 나스레동 • 362
제15장 亂世를 사는 마음 釋迦氏를 꿈에 보네 • 382

해설 남북조 시대의 예술가의 초상/김우창 • 401
해설 비판 의식과 문학적 상상력/김인호 • 418

제1장
느릅나무가 있는 風景

1969년이 다 가는, 동짓달 그믐께를 며칠 앞둔 어느 날 아침, 소설가 구보씨는 잠에서 깼다. 잠에서 깨는 참에 그의 머릿속에 무엇인가 두루마리 같은 것이 두르르 펼쳐졌다가 곧 사라졌다. 구보씨는 그것을 곧 알아보았다. 그것은, 오늘 하루 그가 치러야 할 일과였다. 다른 누구도 알아보랄 것 없고 구보씨만 알면 그만이었던 만큼 그 두루마리는 눈 깜박할 사이에 사라졌다. 구보씨는 잠에서 깬 다음에도 그대로 침대에 누워 있었다. 쨱쨱쨱 하고 까치가 운다. 침대에서 서너 걸음 떨어진 창문 밖에서 이 아파트의 잔디밭에 몇 그루 심어놓은 오동나무의, 지금은 잎 떨어진 가지 끝에 앉아서 목청이 울릴 때마다 꼬리를 까딱까딱하고 있을 그 새의 모습을 구보씨는 떠올렸다. 그러자 역시 늘 그런 것처럼 구보씨는 서글퍼졌다. 구보씨는 대단히 과학적인 소설가였는데도 아침에 우는 까치 소리에는 매우 미신적이었다. 구보씨는 시골에서 자란 것도 아닌 자기가 그와 같은 토속土俗의 마음을 가지고 있는 것은 어쩐 일인가 하고 생각하였다. 그러자, 서글펐던 마음은 사라지고 말았다. 늘 이렇단 말이야, 하고 구보씨는 다른 모양의 서글픔을 느꼈다. 까치 소리가 서글프다는 것은 이런 뜻이었다. 까치가 울면 좋은 일이 있다고 한다.

구보씨는 까치 소리를 들을 때마다, 기계적으로, 언제나, 틀림없이, 그 생각이 떠오른다. 떠오른다기보다, 절로 그렇게 된다. 그 느낌은 구보씨의 어떤 사상思想보다도 뚜렷하다. 자기가 정말 믿고 있는 것이란 까치 소리 하나뿐인지도 모른다, 하는 감상적인 생각을 그때마다 하는데, 영락없이 그러면 구보씨는 가슴인가 머릿속인가 어느 한 군데에 까치 알만 한 구멍이 뽀꼭 뚫리면서 그 사이로 송진 같은 싸아한 슬픔이 풍겨나오는 것을 맡는 것이었다. 이런 감상感傷을 생활에 그대로 옮기려고 할 만큼 구보씨는 젊지도 않고, 그렇게까지 비과학적인 사람은 아니었으므로, 그 슬픔은 그저 그만한 것에 지나지 않았고 별 탈이 없는 것이었다. 그런데 그만한 미신까지도 캐어내보면서 내 속의 토속土俗은, 하고야 마는 또 한 사람의 구보씨의 차가운 마음이, 다른 한 사람의 구보씨를 슬프게 한 것이었다. 벌거숭이 된 내 마음, 진실이란 병에 걸려 벌거숭이 된 내 마음, 하고 구보씨는 중얼거렸다. 그만하자. 구보씨는 오늘 하루에 기다리고 있는 많은 일을 생각하고, 아침의 이때를 더는 까다로운 생각의 놀이를 위해 쓰지는 말기로 마음먹었다. 그는 침대 머리에 붙은 시렁 위에서 청자갑을 집어서 한 대를 피워 물었다. 대한민국 전매청은 백 원 스무 개비의 그 맛 속에서 아직은 공신력公信力을 지키려는 안간힘을 보여주고 있었다. 구보씨는 오 원어치의 연기를 조심스럽게 점검하면서 민주 국가의 시민다운 책임감을 가지고, 오 원어치의 테두리 안에서 전매 행정에 대한 비판을 즐겼다. 별다른 탈이 없었으므로 그는 전매청을 용서할 수밖에 없다고 생각하였다. 지난밤, 걷어놓지 않은 커튼 사이로 별이 반짝이던 창가에는 이 아침, 미안하리만큼 새파란 하늘이 가득히 채워져 있었다. 구보씨는 눈을 한 번 감았다가 떴다. 좋은 눈약을 한 방울 떨어뜨린 다음처럼. 그리고 하느님도 용서할 수밖에 없다고 생각하였다.

이처럼 자기를 다스리면서 화해和解에 가득 찬 마음으로 아침을 맞은 구보씨는 아파트를 나와 버스 정류장에 닿았을 때 이미, 그와 같은 너그러운 마음으로 이 하루를 보내기가 힘들리라는 것을 깨달았다. 구보씨와 마찬가지로 급히 어디론가 가야 할 권리를 가지고 있는 많은 사람들이, 그를 제쳐놓고 좌석버스란 이름의 입석버스를 타고 수없이 떠났는데도 구보씨는 좀처럼 차를 잡을 수 없었다. 왜 전차를 없애야 했을까 하고 구보씨는 생각하였다. 대형 전차를 더 늘리는 것이 이 교통난을 푸는 길이 아니었을까. 또 자동차만 하더라도 택시 대신에 이층버스 같은 것을 만들어 쓴다면 이렇게 거리가 자동차로 꽉 차지는 않을 것이 아닌가. 아니 전차의 대수를 자동차의 몇 분지 일만 늘렸더라면 이 버스와 택시는 없어도 됐을 것이다. 그러면 떠들썩한 소리와 매캐한 냄새를 맡지 않아도 됐을 것이 아닌가. 전차만 해도 평등, 공소직인 터— 그런 느낌을 가지게 해주었다. 그러나 이 자동차란 것은 남을 밟지 않

제1장 느릅나무가 있는 風景 9

고선 살지 못한다는 마음보를 가르치는 데 꼭 알맞을 만큼밖에는 넓지도 않고 좁지도 않다. 자동차는 앓는 이·불난 데·싸움터·짐 싣기, 이런 것에만 쓰면 될 것이 아닌가. 나머지 사람은 모두 전차를 타면 된다. 대통령에서 유치원 어린이까지 전차를 타고 다닌다면 세상살이도 썩 부드러워질 것이 아닌가. 이런 생각을 하고 있었기 때문에 구보씨는 더욱이 뒤로 처졌다. 마침내 그는 허둥거렸다. 10시까지 자광慈光대학에 닿지 않으면 안 되었다. 그 대학의 문학과 학생들에게 강연을 하기로 돼 있다. 여기서 자광대학까지 차로 가면 십 분이면 될 것이었고, 지금 시각은 9시 반이니 아직 늦은 것은 아니지만, 이렇게 하다가는 언제가 될지 몰랐다. 그는 택시를 기다리는 줄에 들어섰다. 길게 뻗은 그 줄도 구보씨를 넉넉히 절망시켰지만 그래도 여기는 질서가 있었다. 더구나 택시조차도 어울려 탄다는 그 운전수와 손님 사이의 야합野合의 버릇 덕으로 구보씨는 이윽고 시간에 늦지 않고 자광대학에 닿을 수 있었다. 그는 학보學報사를 찾아서 이 신문의 주필이며 시인인 친구 오적吳赤을 만난다. 오적은 그 자광慈光 어린 부드러운 얼굴로 그를 맞으면서 바쁠 텐데 와주어서 고맙다고 했다. 그는 오적과 둘이 마주 앉아 전기난로를 쬐면서 친구들 소식이며 문단 얘기를 주고받았다. 오랫동안 만나지 못했지만 곧 어제도 만났던 것 같은 느낌이 들었고 그래서 궁금하던 일도 대단치 않은 것이 되고 말았다. 그러는데 다른 연사 두 사람이 왔다. 시인이며 평론가인 이동기李桐基 씨와 김관金管 씨다. 시간이 되었으므로 그들은 강당으로 갔다. 강연 장소는 이 대학의 대학극장이었다. 그것은 약 백 자리가 량의 작은 굿터였다.

김관 씨부터 시작했다. 그는 1960년대에 나온 신인들의 문학 세계를 솜씨 있게 소개하였다. 1960년대. 십 년이 지났으면 이제 어떤 형태로든 마무리를 할 수는 있을 만한 일이었다. 김관 씨는 그 자신이 뒷받침한 십 년의 시간을 '감수성의 혁명' '의식의 의식화' '자아의 확산' 따위의, 구보씨로서는 익히 알 수밖에 없는 말을 써가면서 풀이하고 있었다. 구보씨는 이 자기보다 약간 후배이지만 거의 문단 생활을 같이 시작한 프랑스 문학 전공의 비평가를 새삼스레 쳐다보았다. 그러나 그는 십 년 전보다는 훨씬 책임 있는 말을 해야 하는 자리에 있었다. 그는 이론적 이상理想으로서의 주장과 그와 같은 이상을 옮긴 예로서 그가 옹호한 작가들의 업적 사이의 미묘한 거리를 지적하면서 이야기를 끝냈다.

다음에는 이동기 시인이 했다. 그는 지난 십 년의 한국 시가 여러 문학 세대의 연립聯立이었다고 말하면서, 자기로서는 그 어느 하나가 다른 것을 넘어설 수 있었다고는 보지 않는다고 말했다. 사실상 어느 시대에나 있기 마련인 양식樣式상의 대립과, 양식상의 대립보다 더 포괄적인 세대世代 간의 대립이 구별되어야 하며, 같은 세대 간에서의 양식상의 대립은 다른 세대 간의 양식상의 동일성보다 더 가까운 입장이라고 말했다.

다음이 구보의 차례였다. 구보는 정작, 지난 십 년에 관한 한 앞의 두 사람의 얘기보다 훨씬 다른 어떤 얘기를 할 수는 없었다. 그래서 그는 행동주의 심리학에서의 환경론環境論의 기본 입장을 설명하고 문학의 미학적 구조는 영원불변하지만 그와 같은 구조에 이르게 하는 매개체인 환경은 바뀌기 때문에 작가는 이 환경에 대한 앎이 있어야 하며, 그러나 그 지식 자체는 문학이 아니기 때문에, 작가는 환경에 대한 정보를 익힌 다음에는 그것을 노래로 바꾸어내는 노력을 해야 한다고 끝맺었다.

강연이 끝나고 질문이 있었다. 김관 씨보다 별로 더 늙게는 보이지 않는 한 학생이 일어났다. 그는 김관 씨의 주장 가운데에서 '감수성'의 내포에 대한 꽤 날카로운 질문을 던지면서, 구보씨에 대해서도 아픈 데를 찔렀다. '감수성'이란 것이 문학의 경우, 순수한 감각의 뜻에만 머물 수는 없고 '윤리'에까지 나가야 된다고 생각되는데 과연 어떤 혁명이 있었단 말인가, 하는 것이었고 그 질문 속에서, 구보씨는 요즈음 신비주의적인 경향이 있는데, 라고 지나가는 말로 인사를 한 것이었다. 김관 씨는 자기는 동시대의 신인들의 문학적 성격을 뚜렷이 하기 위하여 방법적 도식화를 하는 과정에 어쩔 수 없는 과장이 있었는지는 모르겠으나 아까도 얘기한 것처럼, 그 문제는 그들 신인들이 앞으로 풀어야 할 과제라고 생각한다고 답변했다. 구보는 자기에 대한 언급은 대답할 성질이 아니라고 생각했기에 가만히 있었다. 구보는 학생들이 일어서서 나가는 사이를 의자에 앉아 기다리면서 창밖을 내다보았다. 스님 차림을 한 사람이 뜰을 지나간다. 이 학교는 불교 재단이 움직이는 학교였다. 구보는 불교, 하고 뇌어봤다. 그 정묘한 관념의 체계의 한 부분을 가지고 그럼직한 미학美學의 이론 하나 만든 사람이 없다는 것을 생각해본다. 천 년이요, 이천 년이요를 들여 몸에 익힌 버릇에서 실오라기 하나 건지지 못하고 시대가 바뀌면 미련

없이 『팔만대장경』을 나일론 팬티 하나와 바꿔버리는 풍토. 구보는 문득 부끄러움을 느꼈다. 벌거숭이 된 내 마음. 오, 초토焦土에서, 이방인들의 넝마라도 주워 입어야 했던, 벌거숭이 된 내 마음. 문화사文化史적인 분노의 전사戰士라는 포즈를 지어보는 감상感傷에 젖으면서 구보는 겨우 그 부끄러움에서 빠져나왔다. 어쩌란 말인가. 그렇지 못할 내 인연이기에 이렇게 법法의 울타리 밖에서 그나마 멀리 우러러보는 것으로 용서해달라. 그는 적반하장을 샤카무니에게 슬쩍 들어 보였다.

대학을 나와 세 사람은 퇴계로 어느 음식점으로 갔다. 점심 먹을 때가 되었던 것이다. 가져온 음식은 맛이 없었으나 사람이 붐비지 않아서 얘기하기에는 좋았다. 거기서 그들은 몸을 녹이고 밖으로 나왔다. 세 사람은 저마다 갈 데로 헤어졌다. 구보는 그들이 가는 모습을 보았다. 매우 점잖은 어투로 십 년의 시간에 대해서 이러저러하게 이야기한 사람들이 그 시간이 지나자 뒤도 돌아보지 않고 뿔뿔이 갈라진다는 사실이 어쩐지 섬뜩했다. 어쩌란 말인가. 강연을 같이했다고 해서 의형제라도 맺어야 한단 말인가. 에잇 구보는 보이지 않는 칼을 들어 마치 백정白丁처럼 사정없이 자기의 그, 독신자다운 어리광의 미간을 푹 찔렀다. 소는 원망스러운 눈을 치뜨면서 맵짠 동짓달 그믐 무렵의 바람 속에 산화散華했다.

그는 가까운 다방으로 들어갔다. 그것은 충무로와 퇴계로를 잇는 골목에 있는 '커피숍'이라고 간판을 단 다방이었다. 불빛이 어두웠다. 전에 한 번 들른 적에도 그랬던 것 같지만 밖에서 갑자기 들어온 눈에는 아주 캄캄할 지경이었다. 잘 보이지 않는 자리를 찾던 그는 이층 계단을 올라갔다. 거기도 어둡기는 매한가지였지만, 눈이 익어서 좀 나았다. 그는 창 옆 자리에 가 앉았다. 1시까지 틈이 있었다. 1시에 월간 잡지인 『여성낙원女性樂園』사에 가서 현상 소설 당선자를 뽑아야 했다. 고개를 돌리면 창밖으로 저 아래를 그 좁은 거리가 미어져라 사람이 지나간다.

물론 그들에게는 구보 자기와 마찬가지로 그렇게 바쁘게 다닐 권리가 있는 것이었다. 그는 눈을 돌려 다방 안을 보았다. 거기에도 역시 구보 자기와 다름없이 그렇게 앉아서 한 잔의 차를 마실 권리가 있는 사람들이 혼자서, 둘이서 혹은 셋이서, 이야기하고 혹은 가만히 앉아 있었다. 그들과 자기와의 사이에 있는 공간이 깊은 낭떠러지처럼 아래와 위로 벌어지는 것을 구보는 보았다. 그들이 저 겨울옷 속에 지니고 있는 시간. 그리고 구보의 시간. 그 사이에는 아무 관련이 없었다. 구보야, 너는 아까 어린 학생들 앞에서 우리들은 모두 떨어질 수 없는 연대連帶 속에 살고 있으며, 인간의 일은 모든 인간에게 무관할 수 없다고 하지 않았느냐. 물론. 물론 그렇게 말했다. 그러나 이것은 다르다. 무엇이 다르단 말인가. 학교의 강연에서와 너의 마음속의 진실은 다르단 말인가. 아니다. 말해봐. 구보는 다그치는 물음에 약간 비켜서는 투로 차를 한 모금 마셨다. 내가 말하는 것은, 하고 구보는 천천히 생각했다. 내가 말하는 것은 무슨 어렵지도 신기하지도 않은 이야기다. 동네 시어머니란 말이 있지 않은가. 인간은 어울릴 수 있는 것과 없는 것이 있다. 아니, 어울림 속에 끊어짐을 가지고 있다고나 할까. 아니 끊어져 있기 때문에 이어지는 것이라고나 할까. 혹은 커다란 연대 속에 작은 단절이 들어가 있다고나 할까. 이 작은 단절은 집단集團 속에서의 공상空想의 한때일 수도 있고 또는 심하면 죽음일 수도 있다. 공상과 죽음은 집단으로서는 어찌할 수 없지 않은가. 공상과 죽음이라는 단절 위에서의 연대―그게 사람의 어울림이다. 그것을 바로 본 위에서의 연대가 정말 어른스러운 연대다. 한 발 잘못하면 자기뿐만 아니라 남까지도 그 허무의 공간 속에 떨어지게 할 위험을 막기 위한 약속―그게 연대다. 목숨의 이어짐? 자연의 뜻에 의해 이미 연대되어 있지 않느냐고? 그런 '밖'의 이어짐, '나'와 상의함이 없이 그 옛날 누군가가 팽이에 시동始動을 주듯이 결정해버린 목숨의 타성―그것은 '나'가 아니다. '나'는 그 목숨의 연속의 밖에 있는 어떤 '깨어남'이다. 그 목숨의 거울, 그림자다. 목숨이 있는 것처럼 그림자도 '있다.' '나'란 그렇게 약하고 그렇게 아슬아슬하다. 약하고 아슬아슬한 것이 발을 헛디디지 않으려면 굳세고 든든하게 되어야 할 것이 아닌가. 물론, 그런데, 그 굳세고 든든하다는 것은 '소망'이긴 하지만, 결코 그 '소망'만큼한 '실현'은 없는 법이다. 덜 이룬 '실현'을 다 이룬 '소망'의 실현이라고 우긴다면 하루 이틀이면 몰라도 너무 오래면 그것은 틀림없이 탈이 된다. 할 수 있는 테두리에서의 정의正義를. 그런 정의가 무서운 정의다. 나머지 정의는 시詩에서 위안받는 길밖에 없다. 칼 빛에 어리는 안개―그게 시다. 칼이 없는 시도 가짜고, 시가 없는 칼도 가짜다―여기까지 말을 좇아가다 말에 쫓겨온 구보는 문득 제정신이 들었다. 그리고 이러한 생각을 하고 있는 동안의 자기의 얼굴은 틀림없이 미친 사람 아니면 살인범의 표정을 지니고 있었으리라고 생각했다. 그것은 그가 바라는 바가 아니었다.
그는 담배를 꺼내서 불을 붙였다. 그 가냘픈 연기의 건너편으로
구보는 무서운 말이 빚어낸 그 어질머리와 섬뜩함을 건너다보았
다. 그 순수한 것들은 연기를 싫어하는 모양인지 잠시 머뭇거리다
가 흩어져버렸다. 구보는 그런 말들과 놀다가 이제는 꼼짝없이 그
것들에게 잡혀버린 자기의 지난 십 년을 생각했다. 비록 지금, 담
배 연기 때문에 사라졌을망정 말들은 결코 그를 떠나지 않을 것이
었다. 신이 내려버린 무당처럼 비참하다고 자신을 생각하였다. 게
다가 그는 진짜 무당처럼 돈도 받는 것이었다. 그의 안주머니에는
얼마 안 된다고 하면서 오적이 건네준 오천 원이 들어 있었다. 내
가 그 대학에서 지내고 온 굿은 무슨 굿인가. 그러자 아까 그 학생
이 요즈음 구보씨의 소설은 신비적인 ─ 하던 말이 언뜻 생각났다.
얼마나 잘 맞힌 말인가. 맞힌다? 그러면 그 학생도 무당이란 말인
가. 그는 갑자기 우스워졌다. 그렇게 놀랄 일도 아니었다. 예술의
발생사發生史가 가리키듯이 그것은 사실이다. 내가 아까 말한 이론
을 따른다면 환경에 맞게 계산해내는 무당이면 될 것이 아닌가.
미美의 사제司祭 ─ 라고 하면 그럴듯한데 미의 무당이라고 하면 섬
뜩한 것은 무슨 까닭인가. 아마 이 땅의 무당들이 게을렀기 때문
이었으리라. 집단과 더불어 힘들여 자라는 힘을 가지지 못한 탓이
었으리라. 그래서 죽은 돼지 대가리나 겨누었지, 그 칼춤은 아무
도 두렵게 하지 못한 것이리라. 흠, 또 칼의 그림자구나. 죽은 돼
지 대가리보다 훨씬 그럴 만한 대가리를 겨누는 칼춤을 추면 되겠
지. 그래, 무당이라. 그는 푸닥거리를 마치고 난 무당처럼 남아 있

는 커피를 조금씩 마셔가면서 목을 축였다. 이런 순간에 그는 자기 자신의 현실적 신분을 그다지 염려할 필요는 없었다. 한 월남 피난민으로서, 서른다섯 살이며, 홀아비고, 십 년의 경력을 가진 소설가라는 그의 현실적 신분보다 훨씬 높은 데를 걸어갈 수 있는 시간이었다. 그것은, 모든 직업인이 자기 일에 들어서는 참에 갖추어지기 마련인, 어떤 엄숙함의 분위기였다. 그런 분위기 속에 그는 말려들어갔다. 그러자 언제나처럼 그 '말의 공간空間'은 노동자의 일터처럼 그에게 든든함을 주었다. 그는 한참 후에 일어서서 변소로 갔다. 이 다방의 변소는 아래층에 있었다. 그는 소변을 보고 올라오다가 문득 걸음을 멈췄다. 구보씨가 걸음을 멈춘 곳은 계단의 꺾임목이었다. 거기에 난 창문으로 구보씨는 한 풍경을 보았다. 그곳은 자리로 보아서 화교 국민학교의 뒷마당임이 분명하였다. 이층 시멘트 집의 뒷모습이 보이고 작은 창고 같은 집이 있고, 느릅나무 큰 그루가 몇 서 있었다. 구보가 놀란 것은 그 풍경이, 그의 북한 고향의 그가 다니던 국민학교 뒤뜰과 너무도 닮았기 때문이었다. 그의 옆으로 여러 번 사람이 지나갔지만 그는 그대로 서 있었다. 많은 세월을 사이에 두고 문득 마술처럼 눈앞에 나타난 풍경에 구보씨는 홀렸던 것이다. 그는 다방에 올라가서 자리를 옮겼다. 그쪽에 붙은 창문으로 그는 지금 발견한 풍경을 볼 수 있었다. 진작 이 자리에 오지 않았던 것을 뉘우치면서 그는 뒷마당을 내려다보았다. 구보씨의 고향은 동해안의 이름난 항구 완산完山이다. 전쟁이 났을 때 그는 고등학교 일학년이였다. 진겡이란, 거의 모든 사람에게 그런 것이지만 더구나 고등학교 일학년짜리에게는 그것은 어떤 어질머리였다. 피난, 월남. 이십 년의 세월. 그 이십 년은 구보에게 있어서 그 어질머리의 실마리를 풀어가는 일이었다. 어질머리. 삶은 어질머리를 가만히 앉아서 풀어가는 가내수공업 센터 같은 것이 아닌 것도 사실이긴 하였다. 풀어간다는 것도 살면서 풀어가는 것이고, 산다는 일은 어질머리를 보태는 일이었다.

밑 빠진 독에 물 붓는 콩쥐의 일감. 어느 사람이 이 어질머리에서 풀려난단 말인가. 사람들은 그래서 사노라면 어느덧 누에처럼 그 어질머리 속에 들어앉아버린다. 그러나 불행하게도 구보의 경우에는 그럴 수 없었다. 그는 어질머리라는 누에집을 풀어서 그것이 대체 어떤 까닭으로 그렇게 얽혔는가를 알아보아야 했다. 그것이 소설이라는 것이라고 그는 생각했으므로. 그는 자기 집을 헐고 자기 껍질을 벗겨서 따져보는 그러한 누에였다. 벌거숭이 된 내 마음. 오, 진실을 찾다가 벌거숭이 된 내 마음. 그 어질머리가 자기의 한 군데라는 것을 알았을 때는 이미 자기 몫의 어질머리를 갈가리 찢어발겨놓은 다음이라는 발견. 모든 슬픈 사람들이 뒷사람을 위해 충고의 말을 적어놓았음에도 불구하고, 자기가 겪지 않고는 풀어 읽지 못하는 너무나 단순한 비문碑文. 그런데 여기 그의 어린 시간이 있었다. 어질머리를 어질머리로서 살 수 있는 오직 한 번의 기회로서의 한 사람의 소년의 시간. 그는 세계라는 어질머리와 자기 사이에 책이라는 완충기를 가지고 있었다. 그는 책을 음악처럼 읽었다. 등장인물이라는 이름의 선율들이, 그의 책의 페이지 위에서 아름다운 어질머리를 풀어나갔다. 아름다움을 남보다 더 누린 사람은 반드시 그 갚음을 해야 한다. 월남 후 그는 그 갚음을 하기에 이십 년을 허비했다. 그가 아름다움이라고 생각했던 것이 슬픔이었고, 그가 어질머리라 생각했던 것이 무서움임을 알고 있는 지금으로서는 구보에게는 이 삶은 한 견딤, 한 수고受苦였다. 그는 눈 아래 뜰에 선 느릅나무의 헐벗은 가지를 바라보았다. 보고 있자니 그의 눈에는 그 가지들이 담뿍 잎이 달려 보였다. 속삭이는 듯한 모양을 한, 그 독특한 느릅나무 잎새가 간간이 바람에 날리는 모양도 보였다.

1시에 구보씨는 여성낙원사에 닿았다. 함께 심사를 맡은 이홍철李洪鐵 씨도 와 있었다. 구보씨는 이 동향의 선배를 오랜만에 만났으므로 반가웠다. 구보씨는 이홍철 씨에게 당선이 될 만한 것이 있더냐고 물어보았다. 편집장은 자리를 옮기자고 말했다. 그들은 회의실인 듯한 방으로 안내되었다. 스팀이 들어와서 훈훈한 방이었다. 구보·이홍철·편집장 세 사람은 가운데 놓인 넓고 긴 탁자의 한 모서리에 자리를 잡았다. 한 사원이 차를 가져왔다. 책상 위에는 응모 소설 원고가 놓였다. 그것은, 구보가 먼저 읽고 이홍철 씨가 받아 읽은 다음 오늘 가지고 나온 원고였다.
"어떻습니까. 뭐 좋은 거 있습니까?"
하고 편집장이 한 손으로 듭시다, 하는 시늉을 하면서 다른 손으로 자기 찻잔을 들며 말하였다.
구보는, 먼저 쉬운 일부터 마친다는 듯이 찻잔을 들어 성징직으로 마시는 시늉을 한 다음, 말하였다.

"글쎄요, 이 형은……"
이홍철은 한 번 웃더니 입을 꽉 다물었다가 말했다.
"네, 이거……"
하면서 원고 뭉치에서 하나를 뽑아냈다. 구보와 편집장은, 한 구유에 머리를 디미는 돼지 새끼들처럼 동시에 원고를 들여다보았다. 그것은 「검은 에덴」이라는 소설이었다. 구보도 별다른 의견이 없으면 그것이리라 한 소설이었다. 구보는 말했다.
"그렇겠군요."
"그래요?"
편집장은 원고를 넘겨보면서 또 말하였다.
"어떤 소설입니까?"
"근친상간近親相姦 얘기예요"
하고 이홍철 씨가 말했다.
"근친상간요?"
편집장은 이홍철 씨가 근친상간을 했다는 고백이나 한 듯이 물었다. 그것이 우스웠으므로 구보씨는 어허허 하고 웃었다.
"괜찮아요"
하고 이홍철 씨가 근친상간이 괜찮다는 듯이 말했다.
"하긴, 근친간도 다루기 나름이지만"
하고 편집장은 좀 생각하다가,
"우리 잡지가 여성지라, 상식적으로 너무 동떨어진 건……"
"말씀대로 다루기 나름이지요"
하고 이홍철 씨가 말했다. 그리고 그들은 「검은 에덴」에 대하여 다음과 같은 의견을 주고받았다.

"쪽 빠졌잖아."

"그래."

"이야기가 확실해."

"검은 에덴이라고 제목을 붙인 걸로 작가의 판단은 들어 있는 셈이지."

"그런데 좀 생각하게 하더군."

"뭐요."

"옛날 소설가 같으면, 간통 이야기를 다룰 때 이런 분위기가 되지 않겠소? 그런데 지금은 근친간이나 해야, 옛날 간통만 한 분위기가 되는 거구나 이런 생각 말이오."

"저항력抵抗力이 생겨서 옛날 십만 단위가— 백만 단위가 된 거지 뭐."

"뜨끔한 일 아니오?"

"어제오늘 일인가. 하, 구보씨 꽤 낡은데."

"낡다니?"

"그러니 구보씨는 아직 장가도 못 갔단 말이오."

"아니 내가 낡았으면 누가 새롭겠소?"

"현재 얘긴즉 그렇지 않소?"

"그럴까?"

"형편없어요. 싹 썩었어요, 문드러지기 일보 직전에 흐물흐물하는 바닥이야."

"바닥?"

"이 바닥 말이야."
"흐음."
"그러니까 소재는 근친간이지만, 작가는 그걸 비판하고 있다, 이런 얘기가……"
"그렇죠."
"그럼 상관없겠군요."
"상관없다니깐요."
"네, 상관없습니다."
"그럼 결정된 걸로 하겠습니다."
일을 끝내고 그들은 잡담을 하였다. 이홍철 씨는 자기가 구상하고 있는 역사소설에 대해서 얘기했다. 그는 전에도 역사소설을 쓴 적이 있었는데 구보는 대단히 부럽게 생각했다. 그 어질머리를 용케 풀어서 앞뒤를 맞춘다고 생각하였던 것이다. 역사소설에 대한 얘기가 발전해서 소설과 역사의 본질론으로 나갔다. 이홍철 씨는 자기 생각을 말했다. 대체로 역사와 소설이 엄청나게 달라지고 그 둘 사이에 차별이 문제시되는 시대는 지배 계급이 정치에 대한 믿음을 잃고 미래에 대한 믿음을 가지지 못하는 시대다. 왕조의 양반 계급은 역사 외에 가공의 진실이라는 소설을 필요로 하지 않았다. 지금 소설이라고 부르는 예술의 몫을 맡은 것은 시였는데 그들은 시에서 굳이 역사를 주장하지 않았으며 완전히 현실의 짐에서 벗어난 놀이로 생각했다. 그들은 사서史書를 읽는 것으로 족히 현실에 대한 눈과 책임을 느꼈기 때문에 거짓말 역사로서의 소설이란 것을 생각할 수 없었다. 그것이 사실은 건강한 것이 아닌가.

오늘날처럼 정치와 예술의 분열이 없었던 것이다—이홍철 씨는 이렇게 말했다. 구보씨는 거기다 자기 의견을 말했다. 사실과 오락을 그렇게 두부모 자르듯 가른다는 것은 그들 양반 계급이 자기들의 세습적 신분에 대해서 거의 의사자연擬似自然적인 안전감을 가진 탓이었겠지. 그러나 세습적 지위라는 것이 원칙적으로 인정되지 않는 근대 이후의 세계에서는, 사실과 상상想像 사이에 그와 같은 구별은 있을 수 없지. 20세기 문학의 상징적 경향은 그것이 결과적으로 폐단도 있겠지만, 사실은 이 세상에 단단한 것은 없다는 세계관의 표현으로서, 사람이 늘 거기서부터 출발하고 거기로 돌아가야 할 발판이 아닐까. 아니 '발판 없음의 인식'이 아닐까? 구보씨는 이렇게 말하였다. 이런 얘기를 한 다음 그들은 심사료 각 ×만 원씩을 받아들고 잡지사를 나왔다. 이 잡지사는 대법원 골목에 있었는데, 그들은 덕수궁 뒷담을 오른편에 보면서 광화문 쪽으로 고개를 넘어갔다. 덕수궁 뒷문 앞을 지날 때 열린 문 사이로 석조전石造殿 오른쪽 옆구리가 보였다. 그러자 구보는 문득 오래된 기억을 떠올렸다. 그때 구보는 어떤 여자와 이 길을 가다가 꼭 지금처럼 그 석조전을 들여다봤던 것이다. 그의 기억의 앙금으로 가라앉아 있는 서울의 한 건물이 있다는 사실이 그에게 어떤 감회를 안겼다. 이렇게 한 도시는 사람들의 기억 속에 가라앉아 있고, 기억의 눈길에 얽혀 있으려니 생각하였다. 마치 밤하늘에서 비행기를 잡는 탐조등探照燈처럼, 사람들은 그렇게 그들의 기억의 하늘에 시 집을, 거리를, 나무를, 우체통을, 어느 나방을 밝혀내는 것이라고 생각하였다. 그리고 그 사람이 죽으면, 그 사람이 바라보던 머릿속의 풍물은 전류가 끊긴 전기알처럼 물질의 백치白痴로 돌아 가는 것이리라. 구보는 중얼거렸다. 대단한 일이야. 산다는 건 대단한 일이야. 이홍철 씨가 뭐야? 하고 물었다. 구보는 머저리처럼 웃었다. 이홍철 씨도 머저리처럼 웃었다. 구보는 그 웃음이 이홍철 씨의 몇 년 전까지만 해도 잡지 같은 데 나던 사진, 그의 이십대의, 좀 마른 얼굴에 어려 있던 웃음 같다고 생각하였다. 그가 고등학교의 선배라는 실감이 났다. 고등학교.

그때의 고등학교라는 그 이상한 삶을 지금으로서는 거의 떠올릴 수 없다. 아무것도 몰랐다는 것. 아무것도 모르면서 삶을 시작해야 한다는, 삶의 이 불량소녀 같은 엉터리 없음. 그들은 구세군 서대문 본영을 지나 경기고녀와 덕수국민학교 앞을 지나서 광화문으로 나왔다.

"약속 있어?"

하고 이홍철 씨가 물었다.

"없어"

하고 구보는 대답하였다.

"9(나인)에 가볼까?"

"그러지."

9다방은 소설가 남정우南丁愚가 가끔씩 들르는 곳이었다. 그들은 구름다리를 올라가서 건너편에 내려섰다. 남정우는 혼자 앉아 있었다. 남정우는 '淨土'라는 소설을 써서 재판을 받고 있는 중이었다.

"어서 와."

남정우 씨는 자기 집처럼 말했다. 아마 자주 오는 집이어서 집처럼 생각하는 모양이었다.

"어디서 오는 길야, 둘이서?"

"음, 병아리 감별을 하고 오는 길야."

"뭐?"

"병아리 암수 가리는 것 있잖아"

하고 이홍철 씨가 말했다.

"뭐?"

"응, 저, 현상 소설 심사를 하고 오는 길이야."

"아, 그래."

"암컷인가, 수컷인가, 레구홍인가, 토종인가, 잘 크겠나, 못 크겠나"

하고 이홍철 씨가 말했다.

"허, 과연 그래"

하고 남정우 씨가 가장 유쾌한 일 다 듣겠다는 것처럼 웃었다. 구보씨는 그 순간, 확 풍기는 닭똥 냄새를 맡았다. 과연 그래. 그는 넌지시 손을 코에 갖다 댔다. 훅 끼치는 닭똥 냄새. 그럴 것이었다. 껍질을 깨고 나와서 살겠다고 비악비악거리는 숱한 병아리들을 만지지 않았는가. 현상 소설의 원고지 사이에서 풍겨나오는 그 비릿한 냄새는 분명히 닭똥 냄새였다. 자 이번에는 병아리 감별사가 됐군.

구보씨는 '9'에서 두 사람과 헤어져 나와 광화문 지하도 쪽으로 가다가 극작가 배걸裵傑 씨를 만났다. 지하도 입구 신문팔이 옆에서 그들은 악수를 나누고, 오랜만이니 어디 가서 얘기를 하기로 하자고 뜻이 맞았다. 구보씨와 배걸은 지하도를 내려가 동아일보 앞에서 땅 위로 올라왔다. 그들은 오른쪽으로 걸어가서 길을 건너 소방서 앞을 지나 '宮'다방 모퉁이를 돌아서 골목으로 들어갔다. 조금 가면 중국집이 있었다. 여기가 좋겠다고 끄덕이면서 그들은 안으로 들어갔다. 홀을 지나 깊숙한 통로로 그들은 안에 있는 방으로 들어갔다. 좀 이르지만 배갈을 좀 하기로 했다. 그들은 배갈을 마시면서 연극 얘기를 했다.

"베케트가 탔지."
"음."
"알아주는 모양이지."
"그야."
"연극 어때?"
"연극."
"맘대로 되나."
"연극적 감수성이 문제야."
"자네 거 좋더군."
"뭐."
"대사 주고받는 식은 곤란하지."
"대사?"
"응."
"안 되지. 극적 공간의 조형造型, 그게 있어야지."

"극적 시간의 전달."
"그래그래 조형된 시간을 주고."
"받는다?"
"그럼. 자 받아."
"천천히 하지그래."
"응."
"사실寫實극의 밑거름도 없는데 좀 무리하잖을까?"
"뭐 농사짓는 건가?"
"농사야 농사지."
"공간을 간다(耕)?"
"갈아(改)야지."
"공간."
"인간적 공간."
"—을 가는 거지."
"간다(行)?"
"응 밀어가며, 미는 거야, 밀어내는 거야."
"그 저항이 응?"
"그럼, 그럼."
"타인의 인식, 그 사이."
"옳지, 사이와 사이의 골짜기."
"뛰어넘는 거야."
"빈 골짜기지?"
"비었구말구. 차 있다고 생각하는 게 통속이야."

"옳지. 그렇게 규정하면 되겠군."
"암마. 비었다, 어질머리, 아무것도."
"아무것도 없다―"
"없다?"
"없지. 그걸 온몸으로."
"온몸으로 말이지―"
"미는 거야."
"맨몸으로."
"맨몸이지. 뭘 입었다고 생각하면 안 돼."
"알몸으로?"
"벌거숭이지."
"벌거숭이. 벌거숭이 된 내 마음."
"그래그래. 벌거숭이 된 마음이 벌거숭이의 공간을 밀고 나가는 거야."
"밀고 나간다?"
"나가야지."
"괴롭군."
"살아보니 그렇잖아?"
"그래그래. 그런데 괴롭다고 징징 우는 게 죄가 된다니 괴롭지?"
"징징거리는 건 안 돼."
"그럼."
"괴로운 건 괴로운 거야. 그러나 징징 짜는 건 안 돼."

"안 되긴 안 되지."
"안 돼."
"왜 안 돼?"
"짜증이 나잖아?"
"아니 왜 죄가 되나 말야?"
"징징거리면서 일은 언제 해? 징징거릴 시간을 착취하고 있는 거야."
"착취?"
"그럼. 먹어야 쌀 거 아냐? 남도 울고 싶단 말야."
"맞았어 맞았어. 실연하고 하소연하는 거 말야."
"그래그래, 죽이고 싶지."
"죽여야 돼, 죽여야 돼."
"그런데 베케트처럼 안 해도 되잖아?"
"어떻게?"
"체홉처럼."
"그건 달라."
"달라?"
"다르고말고. 끝까지 가면 베케트가 되는 거야."
"흠."
"돼. 그렇잖아? 예술이 예술을 의식하게 되면 그리되는 거지."
"그게 예술이 쇠약해진 증거가 아니야?"
"에이 시시한 소리 말아. 윅젠을 연구하기 위해 제 몸에 실험을 하는 게 생명력이 약해서 그런 거야?"

"왓찐이라—"
"병균을 제 몸에 심는 의학자는 왜 과학이구, 박애구, 순수 정신을 제 몸에 심는 예술가는 왜 타락이야?"
"순수—"
"순수를 남에게 심어보려는 게 나쁘지."
"남에게—라?"
"남이지. 남에게만 세균을 넣고 자긴 말짱하고. 죽어야 돼."
"남이라. 취하지?"
"하나 더 할까?"
"그만해."
"그만?"
"하나 더 할까?"
"하나 더?"
"하나만 더 해."
손뼉을 친다. "부르셨습니까" 하면서 문이 열리고 심부름하는 아이가 얼굴을 들이민다.
"하나" "네" 소년의, 나이에 비해 잘 발달한 손이 술병을 받아가지고 문을 닫는다.
"가만, 식사할까?"
"천천히 하지 뭐, 바빠?"
"아니야, 이따 저녁에 약속이 있어."
"여자야?"
"아니야.『성남동 까치』라구—"

"응, 김광섭金廣燮 씨 시집?"
"그래. 출판 기념회가 있어."
"건강이?"
"응, 나도 잘 모르는데, 그동안 병문안도 못 했고."
"그렇겠군. 평이 좋지?"
"안 읽었나?"
"응."
"서로 좀 읽고 했음 좋겠어."
"그렇구말구."

구보씨나 배걸 씨나 모두 술을 잘하는 편은 못 되고 말 안주로 삼는 편이었기 때문에 지금 마시고 있는 병이 두번째였다. 그들은 계속해서 대략 다음과 같은 얘기를 했다.

抽象과 具象은 서로 배척할 것이 아니라 공존해야 한다는 것/時代에 따라서 歷史는 열려 있는 것처럼도 보이고 닫혀 있는 것처럼도 보이지만, 현재 인간의 文明은 그러한 明暗이 2項對立式으로 널뛰기를 하면서 번갈아 執權한다는 表現을 하기에 어울리는 고비는 지났다는 것/抽象과 具象도 한 時空에 同時에 存在하는 生의 얼굴이라고 봐야지 한쪽만으로 결판내려면 生을 일그러뜨릴 수밖에 없다는 것/일그러뜨릴 때는 그것이 言語의 展開形態인 繼起的 敍述의 限界에서 오는 方法的 單純化임을 自覺하는 餘裕가 있으면 좋지만 그런 虛構의 操作을 實體化하러 들면 敎條主義가 된다는 것/藝術은 現代文明에서 單一한 儀式을 가질 수 없다는 것/

儀式典範을 統一하려 할 것이 아니라 分派가 택한 典範 各己의 테두리 안에서 얼마나 感傷을 克服했는가를 가지고 信心을 저울질하는 길밖에 없다는 것/文學이 그 가운데서도 특별한 障壁을 가진 것은 認定해야 한다는 것/感覺藝術과 같은 純粹한 音階의 設定이 不可能하다는 것/文學의 音階는 複合音階로서 風俗의 指示를 包含하지 않을 수 없다는 것/그러나 藝術이라는 이름으로 묶인다면 다른 藝術과 다름이 있을 수 없다는 것/아마 詩心의 높이가 그 가늠대일 것이라는 것/明月이나 梧桐나무에는 發情하는 詩心이 人事의 正邪에는 發情하지 말아야 한다는 것은 原理의 一貫性에 矛盾된다는 것/現實의 어느 黨派를 支持할 것이냐 하는 立場을 버리고 가장 높은 詩心의 領域에서 醜한 것은 無差別射擊할 것/友軍의 行動限界線이라고 해서 射擊을 延伸하지 말고 詩心이 허락할 수 없는 地帶에는 융단 爆擊을 加하여 利己心에 대한 殺傷地域을 造型할 것/그렇게 해서 詩가 人事를 두려워할 것이 아니라 人事가 詩를 두려워하게 할 것/泣斬馬謖에서 泣도 버리지 말고 斬도 버리지 말 것/泣이냐 斬이냐 하는 虛僞의 2項對立의 惡循環에서 벗어날 것/泣은 조강之妻에게 斬은 斬망나니手에게 돌리고 孔明은 泣斬할 뿐이라는 것/예술은 인간이다, 라는 까닭에서가 아니고 예술이라는 칼을 들었으면 칼이 가자는 데로 가야 한다는 것/그런 匠人意識/因緣으로 흐린 自己의 利害打算의 눈을 스스로 眼盲케 하여 失明을 얻은 다음 詩의 물레를 돌릴 것/눈먼 손이 뽑은 詩의 명주실을 풀리는 대로 버려둘 것/그러면 가이사의 몫은 가이사가 가져갈 것이고 하느님의 몫은 하느님이, 異邦

人들과 단군 열두 支派도 제 길이만큼 잘라 갈 것이라는 것/그런 물레질.

구보씨는 5시 반에 성북동에 있는 '유정'이라는 술집에 닿았다. 거기가 『성남동 까치』 출판 기념회 자리였다. 여느 술집과 마찬가지로, 가로가 긴 아크릴 간판을 단 한옥韓屋이었다. 이 집의 위치를 초청장 뒤에 그린 지도를 보고 찾아왔던 것인데 쉽게 찾았다. 쉽게 못 찾을 만하면 하긴 술집도 아닐 것이었다. 벌써 와 있는 사람이 많이 있었다. 구보씨는 앉은 사람 모두에 대하여 막연히 인사하고 빈자리에 가 앉았다. 대청마루와 건넌방 사이의 문을 걷어내고 상을 여러 개 붙여놓은 자리에 앉아서 살펴보니, 둘러앉은 얼굴은 모두 선배들이었다. 사람들이 이어 들어왔다. 새로 온 사람들이 자리에 앉다가 말고 김광섭 씨에게 인사하러 가는 것을 보고서야 구보씨는 김광섭 씨가 아까부터 자리에 있었다는 것을 알았다. 공교롭게 그가 앉은 줄 몇 사람 건너에 앉아 있어서 알아보지 못했던 것이다. 인사하러 가야 했으나 이미 사람이 들어찬 자리가 몹시 좁아져 있었으므로 그는 그만뒀다.
상을 둘러앉았다기보다 상과 뒷미닫이 사이에 끼어 앉았다는 것이 마땅할 만큼 좁았던 것이다. 그 있지도 않은 등과 뒷미닫이 사이를 음식을 든 술 치는 여자들이 다니면서 시중을 들었다. 구보씨는 한옆에 시인 윤석경尹石輕 씨, 다른 쪽에 시인 한유학韓有學 씨 사이에 끼어 앉는데 사람들이 연이어 들어서고 자리는 그때마다 좁아졌다. 구보씨는 가끔 몸을 돌릴 때마다 옆으로 김광섭 씨를 바라보았다. 김광섭 씨는 머리가 아주 백발이었고 두루마기를 입은 모습은 딴사람 같았다. 술이 돌아가고 농담이 돌아가고 하는 사이에도 그의 목소리는 한 번도 들리지 않았다. 이만한 부드러운 모임에도 간신히 견디고 있다는 느낌이었다. 아무도 술을 권하지도 않았다. 그것도 보통 술자리와의 대조를 뚜렷하게 만들어주었다. 그는 김광섭 씨가 건강하던 때 모습을 떠올렸다. 느리고 완강한 데가 있어 보이는 얼굴이었다. 언젠가 명동의 '바다비아'에 데리고 가주던 일을 구보는 떠올렸다. 웬일인지 그때 그 바의 풍경이며 마담의 얼굴이 너무 확실하게 떠올랐다. 그때 마담은 김광섭 씨더러 무정한 애인이라고 하면서 외상술 마실 때만 오느냐고 했다. 김광섭 씨는 외상이 아니라 오늘은 공짜라고 하였다. 마담은 공짜라도 좋으니 매일 오라고 하였다. 그때 구보씨는 저만한 시인이 되면 명동의 이만한 바의 마담을 애인으로 가지고 있는 법이고 술도 여자 쪽에서 대는 것이구나 하고 몹시 감동했다. 십 년 전 구보씨가 처음 소설을 쓰고 김광섭 씨가 내는 잡지에 실었을 때의 일이었다. 구보씨는 술집에서의 그 흔한 농담의 정석定石을 실전實戰처럼 생각한 자기의 그때 젊음보다, 그런 자기를 데리고 술집에 가준 씨의 젊음을 생각하고 조금 슬퍼졌다. 씨의 지금 얼굴은 사실은 없어도 좋은 여러 선線들을 지우개로 모두 지워버린 다음 같은 그런 느낌이었다. 그는 『성남동 까치』에 실린 시들을 생각하였다. 그 시들에게는 말로만 듣던, 삶의 겨울의 그 무서움이 있었다. 닳아빠지도록 징징 운 적이 없는 사람이 나 정말 봤소, 하고 보고하는 그 삶의 겨울의 얼굴이 있었다. ―옆에 앉았던 한유학 씨는 거의 구보의 무릎 위에 앉아 있었다. 구보는 일어나서 안방으로 들어갔다. 거기에는 슬기롭게도 일찌감치 선배들에게 자리를 내주고 나온 이철봉李鐵棒 씨가 마담을 데리고 무슨 얘기를 하고 앉아 있었다.

"여기가 편하군."

"응, 성황이어서 잘됐어."

구보씨는 이철봉 씨가 앉아 있는 아랫목 벽장 아래 가 앉았다. 그 옆으로 사진사가 둘, 보자기를 씌운 사진기를 옆에 세워놓고 앉아 있다. 대청과 방은 미닫이로 막혀 있어서 보이지 않았다.

"이봐"

하고 이철봉 씨가 마담에게 말했다.

"여기도 한 상 차려와."

"곧 가져옵니다. 미안합니다."

"어딜 가는 거야."

"네 다른 방에 좀."

"다른 방?"

"네."

"돌려보내 돌려보내."

"어머 거기도 손님인데."

"손님? 아무튼 여기 빨리 가져와. 자리가 없어 나앉았는데 술까지 나앉으란 말야?"

작은 자개상에 술과 생선 구운 것이 얹혀서 왔다.

"이거 뭐 행랑아범 상 같잖아?"

"아이 무슨 말씀을."

"회계는 내가 하는 거야"

하고 이철봉 씨는 마담의 어깨를 안았다.

"응, 돈은 이 양반이 가졌어"

하고 구보씨는 무책임한 거짓말을 했다. 마담은 그래서만도 아니고 이철봉 씨의 평론가다운 고상한 풍모 때문이기도 하겠지만 윗몸을 맡기고 가만히 있었다.

"마담 몇 살이야"

하고 철봉 씨가 물었다.

"맞혀보세요."

"글쎄"

하고 철봉 씨는 나이 맞혀보는 건 양보해도 좋다는 듯이 구보씨를 돌아보며 마담을 좀더 겨드랑 밑에 집어넣었다. 구보씨는 마담 얼굴을 바라보았다. 거기도 한 얼굴이 있었다. 그것은 얼굴을 이루는 많은 선線들이 어디로 갈지 몰라서 제자리에서 잠깐씩 망설이고 있는 듯이 보이는 얼굴이었는데 눈을 가운데로 삼은 부분이 비옥肥沃해 보였다. 눈의 흰자위가 성性의 비곗살처럼 살쪄 보였다.

"글쎄"

하고 구보씨가 모처럼의 권리를 낭비해버렸다. 그러자,

"서른다섯"

하고 철봉 씨.

"꼭 맞혔어요."

마담은 서른다섯 살을 철봉 씨가 주기나 한 것처럼 반가워했다.

그것으로 봐서 몇 살 더 먹었을 것이라고 구보씨는 생각했다.

"서른 살쯤이 아닐까?"

"그러면 좋게요"

하고 마담은 말하면서 일어서려고 했다.

"어딜 가는 거야."

"좀 나가봐야죠"

하고 마담이 대청마루 쪽을 눈으로 가리켰다.

"애들이 있잖아?"

철봉 씨가 그렇게 말했으나 마담은 잠깐만이라고 손가락 하나를 들어 표시를 하면서 일어서 나갔다. 대청마루에서는 돌아가면서 축사를 하는 중인 모양이었다. '까치' '까치' 하는 소리가 말 가운데서 자주 들렸다.

"늙었지?"

하고 철봉 씨가 말했다.

"응, 머리가 다 세었다."

"머리는 갑자기 세는 것이라는군."

"응."

"'성남동 까치' 좋지?"

"응."

'성남동 까치'는 이번에 나온 시집의 이름이자 그 속에 실린 한 편의 이름이었다. 김광섭 씨의 앓기 전의 시는 존 던을 연상케 하는, '形而上學의 騎士'가 투구를 쓰고 움직이는 듯한 느낌이 있었다. 기생방 병풍 냄새 같은 것이라든지, 청상靑霜의 안쓰러움 같은 것이 대체로 주류를 이룬 시단에서 그의 시풍은 쇳소리가 울리는 특이한 것이었다. 그런데 이번 시집에서 그는 그 투구를 벗고 있었다. 그리고 구보가 놀란 것은 투구를 벗은 그의 머리가 그사이에 세어 있었다는 사실이었다. 그 투구 안에서 그는 다른 싸움을 싸웠던 모양이었다. 모든 사람들이, 그가 투병鬪病하는 동안 그에게 씌우고 있었던 옛날의 그의 시풍의 투구를 그는 스스로 벗고, 지금도 그러리라고 생각해온 그와는 너무 다른 얼굴을 드러냈던 것이다. 투구보다는 더 튼튼한 그러나 가벼운, 싸움을 치른 그의 체력도 견딜 수 있는, 튼튼함과 무게 사이의 비례 관계를 벗어난 그런 옷을 입고 그는 서 있었다. 아니 저기 앉아 있다.
"당신들 여기 있었군."
사회를 보고 있는 시인 김정문金正文 씨가 들어서면서 말했다.
"자리를 내드리느라구"
하고 구보가 말했다.
"자 당신들두 한마디 하시오"
하고 그는 구보씨와 철봉 씨를 두 마리의 까치 새끼처럼 손바닥으로 몰아가지고 대청으로 나왔다.
구보는 이런 얘기를 했다.
─김광섭 선생의 『성남동 까치』는 1960년대의 끝에 와서 문득 우리 문학의 하늘에 올린 길한 소리였습니다. 우리는 헤매는 한국 시가 어디로 가는 것인지 알지 못합니다.
그러나 한국 시는, 거짓을 버린다는 이름으로, 우리가 시라고 생각하던 옷을 하나씩 벗어왔습니다. 그러나 우리는 한국 시가 저

옛얘기의 벌거숭이 임금님이 되기는 원치 않습니다. 임금님은 임금다운 옷을 입어야 합니다. 벌거숭이냐, 옷이냐 하는 양자택일적인 물음이 사실상 감상感傷에 지나지 않음을 우리는 보아왔습니다.

선택은 벌거숭이와 옷 사이에 있지 않고, 어떤 옷과 어떤 옷 사이에 있습니다. 『성남동 까치』는 시에게 위엄과 점잖음의 옷을 되찾아주었습니다. 그러나 그 옷은 번쩍거리지도 절그럭거리지도 않는—목숨처럼 자유무애하고 자유인답게 점잖은 그런 옷입니다. 우리가 할 일은 그러나 김 선생님의 옷을 뺏어 입는 것은 아닐 것입니다. 또 뺏어지지도 않습니다. 이 시인의 싸움을 우리도 싸우는 것, 그렇게 해서 우리도 자유인이 되는 일이라 믿습니다. 무엇보다 선생님의 건강을 빌어 마지않습니다.

이철봉 씨는 보다 간단한 그러나 정에 넘친 연설을 하고 나서, 구보씨와 철봉 씨는 다시 별실로 왔다. 그때 구보씨는 자기가 각설이 타령을 하고 나오는 거지처럼 느껴졌다. 그럴싸한 일이었다. 음식을 한 상 받고 앉은 대감들 앞에서 각설이 타령을 한마디 하고 별실에 물러나와 한 상 얻어먹는 거지 같다고 생각하고 구보씨는 슬퍼졌다.

이번에는 거지가 됐군, 하고 구보씨는 생각했다.

대감들 방에서는 노래가 시작됐다. 이제 남은 일은 기념사진을 찍는 일뿐이었다.

"이 형은 집이 어디요?"

하고 구보가 물었다.

"여기서 가까워."

"자기 집이지?"

"응."

"용한데."

"오막살이야 오막살이."

"아무튼. 애기 둘이랬지?"

"둘이야."

"더 낳을 생각인가?"

"응 길러보니 하나쯤 더 있어도 좋을 것도 같고."

"둘이면 되잖을까?"

"남의 걱정 말고 자넨 뭐야?"

"응 나야 뭐."

"뭐라니."

그들은 내년 PEN대회에 대한 얘기를 했다. 나쁠 것은 없다는 것이 두 사람의 의견이었다. 자본이건 정치건 국제적인 '빽'이 있어야 하는 세상에, 문학에도 그런 게 있어서 나쁘기까지야 하겠는가, 하는 점에 그들은 의견을 같이했다. 그것이 과연 '빽' 구실을 할 수 있을까 하는 것이 의심스럽다는 점에 대해서도.

8시에 기념 촬영을 하고 모임이 끝났다.

구보씨는 버스 정류장에서 혼자 차를 기다렸다. 낮에도 맵짠 날씨더니 지금은 어지간히 떨렸다. 한 시인을 축하하고 사람들은 뿔뿔이 흩어지고. 에익, 또. 구보씨는 사랑에 굶주린 거지 같은 자기 몰골을 생각하고 화가 났다. 벌거숭이 된 내 마음. 오 거지 같은 내 마음. 그는 하늘을 쳐다봤다. 까맣게 갠 하늘에서 벌거숭이의 그 숱한 것들은 그래도 고왔다. 사람도, 헐벗으면서도 저럴 수 있다고 잘못 알고 얼마나 많은 사람들이 무모한 짓을 하다가 삶의 이 엄동설한에 얼어 죽었을까, 하고 구보씨는 생각하였다. 빛나는, 하늘의 그 고운 것들과 고운 것들 사이에 놓인 공간이 아름다움이면서 무서움인 것처럼, 한 시인을 축하한 사랑은, 뿔뿔이 흩어져야 하는 무서움이기도 하다는 것을 생각한다.

"아저씨" 누가 옆에 와 선다. 그는 돌아보았다. 머리끝이 쭈뼛했다. 정말 헐벗은 한 여자가 그에게, 밤처럼 캄캄한 손을 내밀고 있었다. 어쩐 일이었던지, 그 여자의 얼굴에서, 벌써 옛날에 갈라진 한 여자를 보았다고 헛갈린 것이다. 그는 백원짜리 한 장을 꺼내 주었다. 죄인처럼. "고마워요" 그녀가 말했다. 비웃음처럼.

버스가 왔다.

구보씨는 황황히 이십 원 길의 나그네가 되어 밤 속으로 외마디 소리처럼 사라져갔다.

제2장

昌慶苑에서

어느 봄날, 소설가 구보씨는 창경원에 가서 짐승들이 보고 싶다는 생각이 환장하게 치밀어올랐다.

마침 이렇다 할 일도 없는 날일뿐더러, 무슨 생각이 환장할 만큼 북받쳐오른다는 것은 좀처럼 없는 일이기에, 구보씨는 이 북받침이 바라는 바를 들어주어야 하겠다고 생각하였다. 자기 속에 있는 어떤 어린아이의 보챔을 짐짓 들어주는 마음으로 구보씨는 집을 나와 원남동 쪽으로 가는 버스에 올랐다. 수요일이었다. 창경원 앞에서 내렸을 때, 그는 길을 건너가기 전에 잠깐 서서 맞은편에 솟은 창경원의 두둥실한 대문을 바라보았다. 엷은 구름이 빈틈없이 깔린, 봄철의 그 환하고 부드럽게 흐린 날씨였다. 이글거리는 햇빛이 박살난 유리 조각처럼 누리에 흘러넘치는 한여름과 달라서, 햇빛은 어디에나 있으면서 어디서나 숨어 있는 그런 식으로 차분한 공간을 만들고 있었다. 언제나처럼 구보씨는 이런 날이 좋은 것이었다. 그리고 열려 있는 창경원 문 앞에 사람의 그림자가 없는 것도 좋은 일이었다. 시계를 보니 1시 5분이었다. 그는 길을 건너가서 표를 사들고 안으로 들어갔다.

그는 왼쪽으로 걸어가서 공작 앞에 멈췄다. 지금이 그러는 시간인지 공작은 후두두 소리를 내면서 꼬리를 펴고 있는 중이었다. 부챗살처럼 활짝 꼬리를 펼 때, 소리마저도 부채질할 때 같은 소리를 낸다. 종이가 찢어져서 살이 털털거리는 그런 부채가 아니고 여러 겹으로 접힌 안전 면도날을 손에 몰아 쥐고 트럼프 장 펴듯이 펴는 것처럼 쇠붙이스러운, 싸아악 하는 소리였다. 텅 빈 동물원의 한낮에, 꼬리를 활짝 펴는 그 모습은 좀 섬뜩한 것이었다. 마치 꽃망울이 열리는 현장에 맞닥뜨린 때처럼, 어떤 외설한 모습이었다. '花開'라는 낱말이 떠올랐다. 저 리듬, 까무라칠 만큼 아득한 어느 때부터 비롯한 버릇, 시무룩한 낯빛으로 꼬리를 잔뜩 펴고 있는 모습은 '공작처럼 거만한' 어쩌구 하는 모습처럼은 보이지 않았다. 그보다는 원수의 땅에 포로로 잡혀왔으면서도 하루의 정한 시간에는 자기네 부족의 법식에 따라 예배를 드리고 있는 모습 같았다. 아, 그렇지, 언젠가 TV에서 타일란드식 권투가 태권인가 무슨 그런 짬뽕 같은 경기에서 선수가 시합 전에 기도 같은 걸 드리는 걸 봤지. 그 놀이군, 흐흠. 살다 보니 별구경 다 하네그랴. 구보씨는 다음 울로 갔다. 거기는 칠면조였다. 옆 우리에서 벌어지는 일에 아랑곳없는 그 새는 뒤룩거리는 불그죽죽한 혹이 달린 머리를 멍청하게 쳐들고 가만히 서 있었다. 아마 밤낮 보는 일이니 하긴 그에게 별스러울 것도 없을 것이었다. 미친 새끼 또 지랄하는군, 쯤으로 생각하는 것인지. 구보씨는 칠면조 고기를 먹어본 적이 없다. 별 새가 다 있단 말이야. 우리가 닭 잡아먹는 식으로 서양 사람들은 저걸 잡는단 말이지? 서양 장모들은 사위를 보면 저놈의 모가지를 비트는가? 사위. 반가움. 칠면조 모가지. 조건반사의 그런 버릇. 문화란, 조건 반사의 묶음이다, 라는 생각. 반가움을 위해서 무엇인가의 모가지를 비튼다. 괴로움의 바다로군. 불난 집이란 말이지. 좋으면 좋았지 왜 남의 모가지는 비트누. 치맛바람을 일으키며 쇄도해가는 장모. 비틀거리는 닭 모가지. 캑. 쯧쯧, 무언가 있어. 반갑다는 감정이 남아 있다는 사실이 화가 나서 개 옆구리 차는 식으로 누군가에게 분풀이를 한다는 느낌이 든단 말이야. 잔인한 내 마음에 왜 풍파를 일으키냐 말이야, 이 원수야. 칵 찌를 수 없으니 비트는 것이 아닌가, 모가지를—닭의. 하는 느낌이다. 꿩이구나. 꿩이 있다. 『장끼뎐』의 주인공이다. 말. 거꾸로 세상을 살고 있단 말이야 나는. 삶에서 말을 배우는 게 아니라 말에서 삶을 배우다니. 배운 도적질이오, 들인 오입맛인데 이제 별수 있나. 도적질이 나쁜 게 아니라, 도적놈이 포교인 체하는 게 나쁘지. 누군가는 도적놈 몫을 맡아야 되니, 도적놈이 있는 것은 괜찮은데, 당당히 도적놈이오 하는 게 아니라 포교노라 청백리淸白吏노라, 이게 글렀단 말씀이야. 당최 헛갈려서 살 수가 있나. 직업요? 네, 뭐 조촐한 도적질입죠. 직업예? 갈봅니더. 어디예, 밑천이 그래 돼야지예, 똥갈보지예. 직업 말씀이오? 나 순교자외다. 웬걸요, 아직 큰판에 못 끼어봤소. 순교자 소매업이오. 이쯤

됐으면 사농공상士農工商의 구별이 얼마나 분명하겠는가.

굽이를 돌면서 오른편으로 가서 연못 위에 덮어놓은 그물 뚜껑 안에 있는 학이며 오리를 들여다본다. 한쪽 다리로 서 있는 학인지 두루민지가 보인다. 밀면 넘어질 것 같다. 붙들린 이 몸 하늘이 그리워라, 에이얏호. 유행가 같은 저 포즈. 청승맞으니 신세가 그렇지. 청승맞다? 하기는 저 친구가 있을 데 있으면 또 달리 보일 테니까. 있을 데. 각기 있을 데 있을 것. 있을 데 있게 할 것. 일본 애새끼들 칙언가 나발인가 옛날 그런 게 있었지. 되지못한 친구들. 그 새끼들 때문에 스타일 구겼겠다? 누가? 내 부족이. 그래서 나하고 무슨 관계가 있다? 어려운 문제군. 한국 땅에 몸담고 있는 바에는 한국사史는 내 개인사史이기도 할 수밖에 없지. 역사의식이랄 것 없이 역사적 상상력이라면 되겠군. 그것을 피해 가려던 사람들은 다 거짓말쟁이가 됐으니까, 이 함정에 빠지지 말아야지. 소가 있었는데 보이지 않는다. 그 소는 어디 갔을까? 얼룩말 옆 우리에 소 한 마리가 있는 것을 아마 몇 해 전에 봤는데 지금 보니 울조차 없다. 구보씨는 그 소가 썩 마음에 들었었다. 젖소는 아닌데 거의 우유 빛깔에 가까운 색깔의 그 소는 대단히 점잖고 굳세어 보였다. 사무실에 가 물어보면 알 수야 있겠지. 그러나 자기가 그렇게 할 리는 없다는 것을 알고 있고, 영영 모르고 말리라는 것을 생각하니 구보씨의 궁금증은 뼈 속에 끓는 가려움증처럼 성가셔졌다. 그 소가 빈대만 한 크기로 둔갑해서 정강이 뼛골 속에 나 박힌 것처럼. 거기서 스멀거리는 것처럼. 아니 그러면 안 세시 뭐야. 그 소는 내 정강이 뼛골 속에 온 것이지 뭐. 그러자 가려움

제2장 昌慶苑에서 45

증이 가셨다. 소 한 마리가 들어 있는 정강이를 가볍게 옮기면서 구보씨는 원숭이 우리 쪽으로 갔다. 구보씨를 보자 그들은 죽겠다고 창살에 매달려 손을 벌렸다. 구보씨는 몇 걸음 뒤에 있는 매점으로 가서 캐러멜을 샀다. 그리고 그것을 가지고 가서 원숭이들에게 던졌다. 그들은 까먹고는 껍데기를 밖으로 내던진다. 또 달라고 한다. 그는 캐러멜이 다하자 우리를 끼고 왼쪽으로 돌아갔다.

낙타들이 서 있다. 그 옆이 타조다. 그들은 발의 생김새가 같다. 사상화沙上靴 같은 발이다. 그리고 보니 얼굴 생김새도 비슷하다. 낙타들의 앞발이 날개가 된 것이 타조가 아닐까. 한국 유행가사에 대한 그의 기여는 주목할 만하다. 타고난 거지라는 느낌이다. 타고난? 乘了? 了乘(타). 낙타駱駝. 저걸 타고 사막을 다니는 사람들. 나귀를 타고 행상을 다닌 소금장수나 다를 게 없겠지. 나귀냐, 낙타냐─그 차이가 민족이라는 것일 게다. 타조는 가만히 서 있다. 이 작자들의 표정은 모두 비슷한 데가 있다. '別有天地 非人間'이다. 우리와 전혀 다른 리듬의 레벨에 있는 데서 오는, 떨어진 느낌. 『하멜漂流記』 당시에 한국 사람이 서양 사람을 대했을 때의 느낌이 이랬을 게다. '그 작자 생김새 한번 묘하군.' 이러면서 표류해온 '異樣人'을 보았으리라. 제정신 있는 사람의 느낌이다. 아직 야코죽고, 멍들기 전의 마음의 심줄이 울리는 소리다. 저것들이 삼강오륜을 알 것인가. 모르쇠들이다. 아마 그랬으리라, 넝마를 걸친 이 혹부리 친구. 아라비아 거지, 몽고 거지. 구보씨는 그 앞을 지나 오른쪽에 있는 지붕 낮은 우리 쪽으로 갔다. 거기는 작은 짐승들이 처마를 나란히 하고들 있었다. 여우가 있다. 꼭 여우처럼 생겼다. 저렇게 닮다니 신통한 일이다. 우리 한가운데 서서 곁눈질로 이쪽을 보고 있다. 원숭이가 또 있다. 이것들은 종자가 다른 것인지, 두 마리가 있는데 '암수'라고 팻말에 써 있다. 이를 잡아주고 있다. 저번에 봤을 때도 이를 잡고 있던 것 같은데. 노다지 이 사냥만 하고 사는 모양이다. 아니면 그게 버릇인지도 모르겠다. 암수이니 서로 매만져준다는 품인지. 이른 봄날에 정든 님 서캐 잡을 때 문득 노수虜囚의 몸을 잊었습네. 그런 판국인 모양인가. 살갗에 배어나와서 말라붙은 소금 딱지를 뜯어 먹는 것이라고 어디서 읽은 것 같기도 한데. 빤히 쳐다본다. 저건 웬 사람이 수요일에 와서 이러누. 이런 날에는 오는 사람도 없더구먼. 그런 눈치다. 다음은 너구리다. 이것 역시 만화에서 본 그대로다. 여우보다 조금 사위스럽지가 않다. 백치白痴들. 대체로 비슷한 인상이 백치들을 가둬놓은 느낌이다. 어느 짐승이나 그 한 가지는 비슷하다. 비탈진 길을 내려가서 왼쪽으로 간다. 흰곰이다. 한 마리는 물속에, 한 마리는 바닥에. 힘센 백치의 미남 미녀. 혹은 노예 역사力士다. 아무 생각도 그 골통에 들어 있음직하지 않다. 순하디순하기 때문에 아무 죄의식 없이 잔인할 수 있는 '天衣無縫'의 깨끗함이다. 하긴 저 털옷에는 바느질 자국이 없으니깐. ᄒᆞ놀오시 기븐ᄌᆞ리 업스몰. 이 말은 필시 어느 모피毛皮장수가 지어냈음이 틀림없다. 못 당하겠단 말씸이야, 옛날 모피장수들한테는. 그 옆에도 곰인데 이쪽은 검정곰이다. 생김새도 다르다. 흰곰은 얼굴이 갸름한데 이쪽은 원형의 얼굴에 주둥이가 따로 솟ᄉ이니있다. 곰녀 투박하고 너구리를 닮았다. 숯 굽는 화전민火田民 같다. 어슬렁어슬렁 돌아다

난다. 이 검정곰은 흰곰보다는 무슨 꿍꿍이속이 있어 보인다. 가끔 걸음을 멈추고 무엇인가 곰곰이 생각에 잠긴다. 구보씨는 거기를 떠나 오른쪽으로 갔다. 사자 우리다. 사자는 산발을 하고 앉아 있었다. '檻車에 실려 押送되는 全琫準'같이 보였다. 어느 책엔가에서 본 녹두장군의 사진을 떠올린 것이었다. 풀어헤친 머리며 어두운 낯빛이며가 갈데없다. 동물원에 들어오는 동물들—그중에도 이런 사나운 짐승들이 여기 오기 전에 무슨 훈련을 받는 모양인지 궁금하였다. 원래부터 저렇게 온순할 리는 없는데 우리 안에서 저렇게 태연한 것이 이상하다. 탈출은 가망이 없다는 것을 그는 어떻게 아는 것일까. 처음에는 쇠창살을 흔들고 부딪치곤 하다가 저렇게 되는 것인지. 아니면 어떤 훈련 과정이 있어서 그렇게 길들이는 과정이 있는 것이 아닐까. 다만 그는 가만히 앉아 있는 것이 아니다. 이윽고 몸을 일으켜 빙빙 돌아간다. 울타리를 끼고. 그러나 창살을 어떻게 하고 싶은 눈치는 없다. 창살은 움직일 수 없는 것으로 거기 그렇게 있다는 대전제 아래 움직이고 있다. 헛일. 한없는 헛걸음. 아무 곳에도 이르지 않는 한없는 제자리걸음이다. 아무 곳에도 이르지 않는 걸음. 그것은 이미 걸음이 아니라 춤이다. 삶이 아니라 굿이다. 영원한 삶의 떠올림〔喚起〕. 삶의 기억을 잊어버리는 것이 두려워 일부러 떠올리는 삶의 기억. 기억을 불러일으키는 몸짓. 몸짓. 아무도 위협하지 않는 몸짓. 자기를 달래는 주문呪文. 다라니陀羅尼. 예술이 된 동작. 예술의 다라니성性. 예술의 떠올림성. 무엇을? 삶을? 삶의 기억을. 왜? 삶을 잊어버리지 않기 위해서. 삶의, 그의 삶의 리듬을, Vector를 유지하기 위해서.

그의 메커니즘의 버릇을 잊어버리지 않기 위해서. 그가 사자라는 것을 잊지 않기 위해서. 그의 양식, 그의 형型, 그의 몸짓을 잊어 버리지 않기 위해서. 그래서 허무에의 혼입混入, 해체解體를 막기 위해서. 자기가 자기임을 유지하기 위한 되풀이. 되풀이. 삶의 형型의 되풀이. 사자형獅子型의 되풀이. 곰형(熊型)의 되풀이. 낙타형駱駝型의 되풀이. 한국형韓國型의 되풀이. 한국 예술형藝術型의 되풀이. 사자형 예술. 곰형 예술. 낙타형 예술. 예술형의 박물학博物學으로서의 예술철학. 형은 자연형뿐일까? 아니 麒麟·龍·鳳 Pan·Phoenix·Chimera·Siren·Sphinx 따위의 상상동물형. 자연의 순열조합의 재再순열조합. 조물주의 상상력의 완성. 조물주는 자연을 만들다가 요절夭折한 것일까. 사자형. 사자는 빙빙 돌고 있다. 상상력의 원형으로서의 자연. 자연형의 기본형으로서의 원형질의 기본형으로서의 원자. 의 핵核. 의 중간자中間子. 一의 다음에는? 악. 무. 없음. 아찔함. 一에서 홀연히 있는 나. 가보는 세상. 의 제대로임성性. '柳綠花紅 獅子徘徊.' 이 부메랑 같은 재귀성再歸性. 되풀이. 다짐. 사자의 걸음의 되풀이성. 종의 버릇의 새김질. 그의 종種적 버릇의 되풀이. 그는 고전古典적인 예술가다. '사자'라는 전통 예술의 유지자로서의 사자. '사자'라는 전통 예술의 명창名唱·명공名工·명수名手로서의 사자. 전통의 '삶'과, 전통적 '예술'의 통일로서의—밀림의 사자. 삶의 기반을 잃은 보존保存 문화재 '예술'뿐으로서의 사자—동물원의 사자. 안중근安重根. 하얼빈의 사자. 삶이 예술이 되지 않고는 침을 수 없있넌 위대한 한국인. 절륜한 용기. 절륜한 역사적 상상력. 적의 목줄기를 향해

치솟아간 한 마리의 사자. 전봉준. 사자. 절륜한 용기. 절륜한 역사적 상상력. 역사적 후각嗅覺. 건강한 맹수의 감각, 적敵의 소재를 우롱당함 없이 알아낸 뛰어난 코·귀·눈. 적의 위장僞裝에도 불구하고 속지 않는 날카로움—코, 귀, 눈의. 다음이 호랑이다. 엄청나게 크다. 늙기도 했다. 몇 마력馬力쯤이나 될까. 굉장한 짐승이다. 사자는 어딘가 '悲壯'한 데가 있는데 호랑이는 그렇지 않다. '仙氣'가 있다. 구보씨는 호랑이에 대해 그가 알고 있는 여러 가지 얘기를 떠올렸다. 호랑이는 지금 터놓은 두 우리 사이를 들락날락하고 있다. 사자와 꼭같은 걸음걸이다. 이 동물원의 모든 짐승들이 저마다 자기 몸짓을 되풀이하고 있다. 자기 몸짓을 흉내 내는 광대들. 자기 모방. 자기 모방으로서의 예술. 산속을 걸어다니는 저놈과 마주쳤을 때는 이러저러하게 하면 해하지 않는다는 둥, 호랑이에 대한 얘기는 너무 많다. 민속民俗학적 동물, 산신령. 산신령의 심부름꾼. 효자 열녀의 표창자.

구보씨는 식물원 쪽으로 들어갔다. 안에 들어서니 싱그러운 냄새가 확 끼친다. 짐승 냄새만 맡다가 갑자기 들어서니 더욱 그런 모양이다. 이만한 식물원이면 웬만한 부자의 온실이라고 하는 것이 어울리지 않을까, 하고 구보씨는 생각하였다. 구보씨는 풀이며 나무며 꽃이며 하는 것들의 이름을 거의 모르기 때문에 크게 재미도 없을뿐더러 재미있을 만한 식물도 없었다. 다만 방 안에 싱그러운 냄새가 모양 있는 식물보다 더 구체적으로 느껴졌다. 그렇다고 언제까지 서성거릴 수는 없어서 한 바퀴 돌고는 나와버렸다. 좀 버젓한 식물원을 차리자면 얼마나 돈이 드는지는 몰라도 원 저래서야 무슨 식물원일까, 하고 속으로 투덜거리면서.

그는 연못가로 와서 거기 있는 매점으로 들어갔다. 자리에 앉으니 바로 창 너머가 연못이었다. 사이다를 마시면서 내다본다. 한 쌍의 남녀가 보트를 젓고 있다. 날씨는 아까보다 좀더 환해져서, 그들이 젓는 보트의 수면이 강하게 번쩍인다. 물 위에 쓰레기가 떠 있다. 좋기는 하지만, 하고 구보씨는 생각한다. 시민들의 놀이터가 있다는 것이 좋기는 하지만, 여기는 터까지 모두가 문화재가 아닌가. 이 건물과 뜰이 원래 지닌 모습을 간직해야지. 짐승도 제 버릇을 잊지 않으려고 안간힘을 하는데 여기가 이렇게 스산해서야. 동물원이 꼭 여기 있어야만 맛인가. 여기는 여기여야지. 어디 한 군데 좀 깨끗한 데가 있어야. 나라 안을 다 찾아도 정결한 데라고는 호텔의 수세식 변소밖에 없어서야. 그러자 구보씨는 지난 전쟁에 피난 다닐 때 생각이 났다. 아하 그렇지. 아직도 피난 살림이라고 생각하면야 무슨 범절을 찾을 수 있을까. 이런 날에 여기 와서 이런 생각을 하고 있는 것도 팔자 편한 소리지, 하는 생각이 든다. 조금 편해지면 이렇단 말이야. 그런데. 구보씨는 이런 생각이 그럴싸하면서도 좀 허술한 데가 있는 것 같아서 궁리를 좀 하자고 들었다. 그러면 어쩌자는 말인가. 도적놈도 있어야지만 꽃을 가꾸는 사람도 있어야 하지 않는가. 테나르디에도 있어야지만 미리엘 주교도 있어야 하지 않는가. 도적놈도 있어야 하구말구. 미리엘 주교가 있을 수 있는 것은 테나르디에가 있기 때문이다. 우리가 평안할 수 있는 것은 누군가가 사형死刑을 집행당하기 때문이시. 깨끗한 처녀가 화촉동방을 가질 수 있는 것은 누군가가 매음賣淫을 하고 있기 때문이지. 어느 사회도 그러니깐. 어떤 사회건. 그게 사회라는 것의 조건이니깐. 이 재수 없는 제비에 걸리지 않으려는 안간힘. 그게 산다는 것. 정의란 무엇? 제비뽑기에서 속임수를 없애는 것. 불행의 제비에 대한 위험률을 고르게 하는 것. 정의란 무엇? 사기·얌체·새치기에 대한 처벌이 엄격한 것. 엄격한 제비에서 나쁜 제비를 뽑는 사람들은 어떻게 하는가? 좋은 제비를 뽑은 사람들이 먹이고, 입히고, 가르칠 것. 그래도—. 아니 그 다음에 그래도는 없지. 그쯤 그래도가 겹치면 죽으니깐. 시인이란 무엇? 사기도박을 발견하면 고래고래 소리를 지르고, 죽은 자에게는 대성통곡하는 것. 왜 시인은 그렇게 하는가? 그게 그의 버릇이니깐. 시인은 무당의 후손이니, 그는 부정不淨을 점지하는 게지. 해동海東 조선국에 부정살이 끼었구나아, 귀신이 어디서 왔느냐, 밖이냐 안이냐, 서쪽이냐 북쪽이더냐, 푹푹 잘도 썩는구나. 염통이 둘이더냐 셋이더냐 미련한 것들아아, 엇수. 좀 이렇게. 시원한 살풀이를 본 지가 오래어라. 신수身數점, 상사想思굿, 꽃(花)굿만 점이요, 굿이라니 누구 맘대루. 신분제가 무너진 사회에서는 개인의 생물학적 유전은 그의 장래 판단 요소의 한 계系밖에 못 되는 것. 그것이 자유인. 비슷하게나마 맞출 수 있는 건 대량현상大量現象뿐—집단集團의 단수團數점. 상놈이 상놈으로 죽기 마련인 시대에야 신수점 치기가 뭐 어려웠을라구—그러나 거짓말은 하지 말아야지. 사람이 제일 하고 싶어 하는 것은 자기 일이다. 누구도 모르는 그것을. 하찮은 것일망정 자기에게는 모두인 그것을. 자기에게는 모두인. 이 점을 속여서는 안 되지. 살고 간 모든 사람들이 깨달았던 참 이야기. 그러나 되풀이하지 않으면 안 될 무서운 정말. 거기서부터 출발하는 일. 출발? 출발하지 않아도 이미 그렇게 있는 것. 원래 그렇게 있는 것. 그렇지, 구두장이는 구두장이로 마치는 세상에서는 사람은 훨씬 편한 마음으로 살 수 있었으리라. 그러나 우리는 이미 다른 물살에 끼어들었다. 물살보다 더 빠르지 않으면 안 된다. 괴로움은 거기서 온다. 신수身數점과 국수國數점을 어울리게 간을 맞추는 비빔밥. 어려운 솜씨다. 서방님과 시어머니를 모두 주무르자니. 시집살이. 고생살이. 개집살이. 그렇게 해서 어디로 가는가. 보트는 어디로 가고 없다. 그들이 갈 데로 갔으리라. 구보씨는 담배 한 대를 피우는 것처럼 이런 생각을 하면서 앉아 있었다. 담배를 지나쳐서 아편기가 섞일 때도 있었다. 그러나 별걱정은 없었다. 해독법을 만드는 법도 어느새 익숙해 있었기에 괜찮은 일이었다. 그 해독제란 '각설, 나는 구보다' 하는 말이었다. 그러면 생각은 담뱃불처럼 거기서 꺼지는 것이었다. 구보씨 말고는 매점에 다른 손님이 없었다. 진열대 뒤에는 소녀가 한 사람 앉아서 책을 읽고 있다. 그가 구보인 것처럼 그 소녀는 그 소녀였다. 흐흠, 잘돼 있단 말이야. 그는 일어나서 소녀 앞으로 가서 셈을 치르고 매점을 나섰다. 연못을 끼고 천천히 걸어갔다. 그가 지나온 짐승 우리 쪽에 드문드문 움직이는 사람들이 바라보였다. 연못가에서 발을 멈춘다. 연못은 아까보다 좀더 번쩍거린다. 구보씨는 하늘을 쳐다봤다. 여전히 흐렸지만 엷은 구름이어서 하늘이 너울을 쓰고 있는 것 같았다. 구보씨는 연못가를 버나서 왼쪽으로 걸어갔다. 여기저기 보이는 사람들이 꼭 멀찍이 서로 뒤를 밟고 있는 사람처럼 보였다. 그러다가 마주치면 모른 체하고 지나쳐놓고는 슬쩍 돌아서든가, 어쩌다 앞서가는 사람이 돌아보면 잠깐 그 자리에서 서성거리면서 사이를 두는 것이었다. 여기저기 흩어져 걷는데도 용케 장단을 맞추면서 어슬렁어슬렁 움직이는 것이 서로 짜고서 걷는 춤을 추듯이 구보씨도 어느새 그 춤의 걸음 장단 속에 들어 있었다. 그러자 그의 몸뚱이는 구보씨의 손에서 훌렁 벗어나서 한 걸음 앞에서 스적스적 걸어가는 것이었다. 그 걸음새가 다른 사람들의 그것과 신통하게 같고 전체의 장단에 맞고 있음이 뚜렷했다. 구보씨도 자기 뒤를 밟아갔다. 자기 걸음도 어느새 어떤 걸음 장단에 맞춰지고 있는 것을 그는 느꼈다. 구름 한 귀퉁이가 열렸는지 햇빛이 불시에 환하게 밝아졌다. 그 순간 Congregation이란 낱말이 화살처럼 날아와서 뇌수에 박히는 것을 느꼈다. 동물원에 있는 모든 사람들이 어떤 눈에 안 보이는 탑을 돌면서 서로가 서로를 의식하지 않으면서 의식하고 있는 그런 뒤밟기를 하고 있다는 생각이었다. 사람들뿐이 아니었다. 그 '會衆' 속에는 동물들도 끼어들어 있었다. 이제야 알 만한 일이었다. 동물들의 그 '白痴'스러운 겉보기는 그들의 '교활'이었던 것이다. 그들도 우리의 뒤를 밟고 있는 것이다. 그래서 정체를 숨기기 위한 탈이었던 것이다. 모두 변장을 하고. 공작으로, 여우로, 사자로. 모든 사람이 모든 사람의 뒤를 밟고, 밟히는 Congregation이 거기 있었다. 식물까지도 날카롭게 귀를 세우고 각각으로 유심히 기척을 살피고 있었다. 사랑과 의심과 복수가 서로 손을 잡고 있기 때문에 그것들 서로가 서로의 발뒤꿈치를 밟고 있기 때문에 모두가 모두에 대해 미안한 그런 탑돌이를 하고 있는 중이었다.

  햇빛이 흐려졌다. 그러자 그 이상한 생각은 흩어졌다. 박혔던 화살은 간데없고 그의 뇌수는 말짱해졌다. 구보씨는 다시 제 걸음을 찾았다. 그는 왜 그런지 시름이 놓여졌다. 대문까지 남은 길을 천천히 걸어간다.

  문을 나선다. 한편으로 들어서는 사람들. 눈길이 마주치는 것이 어쩐지 부끄럽기도 하고 무섭기도 하다. 그래서 구보씨는 땅을 보면서 로터리 쪽으로 빨리 걸어갔다. 새벽에 매음굴賣淫窟을 빠져나가는 오입쟁이처럼.

제3장
이 江山 흘러가는 避難民들아

새벽에 구보씨는 꿈을 꾸었다. 구보씨는 바닷가에 서 있었다. 물결이 밀려오고 밀려나간다. 갈매기도 틀림없이 날고 있었다. 그들의 날개에서 빠르게 부서지는 햇빛도 보였다. 그러나 구보씨가 보고 있는 것은 그런 것이 아니었다. 구보씨는 바닷물 속에 잠겨 있는 마을을 보고 있었다. 바닷속에는 한 마을이 잠겨 있었다. 아주 깊이 갈앉은 마을은 어항 속에 있는 고기처럼 잘 보였다. 집들이며 나무며 한길이 아주 잘 보였다. 어느 철인지는 몰라도 울타리 너머로 잎이 무성한 나뭇가지가 넘어온 것도 보였다. 그렇다면 여름철인지도 알 수 없었다. 구보씨는 바닷속으로 걸어들어갔다. 아무리 들어가도 마을은 보이지 않는다. 구보씨는 바닷가로 나왔다. 거기서 보면 여전히 마을은 바닷속에 있었다. 그는 지쳐서 모래 위에 앉아버렸다.

구보씨는 사막을 가고 있었다. 가도 가도 가없는 모래펄. 여기 저기 가시 돋친 부지깽이 같은 것은 선인장인 것이었다. 저쪽 지평선 위에 마을이 보인다. 그러나 그것은 거꾸로 선 마을이었다. 집들은 엎어놓은 자라처럼 지붕을 밑으로 하고들 있었다. 나무들은 뿌리처럼 지붕 아래로 흘러내리고 있는데 그 사이로 오락가락하는 사람들도 파리처럼 하늘을 밟고 다닌다. 거꾸로 쏟았는데도 물 한 방울 새지 않는 강물이 반짝이면서 흐르고 있다. 구보씨는 그 마을로 찾아가는 길이었다. 남루한 행색으로 보아서 길 떠난 지가 오래된 모양이었다. 그런데도 구보씨는 마을에 닿지 못하고 있다는 것이다.

이런 꿈이었다. 구보씨는 이불 속에 누운 채 한동안 꿈속의 자기 모습을 놓치지 않으려고 애를 썼다. 물론 깨어 있는 구보씨가 꿈속의 구보씨를 그리 오래 붙잡고 있을 수는 없는 일이었다. 구보씨는 낯익은 천장지가 분명히 눈에 들어온 연후에야 단념하였다. 바다만 한 어떤 깊이와 하늘만 한 높이만이 머릿속에 남았다. 그것은 머릿속에 그만한 화전火田불을 놓은 자국처럼 매캐하게 허전한 느낌이었다.

구보씨는 방문을 열고 툇마루에 놓인 신문을 거둬들였다. 그리고 다시 자리에 누워 그 잉크 냄새가 나는 종이를 펼쳤다. 어제와 마찬가지로 오늘도 제1면에는 이렇다 할 시원한 소식이 없었다. 시원한 소식이란 이를테면 어제 0시를 기해서 한반도는 통일되었다, 라든지 예수 그리스도가 안양 포도밭을 배회하는 것을 발견하였다든지 그런 것은 물론 아니겠지만, 족보를 따지자면 그런 바람을 채워줄 소식 같은 것이기에 없는 것이 의당한 일이었다. 구보씨는 3면을 넘겨 봤다. 있다. 운전수가 치인 사람을 싣고 가서 버리고 달아난 것이다. 순간, 신문지 잉크 냄새가 비릿해졌다. 그리고 어떤 바다가 핏빛으로 변하고 어느 하늘이 가솔린 불에 타는 것을 느꼈다. '焚天'이라는 말이 떠올랐다. 경상도 어느 마을에서는 제대한 시동생이 형수를 낫으로 찌른 사건이 있었다. 고기잡이배가 행방불명이 되고 있었다. 맨 밑 '쓰레기통' 속에 있는 미담까지 헤쳐 본 다음 구보씨는 신문을 내려놓고 담배를 붙여 물었다. 일어나면서 피우는 담배가 나쁘다는 말을 들어서 아침밥을 먹기 전에는 손대지 않으려고 하면서도 늘 이렇게 되는 것이었다. 그리고 신문을 다시 들여다본다. 아랍 사람들과 이스라엘의 싸움. 팔레스타인 게릴라들이 이스라엘 진지를 공격했다. 베트콩이 미군 보급소를 공격했다.

 신문을 대강 보고 난 다음 구보씨는 엎드린 채 멍하니 창문을 바라본다. 이럴 때 구보씨는 머릿속에다 자신의 두개골보다는 약간 작은 지구를 떠올린다. 신문을 읽고 나면 반드시 그렇게 한다. 둥근 공 위에서 들끓는 사람들과 바다와 산과 집들. 아이들이 태어나고 사람이 죽고 눈사태가 나고 비가 오고. 마치 지구 공화국의 대통령이기나 한 것처럼 구보씨는 지구를 손가락 끝으로 돌려가면서 살펴본다. 어떤 날 아침에는 지구는 국광처럼 싱싱하다. 어떤 때는 레그혼 알 같다. 처녀의 머리 같기도 하다. 늙은 남자의 머리 같기도 하고. 또는 해골바가지 같을 때도 있다. 헛된 번뇌에 시달리면서 해를 끼고 돌아가는 해골바가지. 구보씨는 서글퍼진다. 무엇 때문에 이 고생인가. 모른다. 아무도 모른다. 언젠가는 알게 될지도 모른다. 그러나 지금은 모른다. 그것을 알게 될 때까지 견뎌야 할 괴로움을 고루 나누자는 것. 구보씨는 정의正義를 씩씩한 것이거나 무서운 것이라고 생각하지 않는다. 그것은 외마디 소리 같은 것이다, 라고 생각한다. 지키지 않으면 너 죽고 나 죽을까 봐 소스라쳐 지르는 소리 같은 것으로 느낀다. 정의를 이렇게 느낀다는 처지가 괴롭다고 구보씨는 생각한다. 구보씨 좋아하는 대로 된다면 정의라는 것은 에어컨디셔너 같은 것이라야 한다고 생각한다. 덜 더함이 있으면 스스로 조절하는 그런 종류의 기계들같이 말이다. 에어컨디셔너에 고장이 있을 때마다 외마디 소리가 들린다는 것은, 피가 흘러야 한다는 것은, 호랑이가 담배 피우는 것보다 더 희한한 일이다. 그런데도 사실은 그런 것이었다. 신문은 그렇게 말하고 있는 것이었다. 지구 위 어디서나 호랑이들이 담배를 피우고 있다. 외마디 소리가 도시와 시골 강과 바다에서 들려오고 있다. 구보씨는 한숨을 쉬었다. 그 지구 위에서 가장 초라한 골목에서 한 장의 신문을 들고 있는 자신이 더할 수 없이 초라해 보였다. 어제오늘 비롯된 느낌은 아니면서 이 느낌은 언제나 새로웠다. 밖에서도 한없이 낡았으면서도 늘 새로운 생활이 시작되고 있었다. 부엌 쪽에서 아침의 이때면 들리는 소리도 어김없이 들려왔다. 주인 아주머니가 고녀 이학년생인 외동딸 옥순이의 아침상을 차려 주는 기척이거나 아니면 먹고 난 상을 치우는 소리일 것이었다. 주인 내외와 딸 하나인 이 집의 조용함이 구보씨에겐 편리했다.

제3장 이 江山 흘러가는 避難民들아 59

골목 어귀에 있는 구멍가게를 보는 옥순이 아버지는 말이 적어서 무엇보다도 좋았다. 이사 오기를 잘했다고 구보씨는 또 한 번 생각했다.

조반을 마치고 구보씨는 집을 나섰다. 늦가을의 아침이었다. 이 언저리는 한식 가옥들만 들어차 있다. 집장수가 한꺼번에 지어놓은 모양이었다. 꼭같은 모양의 대문이 양쪽으로 늘어선 사이를 구보씨는 걸어갔다. 집들은 물론 전쟁 후에 지은 것이겠지만 알맞게 낡아 있어서 그들이 차지하고 있는 땅과 공기와의 사이에 어떤 원근법을 다듬어가고 있었다. 생활이라는 붓이 천천히 끊임없이 손질을 해가는 그림처럼 땅에서 자라난 식물처럼 자라고 있는 중이라는 느낌을 받는 것이었다. 구보씨는 고목나무 구멍에서 사는 너구리나, 여우· 다람쥐· 곰· 원숭이 같은 것이며 온갖 새들—까치· 부엉이· 솔개· 딱다구리 같은 것을 떠올린다. 그것들은 제각기 한 나무씩 혹은 한 구멍씩 차지하고는 그 속에서 새끼들을 데리고 살고 있는 것이다. 뿌리 쪽 구멍에는 너구리가 살고 가지에는 부엉이가 살고 있는 나무도 있다. 부엉이는 말하자면 세들어 있는 셈이다. 그런 부엉이가 자기라고 구보씨는 생각한다. 아침이면 이 수풀의 가지와 밑둥 아래쪽에서는 수선스러운 움직임이 일어난다. 깃 치는 소리며 부리를 비비는 소리, 발바닥을 핥는 소리—그런 웅성임이다. 지금 구보씨가 걸어가는 몇 발짝 앞으로 흰 칼라에 곤색 아래위를 입은 어느 여우의 딸일 성싶은 얼굴을 한 상냥한 암여우가, 가방을 들고 새초롬히 걸어가고 있었다. 오른쪽 대문 앞에서는 곰 한 마리가 굴을 나서면서 새끼 곰을 얼러보고 있었다. 구보씨는 가장 심상한 낯빛을 지닌 채 이러한 모든 것을 바라보면서 걸어갔다. 그는 속으로 한숨을 쉬었다. 누굴 탓하거나 업신여기는 한숨은 아니었다. 한숨 같은 것으로밖에는 나타낼 수 없는 어떤 노래를 부르는 심정으로 그러한 한숨을 쉬어본 것뿐이었다.

한심閑心대학에 이르니 10시였다. 좀 이르지 않을까 싶었으나 편지에 오라고 했으니 어느 때라도 좋다는 말로 알아도 될 일이었다. 이 대학 도서관에 있는 친구 김학구金學求가 한번 들르라는 편지를 보내왔던 것이다. 그는 구보씨의 대학 동창으로 처음에는 국문학을 했으나 곧 도서관학으로 옮아가서, 지금은 그 방면에서는 이름이 알려진 사람이었다. 사람이 무슨 결심을 하는 데는 다 그만한 까닭이 있겠지만, 남은 알 길이 없고, 자연 어떤 사람이 인생에서 결정을 내릴 때마다 신비한 모습을 지녀 보이는 것을 구보씨는 많이 보았다. 그럴 때 구보씨는 뱃속이 가려울 때처럼 아득해지는 것이었다. 결과는 눈앞에 있는데 거기에 이른 길은 알 수 없는 것이다. 그것은 구보씨 자신에게도 들어맞는 일이기는 하였다. 아무 믿는 데가 없으면서도 마치 무슨 단단한 약조를 옥황상제에게서 귀띔을 받은 것처럼 살아가는 모양이 살의殺意를 느끼게 한다고, 어떤 벗이 술자리에서 그에게 주정을 한 적이 있었다. 그때 구보씨는 그 말에 담긴 사랑이 벅찼고 평소에 슬기로운 벗이 그런 실수를 하는 것이 애석했다. 그러나 그런 실수가 다소간에 없으면 '벗'이라고 하는 이 외실한, 근친상간적인 관계는 이루어질 수 없음도 또한 사실이었다. 김학구는 구보씨의 벗이었기 때문에 구보씨가

제3장 이 江山 흘러가는 避難民들아

불쑥 그런 의문을 가져보는 것도 자연스러운 일이었다. 이 대학에 그가 오기는 아직 일 년도 되지 않았고 그런 후로는 처음이었지만, 처음 와보는 것은 아니었다. 한 삼 년 전에 와본 적이 있었던 것이다. 달라진 데가 많다. 그때는 성냥갑 모양의 문리대 본관과 도서관만 산비탈에 달랑 올라앉아 있었는데 지금은 여기저기 그렇잖은 덩치의 물건들이 수풀 사이에 도사리고 있었던 것이었다. 이 대학도 그사이에 자라고 있었던 것이었다. 그런데, 자라다니, 하고 구보씨는 생각하였다. 짐승이나 풀나무 모양으로 대학이라는 인공물의 확장을 말하는 버릇. 학설學說이 맞선다느니, 문화文化가 침략한다느니, 이데올로기가 싸운다느니, ―흠. 하고 구보씨는 끄덕거렸다. 시인들이 '자연'의 심상心像을 버리지 못하는 까닭을 알겠군. 시가 논픽션이 되지 않자면 헤벌어지는 삶의 모습을 약분約分하는 것이 필요한데 그러자면 자연의 이미지를 쓰는 길밖에는 없겠지. 구보씨만 하더라도 조금 아까 수풀 속에서 숱한 짐승들을 보지 않았는가. 이런 생각을 하면서 구보씨는 도서관 앞에 이르렀다. 그때 그는 약간 당황했다. 그 건물은 삼 년 전에 본 인상과는 달랐던 것이다. 도서관도 자랐단 말인가, 하고 구보씨는 생각하였다. 그럴 수도 있는 일이었다. 마침 지나가는 학생에게 물어보니 그는 저쪽 숲을 가리키면서 그 저편에 도서관이 있다고 한다. 구보씨는 고맙다고 인사한 다음 그쪽으로 걸어갔다. 원래 숲을 깎아내고 터를 닦은 데다 지은 대학은 그때만 해도 시내에서 밀려나온 변두리 건물 같았는데 지금은 둘레 사방의 숲을 거느리고 있는 큰 장원莊園 같은 느낌이었다. 자랐군. 하고 구보씨는 감탄하였다. 만물은 자라는 것이다, 하고 그는 속으로 뇌어보았다. 별 신통할 것도 없는 말이었다. 구보씨가 그 말에 담고 싶었던 느낌의 무게에 비하면 형편없는 표현이었다. 삶의 아리송한 숨결이 입 밖으로 나가는 과정에서—성대라든가 혓바닥, 이빨 새 같은 데서 그 숨결이 흩어지고 마는 모양이었다. 구보씨는 늦가을의, 아직 덜 가신 안개 기운이 서린 수풀 사이를 걸어가면서 미꾸라지처럼 잡히지 않는 삶의 비밀을 새삼 생각하였다. 프로테우스 같은 삶. Mikurazi 같은 삶. Mikurazi라고 표기를 해보니 그 말은 Taboo라든가 Totem 같은 말의 친척이 되는 것이었다. 왜 그럴까. 아무튼 이것도 나중에 생각해보기로 하고 구보씨는 대뇌 피지皮紙의 한 귀퉁이에다 그것을 깨알 같은 글씨로 적어넣었다. 도서관은 약간 주유소 비슷한 느낌은 있지만 훨씬 크고 깨끗한 건물이었다. 김학구는 테 없는 안경알을 번뜩이면서 반가워했다. 그는 방을 따로 차지하고 있었다.

"오랜만이군."

"바쁘지 않아?"

그들은 자리를 잡고 앉아서 거의 동시에 이렇게 주고받았다.

"아니야. 괜찮아. 잘 왔군."

"학교가 많이 자랐어."

김학구는 담배를 권했다. 양담배였다.

"어디서 생겼어."

그는 서랍 속에서 또 하나의 양담배를 꺼내서 구보씨를 주었다.

"재미있나."

제3장 이 江山 흘러가는 避難民들아 63

구보씨는 학구가 켜주는 라이터 불에 담배를 붙이고 그렇게 말했다.

"응. 뭐 그렇지. 재미있어."

"일 년이 아직 안 됐지?"

"열 달째야."

구보씨가 갑자기 웃었다.

"왜 그래?"

의아한 듯이 학구 씨가 물었다.

"열 달째라니깐 말이야."

"응?"

구보씨는 또 웃었다.

"왜 그래?"

"낳을 달이 가까웠군."

"뭐?"

"모르겠나?"

"아, 그래."

학구 씨는 허어 하고 웃었다.

"갑자기 그런 생각이 나는군."

"소설가 근성이군."

"아니야, 저—"

"열 달이라는 공통 인수만으로 두 가지 다른 사실이 같은 항목에 분류된단 말이지?"

과연 사서司書의 근성이란 것도 있는 것이었다.

"족보학族譜學도 손대고 있는데 말이야—"
"족보?"
"응. 해보니 도서관학과 전혀 원리가 같아."
"족보라?"
"그렇지. 족보란 게 혈연의 네트워크를 바로잡는 건데, 책을 분류하는 것이나 다름없지."
"분류?"
"암. 어느 책이 어느 항목에 들어가는가 하는 것은, 어느 인물이 인척 관계의 어느 위치에 소속하는가, 하는 것과 꼭같은 이치거든."
"그렇겠군."
"사람에게 촌수가 있는 것처럼 책들 사이에도 촌수가 있단 말일세. 한번 분류의 어떤 윤곽이 잡히면 비어 있는 칸에 어떤 종류의 책이 들어와야 하는가는 전후좌우의 관계로 저절로 결정돼. 족보에서도 마찬가지거든. 그러니까, 족보가 유지된 사회에서는 족보만 연구하면 그 사회의 모든 걸 알 수가 있어. 역사는 물론이고 문화·경제·예술, 이런 것을 모두 족보에서 캘 수 있어. 역사학은 형태론으로 줄이면 족보학이 된단 말이야. 보통, 사료史料라고 하는 건 족보를 설명하는 보조 재료지. 문서든지 구전口傳이든지, 유적이든지 말이야. 책도 그렇거든. 책들 사이에는 엄격한 촌수가 있어 부계父系냐, 모계母系냐도 가릴 수 있고, 순종인가 혼혈인가도 캐어낼 수 있지. 분류 카드를 조자하면 지식의 계통수系統樹가 점점 윤곽이 잡혀."

"백과전서파군."

"맞아. 동서양 다 서지書誌학이 옛날에는 성했잖아. 지금 살펴보면 놀랄 지경이야. 그걸 훈고 취미니, 비실질적이니 하지만, 전통 학문에 대한 그런 계몽적인 반발은 인제 쓸모없어. 컴퓨터가 없는 시절에는 서지학이 없으면 방대한 정보를 어떻게 정리할 수 있겠나 말이야."

"역사는 족보에, 지식은 백과사전에 압축되는 것인가?"

"그렇지 그렇지. 족보가 쓰이지 않는 시대나 백과사전이 없는 시대는 문명이 없는 시댄 거야."

"왜 없어, 화수회花樹會도 많고 백과사전도 많잖아. 브리타니카―"

"가짜야, 가짜. 지금 나도는 족보는 다 가짜야. 이조 후기부터는 족보의 신빙도가 아주 낮아져."

"상놈들이 족보를―"

"명문 거족도 마찬가지야. 족보는 비교해서 아귀가 맞아가야 하는데 중복되고 매듭이 불거지는 데가 많으면 안 돼. 족보의 그물에 들고 나는 인물은 입량入量과 출량出量이 맞아떨어져야 하는데 도중에 증발蒸發하거나 성性전환이 되는 현상이 속출한단 말이야. 족보 기술이 가짜라는 말이지. 민족사의 단절이란 족보의 신빙성의 단절이란 말이야."

"그건 너무 지배층 위주의 사관 아니야."

"아니지. 계몽주의적인 속단이야. 지배 계급을 독립 인수因數로 보니깐 그래. 한 시대의 지배 계급이란 건 항상 그 시대의 피지배 계급과의 상관 관계 속에 있잖아? 비록 지배 계급의 손에 씌어진 역사라 할지라도 거기에는 민중의 그림자가 있어. '지배 계급'과 '피지배 계급'이라는 두 개의 변수가 작용하는 장場의 역학 관계를 다만 어느 한쪽의 입장에서 기록했다는 것뿐이지. 그러니까 민중은 늘 새롭고 지배 계급만 몰락한다, 하는 이론은 일면적이야. 한 시대의 지배 계급이 망할 때 그 시대의 민중도 망하는 거야. 그 시대의 장場 속의 한 변수變數가 망한다는 것은 그 장의 역학 관계가 일단 무너진다는 것, 그러니까 하이픈의 다른 쪽 항項도 망한다는 것을 의미해. 왜 소설 같은 데, 시대가 변했는데도 옛 주종 관계에서 벗어나지 못하는 피지배 계급의 인간상이 나오잖아? TV 같은 데 나오는 퇴락한 권문權門에 충성을 지키는 충복忠僕이라는 타입 말이야. 그의 주인이 망했을 때 그의 노예도 망한 거야. 인제 주종의 의미가 명분에 닿지 않는데 충성을 주고받는 건 피차가 타락한 거지. 그래서 그 충복의 아들은 그걸 못마땅해하고, 아들은 새 윤리에 따라 주인을 거부하지 않아. 주인이 아닌 것을 주인이 아니라고 인지認知한단 말이야. 아들이 주인을 거부할 때 주인만 거부하는 건가? 주인의 노예―즉 아버지도 함께 거부하는 거야. '主-奴'라는 사이클 전체를 거부하는 거지. '主'만을 거부하는 게 아니야. 이때의 아들은 그 '奴'의 생물학적 연속이 아니야. 그는 '거듭난' 아들이지. 그 아버지의 아들이 아니지. '시대'의 아들, 새 '가치 구조'의 아들이란 말이야. 그의 아버지는 '생명'·'하느님'·'天'·'理性'―그런 것이겠지. 생물학적 외양에 혼돈돼서 '奴'로서의 아버지의 아들이라고 착각하는 데서 민중의 영원 무구성, 동정童貞성 숭배가 나온단 말이야. 혁명 문학에서의 민중은 생물학적 용어가 아니야. 그건 상징 기호야. 이걸 혼동하는 데서 민중의 위선과 책임 회피가 생겨 가짜 혁명가와 출세주의자들이 그걸 이용하지. 아첨한단 말이야. 지배 계급이 망할 때 민중도 망해야 해. 옛날 부족들은 망할 때면 멸종이 되지 않았어? 그것이 진정한 망함의 형식이야. 문명한 사회에서는 분업 구조상 지배 계급의 그것도 상위층만 명실공히 망하지만, 폭군을 눈감아준 민중도 그때 마음속으로라도 망해야 해. 육신은 비록 살았더라도. 폭군이 목이 떨어질 때 제 목덜미에도 칼날 같은 부끄러움을 느껴야 돼. 예수가 말했잖아. 너희들 가운데 죄 없는 자 있거든 돌로 쳐라, 라구. 혁명에서 안 칠 수는 없지. 그러나 그때 자기 영혼도 함께 쳐야 하는 거야. 새 시대는 폐허 위에 오는 거야. 살아남은 사람은 어제의 자기라고 생각해서는 안 돼. 어제의 자기가 가졌던 기득권을 주장해서는 안 되는 거야. 폐허 위에 감도는 부끄러움의 안개 속에서 새 삶을 맞아야 하는 거지. 혁명 후의 정치가 미신적이 되는 것은 이 때문이야. 민중을 천사처럼 찬양하고 가치의 상징으로서의 '민중'을 풍속으로서의 민중과 바꿔치는 데서 오는 기만이란 말이야. 명분은 그렇더라도 정치는 현실이니깐, 혁명 후에도 민중은 재교육되고, 징계되고, 숙청돼야 하는 거야. 그걸 모두 민중의 이름으로 하거든. 구십구 명의 민중을 숙청하면서도 민중의 이름으로 하거든. 민중은 한 사람만 남지. 그가 독재자야. 어디가 잘못됐나. 그의 논리가 잘못된 거야. 혁명이란 '너-나'의 어떤 상황을 한 묶음으로 거부하고 다른 수준의 '너-나'의 상황을 선택하는 일이지, '너'만을 거부하고 그 '너'와 연결됐던 '나'를 선택하는 게 아니라는 사실을 방법적으로 자각하지 못하는 데서 민중의 이름으로 민중을 처단하게 되는 거지. 민중은, 내가 동의한 적이 없는데 왜 내 이름으로 내가 처단되는지 몰라 어리둥절하고 나중에는 원망하게 되는 거야. 무엇이 잘못됐나. 민중이 회개할 기회를 주지 않았다는 것—그게 독재의 잘못이지. '민중'의 동정童貞이 깨질까 봐."

"가만있어. 그 이론하고는 조금 달리 설명할 수 있을 것 같아."

"응? 어떻게?"

"자넨, 어떤 압제받는 사회는, 압제자는 물론 노예도 나쁘다는 거지?"

"그렇지."

"'너와 나'에서 '너'뿐 아니라 '나'도 나쁘다는 거지?"

"응?"

"'나'란 물론 '우리'란 말이겠지?"

"물론."

"자네는 노예인 '우리' 가운데서 주인의 곁에서 시중드는 노예, 거리를 다니는 노예, 그것만 보는 거야."

"그럼?"

"보이지 않는 '우리'도 있지?"

"어디에?"

"감옥 속에"

아하, 하고 김학구 씨가 한숨을 쉬었다.

"감옥 속에 있는 노예는 자네가 말한 회개해야 할 노예가 아니란 말일세. 물론 압제자에게 반항하다 갇힌 노예 말이야. 그렇다면, 부정되어야 할 한 시대의 모든 성원은 상하 없이 부정되어야 한다는 자네 이론은 잘못이야. 자네 이론은 민중도, 비굴한 민중도 부정돼야 한다는 것인데, 감옥 속에 있는 노예는 누군가? 민중 아닌가? 자네 이론은 폭군의 눈으로 본 민중을 '나'로 받아들인 거야. 그런 '나' 아닌 '나'가 감옥 속에 있어. 그리고 감옥 밖에도 그런 나가 많이 있지 않았겠나. 폭군이 무시하는 나들이 말이야. 그 나들이 구성하는 보이지 않는 사회—그런 사회가 자네 이론의 '나' 뒤에 겹으로 덮여 있단 말이지. 일종의 Shadow Society지. 민중의 이 부분에 대해서는 자네 이론은 적용이 안 되겠지?"

"그렇군."

"이 점을 생각 안 했으니 자네 이론에서는 왕의 목을 누가 자르느냐가 분명치 않았어."

"감옥에 있던 노예가 자른단 말이지?"

"그렇지. 그들이 자르지. 그러나 간수가 아주 뛰어난 일꾼인 경우에는 빠져나올 수 없지 않겠나?"

"?"

"그럴 땐—밖에 있던 노예가, 감옥에 들어오기 전에 반란에 성공해버린 노예가 자르는 것이지."

"흐음."

"그리고 자네 이론 가운데서, 반란에 성공한 다음의 정치에 관계되는 부분도 달리 설명할 수 있을 것 같아."

"달리가 아니라 묵사발을 만들겠다는 거겠지."

"아니야. 아무튼 반란 후의 민중도 당연히 자네 이론처럼 한 묶음으로 죄인일 수는 없어. Shadow Society가 Society가 되는 것이지. 그리고 왕을 처형했을 때, 같은 Shadow 출신이래두 손에 피를 많이 묻힌 자와 덜 묻힌 자가 있을 것이 아닌가! 단두대에 가까이 섰던 자와 멀리 섰던 자가 있을 것이 아닌가! 그 차이가 새 사회에서의 서열序列이 되는 거지. 자네 이론에서의 민중의 우상화는 이렇게 해서 해결될 수 있네. 그리고 다음에, 민중을 숙청하고 징벌하고 재교육하는 문제. 그것도 달리 말해볼 수 있네."

"어떻게."

"숙청? 숙청한다면 단두대의 끈을 잡아당긴 손이 할 테지? 그 손의 권위에 도전할 사람이 누구겠나? 손에 피를 묻힐락 말락 한 자나, 먼발치에서 소리나 지른 자일 리가 없지 않아? 누굴까? 감옥에 갇혔던 노예, 지금은 의당히 풀려서 나와 있을 그 노예 말고 누가 있겠나? 그 노예는 왕을 처형한 노예보다 공로가 낮을까? 아니지. 똑같아. 다만 그는 감옥에 있었기 때문에 현장에 없었을 뿐이지. 그러나 물리적으로 그가 현장에 없었더래두 논리적으로는 그는 현장에 있는 거야. 그리고 왕을 목 자른 실지의 손에 또 하나의 손이 겹쳐 있었던 거야. 그 Shadow hand, 그게 감옥에 있던 노예의 손이야. 이런 손의 임자는 단수가 아니라 복수일 수도 있겠지. 반란 후의 서열을 매길 때는 이런 손들이 모두 인정돼야 해. 하늘에 해는 하나지만, 반란 두목의 수는 여럿이야. 이것이 분파分派지. 이 분파가 허락되지 않으면 반란 후의 정치에서 민주주의는 실현되지 못해. 단 하나의 그 손, 단두대의 끈을 잡아당긴 손이 생물학주의와 물리학주의를 고집하면서 Shadow hand들을 관념론자라고 몰아칠 때 역사의 위조僞造가 생겨. 자신이 그 현장에 있었던 것은 동등한 권위를 가진 여러 Alternative들 가운데 하나였다는 상황의 문맥文脈을 단순화시켜서, 모든 사회적 제력諸力이 자신을 중심으로 움직였다고 주장하면서, 감옥에 있던 노예도 그의 지령하에 있었다고 기록하는 것이지. 존재하지 않았던 역사적 유기관계를 소급해서 지어내는 것이지. 이것이 보나파르티슴이야. 이렇게 해서 혁명의 과학 대신에 혁명의 전설이 판을 치게 돼. 다시 말하면 숙청은 이렇게 해서 시작되는 것이지. 전설의 영웅상像은 여러 인물이 겹쳐서 만들어진 민중적 적분학이 아닌가. 그것을 어느 한 사람이 차지하려고 들 때, 그게 독재야. 이미지 독점가란 말일세. 그는 숙청하지 않을 수 없지."

　구보씨는 손을 내밀어 담배를 집었다. 김학구 씨는 라이터를 켜주었다. 손이 약간 떨렸다. 마치 숙청당하게 된 사람처럼. 매캐한 뉘우침이 화전불처럼 구보씨의 머릿속에서 번졌다. 왜 그런지 몰랐다. 신들린 것처럼 중얼거리다가, 말이 끝남과 동시에 그런 매캐함이 있었다. 혹은 머릿속에서 번지는 화전불이 구보씨의 뉘우침이 아니라, 김학구 씨의 자존심이었기 때문인지도 몰랐다.

　모처럼 만난 벗의 마음밭에 화전불을 질러놓고 구보씨는 무거운 걸음걸이로 대학을 나왔다. 왜 그따위 짓을 했을까. 고즈넉하게 벗의 얘기를 들어주고 가끔 곁다리를 끼우면서, 좀 있다가 구내식

당에서 한 그릇의 카레라이스든지, 돈가스든지, 곰탕이든지 그런 것을 사이에 두고 우스개를 하면서 벗의 머리 너머로 창밖의 단풍을 — 만일 그런 것이 있다면, 넘겨다보았던 것이 얼마나 옳았던가. 마치 신새벽에 찾아간 자객처럼 그를 난자할 필요가 어디 있었는가. 그러나 할 수 없는 일이었다. 오늘 하루의 나머지 부분을 대신 겸손하게 보내리라, 하고 구보씨는 다짐하였다. 그러자 구보씨는 자기 얼굴이 미소를 띠는 것을 느꼈다. 그렇게 하는 것이 겸손의 표시나 되는 것처럼. 구보씨는 화가 나서 쯧, 하고 혀를 차면서 입을 굳게 앙다물었다. 이와 같이 혼자 붉으락푸르락하면서 구보씨는 정문을 나와 버스를 탔다. 버스 자리에 앉은 구보씨는 창유리에 비친 제 얼굴을 볼 수 있었다. 그 얼굴은 딱지치기에서 따고 돌아오는 유치원 아이 같았다. 구보씨는 눈을 감아버렸다.

구보씨는 '良書出版社'로 들어가는 어귀에서 내려서 걸어갔다. 아래층이 음식집인 그 빌딩의 삼층에 양서출판사가 있었다. 구보씨는 이층 다방 앞을 지나면서 잠깐 망설였다. 혹시 거기 내려와 있지 않을까 해서였다. 그의 발은 망설이면서 삼층으로 올라가는 계단을 두어 단 지나고 있었기에 그대로 올라갔다. 양서출판사 간판이 가로 붙은 문을 열고 들어선다. 거기는 업무부였다. 한쪽으로 난 문을 다시 한 번 열고 편집실에 들어섰다. 미모의 여사무원 한 사람이 앉아서 조용히 일을 하고 있었다. 편집장 자리는 비어 있다.

"다방에 계신데요."

용모처럼 미모스러운 목소리로 여사무원이 일러주었다. 구보씨는 눈으로 인사하고 조심스럽게 문을 닫은 다음 업무부 앞을 지나 문을 열고 계단 쪽으로 나와서 아래로 내려갔다. 편집장 김민완 씨가 창문 옆 국화 화분 아래에서 손님과 얘기하고 있었다. 구보 씨는 한 줄 떨어진 옆 자리에 가서 앉았다. 김민완 씨가 구보씨를 알아보고, 잠깐 기다려달라, 곧 끝난다, 차를 들고 계시라, 이런 뜻을 눈과 오른 손바닥의 알릴락 말락 한 움직임으로 보내왔다. 구보씨는 알았다, 염려 말라, 천천히 끝내라, 하는 뜻의 회신을 역시 눈을 약간 크게 떠 보인 다음, 의자에 편안히 앉아 보임으로써 나타냈다.

구보씨는 커피를 마시면서 기다리는 동안 호주머니에서 원고를 꺼내서 읽어보았다. 이 출판사에서 내는 문학 전집에 쓰일 해설 원고였다. 읽다가 마음에 들지 않는 데가 있어서 구보씨는 볼펜을 꺼내 거기를 고쳤다. 잘 고쳐지지 않았다. 전체적으로 흐름을 약간 바꾸고 싶은데 한 군데만 조금 고쳐서 그런 효과를 내자고 하니 잘되지 않았다. 지웠다, 써넣었다 하면서 골몰해 있는 사이에 김민완 씨가 옆에 와 앉았다. 구보씨는 원고를 무릎에 내려놓았다.

"써 오셨습니까?"

손을 내밀면서 김민완 씨가 말했다.

"네."

"고치시려구요?"

"아니, 됐습니다."

구보씨는 에라 모르겠다, 하는 조로 원고를 그에게 넘겨주었다. 구보씨보다 약간 후배인 김민완 씨는 사교적으로, 이거 고맙습니다, 하는 시늉을 곁들이면서 동시에 원고를 들춰 장수를 알아보았다.

"네, 고맙습니다."

아까 한 몸짓의 메아리처럼 민완 씨의 목소리가 들렸다.

"마음에 드실는지 모르겠습니다."

주안상을 차려온 주부처럼 구보씨가 말하였다. 입에 맞으실는지—옥순이 어머니가 사흘에 한 번씩 고해성사처럼 하는 어투와 꼭같게 나온 것이었다. 겸손하고 어진 목소리였다. 옳지. 오늘 하루는 옥순이 어머니처럼 남을 대하면 실수가 없을 것이었다.

"좋겠지요. 지난번 것도 좋았습니다."

김민완 씨는 원고를 봉투에 집어넣으면서 말하였다. 그것은 옥순이 어머니에게 구보씨가 하는 말투였다.

"미흡한 데가 있으면 말하세요."

옥순이 어머니.

"아니라니깐요. 꽤 염려하시는군요"

하고 구보씨.

구보씨는 흐드득, 하고 웃었다.

민완 씨도 하하, 하고 웃었다.

그것으로 원고를 주고받기를 끝내고 그들은 이런저런 얘기를 했다. 구보씨는 잘 듣고, 잘 의문을 말하고, 재미있게 끄덕였다. 민완 씨는 대학원 국문과에 적을 갖고 있었다. 대학을 나오고 이 출판사에 들어온 다음에 그렇게 한 것이있다. 민완 씨는 고대 소설의 시제時制에 대한 조사를 학위논문으로 꾸려볼 생각이라 한다.

실지로 좋은 생각이었으므로 구보씨는 매우 감탄하였다. 그리고 학자가 될 사람은 착안하는 데가 다르다 싶었으나 입 밖에 내지는 않았다.

"점심 사지요."

일어서면서 민완 씨가 말했다.

그들은 계단을 내려가서 음식집으로 들어갔다. 널찍한 홀에 여러 줄로 놓은 파이프로 된 의자들은 거의 비어 있고 중년 남자 한 사람이 맥주를 마시면서 밥을 먹고 있었다.

"뭘로 하시겠어요?"

"글쎄."

구보씨는 벽에 붙은 음식 이름들을 살펴보았다.

"글쎄."

구보씨는 정하지 못하고 다시 같은 소리가 나왔다.

"민완 씨 좋을 대로."

"저게 좋습니다."

민완 씨가 손가락으로 이름 하나를 가리킨다.

"어느 것?"

"'돼지고기 잡탕 냄비'."

"이름이 잡스럽군."

그들은 하하하, 하고 웃었다.

"맛은 괜찮습니다."

"그러세요."

곁에 온 계집아이에게 민완 씨가 음식을 일러주었다.

"여기서 자주 하세요?"

하고 구보씨.

"네. 가까우니깐 자주 오는 편이지요."

"음식점도 안되는 수가 있을까?"

"다 잘되지는 않을 테니깐, 안되는 집도 있겠지요."

"옳은 말이군."

"술 한잔 할까요?"

맥주를 마시고 있는 남자를 쳐다보면서 민완 씨가 말했다.

"술?"

"맥주 한 잔씩."

"글쎄."

"좋으실 대로."

"김 형은 일하잖아요?"

"네, 전 또 일해야 하니깐요."

"난 뭐 일 안 하는 줄 아우?"

"그렇지만."

"그럼 난 소주 한 잔."

"소주요? 맥주 마셔도 좋습니다."

"아니 소주."

중간쯤 한 컵에 담은 소주를 가져온다.

"이렇게는 못하는데."

"남기시죠 뭐."

구보씨는 한 모금 마셨다.

"요즈음 술 많이 하십니까?"
"아니 별로."
"많이 안 하시죠?"
"네."
구보씨는 또 한 모금 마셨다.
'냄비'가 나왔다.
"이겁니다."
민완 씨가 마치 맏아들놈을 대면시키듯이 대견함과 겸손이 반씩 섞인 투로 확인하였다.
"과연 잡탕이군요."
더 정확히 하자면 '돼지고기 잡탕 냄비 백반'이었다. 구보씨 눈에는 그저 온갖 것이 들어 있어 보였다. 말대로 맛은 괜찮았다.
"이게 이 집 베스트셀런가요?"
"그런 셈이죠."
"베스트셀러 한 가지씩 있으면 장사는 되는 모양이죠?"
"책이야 어디 그런가요?"
"꾸준히 나가는 전집 같은 거 하나 있으면—"
"꾸준히래야 뭐, 얼마 됩니까?"
"그래도 여긴 괜찮을 텐데."
"그렇게 해두죠."
"전망이 어때요?"
"우리요?"
"전반적으로."

"좋지 않은 것 같아요."

"그래도 잡지는 자주 생기잖아요?"

"단행본이 돼야지요. 그래야 자금이 빨리 회수될 텐데."

"단행본이 왜 안될까?"

"글쎄요. 여러 가지 까닭이 있겠지요만, 한마디로 책을 안 읽는 거죠."

"흠."

"어려워요."

"한자 문제는 어때요?"

"한자를 싫어하죠."

"통계로 나옵니까?"

"확실한 통계는 없지만, 알 수 있습니다."

"그래도 한자를 전혀 없이 책을 만들 수는 없지 않아요?"

"그럼요. 한자 문제가 원인의 하나임에는 틀림없습니다."

"그거 큰일이군."

"선생님이야 상관없잖아요?"

"왜?"

"소설이야—"

"그렇지 않아요. 현재처럼 혼합 표기를 하는 체제에서 한글만으로 표기하고 있는 소설 표기법은 일종의 '詩語'라든가, '암호' 같은 것이죠. 문장 표기법이 일반 문장과 문학 문장이 다르다는 것은 굉장히 사치스런 일이에요. 벌써 이깃 하나만으로도 생활과 문학 사이에 거리가 있지 않습니까?"

제3장 이 江山 흘러가는 避難民들아 79

"선생님은 혼합 표기론이신가요?"

"어느 쪽으로든지 통일되어야 한다는 말이지요. 문장은 일반이건 문학이건, 한글 전용이면 전용, 혼합 표기면 표기로, 공통이어야 한단 말이에요."

"그것도 안 될 일이지요. 현재로서는 어디 그렇게 되겠어요."

"표기 체계가 서 있지 않는 처지에 책이 먹히지 않는 게 당연하지."

"큰일입니다."

"큰일이에요."

구보씨는 잡탕 속에서 송이를 집어올리면서 문득, '큰일'이라는 자기 말이 종이비행기처럼 눈앞을 날아가는 것을 보았다. 그것은 조금도 큰일 같아 보이지 않았다. 구보씨는 소리 없이 송이 한 점을 삼켰다.

또 한 군데 출판사에 들러서 일을 보고 난 다음, 구보씨는 5시쯤 심등사心燈寺 쪽으로 가는 버스를 탔다. 심등사는 구보씨의 친구인 법신 스님이 주지를 맡아보고 있는 절이었다. 구보씨가 사는 방향과 반대쪽 변두리에 자리 잡은 심등사는, 주지까지 다섯 사람의 중이 있는 자그마한 절이었다. 구보씨는 오늘 그리로 갈 약속도 예정도 없었지만 집에 들어가려다가 불쑥 그리로 가고 싶은 마음이 들었던 것이다. 작은 동산을 뒤에 하고 앉은 절간으로 올라가는 느릿한 길을 올라가면서 구보씨는 매우 울적했다. 그러고 보면 아침 꿈자리도 찌뿌듯한 것이었고, 김학구 씨를 찾아가서도 뜻하지 않게 공연한 입씨름을 했으며, 김민완 씨를 만났을 때는 난데없는 종이비행기 때문에 기분을 상했다. 그리고 오후의 나머지 시간을 그는 말수가 적게 지냈다. 자기 입에서 또 언제 종이비행기가 미끄러져 나올까 봐 두려웠던 것이다. 오르막길 양쪽으로 집들이 빼곡 차 있었다. 뒷산을 제하고는 심등사는 여염집에 둘러싸여 있었다. 한동안 잘 다니다가 몇 달째, 아마 봄, 그 절 마당귀에 있는 한 그루의 매화나무가 꽃을 피운 것을 본 것이 마지막이니까 봄 이후로 가보지 못했던 것이다. 작년 가을부터 봄 그때까지 문득문득 이 절을 찾던 때 일이, 이 길을 걸어올라가던 때 생각이 난다. 한동안 그러다가 어느새 발길을 끊었던 것인데 지금 이렇게 와보니 자기는 여전히 그때보다 더도 덜도 달라져 있지 않았다. 그러고는 하루살이가 불빛 둘레를 벗어나지 못하는 것처럼 다시 와보게 되는 것이었다. 법신 스님은 구보씨와 같은 또래의 비구승이었다.

절 마당에 들어섰을 때 아낙네가 수돗물 가에서 쌀을 일고 있었다. 구보씨가 묻는 말에 아낙네는 낯을 돌려 법당 맞은편에 있는 거처를 가리키면서 계시다고 한다.

"웬일이십니까?"

법신 스님은 마루 끝에서 내려다보며 손바닥을 모았다.

"네, 별고 없으십니까?"

"네, 여전합니다."

구보씨는 법신 스님의 방에 들어와 있으면서 둘러보았다. 의젓한 그 방이다.

"그래 어떻습니까?"

"늘 그렇지요."

이번에는 스님이 묻고 구보씨가 대답한 것이었다.

법신 스님은 전기곤로에 주전자를 올려놓는다. 그리고 말했다.

"전 지난여름에 길을 좀 다녔지요."

"네, 어디를 다녀오셨나요?"

"강원도 쪽 절을 여기저기."

"그러세요?"

"그때 가져온 찹니다."

주전자를 가리킨다. 그렇게 듣고 보니 코끝에 어리는 향기가 은근했다. 갑자기 깊은 산골 절간에서 마주 앉은 것처럼 차분해진다. 남향받이 문에 늦가을 돌아가는 해가 시뿌옇다. 불을 켜지 않은 방에 서리기 시작하는 그늘이, 문종이 한 겹을 사이하고 햇빛과 어울려지고 있는 것이다.

"자."

두 사람은 차를 든다. 따뜻한 향기가 입술에서 혀로 목구멍으로 넘어가서 밥주머니에 안개처럼 그득 찬다.

"참 좋습니다."

"네."

법신 스님은 손에게서 맏아들놈 칭찬을 받은 농군처럼 벙실거리면서 또 한 잔 따른다.

스님은 윗방으로 올라가더니 무얼 한 아름 안고 내려온다.

"보물도 많이 얻어 왔지요"

하면서 불을 켠다.

두루마리 · 벼루 · 작은 칼 · 염주―이런 것들이 한 보따리다.

"절을 다니면서 보니까 눈에 뜨이길래 가져왔지요."

"이런 것들이 절에는 많습니까?"

"웬걸요. 옛날에는 많았는갑디다만, 지금은 뭐 볼만한 게 없습니다. 그래도 이 구석 저 구석에 이런 것쯤이야 굴러다니지요."

"아까운 물건이 많이 없어졌겠군요."

"그렇겠지요. 요즈음이니 이런 걸 귀하다고 하지 전에야 무슨 유별나게 생각하겠습니까?"

이 강산이 살아온 시간의 스산함이 불 안 땐 방 냉기처럼 언뜻 스쳐간다.

구보씨는 이것저것 만져본다. 보물인 사람에게나 보물인 이런 물건. 두루마리 『금강경』을 붓으로 베낀 것과, 산수화 한 폭이다.

"이건."

산수화를 가리키면서 구보씨가 물었다.

"글쎄요. 그럴 만한 물건인지는 모르겠습니다만."

"감정을 받아보시지요."

"네, 그럴려구 그래요."

"다 절에서 쓰던 물건이겠지요."

"그런 것도 있고, 묵어가는 손님이 주고 간 것도 있겠구."

절이란 데를 찾은 사람들. 그림도 그려주고, 불경도 베껴보면서 색채에서 엎치락뒤치락하는 나그네들의 모습이 떠오른다. 그린 범절. 노예. 감옥에 있는 노예. 있던 노예. 반정反正. 정난공신 사이의 권력 투쟁. 비주류파의 몰락. 멸족. 혹은. 권력에서 밀어내는 것으로 그치고 목숨은 살려주는 경우. 절. 구름의 소식과 물소리만으로 보내는 절. 그러한 삶의 범절. 정치의 범절. 야만에서 벗어난. 속세와 탈속의 인공적 구분. 허구虛構의 시공의 발명. 문명. 운명의 애달픔과 삶의 두려움을 슬퍼하는 것만을 업으로 삼는 분업分業. 의 형식. 노예들. 감옥에 갇힐 만큼 잘나지도 못했던 노예들이 마음을 의지한 곳. 장할 만큼 굳세지는 못해도 한스럽게 착할 수는 있었던 약한 짐승들의 나무 그늘. 장하지도 그리고 착하지도 못한 눈먼 짐승들이 제 욕심을 빈 칠성터. 온갖 모습의 목숨이 숨 쉬는 대로 두고 자기들 팔자만큼 숨 쉬게 놓아두는 텅 빈 가득함을 마련한 슬기. '맑은 슬기만 남고, 모든 야만은 가라.' 파릇하게 깎은 머리를 수그리고 법신 스님은 차를 마신다. 구보씨는 자기가 무엇 때문에 여기를 자주 오는지 알 수가 없다. 굳이 말한다면 법신 스님이 좋아서 온다고 할 수밖에 없다. 절들을 찾아 나선 김에 가는 데마다 좀 진귀하고, 달래서 폐가 될 만하지 않은 것이 눈에 뜨이면 스승뻘이 되는 주지나 선배승들에게 졸라서 이런 것들을 모아온 그. 바닷가 한나절 놀이에서 아이들이 주워다 머리맡에 놓고 자는 조개껍질.

"한 잔 더."

법신 스님은 또 차를 따른다.

구보씨는 차를 마셨다. 차 맛은 아침에 자객질을 하고 피신해 온 사람의 차 맛 같았다.

저녁밥을 대접받고 절을 나섰을 때는 맑은 가을밤이 담뿍 어두웠다.

집들은 어둠 속에서 저마다 불을 밝히고 있다. 꽤 멀리까지 바라보이는 저 마을. 서울이라는 이름의. 그것은 새벽꿈에 본 그 마을이었다. 어둠의 바다에 잠긴. 어둠의 사막의 하늘에 걸린. 구보씨는 심등사를 돌아보았다. 추녀 가로 부옇게 불빛이 어렸다.

구보씨는 한참 그 모양을 바라보다가, 법신 스님 편히 주무시오, 하고 속으로 인사했다. 그러고는 돌아서서, 마을 쪽으로, 언덕을 내려갔다.

제4장
偉大한 단테는

 1971년 초여름의 어느 날, 소설가 구보씨는 '石窟庵'에 들어섰다.
 석굴암이라 함은 경주 불국사 너머에 있는 신라 적 돌굴이 아니라, 광화문 시민회관 맞은편에 있는 예총회관 건물의 일층에 자리 잡은 그러한 이름의 찻집을 가리킨다. 때는 초여름, 갠 날씨의 1시쯤이어서 한창 눈이 부시는 대륙성의 햇빛이 누리에 가득 찬 밖에서 들어온 구보씨는 선뜻 순간적인 반장님이 될 수밖에 없었다. 여느 찻집보다 넓은 면적으로 퍼진 다방 안에는 늘 그렇듯 자욱한 담배 연기가 어려 있고 귀청이 떨어질 지경으로 음악 소리가 요란하다. 구보씨는 어슴푸레한 길을 더듬으며 방 안을 한 바퀴 돌았다. 아직도 그의 눈은 그 속에서 사람의 얼굴을 어김없이 가려볼 만큼 수습이 되지 않았으나, 아무도 그를 불러 세우는 사람이 없는 것으로 보아 만나기로 한 사람은 아직 오지 않았음이 분명했다.

그래서 구보씨는 빈자리를 골라 앉았다. 여기서 그는 친구를 만나기로 한 것이었다. 구보씨 자신이 벌써 조금 늦어 온 것인데 상대방은 조금 더 수가 윗길이어서 더 좀 늦겠다는 모양이었다. 하기는 분초를 다툴 만한 일은 아니었다. 서른 살 중마루를 넘어선 오늘날까지도 구보씨는 분초를 다투어 어느 곳에 몸을 옮겨야 한다는 일이 지극히 많지 않은 그러한 생활을 하고 있었다. 이 순간에 그것은 약간의 어떤 느낌을 불러일으켰다. 느낌이란, 좀 허전한, 약간은 섭섭한 그런 심사였다. 섭섭한 상대가 바로 구보씨 자신이라는 것도 아니고 그렇다고 이 시대, 이 민족을 상대로 한 것도 아닌—그러니까 요컨대 허전한 그러한 느낌이었다. 하기는 오늘 약속은 그저 만나자는 일이었다. 거리에 나온 김에 여기저기 걸어본 전화 가운데서 한 사람과 만나기로 한 것이었다. 그러니 워낙 다툴 것 없는 약속 가운데서 그중 시간을 다툴 것도 없는 일이었다. 그래서 구보씨는 담배를 피워 물고 몸가짐을 좀더 오래 기다릴 작정인 사람의 그것으로 고쳐 가졌다. 이 회관 지하층에도 또 하나 찻집이 있는데 이 회관을 드나드는 인사들은 그쪽을 주로 드나들고 있었다. 그리고 보면 넓이라든가 갖춘 품은 지금 앉아 있는 여기가 나은 것이 분명한데 좀 소란스러운 게 사실이었다. 구보씨는 순찰관 모양으로 좌석 사이를 움직이고 있는 레지에게 차를 주문했다. 구보씨는 차를 주문할 때마다 망설이는 것이었다. 아무려나 이런 데서 마시는 차에다 무슨 미각상의 취미를 흡족게 해줄 바람을 기릴 것도 없이야 힐 것임에도, 그때마다 구보씨는 망설이는 것이었다. 구보씨는 커피를 주문했다. 그런데 차보다 먼저 친구가

제4장 偉大한 단테는 87

왔다. 친구—김중배는 구보씨 나이 또래의 시인이다. 그는 다섯 손가락을 부챗살처럼 쫙 펴면서 그것을 아래위로 몇 번 흔들었다. 반갑다, 늦었군, 어때, 오래 기다렸나—이런 뜻을 그 움직임이 나타내고 있었다. 중배 씨는 옆에 와서 털썩 앉았다. 레지가 차를 가져왔다.

"가배차군. 나두."

레지는 쿡 웃으면서 돌아간다. 중배 씨는 허 고년 버릇 없게, 하는 낯을 지어 보인다. 중배 씨는 커피를 꼭 가배차珈琲茶라고 한다. 레지가 그 말의 우스움을 알아들을 리는 없고 그저 중배 씨의 장난기 있는 말투가 우스웠던 것이다. '나두'를 무슨 애원하는 투로 '나두' 이런 식으로 발음하는 것이다.

또 한 잔의 가배차가 날라져 왔다. 두 사람은 두 잔의 차를 앞에 놓고 비로소 간단한 절차를, 말하자면 우선 재채기를 한 다음에 인사를 나누는 사람들처럼 서로를 쳐다보았다.

"시끄럽군."

중배 씨가 말했다.

"자네 점심 했나?"

"아니 자넨."

"안 했어."

"그럼 점심 하지 어디 가서."

역시 제사 때 음복 같은 것이나 하는 것처럼 찻잔을 얼른 입에 갖다 대고 일어섰다. 건너편 시민회관 결혼식장에서 사람들이 들끓는다. 그 사이를 비집고 그들은 걸어갔다. 결혼 답례품을 손에

든 사람들이 앞뒤로 밀려간다.

"자꾸 하는데."

"응."

중배 씨는, 개탄할 일이라는 듯이 약간 침통하게 대꾸한다. 구보씨와 마찬가지로 그도 독신자이다. 그러나 중배 씨는 말투와는 달리 그런 현상을 별로 중대하게 여기지 않은 것이 곧 드러났다.

"그런데 뭘 먹을까?"

우뚝 걸음을 멈추면서 이렇게 말했을 때의 중배 씨의 목소리가 훨씬 다급했던 때문이다.

"글쎄 뭘 먹을까?"

가슴이 철렁 내려앉으면서 구보씨는 다급하게 되물었다. 이 또한 늘 되풀이되는 일이었다. 그러자 구보씨의 머릿속을 번개 같은 것이 획 지나갔다.

"자넨 완당 먹어봤나?"

"완당?"

중배 씨는 회의 정신이 가득한 눈으로 구보씨를 바라보았다.

"응, 완당."

"그게 뭐야."

"따라와."

구보씨는 가장 장한 일이나 생각해낸 듯이 앞장서고 중배 씨는 자못 궁금하다는 듯이 뒤를 따랐다.

그들은 시민회관 옆을 돌아서 골목으로, 세송로 쪽으로 빠지는 골목으로 들어섰다. 과연 거기 '완당집'이라고 쓴 작은 음식집이 있다. 구보씨는 유리문을 열고 들어서면서 "여기야" 하고 말했다.

중배 씨는 자리에 앉기 전부터, 그의 시적 탐구의 정신을 방불케 하는 호기심 가득한 눈으로 먼저 먹고 있는 이들의 그릇 속을 유심히 쳐다보았다.

"여기 완당 둘."

구보씨가 말했다.

"보통요?"

"뭐? 응, 보통하구 또……"

"특은 양이 많고 계란이 있어요."

"특, 특."

구보씨가 말했다.

"얼마 전에 나도 처음 와봤어."

"흠."

"중국 음식인데, 좀 괜찮아."

이윽고 완당 특이 두 사람 앞에 놓였다.

"자"

하면서 구보씨는 숟가락으로, 칼국수를 테이프처럼 얇게 만든 모양의 완당 가락을 입에 떠넣었다.

"흠."

처음 먹는 음식에 대해서 좀 계면쩍어하면서 중배 씨도 한 숟가락 떠넣었다.

"그거 괜찮은데."

"그렇다니까."

한 숟가락마다 낯빛이 화사해지더니 한 그릇 다 먹고는 중배 씨는 방긋 웃었다.
"야 그거 괜찮은데."
"하나 더 하지."
"그럴까, 자네도."
"하나 더."
구보씨는 일하는 아이에게 소리치고,
"나눠먹지"
하고 말했다.
"그래그래."
"볼일 있나?"
완당집에서 나오면서 중배 씨가 말했다.
"없어."
"영화 볼까? 심심한데."
"그럴까 뭐 볼까?"
"「솔저 블루」라는 게 어떨까?"
"아, 그 뭐야, 그거 말이지."
"그거 그거."
"그러지 뭐."
이와 같이 어렵지 않게 뜻을 모은 두 사람은 택시를 타고 극장으로 갔다.
표를 사려고 보니 다음 회는 다 팔리고 나음나음 회를 팔고 있었다.

"기다릴 수는 없잖아?"

"암, 야미표가 있겠지."

그들은 조금 물러서서 둘레둘레 보았다.

"저리 가."

중배 씨가 자신 있게 걸어간다. 곁눈질을 하면서 게걸음 치듯 오락가락하는 아주머니가 혼잣말처럼 "좋은 자리 있어요" 하고 지나간다.

"얼마요?"

"이리 와요."

앞만 보고 말하면서 아주머니가 모퉁이 쪽으로 간다. 구보씨는 망을 보는 모양으로 그 자리에 남았다. 포장마차, 인디언—실컷 보는 간판에 「솔저 블루」라고 붙었다. 「솔저 블루」라. 네이비 블루니 하는 그 말인가? 극장 언저리는 늘 이국異國적이다. 서양 영화 간판. 커다란 배우의 사진. 그 밑에서 황색인들이 표를 사느라 바글바글 끓는다. 조계租界라는 느낌이다. 옛날 상하이나 홍콩 같은 데 변두리 극장의 모습 같다. 상하이나 홍콩에 가본 것은 아니지만 어쩐지 틀림없을 것 같다. 한국 영화가 상영되고 있는 미국 어느 도시의 극장 앞에 늘어선 미국 시민들과 걸려 있는 간판 속의 한국인 배우의 대조에서 이런 느낌이 이루어질까? 글쎄. 아니지. 주책없음. 의 느낌.

"됐어."

중배 씨가 표를 한 손에 쥐고 잡아끈다. 끝나갈 무렵이라 그들은 들어갔다. 복도에 놓인 의자에 앉아서 기다린다. 영화관에 들어온 사람들은 모두 '고독'한 얼굴이다. 몇백 원의 소일풀이를 위하여 잠깐 들렀다 나가는 얼굴들치고는 너무 시무룩한 것이다. 구보씨에게는 그렇게 보였다. 구보씨는 김중배 씨를 보았다. 그 역시 고독한 군중의 그 얼굴을 하고 있었다. 흠 그렇다면 나도 그렇겠군, 하고 구보씨는 생각하였다. 나한테 말 걸지 말아요, 가만 놔둬주어요, 뭐 당신들하고 한자리에 있고 싶어 들어온 게 아니란 말이오, 살아 있는 당신들하군 상관도 하기 싫고 저 스크린 위에 나타나는 그림자들과 만나고 싶어서 모처럼 여기 온 것이란 말이오, 날 쳐다보지도 말아요——대체로 이런 따위의 글씨를 그들의 얼굴 위에서 볼 수 있었다. 형무소 면회실이나, 병원 대합실, 관청의 응접실 같은 데 모인 사람들의 얼굴 표정과 아주 흡사한 그런 얼굴들.

벨이 울리고 사람들이 나오자, 사람들은 내 수술 차례구나, 내 진찰 차례구나, 내 접수 차례구나 하는 걸음으로 일어서서 자리로 찾아 들어간다. 중中도회지 출신인 구보씨는 이런 매정스러움이 영 나이가 들어도 그때마다 태연스럽게 보이지 않는 것이었다. 그러길래 TV가 세력을 펴는 것이겠지. 이럴 것이면 제 안방에 있는 게 옳을 테니까. 앉아서 홀로 굿을 보는 편이. 그렇다고 구보씨는 사귐성이 유별난 것도 아닌데 그런 생각이 드는 것이었다. 사실 이 나이까지 결혼도 안 한 독신자가 딴 남에 대해 이렇게 어리광스러운 관찰을 한다는 것은 어느 모로나 앞뒤가 맞지 않는 일이었다. 그때시 결국 늘 하는 내로 구보씨는 한숨을 쉼으로써 이 모든 일에 대한 결론을 삼았다. 그러자 흑판에 쓴 글씨를 지운 다음처럼 마음이 말끔해졌다.

영화가 시작되었다. 애국가. 일어섬. 아아 이것은 곤란한 일이었다. 그토록 짜증스러운 심사로 이 자리에 온 사람들이 애국가를 들으면서 서 있는다는 것. 그것은 마치 자기 침실에서 애국가를 들으며 차렷을 하고 있는 것처럼 묘한 일이 아닐까 하고 구보씨는 생각하였다. 중배 씨는 고개를 욕을 먹는 노예처럼 떨구고 있었다. 어둠 속이어서 잘은 모르겠지만 그닥 유쾌한 낯빛은 아닌 모양이었다. 아니나 다를까,

"어떤 새끼가 이런 생각을 냈을까?"

속삭이는 듯이 중배 씨가 말했다. 구보씨는 중배 씨 옆구리를 꾹 찔렀다.

"다 하는데."

앉으면서 구보씨가 말했다.

중배 씨는 혼자 투덜거렸다.

「솔저 블루」가 시작됐다. 개척기의 아메리카. 수비대의 봉급을 실은 포장마차와 경비병들이 벌판을 간다. 그때의 군대 노랜지 새로 지은 건지, 아무튼 솔저 블루 솔저 블루, 하는 후렴이 자주 섞인 노래가 깔린다. 마차에 얻어 탄 여자 한 사람. 납치되어 인디언 부락에서 살다가 봉급차가 가는 요새에 근무하고 있는 약혼자에게 돌아가는 길이란다. 인솔대장은 뚱뚱한 선술집 주인 같은 장교. 인디언의 습격. 약한 장교 밑에 강한 졸병 없다는 교훈을 즉직한, 백인의 패전. 몰살이다. 두 사람만 빼고. 한 사람은 그 여자. 한 사람은 대원 중의 병사. 두 사람은 요새까지의 동행이 된다. 바위

산과 수풀. 강. 병사는 목사 댁 막내아들 같은 타입. 목사라고만 해서는 안 되겠군. 독실한 목사의 독실한 막내아들 같은.「마농 레스코」의 남주인공 같은.「춘희」의 남주인공 같은. 초기 부르주아 소설에 나오는 세상모르는 양가의 자녀 타입이다. 고지식한. 아메리카 군대에 대해 그는 아무 시니시즘을 가진 바 없다. 꼭 사관생도같이 군대를 편을 든다. 흠. 그렇단 말이겠다. 고전古典적 부르주아 사회에서는 군대 졸병이 꼭 사관생도의 직각直角 보행 같은 사고방식에 젖을 수도 있다 이 말씀이군. 호흠. 그게 틀리는 대목이군. 우리 같으면 저건 순 엉터리 설정인데 이 사람들 경우에는, 구舊시대랄 뿐 역사적으로는 있었다는 이런 말씀. 어째 정말일 것 같은 느낌이 안 들지도 않는데.「마농 레스코」나「춘희」에 무리가 없다면 이것도 성립하겠지. 그나저나 복 터진 작자들이야. 저 넓은 땅을. 그 한 편의 '복'이 다른 편에는 무엇을 뜻했는가를 말해주는 식으로 영화는 엮여나간다. 야성의 여인. 이것도 서양 문학의 십팔번이다. 여자 왈가닥. 생활에 그런 게 있었으니까 소설이고 영화에고 저런 인물이 나올 것이구. 그러니까 저건 뜨내기 살림, 피난살이가 아니면 저리될 수 없어. 여자가 삼강오륜이 몇백 번씩 눌러대면 별 재간 없지. 순정 남자와 야성 여자 간의 희극적 여행. 이 여자는 인디언 부락에서 사는 사이에 친인디언주의자가 된다. 그들이 이 땅의 주인이고 백인은 침략자라는 것이다. 이것 또한 서부영화에서 새 기원紀元이다. 착한 인디언이라든가, 인디언과의 병화 공존 같은 이야기는 보았지만, 그렇게 주인과 손님을 바꿔놓은 얘기는 처음 본다. 보고 보니 틀림없다. 순정 남자는 여자의 이 탁월한 '역사의식'에 비하면 병아리 오줌 머리밖에는 없다. 하버드 여대생(그때 하버드에는 여학생이 있다던가 없다던가) 하구 뒷골목 똘마니하구의 대화 같다. 이리하여 가는 등에 그들은 미국 기병대를 만난다. 기병대는 인디언 마을을 공격한다. 이 전투 장면이 이 영화의 문젯거리 대목인데. 평화를 협상하자는 인디언들에게 일방적 공격을 가하는 것이다. 국제법상의 위법인 선전포고 없는 전투. 조약 위반. 비전투원의 무차별 학살. '비전투원'이라는 것도 중요한 문제고 '학살'이라는 것도 중요하지만, 이 영화의 연출에서 더욱 중요한 것은 그 학살을 하는 기병대의 기풍氣風이 문제다. 죽이는 데 그치지 않고 인디언의 팔·다리·머리를 칼끝에 꽂아들고 춤추는 것이다. 문명인과 야만인의 자리바꿈이다. 또 인디언들이 신사적인 기사도적 일대일 결투를 고지식하게 지키는 데 비해서 기병대들이 한 사람의 적을 여럿이 달려들어 '몰죽음'을 시키는 장면은 서부영화에서 백인 총잡이들의 결투법의 선전에 대한 비웃음이 되고 있고. 순정의 병사는 여기서 비판정신을 얻는다. 과연 누가 야만이고 누가 문명인인가, 하는. 마지막에 항명한 죄로 병사는 사슬에 묶여 마차에 비끄러매진다. 부대는 돌아간다. 야만한 개선. 그러나 병사와 '야성녀'는 서로 바라본다. 야만인들 속에서 동족을 비판하는 인간의 네 개의 눈. 솔저 블루. 솔저 블루. 영화는 끝나고, 사람들은 일어서고.

구보씨와 중배 씨는 걸어서 돈화문 쪽으로 오다가 다방에 들어갔다.

"저런 영화를 외국에 내보내도 괜찮을까?"

"괜찮다니?"
"외국에서 만들었다면 반미 영화 아닌가?"
"국내에서 만들었더라도 나라 얼굴에 금을 긋는 거야 마찬가지 아니겠어?"
"그러니까 말일세. 이렇게 자유가 있다는 걸 표시하는 것도 겸하는 것이니, 손익이 맞먹어서 무해하다, 이런 판단일까?"
"아마 그렇겠지. 그러나 인디언은 적이라 할지라도 이미 위협이 아닌 옛날 얘기가 아닌가? 손해 안 될 참회를 하는 게 그리 어렵겠나?"
"그런 쉬운 소리 말게. 일본 아이들이 3·1 운동 때 우리 사람 학살한 장면이나, 관동 지진 때의 한인 학살을 나중 가서라도 저렇게 폭로할 성싶은가?"
"그야 모르지. 그러나 인디언을 아무리 추켜올려도 실지로는 아무 위협이 없지만, 한국인이야 인디언이 아니잖은가? 잘났단 소리가 아니라 우리는 종자가 그대로 살아남지 않았나 말일세. 이야기가 다르지."
"그야 그렇겠지만, 이 영화는 월남 전쟁에서의 학살 사건을 비유한 것이라지 않나, 자네 말대로라도 월남 사람들은 아직 그대로 있으니 어떻게 되나?"
"적을 고무 찬양했다 이거지?"
"암마."
"그렇지 않아."
"왜?"

"미라이촌 사건은 베트콩이 아니라, 양민이야, 월남 국민이야. 그러니까 적에 대한 잔학 행위가 아니라, 자기편에 대한 잔학 행위란 말일세."

"그러니까, 인디언에 대한 것과는 다르단 말일세. 인디언의 경우가 역사적 시효에 걸려버린 사실이라면, 미라이 사건은 국내 문제인 셈이니까 적에 대해 꿀릴 것이 없지."

"가만있자 그러니까―"

"국내 문제를 국내에서 비판하는데 적을 찬양한 게 될 리가 없잖아?"

"그런가?"

"그런 것 같은데."

"그렇다면 크게 손해가 없군."

"게다가 영화에서 기병대만 미국을 대표하는 게 아니잖아?"

"그렇군."

"영화의 흐름은 선량한 두 미국인 쪽에 있지 않아?"

"그렇지. 비록 힘은 없지만."

"그 장면에서 힘이 없다 뿐이지, 작가는 그쪽에 서 있는 거야. 서부 활극에서도 백인 악한이나 그런 게 나오잖아. 기병대가 그 몫이구, 남녀가 보안관의 몫이지. 서부극의 규칙에서 조금도 벗어난 게 없잖아? 나라 체면을 다칠 것도 없구."

"맞았네. 자네 말이 맞아."

"뭐 그야 모르지 또 다른―"

"아니. 맞아."

구보씨는 차를 한 모금 마셨다.

"우리가 말이지"

하고 구보씨는 조금 쉬었다.

"우리가 근래에 일본 애들 밑에 있으면서 너무 정신이 주눅 들었잖아, 아마 우리 세대는 일생 그 영향과 싸워야겠지. 가령 사물을 너무 단순하게밖에는 못 보는 버릇 말이야. 권력이 허락하는 말만 하다 보니 그렇게 되고 만 게 아니고 뭐야. 따지는 걸 미안해 하고. 따지는 사람을 귀찮아하고—"

"확실히 그런 데가 있지."

"강한 사람이 조금 선심을 쓰면 감지덕지하고—"

"그게 노예지."

"노예야. 참 그래. 보통 사는데도 그렇잖아. 서로 따지기를 싫어한단 말이야. 서양 소설이나 영화의 연애 장면 같은 거, 따지잖아? 밀어密語라느니보다 신어辛語야. 우리 취미로 본다면. 서로가 서로를 무슨 증인 심문하는 식이랄까."

"옛날부터 그랬을까?"

"글쎄 그건 나도 자신이 없는데, 물론 시대에 따라 다르긴 하겠지만 아마 처음부터 달랐다고 난 생각해."

"글쎄 서양이라고 순정 얘기가 없는 게 아니구."

"그야 그렇지. 그런 식으로 한다면야 서로 반대 실례를 얼마든지 들 수 있겠지. 일반론을 하는 경우에는, 어차피 사사오입식이 될 수밖에 없지 않을까?"

"아니야, 난 자네 말에 반대하는 건 아니야. 인간이 본질적으로 다르다 하는 건 난 믿지 않아, 그게 아니고 몇천 년 살아오는 사이에 인간이 집단마다 남다른 양식을 굳혀왔다는 건 굳이 반대할 사람이 없어. 생물적인 인간이 문제가 아니라 태어난 사회의 행동 양식이 문제지. 사람은 그걸 배움으로써만 사회인이 되니깐."

"옳지 옳지. 나도 그렇게 표현하고 싶었던 거야."

의견이 이렇게 일치한 것은 기분이 좋았다.

"그런데"

하고 구보씨가 말했다.

"그 영화를 난 또 달리 봐지더군."

"뭐가?"

"그 젊은 친구 꼭 톰 소여나, 허클베리 핀 같잖아?"

"그렇군그래. 허클베리 핀은 오히려 여자 쪽이 아닐까?"

"그래그래. 세상인심이 각박해지기 전의 외곬으로 사는 사람들 말이야. 현대 소설처럼 악인 속에 선인이 있고 선인 속에 악인이, 하는 식이 아닌."

"그래. 포의 소설 같은 건, 스티븐슨에 비하면 순진한 편이지."

"순진하지. 젊은 나라의 시인과 늙은 나라의 시인의 다름."

"영국은 탐정소설의 나라."

"가락이 있다 이런 말?"

"범죄의."

"그야 안 그럴 수 있나?"

"꼭 존경하는 투가 아닌가?"

"우리 말투가?"

"응."

"글쎄 아까 한 소리가 그 소릴세. 우선 저도 모르게 악의 강자를 찬탄하는 심정이 되기 쉽단 그 소리지."

"알고 있으면 조심이 되겠지."

"실수하면 창피한 일이니까."

"아까 얘기하다 말았는데, 난 그 영화 속에서, 우리가 잘 아는 소설의 모티프를 얼마든지 찾아낼 수 있었어."

"톰 소여 말인가?"

"한두 가지가 아니야. '마농 레스코' '카르멘' '아라비아의 로렌스' '오디세이아'."

"'오디세이아'?"

"응."

"왜 그런가?"

"동족의 여자를 뺏어간 적을 멸망시키고 여자를 도로 뺏어 달아나는 모티프."

"참 그런데."

"그 밖에도 얼마든지야."

"그런 모티프를 정리해서 적당히 결합시키면 기계적으로 소설을 쓸 수 있겠군."

"이론적으로는 그런데 사실은 그렇게 안 돼. 작품 분석에는 소용되겠지만. 자네 시를 그렇게 쓸 수 있겠나?"

"아니 쓸 수는 있어. 그런데 그렇게 해보니깐 어딘가 사무치지 않아."

제4장 偉大한 단테는 101

"그거야 소설도 마찬가지."

"왜 그럴까?"

"글쎄 기계화하면 삶의 가장 중요한 어떤 맛을 낼 수 없는 것 같아."

"망설임을 표현 못하는 탓이 아닐까."

"망설임, 그게 맞겠는데."

"시는 그런데 소설은 더 좀 논리적으로 되는 것 아닌가?"

"전혀 마찬가지가 아닐까? 시에서도 논리가 있다면 있는 것일 테니까?"

"당분간 염려 없군, 실직할."

"난 그런 건 염려 안 해. 전혀 무의미한 가정이 아닐까? 마치 인간이 인간이 아니라면 하는 말처럼."

"해프닝이니 뭐니 있잖아?"

"그거야 예술사적으로야 조정 사격 같은 거지. 기록되는 건 명중탄뿐이 아니겠나?"

"명중탄만 쏘려고 하면 표적이 움직일 때 당황하게 되지."

"그래. 자네도 그렇게 생각하나? 나도 실은 그게 문제라고 생각해."

"움직이는 표적을 자유자재로."

"글쎄 그건 이상론인데, 문화라고 하는 게 움직인다고는 하지만, 질서를 가지고 움직이지 않아? 유행하고는 다르지. 유행을 반영하더라도 기본형을 견지하지 않으면 미친년 치마 같은 게 되지."

"글쎄, 요컨대 어디까지가 미친년 치마고, 어디부터가 기본형이 건재한다고 봐야 할지."

"난 뭐, 그 문제가 별로 어려울 것 같지 않아. 구체적인 작품을 가지고 감식해가면 남을 것과 없어질 건 거의 가려진다고 보는데."

"아니, 남의 경우가 어떻다는 것보다 자기, 나 말이야, 내가 어떻게 되는가 그거야, 내 작품이."

구보씨는 문득 제정신이 들었다. 그리고 중배 씨를 바라보았다. 마치 지금껏 얘기를 나눈 사람이 다른 사람이거나 한 것처럼. 그래서 그는 몸을 약간 물리고 의자에 기댔다. 중배 씨의 말이 옳았다. 문제는 자기인 것이다. 늘 자기로 돌아오지 않으면 안 된다. 모든 추상명사는 넉넉한 광장 같은 것이다. 자기가 그 장소의 어디쯤에 서고 싶은가를 빨리 정하고, 그리고 일하고, 나누어지는 몫을 기다리는 것이다.

"자네"

하고 구보씨는 저 자신을 부르는 목소리로 친구를 불렀다.

"작품이란 걸 가지고 생각해서는 구원이 없다고 생각하네."

"구원?"

"마음의 평화 말일세."

"그럼 어떻게 한단 말인가? 자기 직업 속에서 평화를 찾지, 어디서 찾나?"

"물론 직업 속에서 찾지. 다만 활동의 결과에 대한 평가에 의해서가 아니라, 활동 그 자체에 뜻을 두려고 해야만 마음의 평화가 있지 않을까?"

"남의 눈에 매여 살지 말고 자기 보람으로 살라?"

"그렇지."

"자네도 늙었군."

구보씨는 두번째로 가슴이 철렁했다.

"반드시 그럴까?"

구보씨는 우선 이렇게 말해놓고 또 이었다.

"그건 자기를 만만히 보면 그렇겠지. 그러나 자기를 속이는 것은 불가능하지 않은가? 그렇다면 자기 활동에 보람을 가진다는 것이 반드시 늙었다는 이야기가 되지는 않지."

"아니야 늙었어."

중배 씨는 자신 있게 말했다.

"글쎄."

구보씨는 한숨을 쉬었다.

시인 김중배 씨와 헤어져서 구보씨는 관훈동에 있는 책방 거리로 갔다. 근래에는 사고 싶은 책이 별로 없었다. 다만 나온 김에 버릇이 되어 들러보는 것인데, 그때마다 역시 이렇다 하게 갖고 싶은 책이 없다는 사실을 다짐하고는 안심 비슷한 심정이 되는 것이었다. 오늘도 마찬가지였다. 마지막 책방에서 나와 안국동 로터리 쪽으로 나오다가 구보씨는 길가에 있는 가게에서 아이스케이크를 하나 사서 천천히 먹었다. 아이스케이크의 부피만 한 행복이 몸속에 산뜻하게 퍼지는 것이 알린다. 먹고 난 아이스케이크 막대기를 들고 구보씨는 잠시 망설였다.

"아무 데나 버리세요."

주인 남자가 말했다. 에라 모르겠다, 하고 구보씨는 그러나 얌전하게 그 작은 막대기를 발밑에 떨어뜨리고는 로터리 쪽으로 나왔다. 그는 한국일보사 앞으로 해서 광화문 쪽으로 나갔다. 이 거리도 지난 십 년 동안에 엄청나게 바뀌었다. 십 년 전만 해도 여기는 아주 조용한 거리였다. 창덕여학교·비원·창경원·서울대학교 쪽으로 가는 이 길은, 그러한 길목으로서 어울리게 조용했던 것이다. 그러나 지금은 서울의 다른 거리에 비해서 특별히 조용하다거나 오가는 사람이 특색이 있달 것은 없다. 구보씨는 이 도시의 토박이가 아닌 자기로서도 이렇게 감회가 많은 세월이 토박이에게는 어떻게 느껴질까를 생각해본다. 알 수 없었다. 아마 그들에게는 되레 자연스러운 것인지도 모른다. 자기 집 뜰에 심은 나무가 자라는 것을 아무도 신기해하지 않듯이 제일 가까운 것이 늘 제일 안 보이는 것이다.

저녁에 구보씨는 일찍 집으로 돌아왔다. 세수를 하고 구보씨는 신문을 본다. 요즈음 신문은 선거 때처럼 그나마 무슨 주장을 내세우던 기미는 또다시 사라지고, 하나 마나 한 이야기를 하나 마나 하게 채우고 있다. 구보씨는 큰 글씨만 훑어보고는 신문을 접쳐서 윗목으로 던져버렸다. 그러고는 목침을 끌어다 베고 누웠다. 이 집에 지난봄에 하숙을 들었는데 아직까지는 만족하고 있다. 변두리에 새로 들어선 살림집 동네이지만 큰 '저택'들이 아니고 서민층에 알맞은 자그마한 지음새들이어서 서창하지 않고, 그중에서 이 집은 원래부터 여기 살던 집이라 신식 집이 아니고 한옥이다.

이 집을 두고 말하자면, 제자리에 앉아서 자기는 바뀌지 않고 둘레만 개명해진 셈이다. 그래서 터도 새집 서너 채는 더 지을 만한 넓은 빈자리가 있고, 거기에 감·복숭아·목련 따위 나무가 있다. 원래 시골집 마당에 자연스럽게 있던 야생 나무들이 일부러 가꾸는 관상목처럼 되었다. 주인집 식구는 셋인데 중년 부부와 옥순이라고 하는 고등학교 다니는 딸이다. 이 식구들도 마치 이 뜰의 나무들처럼 반농촌 반도회지 같은 사람들이다. 닳아빠지지도 않았고 그렇다고 벽창호는 아니다. 구보씨로서는 이만한 사람들이 가깝게 사귀기에는 가장 안심할 수 있는 편이다. 구보씨는 누운 채로 『神曲』을 집어들었다. 요즈음 그는 이 책을 읽고 있다. 처음에는 이 시의 시형詩型에 대한 옮긴이의 풀이를 읽고 구보씨는 조금 맥이 풀렸다. 이 시의 참맛은 원시에 접해서 말의 가락을 알지 않고는 도저히 느끼기 어렵다는 것이었다. 그야 그럴 것이었다. 그러나 구보씨가 이 작품을 즐기게 된 것은 시로서가 아니었다. 단테라는 피난민이 나그네살이 하는 이야기로 읽고 있는 것이었다. 남의 집 문턱이 높고, 남의 집 밥에 목이 멘다는 이 이탈리아 피난민의 탄식에 구보씨도 목이 메는 것을 느꼈기 때문이다. 그렇게 이 작품을 읽으면서 더 재미난 것은 수없이 달린 주註 부분이었다. 소설가인 구보씨는 이 주 부분을 소설로서 읽고 정작 시행詩行은 그 소설의 난외주기欄外註記로 읽고 있는 것이었다. 그런 마음을 가지고 읽는 구보씨에게 작품의 주는 언 발에 오줌 누기요, 단쇠에 물 치기였다. 더 많은 주가 아쉬운 것이었다. 이 작품에서 단테가 다룬 모든 인물에 대한 인생주기人生註記가 필요한 것이었다. 그러나 이만한 주라 할지라도 그 나름대로도 또 씹는 맛이 있다. 주에 나오는 사람들의 인생은 여기저기서 겹치고 있으므로, 그들 사이에서도 수없는 이야기를 만들고 있는 것이었다. 그렇게 되면 작품의 부피는 이탈리아만 해지고 누리만 해지는 것이었다. 소설이란 서사시의 난외주기가 자란 것이다, 라는 견해에 구보씨는 이르게 되는 것이었다. 시행 그 자체는 이 난외주기를 읽기 위한 색인索引에 해당한다. 어느 사람이 한 줄의 시에 목이 메고, 한 줄의 시에 발이 걸리겠는가. 삶,—그것만이 사람을 그렇게 하는 것이다. 삶이라는 이 크나큰 수풀. 시행은 그 수풀 속에 엉킨 칡덩굴이요, 돌뿌리 같은 것. 거기 걸리는 것이요, 넘어지는 것이지만, 덩굴이나, 돌뿌리는 수풀의 일부분이요, 수풀이 있음으로써만 있는 것이다. 수풀 속에 거미줄도 있다. 이슬이 반짝이는 아름다움의 뒤에는 독거미의 발이 있고 '漂流' '流浪' '放浪' '巡遊'—시에 관련된 이런 말들을 구보씨는 '避難'이라는 뜻으로 이해하는 것이었다. 어느 날 이 점을 깨닫자 구보씨는 눈앞이 환해졌다. 문학사의 '개념'이 그 자신의 '실존實存'의 레이더에 붙잡힌 것이었다. 과부가 과부 설움을 안 것이었다. 어떤 것을 알기 위해서는 그와 비슷한 다른 것을 알고 그것을 발판으로 이해한다는 요령. 구보씨는 단테의 마음이 자기 마음처럼 환해지는 것이 섬뜩할 지경이었다. 사람은 다르다, 개성을 가지고 있다—다 거짓말이 아닌가. 사람은 이렇게 다 같지 않은가. 이것은 참으로 난처한 일이었다. 어느덧 구보씨는 깜박 잠이 들었다. 구보씨는 나폴리인시 플로렌스인시 그런 거리를 걸어가고 있었다. 그의 눈에는 이 도시의 서로 싸우는 당파의 사람들의 모자람은 너무도 뚜렷하였다.

단테는(구보씨가 단테였다) 그들에게 결점을 고쳐야만 이길 수 있다고 일러줬다. 그가 보기로는 그들은 서로 양보하는 것이 이익이고, 근본적으로 죽기 아니면 살기일 만한 다름도 없고, 그러니 논리상 가까워질 수 있는 것이었다. 그러나 당파들은 구보씨의 그러한 건의를 받아들이지 않았다.

당신은 모른단 말이오. 그들은 이렇게 말하는 것이었다. 우리가 어제오늘 싸움을 하는 줄 아시오. 로마 시대부터의 지방 감정이 있단 말이오. 저놈들은 그때 로마놈들에게 고향을 팔아먹은 놈들이란 말이오— 한쪽이 이렇게 말하면 다른 쪽은— 저 벽창호 같은 놈들, 그때 대세가 그 길밖에 없었지 않아, 저만 애국자인 체하고— 이러는 것이다. 당대만이 걸린 싸움이 아니라 족보와 귀신까지 겹친 싸움이었다. 구보씨는 민중들에게도 타일러보았다. 그러나 그들은 제삿날이나 기념식, 관혼상제 같은 때 귀족들이 선심 쓰는 올리브기름의 무상 배급이라든가 싸구려 포도주 추렴에 거나해서 정작 싸울 생각이 없고, 로마 시절에는 선심이 이보다 훨씬 선선했고 '키마에'가 좋았다. 이러는 것이었다. 여기서도 도깨비며 귀신들이 아직도 시민들과 같이 살고 있는 것이었다. 귀신들은 아직 죽지 않았다. 단테는 자기 공부가 모자란 것이 적이 부끄러웠다. 그렇다면 귀신들의 나라로 가보지 않으면 안 되겠다. 단테는 이렇게 깨달았다. 그리고 그 깨달음이 서른 살 고개를 훨씬 지나서 이루어진 사실을 놓고 가슴을 쥐어뜯었다. 인제 다 늦지 않았는가. 인제 황제파가 되기도, 왕당파가 되기도 다 늦은 것이 아넌가. 왜냐하면 단테는 바른 소리 하는 사이에 양편에서 모두 경원당했기 때문에. 그러자 단테의 앞에 어느 날 신비한 문이 열렸다. 그는 여태껏 어느 당파에 '소속'하려고만 해오고 있었는데 과연 그럴 필요가 있는가. 나 스스로 개조開祖가 된 창업創業을 해서는 왜 안 된단 말인가.

이렇게 생각하니 단테는 마치 반역을 결심한 부장部將처럼 으시시 떨렸다. 그러기 위해서는 우선 그는 현존하는 당파들의 그릇됨을 낱낱이 드러내는 혁명 백서를 쓰지 않으면 안 되겠다고 마음먹었다. 그러기 위해서는 여러 당파들이 저 좋을 대로만 짖어대고 있는 정치 팸플릿식으로 써서는 안 된다. 그들의 권위가 얼마나 멋대로이고, 잘못에 차 있고를 밝히기 위해서는, 당대의 당주黨主들의 언행만을 비판하는 걸로는 모자란다.

그들의 할애비에까지 거슬러올라가서 그들을 캐어묻고 자백서를 받지 않으면 안 된다. 그렇게 해야만 꼼짝 못하게 만들 수 있다. 민중이 무식한 걸 기화로 그 날치기 빈말 성명만 남발하고, 민중은 먹고살기가 바쁘니 따질까 하다가도 귀찮아하는 판국에서는 웬만한 사람은 지쳐빠진다. 이렇게 눈앞의 것만 따져가지고는 만날 그 놀음이다.

처음의 처음부터 시작해서 그릇됨을 뿌리에서 밝혀야 한다. 제 길, 혼자서 호메로스, 아리스토텔레스, 헤로도토스를 겸해야 한단 말이야. 게다가 이놈의 이탈리아 말이라는 게 상소리와 헛소리만 하는 버릇밖에 보느니. 그래도 해봐야지. 어차피 있는 걸 가시구 제사 지내는 수밖에. 진심이면 될 게 아닌가. 못사는 자손에게 푸짐하라고만 하는 조상이면 조상도 아니지 뭐. 죽은 사람의 명예를 캐어내고 산 사람의 명예를 깎아버리자니 참 배고플 직업이구나. 그러나. 이 세상밖에 모르는 놈들보다 이 세상 끝까지 보는 상상력을 가졌다는 복으로 만족해야지. 어느 날엔가 이 백서는 광장에서 소리 높이 인용되고 집집마다 염가판으로 배달이 돼서 진정한 국민당國民黨을 위한 바이블 노릇을 하게 되리라.

단테는 이날만은 하숙집 문턱이 매우 낮아 보였고, 찬 없고 맛없는 밥도 목이 메지 않았다. 반란자에게는 절망이 없는 것이다. 왜냐하면 현실은 단 하나의 것이 아니고 이윽고 바뀌고야 말, 아니 바뀌놓고야 말 것이었으므로. 그는 식모가 놀랄 만큼 기꺼이, 따라서 포식을 하고는 종이와 잉크를 갖춰놓고 작품을 쓰기 위해서 책상에 마주 앉았다. 그런데 그놈의 식곤증이 도적놈처럼 밀려오는 것이었다. 그는 깜박 졸았다. 이래서는 안 된다. 눈을 비빈다. 그러나 다음 찰나 또 졸고 있다. 에이 조금만 자자.

까짓것 실력대로 치는 거지 뭐. 단테는 아주 팔에 이마를 얹고 책상에 엎드렸다. 꿈속에 단테는 구보씨가 되어 있었다. 구보씨는 단테가 잘 모르는 나라 말을 쓰면서 처음 와보는 거리에 와 있었다. 막걸리라고 생각하는 탈색 싸구려 포도주를 마시면서 구보씨는 속만 상하는 모양이었다. 단테는 구보씨의 몸에서 빠져나와야겠는데 구보라는 작자는 마치 자기 것인 것처럼 단테를 생활하고 있는 것이었다. 그러다 보니 어떤 순간에는 단테 자신도 구보이기나 한 것 같은 실수를 하는 것인데 환장할 일이었다.

그러나 그럴 리가 없었다. 어느 모로 보나 그럴 수가 없다. 한국 말은 이탈리아 말이 아니고, 한국에는 로마도 플로렌스도 없고 도대체 나의 저 유명한 탄식에 사용한 '빵'이란 것을 주식으로 삼고 있지 않지 않느냐. 그러나 구보씨란 이자는 무슨 도둑놈 염치인지 끄떡도 않고 여전히 살아가는 것이다.

피난민이라니. 누구 맘대로 함부로 피난민이 됐느냐 말이다. 결판을 내야 할 일이었다. 그래서 단테는 잠자코 있는 구보씨를 불렀다. 여보시오, 구보씨.

"구보, 구보."

누군가 자기를 부르는 소리에 그는 잠에서 깨었다. 처음 구보씨는 자기 앞에 앉아서 웃고 있는 사람이 오자誤字가 아닌가 의심하였다.

"이 사람, 잠에서 덜 깼나?"

낮에 영화를 같이 본 김중배 씨가 거기 앉아서 자기를 들여다보고 있다.

"자네가 웬일인가?"

구보씨는 자네가 어떻게 플로렌스에 왔는가, 하고 물어본 것이었다.

"일을 보고 나니까 집에 일찍 들어가는 것도 그렇고 해서 자네, 그 출판사에 알아봤지. 집에 들어간다고 하더라기에 와본 거야."

도무지 무슨 소린지 알 수 없다.

"잠이나 잘 걸 뭘 이리 뛰어들어와."

그러면서 중배 씨는 구보씨가 읽던 책을 집어들더니,

"『신곡』이라"

하면서 책을 뒤적뒤적한다.

그제서야 구보씨는 제정신이 들었다. 그는 천천히 일어나 앉았다.

"아아 자네구면."

중배 씨는 책을 뒤적이면서 그 이상한 한마디를 흘려들었다. 구보씨는 기지개를 하면서 사방을 훔쳐보았다. 그리고 그것들이 틀림없는 자기 방에 있는 이것저것들인 것을 떠올렸다. 중배 씨가 물었다.

"할 일이 있나?"

"아아니."

"나두 아까 같아서는 일이 언제 끝날지 알 수 없어서 그냥 헤어졌는데, 시내에서 만날 걸 그랬지?"

"왜?"

"막걸리라도 한잔."

"막걸리는 여긴 없나?"

"그래도."

"뭐 정 그러면 다시 나가지."

"정말?"

"뭐 어려울 거 있나. 여우 같은 마누라가 눈을 흘길 것도 아니구, 두꺼비 같은 자식이 기어오는 것도 아니잖아?"

잠깐, 두 사람 사이에, 아주 무엇인가 정전停電 같은 기운이 흘렀다. 그러나 구보씨 스스로 지극히 자연스럽게 회로回路를 이었다.

"나가지"

하면서 구보씨는 『신곡』을 발끝으로 가볍게 차서 한쪽으로 밀어 놓고 활발하고 즐거운 듯이 웃저고리를 못에서 떼어들고 팔을 꿰었다.

제5장
홍콩 부기우기

 장마가 갠 어느 날 아침 소설가 구보씨는 집을 나섰다. 아침이라기보다는 오전이라고 하는 편이 옳겠다. 거의 단층 살림집들이고, 교외 주택 바람이 불기 시작한 첫 무렵에 지은 집들은 한결같은 앉음새들이다. 앉음새라고 하는 것은 반드시 건물의 겉모습만을 말하고자 함이 아니다. 집들이 짓고 있는 안색까지도 대체로 비슷하다는 이야기다. 그것은, 바깥양반을 일터로 내보내고 요즈음 웬만한 집이면 갖추고 있는, 신식 부엌에 앉아서 그 집의 주부들이 자신을 위해서 한 잔의 커피를 따라놓고 잠깐 아침결의 뜸을 들이고 있는, 그러한 시각이다. 사실 그런지 어쩐지는 알 수 없는 일이지만 구보씨에게는 그렇게 보였던 것이다. 구보씨는 이 골목을 걸어나가면서 문득 떠오르는 생각이 있다. 만일 그가 어느 집 대문 앞에 서서 기둥에 달린 단추를 누른다고 하자. 안에서 사람이 나온다. 구보씨는 그 사람에게 미안하지만 지나가는 사람인데

물 한 그릇—이렇게 말한다면 어떻게 될 것인가. 아마 안에서 나온 사람은 순간, 도깨비나 만난 것처럼 쭈뼛해질 것이다. 왜냐하면 이 도시에서 과객이 여염집 문간에서 물 한 그릇을 청한다는 풍속은 모름지기 해방 이후로는 없었으리라. 그 이전에는 언제까지가 경계선인지 구보씨는 토박이가 아닌 만큼 짐작할 수 없지만, 오늘 현재로서는 도둑놈은 또 모르되 문간에서 마실 물을 청하는 것은 누구에게나 쭈뼛한 일임에 틀림없다. 만일 구보씨가 미치는 날이 있다면, 어느 날 거리를 가다가 불시에 어느 집 문간에서 "지나가는 손인데 물 한 그릇 청합시다"—이런 식으로 시작될 것임이 분명하다고 스스로 생각하는 것이었다. 지나는 길의 문간들을 보면서 구보씨는 자주 이런 생각을 하고 그때마다 그 광경에서 빚어질 혼란을 그려보는 것은 언제나 재미있었다. 문간에 대해서라면 또 있다. 당신들 문간에 주의하라. 구보씨는 이렇게 말하고 싶은 것이다. 어느 집 문간에나 한두 가지 표지들이 어느 모퉁이엔가 적혀 있다. 말하자면—㉮ 351 · GH6 · 신 118 · B상1-7 · ☆-9 · ◎ · △ · S5—이런 표지들을 발견하게 될 것이다. 이들은 전기회사 · 수도국 · TV · 가스회사의 요금 수집원들 · 신문배달 · 월부장수들이 그들의 업무의 필요로 인하여 적어놓은 것들이다. 말할 것도 없지만, 이들뿐이라고만은 할 수 없다. 혹은 사랑의 암호일 수도 있으며, 선거철에는 서로 다투는 입후보자 운동원들이 적어놓은 성분 표시일 수도 있다. 구보씨는 한때 문패를 보면서 나니는 취미가 있있시만, 지금은 이 임호 쭉으로 괸심이 옮이왔다. 현실을 늘 선례에 의해서 이해하는 상고주의자요, 관념론자인 구보씨는 암호들을 볼 때마다 두 가지 사건을 떠올리는 것이다. 첫째는 구약 성경에서 읽은 '유월절' 대문이다. 천사가 이스라엘 사람의 가정을 알아보게 하기 위해서 문지방에 (그때 이스라엘 사람들은 천막집에 있었을 테니까 문지방이라도 그렇게 알고서 짐작하는 것이 좋겠다) 피칠을 했다는 이야기. 또 하나는 아라비안나이트. 알리바바의 문간에 도적놈이 그려놓은 표지다. 이스라엘과 아라비아의 옛날부터 사람 사는 집 문간에는 이렇게 누군가가 표를 해놓는 역사가 이어져오고 있다는 것을 생각하면서 구보씨는 재미있다고 생각한다. 피난민이자 독신자인 구보씨에게는 이러한 주택가는 늘 두려움에 가까운 힘을 느끼게 한다. 하숙집을 나서서 한길까지 사이에 처마를 잇댄 이들 살림집을 좌우로 지나치면서 구보씨는 에이 신가놈, 하고 속으로 뇌까리곤 한다. 신가놈이란 '神哥놈'이란 말로서, 즉 '神'을 가리킨다. 그가 속으로 이렇게 뇌까리는 심정은—잘도 짜놓았다. 결국 이것인가, 무서운 힘일 수밖에, 아아, 이것이 세상인가, 여기 걸려 넘어진단 말이지?—이런 심정을 나타내는 말이다. 이 문간들에 그 문패들을 하나씩 걸어놓게 된 저마다의 내력들을 생각하면 구보씨의 보잘것없는 상상력은 어지러워지곤 한다.

'文樂'사에 들러서 구보씨는 단편소설 한 편을 건네주고 원고료를 받았다. '文樂'이란 뜻은 '音樂'의 '音' 대신에 '文'을 쓴 것으로도, '文學'의 '學' 대신에 '樂'을 쓴 것으로도 해석할 수 있는데 아무튼 뜻은 '文學'이란 말이다. 이 사의 창립자이자 이 이름의 고안자이기도 한 그리고 현재 주간이기도 한 김문식 씨의 의견에 따르면, 다른 예술의 장르 명칭은 모두 예술다운데 유독 문학만은 '學' 자 때문에 쓸데없는 헛갈림이 생긴다는 것이다. 예술은 실물이 아니라, 실물을 인간이 자기 기억 속에 끌어들인 기호記號의 계系인데, 문학의 경우에는 자꾸 실물과의 물신物神론적 혼동이 생긴다는 것이다. 그래서 문학도 선명鮮明 예술이 되기 위해서는 이름부터 '文樂'이라고 고쳐야 한다. 이것이 김문식 씨의 소견이었다. 구보씨는 이 말에 온전히 찬동한다. 김문식 씨는 그의 뛰어난 창안이 있고서도 여전히 낡은 이름이 그대로 행해지는 것을 보고 늘 분개한다. 오늘도 그는 구보씨에게 원고료로 줄 돈을 세면서 이렇게 말한다.

"'文樂'은 아마 쓰이지 않을 모양이죠?"

구보씨는 문식 씨가 그렇게 말할 때의 낯빛으로 보아, 만일에 비위를 상하게 할 대답이라도 할라치면 혹시 지금 세고 있는 원고료의 지불에 탈이 생기지나 않을까 하는 염려가 문득 떠올랐다. 김문식 씨는 두번째 세고 있는 것이다. 그래서 구보씨는 자못 개탄스러운 듯 이맛살을 약간 찌푸리면서 말했다.

"글쎄요. 나쁜 버릇일수록 고치기가 힘드니깐요."

그러자 김문식 씨는 세고 있던 지폐의 마지막 한 장을 손가락으로 탁 튀기면서,

"자"

하고 구보씨 앞으로 돈을 밀어놓았다. 구보씨는 허겁지겁하지도 않고, 또 너무 처시시도 않게 알맞게 천천히 그 돈을 호주머니에 집어넣었다. 그리고 김문식 씨를 쳐다본즉, 그의 낯빛이 약간 서

제5장 홍콩 부기우기 117

운해 보였다. 그것은 물론 돈을 준 것이 아까워서가 아니라 중요한 일을 치르고 난 다음의 허탈같이 보였다. 김문식 씨는 신문을 뒤적뒤적하다가 구보씨를 쳐다보면서 손가락으로 신문을 툭툭 쳤다. 구보씨는 자신에 관한 무슨 기사가 났는가 하고 그가 가리키는 데를 들여다보았다. 김문식 씨는 자기 책상에 앉아 있었고 구보씨는 그 앞에 앉아 있었기 때문에 신문을 들여다보기 위해서는 자리를 옮겨야 했다. 그래서 그는 의자를 들고 책상 모서리를 돌아서 그의 곁에 앉았다. 김문식 씨가 가리키고 있는 것은 미국과 중공의 화해 기운에 대한 해설 기사였다. 그리고 미국 대통령의 밀사인 키신저 씨와 중공 수상 주은래가 악수하고 있는 사진이 곁들여져 있었다. 며칠 동안 아마 지구 위의 모든 사람들을 놀라게 한 뉴스가 오늘도 다루어져 있는 것이었다. '密使'라는 표현이 구보씨에게는 괴물같이만 보였다. 구보씨와 같은 삼류 지식인, 삼류 생활자는 이럴 때마다 쓰디쓴 현실 인식의 기회를 가지게 되는 것이었다. 교과서에 씌어 있는 대로 역사가 걸어왔고, 신문에 나는 일만으로 하루가 이루어지는 줄만 알고 사는 민중의 한 사람이라는 사실을 느낀다. '密使'라면 구보씨는 거의 '傳奇'적인 낱말로 알고 산다. 그런데 어느 날 느닷없이 '傳奇'가 '日常'이라는 사실이 드러날 때의 짜증스러움. 발을 헛짚은 느낌. 그것은 아주 고약한 악몽에서 깨었을 때의 느낌이다. '公式'으로 돌아가던 세상이 거짓이요, 탈바가지고 그 뒤에서 구보씨 수준인 인물은 언감생심 짐작도 못할 꿍꿍이가 익어간다는 이 현실의 진행 방식, 며칠 전이 뉴스를 처음 대했을 때 구보씨는 참을 수 없이 웃음이 터져나왔었다. 그것은 하하하, 하는 너털웃음도 홍, 하는 비양웃음도 아니고, 햐햐햐, 풍, 혹은 뱌뱌뱌, 퉁퉁퉁—이런 표기에 해당하는 웃음이었고, 끝내는 구보씨의 마음은 가나다라를 옆으로 미끄러지는데 갸냐댜랴먀뱌샤, 겨녀뎌려며벼셔, 이런 방향으로 나가는가 하면 요죠쵸쿄툐표효, 기니디리미비시—이렇게도 풀리는 요컨대 의식의 혼란 상태가 국어 자모의 혼란이란 형식으로 나타났던 것이다.

김문식 씨가 지금 신문의 그 뉴스를 손가락질하는 순간, 구보씨의 머릿속에서는 고장난 기계의 걸음걸이 같은 그 묘한 가나다라가 와르르 쏟아졌다. 그러나 구보씨의 머릿속에서 일어난 그러한 변화는 밖으로는 나타나지 않았다. 그 대신 구보씨는,

"홍"

하고 콧방귀를 뀌었다. 외양으로만 볼 때 그 콧방귀는, 뭐 그런 것 쯤이야 난 벌써 짐작했었다구, 처음 당하는 일인가 뭐, 다 도둑놈들이야, '맹방'이 어딨구 순정이 어딨어?—이런 감정을 나타낸 것처럼 보이리라. 그러나 실상 구보씨의 속은 그렇게까지 의젓한 것은 아니었다. 밖으로 나타나기는 '홍'이지만 그것은 캑, 아쿠, 흑, 철렁, 이런 따위의 속심을 토해낸 것이었다. 김문식 씨는 아무 대꾸 없이 신문만 들여다본다. 그 모양 역시 꽤는 배포가 유해 보였다. 이렇게 해서, 하고 김문식 씨는 생각한다. 이렇게 해서, 세상은 실지와는 동떨어진 외양을 지니게 되는구나. 김문식 씨가 제가 무슨 통뼈라고 구보씨보다 그 심숭인슥 널 부대실 리 없으련만 겉으로는 저런 정도인 것이다. 그렇다면 이 세상 사람 모두가 그

마음속을 에누리 없이 드러낸다면 아마 즉각 아수라 지옥이 되고 말 거야. 이젠 됐군. 나라 사이의 노름이랬자 필경 이 원리가 덩치 커진 것이지. 이렇게 생각하자 구보씨는 며칠 안짝 처음으로 마음이 가라앉았다. 알고 보면 이만한 이치가 별 대단치도 않건만 지금 이 순간에야 구보씨의 마음 아귀가 겨우 제자리에 물리는 느낌인 것은 어쨌든 사실이었다. 가나다라는 제자리에서 전처럼 가지런한 질서를 찾았다.

"이것 참 대단한 시대에 사는군."

모처럼 사실 대단하기도 한 일의 인상을 너무 승벽내기로 파장을 내버리는 것은 역시 아쉬웠기 때문에, 그리고 김문식 씨가 자연스러운 놀라움을 나타낼 여지를 아주 막아버리지 않기 위해서, 구보씨는 이렇게 말했다.

"사실이야."

김문식 씨도 얼른 대꾸했다.

"이렇게 하면 큼지막한 일이 곪아 터져서 껍질이 깨질 때까지 감감소식으로 있다가 깜짝 놀라는 처지에서야 일류 신문 기자며, 일류 학자가 있을 수 없지 않겠나?"

"사람이 잘났나 감투가 잘났지 하는 말 있잖아?"

"강대국이 잘난 게지, 라는 건가?"

"암."

"강대국이 하늘에서 떨어졌을라구."

"노력했단 말인가?"

"안 그런가?"

"노력 플러스 알파지."

"응 그 알파만큼은 하늘, 이다란 말이군."

"그럼. 그것도 장기적으로 보면 플러스 알파지만, 개인의 입장으로 따지면 전全 알파야."

"전 알파?"

"온전 전 자, 모두 객관적 요인이란 말이지."

"그야 운명론 아닌가?"

"운명론? 팔자타령이래두 괜찮네."

"그건 좀 너무한 것 같군."

"왜?"

"너무 과잉 반응인 것 같아서."

"내가 말하는 운명이란 건 그런 게 아니야. 어떤 상황이 그 이루어짐이나 무너짐이 개인의 힘이나 한두 세대의 시간으로는 실현되지 않을 때, 그런 상황을 개인에 대해서는 운명이라 부른다는 것이지."

"음."

"우린, 운명론자가 아니면 자유론자, 이렇게 대립식이잖아? 두 개의 항을 고정불변한 것으로 치부하고 둘 중 하나, 이런 식으로."

"충신 아니면 역적."

"일색이 아니면 언청이."

"살기 아니면 죽기."

"미국 아니면 소련. 그러나 실은 현상이란 건 그런 게 아니잖아, '사물'을 모두 잠정적인 '현상'으로 바라보는 것."

"현상?"

"응. 고체역학에서 유체역학으로. 그래서 어떤 사물이든 그것을 변화의 한 형태로 바라보는 것—이게 진리 아닌가? 우리 선조들이 이미 그걸 터득했었지. 가령 역易에서 음과 양은 그 사이에 64괘 384효의 단계를 가진 연속의 계系에서의 두 단계에 지나지 않아. 달은 차면 이울고, 이울면 찬다는 게지. 모든 사물을 변화하는 전체 속에서의 한 단계로 봤지, 그것을 불변의 단위라고는 보지 않았다는 얘기야."

"그건 그렇군."

"그러니깐 운명이란 건, 어떤 상태에서는 앞선 단계가 있고, 따라서 뒤서는 단계가 있다. 다만 그런 단계 변화에는 비단 64괘뿐 아니라 원리상으로 무한한 미분微分이 가능한데, 도중의 단계가 공개公開되고 자각돼 있을수록 자유의 기분이 지배적이고 반대로 가운데 여러 단계가 감춰지고 자각되지 않을수록 변화는 운명적으로 느껴진다는 차이가 생기는 것뿐이지."

"그럼 아까 강대국론과 알파 얘기와 어떻게 관계가 되나?"

"관계가 되지. 강대국은 변화의 각 단계를 통제할 수 있지만 약소국은 그렇지 못하잖아? 약소국의 지식인이나 정치가가 잘날 도리가 없단 이야기지."

"글쎄. 그렇게 듣고 봐도 아주 곧이들리지는 않네."

"그래?"

"이번 미중 접근에는 루마니아 대통령이 큰 몫을 했다잖나?"

"그런 모양이더군."

"약소국 지도자가 국민적 지지를 얻자면 그런 스타일이어야 하지 않을까, 하는."

"음."

"티토, 임레 나지, 카스트로 모두가 자기 나라 운명에 대한 독특한 스타일의 극복을 노리지 않았나 말일세."

"그렇군."

"그런즉 약소국의 인간도 얼마든지 잘날 수 있다는 게 내 생각이지."

"그러자면."

"인간적 활력."

"활력?"

"Vitality."

"모르겠다구는 말 못 하겠어."

그들은 이야기하는 동안에 자리를 옮겨 손님용 소파에 와 있었는데 김문식 씨는 여기서 아이구 모르겠다는 식으로 뒤로 벌렁 기댔다. 그리고 이렇게 말했다.

"자네 말대로의 시대에 살고 있는 건 사실이야."

"응."

이렇게 자신의 첫마디로 돌아오고 말았기 때문에 구보씨는 잠깐 말이 막혔는데 대목을 놓치고 나니 얼른 이어지지 못하다가 끝내 구보씨도 벌렁 뒤로 기댔다.

그들은 같이 담배를 피우면서 잠깐 말을 끊었다.

"'文樂'이 어렵기도 하겠군."

김문식 씨가 불쑥 말했다.

"사실이야. 어려운 건 사실인데, 현재 문학이 당하는 어려움은 여러 가지로 오해되고 있어."

"어떻게?"

"가장 극단한 비관론은 문학의 시대는 지났다는 주장이지."

"응."

"그러나 이 주장은 잘못이야. 문학의 시대가 끝났다고 하는 경우에는 다음 단계로 영화를 지목하고 하는 말인데."

"영화도."

"아니 TV까지도 포함해서, 그러니까 영상이라고 하는 게 옳겠지. 그러나 모든 혁명 이론이 초기에는 극단론의 형식을 취하는 것처럼 이것도 극단론이야."

"나도 그렇게 생각해."

"활자가 끝나고, 영상이 시작하는 게 아니라, 활자와 영상이 공존하게 된다고 봐. 문명의 발전은 흥망이라는 모델에서 축적, 쌓인다는 모습으로 — 그러니까 각 시대마다의 문화가 소멸하지 않고 지층地層 모양으로 겹친다고 보는 거야. 나무의 나이테처럼. 지금까지는 밑에 있는 층이나 안쪽에 있는 테는 그것으로 응고해 다만 존재할 뿐이었지. 정신분석의 공적은 이 기층 부분의 존재를 확인한 것이겠지."

"확인보다 그 기층이 현재에도 기능한다는 것 아닌가?"

"그렇지만, 현재에 기능할 때는 이미 승화라는 다른 형태로 그렇게 한다는 게 아닌가. 진보, 진화론이지. 그러니까 기층이 존재한다는 건 그야말로 기층基層으로서 바위 같은 걸로, 화석으로 존재하는 것이지. 의식의 경우에는 기억이라는 형태로 말이야."

"그래서."

"그러나 앞으로는 문명의 각층은 눌린 밑에 있는 것은 응고하고 윗부분이 혼자 호흡한다는 형식이 아니라 모든 층이 동시에 현재의 기능을 가지게 된다고 보는 거야."

"동시에?"

"그렇지. 말하자면 원시 예술은 과거로서가 아니라 현재의 그 부분으로서 생활 속에 부활된단 말이지."

"취미로서?"

"현재까진 취미라고 부르는 게 옳았지. 그러나 앞으로는 취미와 이른바 노동의 경계가 자꾸 희미해진다고 해야 할 거야. 그렇게 되면 현재까지는 인간의 생활력이 모자라서 화석으로서만 있었던 부분들이 그 자체의 한계 안에서 다시 분화되고 발전하게 되지."

"좀 어렵군."

"어렵지 않아. 문학 얘기로 돌아가면, 문학이 시대적 사명의 한계에 도달했달 때는 문학이라는 것을 현재까지의 모습을 지닌 채 변화에 대처시키려고 하니까 그렇게 돼. 그러나 현재까지의 문학은 가능성의 일부라고 보자는 것이 내 생각이거든. 사진이 발명되었다고 해서 미술이 없어지지 않는 것처럼 문학도 자신의 테두리 안에서 더 분화될 수 있다는 말이지."

"그러니까?"

"영상 시대라는 것이 전달하려는 내용을 활자의 테두리 안에서 하자는, 활자 문화의 적응력을 높이는 것 그것이 진실한 뜻에서 동시성同時性의 문명이 아닌가? 모든 매체가 동시에 작용하는 문명—그런 포괄적 판단력, 진보라는 이름 밑에 엄청난 낭비를 하지 않는 문명, 최첨단뿐 아니라, 최하층까지도 생존이 허락돼가고 각기의 기능이 서로 불가결하다는 것이 인식되는 그런 문명."

"가만있자, 그러면 현재의 지구 상의 형편이 바로 그런 상태 아닌가? 아메리카와 아프리카가 공존하는 상태, 그리고 지금까지도 역사는 그런 식이 아니었나 말이야."

"그렇기는 하지. 현재까지는 그런 차이는 문명—야만, 선진—후진, 이라는 상태로서 그렇게 된 것이지만 앞으로는 그것들이 우열의 차이로서가 아니라 개성의 차이로서 존재한단 말일세."

"모르겠는데."

"예를 들면 공업 사회 속에서의 농업 같은 것이지. 공업은 공업대로, 농업은 농업대로 고도화한다, 그런 말이야."

"알 듯 모를 듯하군."

구보씨는 반쯤 웃고 더 풀이하기를 그만두었다. 정말은 그 이상은 구보씨 자신도 확신이 없었기 때문이다. 그래도 단념할 수가 없어서 구보씨는 말했다.

"또 예를 들어볼까? 육상 경기에서 달리는 사람마다 칸이 나누어져 있지 않아. 각자의 칸 속에서 속도를 겨루는 것이지. 혼자서 경주하면 트랙이 한 개로 족하지만 복수가 동시에 같은 공간에서 달리기 위해서는 그 공간은 저마다 편차偏差를 가져야 한다 이거야. 나는 이 구성이 미래 사회의 모델이라고 생각해. 문명의 역사에는 새 주자가 나올 때마다 테가 하나씩 보태지는 것인데 그렇다고 기왕의 주자가 퇴장하는 건 아니야."

"그 이론은 전통 예술의 기능에 대한 설명으로는 좋겠군."

"다만 지금까지 생각하듯이 소극적인 의미, 말하자면 현재의 더부살이로 과거가 있는 것이 아니라 평등한 식구로서 과거가 현재와 동거한단 말이지."

"상당히 종말론적인 이야기군?"

"종말이라니?"

"미래의 어느 시기에 모든 죽은 자들이 부활해서 한 광장에 모인다는 게 종말론 아니야? 자네 말은 그 시기가 어느 특별한 때가 아니고, 보통 삶이 그렇게 된다는 것으로 탈바꿈한 거지. 그러니까 과거는 죽지 않는다는 인간의 영생永生론일세그려."

사를 나온 구보씨는 극작가 배걸裵傑 씨와 만나 '광화문'다방에서 이야기를 하였다. 배걸 씨의 소개로 구보씨는 극단 '人生劇場'이 올해 가을 시즌에 공연할 각본을 하나 쓰기로 약속이 돼 있는데 그 일 때문에 만난 것이다. 그런데 구보씨가 이 일을 맡기로 된 것은 배걸 씨와 지난봄에 만났을 때 이야기 속에 구보씨가 연극에 어울릴 성싶은 주제를 이야기했더니, 구보씨더러 써보라고 하는 것을 그럼 해볼까, 하고 반승낙을 한 것이 이제는 쓰지 않으면 극단의 계획이 난처하게 되어버렸다. 봄 이후로 구보씨는 여러 번 쓰기 시작했으나 그때마다 막혀버렸다. 그런데 더욱 난처한 일로는 이렇게 몇 번 실패하는 사이에 처음에 쓰고 싶었던 내용이 시들해져버린 일이다. 내용이라기보다 형식이다. 지금 욕심은 오페라에

다 무용을 곁들인 형식으로 썼으면 싶은데 배걸 씨 말로는 사람 화나게 하지 말라는 것이다.

"긴말 할 것 없구, 약속은 약속대로 하고, 쓰고 싶은 건 또 쓰면 되는 거야. 작품만 그럴 만하면 내가 기회를 주선할 테니깐."

"글쎄."

"글쎄라니, 남의 사정도 봐줘야 할 것 아닌가."

"하기는 해보는데."

"해보다니, 꼭 해야 돼."

"야단났는데."

"그런 소리 말구 처음 얘기로 돌아가는 거야. 의리 상해."

"응."

"응이란 게 뭐야."

"한다니깐."

"그래야지."

"막상 쓰려고 드니깐 연극두 문제가 이만저만한 게 아니군."

"물론이지."

"어떨까 연극이 될까?"

"된다니?"

"연극이 살아남을까 하는 이야기야."

"글쎄. 없어지지는 않을 거야. 영화가 생겼다고 연극이 끝장이라고 생각하는 모양인데 그렇지는 않아."

구보씨는 부지중 웃음이 떠올랐다. 김문식 씨에게 내가 하던 투 그대로가 아닌가? 그래서 구보씨는 말했다.

"연극은 제일 실물實物 크기의 예술이겠지?"

"그렇지, 삶의."

"아무리 실물 크기라도 역시 압축이나 생략이 있어야 하는데, 압축량이 너무 많아버리면 실물이라는 효과를 낼 수 없잖은가?"

"무용이 돼버리든지 그렇게 되지."

"동작은 무용이 되고, 대사는 음악이 되고 말이야."

"그래서 아예 그런 작품을 쓰고 싶다는 말인가?"

"소설에서 이놈의 진짜 비슷하게 써야 한다는 소리가 신물이 날 지경인데 연극에서도 또 그놈을 쓰자고 하니 짜증이 나더군."

"그래도 이번에는."

"그건 더 말 안 할 테니 안심하고, 내 사정 얘기를 하는 거야."

"말하지 않아도 다 알아. 리얼리즘 연극이 어렵다는 얘기야 내가 더 잘 아니깐."

"카프카도 각색이 됐다지?"

"그래."

"베케트가 노벨상을 탈 수 있을 정도면 연극의 전통이 살아 있다고 봐야겠지?"

"다르지 우리하군."

"추상연극을 택하지 않는다면 갈 길이 없어지고 말아."

"구상연극은 우리 경우에는 얼마든지 발전할 수 있어. 그리고 우리 단계에서는 그런 기초 위에서 추상연극이 공존하는 단계를 맞는 것이 이상적이라는 게 내 의견이야."

"그런 경우에는, 특히 연극인 경우에는 한 가지 조건이 필요한 것 같아."

"조건이야 많지."

"그 나라의 토착 지배 계급의 이데올로기가 살아서, 풍속 속에 살아 있어야 한다는 조건이지."

"이데올로기라니?"

"유럽 사회에서의 기독교 같은 것이지."

"현재로서는 그쪽도 반드시 그렇다고는 할 수 없지 않아?"

"나는 그렇다고 생각해. 연극은 인생에 대한 질문이라는 점에서는 소설이나 같겠지만, 사실주의 연극의 경우에는 무대에 나온 인물이 현실 속에서도 곧 연상이 될 수 있어야 해. 그런데 현재 우리 국민 생활에는 종교의 얼굴은 사라지고 말았고, 정치적 이슈는 금지되고 있지 않아? 적어도 연극적일 만한 이슈는 말이야. 연극이 연극답자면, 진실로 연극이 융성하려면 연구나 기술 같은 건 뒷전에 와도 돼. 자유, 정치적 자유만 있다면 연극은 오늘날에도 대번에 일으킬 수 있지 않을까? 국민적 기반을 가진 정치 세력이 강력한 영향력을 가진 사회라면, 그런 세력의 정신적 활력을 대변하는 매체로서 연극은 가능하지. 자존심도 없고 교양도 없는 지배 계급 아래에서는 연극은 불가능해. 기껏 연극보다 공개성과 직접성이 덜한 예술—그러니까 오락적일수록 좋지—그런 예술은 연명하겠지."

"그렇다는 전제하에서 살고 있는 것 아닌가?"

"그러나 전제를 승인한다는 건 아니어야지. 그 전제를 어떻게 바꾸는가, 바꿀 수 있겠는가를 질문하는 과정이 예술이어야 하지 않겠나?"

"전제가 없는 곳이 어디 있나?"

"없지. 그러나 전제라는 게 잠정적인 약속이 아니라, 어기면 곧 역적이 되는 하늘 같은 것이어서는 안 된다는 거지."

"알았어. 그런 의미에서 내가 점심 사지."

구보씨는 문득 자기가 문화깡패 같은, 문화상이군인 같은, 문화 문둥이 같다고 생각했다. 여염집 여자에게 겁을 주는 화류계 여자 같다고 생각했다. 제 몸에 상처를 내고 성한 사람들이 그것이 두려워서 물러서는 그런 입장에 서는 것을 구보씨는 원치 않았다. 구보씨는 글 속에서는 그러한 무법자로 살되 실지 살림에서는 모가 나지 않는다기보다 당대의 가장 보수적인 생활자의 본보기 같은 삶을 보내고 싶은 것이다. 구보씨의 이런 마음가짐은 어찌 보면, 아니 어찌 보지 않아도 너무나 공상적이었다. 그러나 구보씨에게 물어본다면 결코 그렇지 않을뿐더러 생각한 끝에 이르게 된 제일 땅을 디딘 사상이었다. 구보씨는 금년 들어 신문을 들여다볼 때마다 깜짝깜짝 놀라면서 어느덧 이해도 반이 되었다. 그만큼 1971년의 첫 반쪽은 사건이랄 만한 것이 많았다. 먼저 4월과 5월에 있었던 국회의원과 대통령 선거가 있다. 이 두 선거가 어떻게 치러졌는가는 신문을 보면 알 수 있는 일인즉 구구한 얘기는 빼기로 하고, 아무튼 관심을 가지지 않을 수는 없는 일이어서 매일 관계 기사를 읽으면서 지냈던 것이다. 구보씨는 지난 세월 동안에 번번이, 에익 내 다시는 신문 1면을 읽으면 개손자놈이다, 이렇게 해마다 해밑이면 반성을 한 것이었으나 실지로는 해마다 그런 반성을 하게 되는 것이었다. 올해도 마찬가지였다. 구보씨는 스스로 대통령이 되고 싶다거나 국회의원 되고 싶은 마음은 현재로서는 없다. 그러나 예술에 종사하는 노동자로서, 그쪽 방면이 개운치 않으면 늘 제가 하고 있는 예술이라는 직업에 안심할 수가 없는 것이었다. 동네가 난리를 만나거나 염병에 걸렸는데 가야금을 뚱땅거리는 건 잡담 제하고 개새끼에 틀림없다. 그럴 때는 예술가도 남을 보살피기 위해서 팔을 걷어붙여야 한다. 그런데 현재까지 구보씨가 택한 길은 진짜로 팔을 걷어붙이는 (그의 가냘픈, 그러나 우아한 팔 말이다) 길이 아니라 '글 속에서' 팔을 걷어붙여보자는 길이었다. 보자는, 이라고 하는 까닭은 다름이 아니라 속마음인즉 그러했는데, 실지로는 '글 속에서'도 얼마 팔을 걷어붙이지 못했다는 것이 구보씨의 반성이었다. 구보씨는 천재가 아니었기 때문에 대개 일이 그른 다음에야 판국을 알아보곤 하면서 이 나이에 이르렀다. 아무튼 그렇다는 것을 알았을 때 구보씨는 눈앞이 캄캄했다. 구보씨는 이광수라는 사람의 평생을 비로소 알 수 있을 것 같았다. 그리고 그 선배 이상의 수준으로 삶을 마치리라는 아무런 믿음도 가질 수 없었다. 그래서 구보씨는 시민 생활에서 위대해지려는 생각은 (원래부터 그리 많지는 않았지만) 아예 그만두기로 작정했다. 그 대신 글 속에서는 어지간히 '팔을 걷어붙여'보기로 작정했는데 그 역시 대단한 일을 못하리라는 짐작이 날마다 사무쳤다. 각설. 대통령, 국회 선거가 끝난 다음에 공주라는 고장에서 천오백 년 전의 백제 왕 무령의 굴무덤이 발견되는 사건이 일어났다. 이 역시 구보씨에게는 여간만 한 놀라움이 아니었다. 그 규모라든지 꾸밈새, 이런 것들이 신문 보도만 보더라도 통일신라에 견줄 만한 것이었기 때문에, 그렇다면 그때 이 반도에는 굉장한 문명 상태가 벌써 이루어져 있었다는 것, 더구나 고대古代라는 말이 곧 신라라는 나라와 맺어졌었는데 그러한 유착癒着이 앞으로는 불가능해졌다는 것—이런 사실 때문이었다. 구보씨 또래의 사람들은 유년 시대의 모두와 소년 시대의 조금을 일본 사람들 아래서 보냈기 때문에 자기 조국에 대한 무비판의 본능적 사랑을 기억에 담을 길을 영영 놓치고 만 사람들의 세대다. 이것은 문학자로서는 대단히 불리하다. 풍속의 구체성에 대해서 본능적인 사랑이 없으면, 구체적 예술을 감당해낼 수 없기 때문이다. 그러나 다행스럽게도 구보씨가 사는 세기는 민족이나 국민의 예술에서 호모 사피엔스의 예술로 옮아가는 과도기이기도 하기 때문에, 구보씨는 그 점에 눈을 돌려서 국민사적이나, 민족사적인 시점에서가 아니라 인류학적 시점에서 삶의 노래를 읊는다는, 인류의 이 지점, 이 지방으로서 자기 조국을 본다는 매우 간접적인 따라서 종래에 사람들이 예술에 바라는 바에 비한다면 소비자 부담을 너무 무겁게 요구하는 길을 취하지 아니치 못했다. 그런 연고로 해서 가사 어느 문중 묘에서 무슨 사대부의 며느리의 시신이 미라로 발견됐다든가, 누구의 무엇이든, 이름으로만 유명한 국사상의 인물의 유적이 발견될 때마다 구보씨는 도깨비나 만난 것처럼 놀라게 되는 것이다. 백제 왕과 왕비의 무덤이 발견되었을 때 크게 난 신문 사진을 보고 구보씨는 또 한 번 에익 신가놈, 하였던 것이다. 역사라고 하는 것은 인체의 팔다리 같은 것과 달라서 잊어버리면 없는 것이나 마찬가지다. 팔다리야 잊어버린다고 어딜 가버리는 건 아닌데, 이 무령왕릉만 해도, 캐내기 전까지는 그저 야산에 지나지 않았던 것이니 말이다. 천오백 년 전이랄 것 없이 우리가 살고 있는 이 역사歷史라는 땅은 우리가 모르는 그 얼마나 숱한 능과, 비밀 지하도와, 지뢰 지대와 재물 은닉소와 고문실을 그 속에 지니고 있을지 기가 막히는 일이다. 그런 실례를 그럼 하나 보여준다는 식으로 터진 것이 미국 대통령이 중공을 다녀가게 되리라는 뉴스였다. 아마 십년쯤 뒤에 성년이 될 청년들만 해도 구보씨만 한 연배의 또 그만한 먹물이 머리에 번진 지식노동자가 미국 대통령이 중공을 나들이 간 것에 그처럼 놀란 데 대해서 아마 영문을 몰라하리라. 그때에 그들이 구보씨를 이해하기 위해서는, 그때 가서도 한 시대의 의식의 공준公準이 흔들릴 만한 무슨 일이 있을 테니깐 그런 사실에 비추어 짐작하면 되지 않을까. 구보씨는 철들고부터 이 세상은 빨갱이와 흰둥이로 갈라져 있고 그 두 세력은 물과 불 같은 것이라는 소리 속에 자라고 배우고 지금껏 살고 있다. 그런데 언제부턴가 수상쩍은 낌새가 보이기 시작했다. 그 첫 사건은 흐루시초프가 스탈린을 욕했을 때였다. 마르틴 루터가 로마 법왕을 욕했을 때 당시 사람들은 비슷한 곤혹을 느꼈을 것이다. 스탈린은 늘 남을 비판하거나 참회를 받기만 하는 사람으로 되어 있는 것이 공산주의인 줄 알았는데 그렇지 않을 수도 있다니 보통 일이 아니었다. 로마 법왕까지 갈 것 없이 독소불가침조약이 생겼을 때 아마 지식인들이 받은 얼떨떨함이 그러했으리라.

다음 충격이 중소 분쟁이라는 것이었다. 이 역시 보고 들은 것이 좁은 구보씨는 중소가 짜고서 미국 사람을 속이기 위해서 싸우는 체하는 줄만 알았다. 그러나 싸움 흉내치고는 좀 심하지 않은가 싶더니 끝내 국경에서 충돌하는 사태까지 이르더니 급기야 이번에 미국 대통령의 중공 나들이를 마련하기 위해서 밀사가 감쪽같이 다녀온 다음에야 세상이 그것을 알게 된 것이다.

이로써 공산주의라는 제도도 국경을 넘어서 한 덩어리가 될 힘은 없고 현재의 민족 국가, 국민 국가의 형태를 갖춘 다음 그런 단위들이 다시 어울려서 한 세력이 될 수밖에는 없다는, 따라서 공산 국가의 행동은 공산주의만의 규제를 받는 것이 아니라 민족 국가로서의 역사적 기성 조건의 규제도 받는다는 사실을 뚜렷이 한 것이다.

기성 조건이란—나라의 넓이·자원, 역사적 기득권—따위의 역사적 자본이다. 이것은 미국에 대해서도 똑같이 들어맞는다. 미국은 자유의 선교사가 아니라 자신의 기득권을 지키기에 충실한 그저 보통 나라라는 것이다. 많은 거리를 가지고 뒷사람들이 본다면 미국이니 소련이니 하는 현실의 카이저의 나라들을 마치 유토피아처럼 잘못 안 우리를 웃을 것이지만 실은 웃을 일만은 아니다.

언제나 그 시대 안에서는 어쩔 수 없는 집단 미신이나 집단 최면 같은 것은 있게 마련이다. 그러나 구보씨는 여기서 얘기를 끝내는 것은 자존심을 위해서는 도움이 되겠지만 얘기를 다 한 것이 아니라는 생각을 한다. 한 '시대'라고 두루뭉술하게 말할 때는 피차일반인 것 같지만 실은 그 한 시대 안에 사는 사람도 가지가지다. 빈 중의 대부분에게 거짓말과 미신을 덮어씌워놓고, 자기들만은 잇속과 사실에 따라 처신하는 특권자들이 있다는 것이 괘씸한 일이다. 모든 사람이 멀쩡한 등신 놀음하는데 직책상 유리한 정보를 가진 자들이 그것을 털어놓지 않고, 떼돈 벌이에 써먹는 일이 여간 괘씸한 게 아니다. 이럴 바에는, 권력의 자리에 있는 자들이 필요악에서일망정 거짓말을 하는 것이 허용된다면, 민중에게도 그런 특권이 용서되어야 한다. 그래야 공평하다.

그 특권이란 '알 權利' '비판할 權利' '의심할 수 있는 權利' 등인데 이것들은 결국 권력자가 요구하는 충성에 대해서 적당히 '에누리할 권리'를 말한다. 무슨 일에건 너무 열을 내다 보면 반드시 남의 장단에 춤추게 된다. 그래서 구보씨는 온 힘을 다해서 '애국'이라든가 '정의'라든가 하는 말에 대한 면역성을 높이기로 해오고 있다. 더욱 남에 대해서 그런 기준으로 비난하거나 협박하는 걸 피하려 애쓴다. 그래서 어쩌다가 지금 배걸 씨에게 좀 격한 말을 하다 보니 부지중 그 좌우명座右銘을 그만 어겼다는 직감이 문득 들고, 그 느낌은 자신을 깡패 · 상이군인(물론 구정권 시대의 '일부' 몰지각한 상이군인 말이다) · 문둥이라고 규정하게 만들었다. 구보씨는 순식간에 얼굴 기어를 상단에서 하단으로 갈아넣었다. 힘살이 풀리고─보통 말로, 웃음이 떠올랐다.

"그래."

"뭘 먹을까?"

"글쎄."

배걸 씨와 구보씨는 자못 진지한 표정으로, 마치 거사 직전의 테러단원들처럼 영원한 눈길을 주고받았다.

"아무튼 나가."

결단이 있을 뿐, 역사는 도박이야, 이런 내용의 비장한 몸짓으로 그들은 자리를 털고 일어났다. 점심에 무얼 먹는 거, 이것이야말로 가장 확실한 앙가주망의 현 단계였다. 그들은 다방에서 거리로 나왔다.

광화문 시민회관 쪽의 이 길은 언제부턴가 서울에서 가장 붐비는 길의 하나가 되었다. 바야흐로 더위가 무르익어가는 중복 가까운 날씨는 오랜만에 갠 거리에 쏟아져나온 사람들로 더욱 더워 보였다. 젊은 여자들이 미니스커트라 불리는 무릎 위로 쑥 치켜진 치마 밑에서 그 짧은 가리개조차 성가시다는 듯이 허벅다리를 넉넉하게 내놓고 걸어간다.

여학생이라 불리는 과년한 미혼 여성들이 유독 많은 게 이 거리이기도 하다. 그들은 대개 몇 사람씩 무리를 지어서 다닌다.

이 근처에 그들의 모습이 유독 눈에 띄는 것은 '학관'이 많이 있기 때문이다. '학관'이란 상급 학교 입학시험을 위한 '집단 가정교사' 같은 시설인데 또 하나의 학교라 생각하면 틀림없다. 모든 학생은 한꺼번에 두 학교를 다니는 셈이다. 다른 점이라면 졸업할 때 흘리는 눈물의 양이 (이것도 여학교에만 해당되겠지만) 비교가 안 된다는 것이겠다. 이 학관이 이 근처에 몰려 있어서 그들의 모습이 유독 눈에 띈다.

시민회관에는 인도 마술사의 간판이 걸려 있다. 그 아래를 사람들이 오간다. 구보씨는 극장 간판 아래에서 바글거리는 사람들을 볼 때마다 언제나 '홍콩'이라는 이름이 문득 떠오른다. 간판 속에서 커다란 클로즈업으로 내려다보고 있는 아리안계 외국인 배우의 얼굴과 그 밑에서 와글거리는 노오란 몽고족의 대조가 조계租界라든지 '政廳' '治外法權' '原住民' 이런 분위기를 풍기는 것이었다. 요즈음 높은 건물들이 들어서고부터 더욱 엽서에서 보는 그 이국 도시의 모습을 닮아간다. 여자들의 화장은 아마 그런 닮아가는 모습의 으뜸이다. 모두 아리안계 여자의 모조품으로 보이게 하려고 피눈물 흘린 성과를 얼굴이라고 들고 다닌다.

국산품에 외국 딱지를 붙인 가짜 박래품이다. 그 얼굴에는 종족의 비운에 당하여 어두워진, 삼류 서부영화의 인디언 부족 여자의 표정의 희미한 흔적도 없다. 구보씨는 '특정 외래품 단속반'의 반원처럼 화장한 얼굴이란 이름의 이 개방 상품들의 밀수성密輸性을 이처럼 유심히 뜯어보면서 지하도 쪽으로 벗과 나란히 걸어간다.

그러나 구보씨에게는 그것들을 단속할 아무 권리도 없고 그러고 싶지도 않다. 실상 알고 보면 이들은 영세零細 밀수업자· 양담배팔이· 껌팔이 같은 규모에 지나지 않는다. 큰 업자들은 그보다 큰 덩치를 밀수입한다고들 한다. 영세업자는 작은 밀수라도 호구지책이요, 피난 시절의 양키장수나 부두의 얌생이꾼 같은 것이다.

살아야 할 것이 아닌가? 그렇다. 쥐뿔도 모르면서 민족의 주체성이니, 전통의 계승이니 하는 노래가락을 외기보다 철저한 상품 시장의 원리를 실천하는 게 더 애국이다.

이렇게 주장하는 사람들이 곧 나서리라. 영국 총독의 동상을 놓아두고 있는 인도의 슬기를 배우라는. 구보씨는 걸어가는 왼쪽에 나타난 이순신의 동상을 쳐다보았다. 만일 이순신이 이순신이라면 마땅히 그 자리를 마다해야 하지 않을까? 그 자리에 누구 동상이 서야 할지를 그는 모른단 말인가? 그 자리에 서 있는 부끄러움으로 그의 몸은 달아올라서 급기야 아스팔트 위로 녹아 흘러야만 옳지 않겠나.

그런데 끄떡도 않는 그 무쇠 심장.

구보씨는 지하도 입구의 신문장수에게서 석간신문을 한 장 샀다. 지하도 계단을 내려가면서 신문을 들여다본 구보씨는 그만 우뚝 서버린다. 1면에 커다란 기사가 나와 있었다.

美, 韓國을 極東의 '홍콩'化 구상, 美評論家 주장, 對中共交易 中繼地役割, 朴-애그뉴 會議 때도 論議 ― (워싱턴 21日同和) 美國의 노련한 時事評論家 폴 스콧 씨는 닉슨 美國行政府가 中共과의 무역 확대를 설정하고 韓國을 極東의 '홍콩'으로 만들 가능성이 있다고 주장했다.

美國 지역에서 대거 신문에 전재된 그의 글을 요약하면 다음과 같다.

"韓國은 닉슨 行政府에 대해 極東에서 美國 지원하의 '홍콩'化 후보지로 물망에 오르고 있다. 中共과의 통상을 증진하려는 닉슨 대통령의 정책에 따라 中共·美國間의 交易中繼地點으로 韓國에 '대규모' 中繼基地가 設置될 공산이 크다.

이에 대한 구체적인 계획은 아직 마련되지 않았지만 새로 등장한 미묘한 美國·中共間의 무역에 있어 韓國이 담당할 수 있는 役割을 두고 과거 여러 날 동안 朴대통령 領導下의 韓國政府와 협의가

진행되어왔다."

　금년 초 이래 美國高位官吏들과 금융가들이 빈번히 韓國을 訪問하고 있는 중요한 이유의 하나는 이 문제를 둘러싼 秘密協商 때문이다. 이에 관한 최근 협상은 朴대통령 취임식에 美國政府 경축사절로 파견된 애그뉴 부통령이 朴대통령과 비밀 회담을 가졌을 때 이루어졌다. 朴대통령은 그의 대통령 취임사에서 中共과의 國交 개선을 도모하고 通商關係를 증진하려는 말썽 많은 닉슨 美國 대통령의 對中共政策을 지지함으로써 이에 관한 協商의 길을 터놓았다.

　中共은 韓國戰 當時 北傀에 가세했고 또 현재도 北傀와 軍事的인 盟邦關係를 유지하고 있음에도 불구하고 朴대통령은 그의 취임 연설에서 北平에 대해서는 신랄한 비난을 하지 않았고 다만 北傀가 武力侵攻을 아직도 꿈꾸고 있기 때문에 韓國의 敵이라고 규정했을 뿐이다.

　韓國이 中共과의 무역 통로에서 또 하나의 關門이 되는 문제는 北平의 협력에 달려 있지만 닉슨 行政府 官吏들은 이것이 가능하다고 굳게 믿고 있다. 이를 더 구체화하기 위해서 닉슨 대통령은 앞으로 對美 교역을 지원하기 위해 中共에 비밀리에 대규모 借款 및 軟性借款을 제의하고 있다. 韓國이 美國의 對中共 수출에 있어 중계 지점이 될 수 있는 條件은, 地理的으로 韓國은 中共의 商業 및 工業 '센터'인 上海·南京地區에 근접해 있고 交通綱이 좋기 때문이다.

　뿐만 아니라 韓國에 투자하고 있는 外國資本의 대부분이 美國資本이라는 점에서 美國 생산품의 대규모 조립 공장을 설치하고 또

對中共通商을 지원할 수 있는 部分品 생산 공장의 설치 장소로 韓國이 理想的인 위치에 있기 때문이다—

"뭐야."
배걸 씨가 기웃했다. 구보씨는 안전핀을 뽑은 수류탄을 건네어 주는 암살단원처럼 시무룩하게, 신문을 배걸 씨에게 넘겨주고, 멈추었던 필름이 다시 돌아가듯, 그들은 다시 걸음을 떼어놓아 지하도 계단을 내려갔다.

제6장
마음이여 야무져다오

청계천 초입에서 버스를 내린 구보씨는 조금 걸어갔다. 처마를 연이은 가게 앞을 지나서 구보씨는 어떤 전기기구 가게 앞에서 걸음을 멈추었다. 유리창 저편에 구보씨 또래의 남자가 혼자 가게를 지키고 앉아 있다. 그 남자는 문간에 서 있는 구보씨를 보자 자리에서 일어서면서 손짓으로 들어오라고 한다. 구보씨는 열려 있는 문으로 안을 들어섰다. 주인이 가리키는 의자에 앉는다.

"오랜만이군."

"응."

주인 남자—구보씨의 고향 친구인 김순남은 안경 너머로 웃으면서 담배를 권한다. 두 사람은 담배를 피워 물고 다시 한 번 마주 보고 그리고 다시 한 번 웃었다.

"어디 안 갔나?"

김순남 씨가 이렇게 말했다.

"안 갔어."

구보씨가 대답했다.

"우리하고 달라서 자유스럴 테지?"

매인 데가 없으니 피서 여행을 가자면 언제든지 갈 수 있지 않겠느냐는 말이다.

"그렇기는 하지만."

그렇기는 하지만 잘 그렇게 되지 않는다. 이런 뜻이었다.

"바쁜 모양이군."

"별수도 없으면서 바쁘지."

"바쁜 게 좋은 거야."

"글쎄, 자넨 어디?"

"응 잠깐 갔다 왔지. 마누라가 생야단이니."

김순남은 인자한 얼굴에 또 한 번 웃음을 치었다. 안경 너머로 어찌 보면 아지랑이 낀 듯 약간 흔들려 보이는 그 눈이 문득 스무해라는 세월의 저편에 있는 한 소년을—구보씨의 동창인 한 고등학생을 떠올려주었다. 김순남 씨와 구보씨는 이북 W 출신의 고등학교 동창이다. 남쪽에 와서도 그들은 같은 대학교에 다녔다. 구보씨는 가끔 김순남 씨를 만나기 위해서 그의 대학으로 가서 강의를 듣기도 했다. 김순남 씨는 역사학과였다. 그런 '盜講' 중에도 구보씨가 잊을 수 없는 시간이 하나 있다. 지금 아무리 생각해도 그때 강사가 누구지는 모르겠는데 그때 받은 느낌은 아직도 생생하다. 구보씨는 그 경험을 그의 지식의 생애에서의 '첫사랑'이라고 부르고 싶다. 서양사 시간이었다. 강사는 유럽 중세기의 '용병

傭兵'제도에 대해서 얘기하고 있었다. 아마 이탈리아 중세사였던 모양이다. 첫사랑이 그러한 것처럼 이야기 첫머리부터 어떤 어지러움—뱃멀미가 느껴졌다. 구보씨의 생각의 배는 아직 그런 물결에 실려본 적이 없었다. '傭兵'— 처음 들어보는 말은 아니었다. 중학생이면 아는 말이다. 돈을 받고 싸움을 해주는 사람들. 도시국가에서 월급 받고 국방을 맡아 해준 사람들, 전쟁 청부업자들—이것이 용병이다. 그때까지 그 말을 듣거나 책에서 읽으면서도 구보씨는 예사롭게 지낼 수 있었다. 실상 명화를 화첩에서 사진판으로 본 셈이었다 할까. 그런데 그때 구보씨는 '용병'의 실물 그림을 본 것이었다. 강사의 강의는 그런 힘을 지닌 강의였다. 예사로운 일의 예사롭지 않음을—매끈한 피부 밑에 숨은 내장의 모습을 보여주는 능숙한 해부학 교사의 솜씨— 그런 솜씨로 '용병'을 풀이하던 것이었다. 그러면서도 용병의 살아 있는 싱싱함을 떠올리게 하는 상상력에 넘친 것이었다. '충성심'과 '돈'이라는 것이 한 물건 속에 어울려 있는 상태를—그러면서도 '멋'이 있을 수 있었다는 현상을 구보씨는 비로소 알 수 있었다. 구보씨는 강사의 언변의 너무나 아름다운 그 힘에 취하고 말았다. 전쟁이란 알다시피 죽음과 내기하는 일이다. 사람을 전쟁에 내보내는 사람은 신성한 사람이어야 하고, 전쟁에 나가는 일은 신성한 일이다—이렇게 배운 것이 구보씨의 세대였다. 누구한테 배웠는고 하니, 일본 선생님들한테서 배운 것이었다. 구보씨 세대가 그런 관념을 배운 것은 일제 말엽, 대동아전쟁이라던 2차전 끝 무렵이다. '특공대'라고 부르는 자폭 행위가 성스러운 일로 찬양되고 있었다. 구보씨는 국민학교에서 그런 교육을 받았기 때문에 전쟁—죽음—성^聖스러움, 이런 것을 떼어서 생각할 수 없었다. 해방 후에는 사정이 달랐는가 하면 그것도 아니다. 이번에는 그 일본에 대항한 애국 열사들의 죽음이 또한 숭배의 대상이 되었던 것이다. 민족을 위한 싸움에서 죽은 사람들은 사랑—민족을 위한 사랑 때문에 죽은 것이었다. 그 죽음 역시 '聖'스러웠고, 돈 따위와는 아무 상관 없었다. "천황 폐하 만세" 하고 죽은 사람들이 방긋 웃으며 죽은 것처럼 "스탈린을 위하여" "대한 독립 만세" 이렇게 외치며 죽은 사람들도 방긋 웃었던 것이다. 거기에 구보씨의 어리석은 마음은 다름을 느낄 수 없었다. '軍神의 系譜'는 이어져 있었고 구보씨는 그런 전통 속에서 살아왔던 것이다. 그런데 '용병'이라니. 돈 받고 전쟁을 하다니. 죽으면서 부를 이름도 없으면서 죽다니. 그리고 그런 사람들의 자손이 이 세상을 지배하고 '軍神'의 후손들은 저만치서 시중드는 신세가 되다니. 이런 깨달음을 그 강의는 구보씨에게 주었던 것이다. 하기는 그 당장에 이렇듯이 소상한 깨달음이 있었다는 것은 아니다. 그 당장에는 구보씨는 어지럽고 메스껍고 꿈속에서 어떤 천사를 만난 것처럼 어리둥절했다. 그 어질머리를 오랫동안 생각해본 결과 구보씨는 앞서 말한 바와 같은 결론을 얻게 되었다. 이게 사실이다. 하나 사실은 사실이로되 이렇게 말해버리면 너무 멋대가리가 없는 일이다. 역시 그 당장에 구보씨는 다 이해했던 것이다. 강외가 말한 바를— 그렇다. '심장'으로 온전히 다 한꺼번에 알아버렸던 것이다. '말'이란 이렇게 성가시게 거추장스러웠다. '聖' '俗'에 대한 깨달음을 준 처음 사건으로서 구보씨의 마음속에 그 강의는 살아 있다. 아무튼 구보씨와 김순남 씨는 그런 사이다. 실은 용병이고 지랄이고 남쪽에서 대학 동창이었다는 것보다 W시에서 고등학교 동창이었다는 것이 더 크다. 가끔 이렇게 들르는 것도 고향 친구기 때문이다.
"세상이 바뀔 모양인가?"
"글쎄."
"그렇게만 됐으면."
"좋지."
이것은 무슨 말인가 하면 지난 20일에 있었던 적십자사 대표의 판문점 접촉을 두고 하는 말이다. 8월 12일에 대한적십자사가 '가족찾기 운동'을 북한적십자사에 제의했다. 그랬더니 대뜸 북적이 수락한다는 방송을 하고 지난 20일에 양쪽 파견자들이 판문점에서 만나 제의 문서와 수락 문서를 바꾼 것이다. 잘난 나라들이 어지럽게 줄타기를 하는 것을 한국 사람들은 입을 헤벌리고 구경만 해 온 게 근래 몇 해 안쪽 우리 형편인데 말마따나 큰 양반들이 재채기가 심하다 싶더니 끝내 우리가 감기가 들고 만 것이었다.
"살다 보면 이런 때도 있군."
김순남 씨가 이렇게 말했다. 그때 마침 손님 한 사람이 들어왔다. 김순남 씨는 구보씨에게 눈으로 양해를 얻으면서 일어서서 손님을 맞았다. 구보씨는 중년의 부인에게 냉장고를 설명해주고 있는 김순남 씨를 바라보면서 또 한 번 '傭兵體驗'을 약간 줄인 듯한 그런 경험을 하는 것이었다. 사람이 받은 교육이란 무서운 물건이다. 저도 모르게 실수를 시키고 저도 모르게 사람을 움직이니 말이다. 구보씨는 지극히 짧은 시간이지만 그 뚱뚱한 부인 앞에서 안경테를 가끔 추키면서 설명을 하고 있는 김순남 씨의 뒷모습을 보고 무언가 서운한 기분이던 것이다. 말하자면 용병이 된 군신軍神을 보는 느낌을 가진 것이다. 말할 것도 없이 잘못된 생각이었다. 악담을 해도 유만부동이지 지금쯤 김순남 씨가 어느 사학과의 조교수나 전임 강사가 되어 쥐꼬리보다 약간 굵은 봉급에 매달려서 출근 버스에 실려다니고 이 잡지 저 잡지에 아까운 아이디어를 흘려버리는 잡문 따위를 쓰면서 제 돈으로 친구들에게 술 한잔 못 사는 그런 신세가 되기를 바라고 있는 것은 천만에 아니었다. 김순남 씨는 삼촌과 둘이서 월남해서 처음에는 꽤 고생한 편이었다. 지금 이 도시 한복판에 버젓한 가게를 가진 것은 적선지가에 필유여경이라고 다 마음 잘 쓴 제 덕이겠지만 이보다 다행스러운 일은 없는 것이었다. 그렇게 구보씨는 늘 생각한다. 이 가게에 들를 때마다 구보씨는 늘 기쁘다. 그럼에도 불구하고 찰나의 마귀가 벗의 뒷모습에다 당치 않은 그림자를 던져 보이는 것이었다. 아마도 그것은 구보씨가 그 '聖'을 뿌리치지 못해서가 아니라 아니 '聖'이 '俗'보다 낫다고 생각해서가 아니라―아무래도 '俗' 쪽은 되지 못하는 현재의 자기 입장이 하도 쓸쓸하기 때문에 이런 쓸쓸한 입장에 있는 자기가 김순남이 같은 고향 친구를 동업 친구로 가지고 있다면 얼마나 마음 든든하랴 싶은 심사에서 우러나온 한탄이었는지도 모른다. 기독교의 신에게 쫓겨난 토착신 드라큘라의 눈초리―빼앗긴 동포를 자기편으로 끌어들이려는 행동이, 농포의 공포만을 불러일으킨다는―사랑이 가해加害의 형식을 취하고 만다는—모든 혁명적 테러리스트의 모순을 구보씨는 느꼈던 것이다. 그러나 그와 같은 사랑의 살의殺意로 핏발 선 눈을 본 사람은 아무도 없었다.

김순남 씨가 손에 무슨 종이쪽지 하나를 들고 싱글거리면서 돌아왔다.

"오늘 벌이는 했네."

"응?"

"냉장고를 팔았네."

"아 그런가."

진정 벗이 역사학 박사가 됐다는 말보다 더 기뻤다.

"자네가 온 날은 재수가 좋아."

"매일 올까?"

"말리지 않지."

"동업을 한다?"

"좀 대게."

"응 생각해보지."

관청이나 장사를 하는 친구를 찾아갔을 때 방해나 되지 않는가, 구보씨는 늘 자신이 없었다. 김순남 씨는 구보씨가 오는 날이면 장사가 잘된다고 하니 즐겁고 평안했다.

"바쁘지 않으면 여기서 점심 하고 가지."

"응 그래도 좋아."

김순남 씨는 전화기를 들었다.

"자넨 뭘 하겠나?"

"아무거나."

사실 아무거나 좋았다. 가게를 비울 수 없어서 시켜다 먹는 일이 많은 모양이다.

"전에 와서 봤을 땐, 또 누가 있는 것 같았는데."

"응 지금도 있지. 어딜 좀 나갔어."

"삼촌두 안녕하신가?"

"응."

"뭘 하시는가?"

"요즈음은 하는 일 없어."

"이번 일에 꽤 충격이 크겠지?"

"그래. 우리하고도 다르지."

"그럴 거야."

"우리 아래 세대가 자랄 때쯤이면 아주 사정이 다를 거야."

"그럴까?"

"우리 큰놈이 아버지 고향 가고 싶어, 이러잖아?"

"큰놈이."

"국민학교 삼학년이야."

"걔들이야."

"전혀 깜깜이지."

"현재로선 그렇지."

"장차는 더할 것 아닌가?"

"그게 문제야."

"그럼."

"아니 난 반드시 그렇지 않다는 생각이야."
"그렇지 않다니."
"염려할 거 없다는 말이지."
"왜 그런가? 통일 안 해도 좋다는 말인가?"
"그게 아니라, 남북의 유대—맺어짐이란 걸 너무 어느 세대하고만 붙여 생각할 필요 없단 말이지."
"정치적 세력으로서도 의미가 있지."
"뭐가."
"서로 얼굴 아는 세대가 남북으로 갈라져 있으니, 그게 통일을 위해서 말이야 압력 구실을 하는 효과가 있단 말이지."
"압력? 무슨 압력? 여태껏 무슨 압력을 행사했나?"
"눈에야 안 보이지만."
"눈에? 눈에 보이는 게 정치 아닌가? 눈에 안 보이는 건 없는 거나 같지 않은가?"
"그건 좀 과하고. 정치적 프로이트주의란 것도 있지."
"프로이트?"
"정치의식의 심층에 있는 바람 말이야."
"글쎄 그게 문제 아닌가? 왜 그걸 정신의 심층에 눌러둬야 하는가? 밝은 햇빛 아래 내놓아서 서로 토론하고 외치고 권유해야지."
"이번 같은 경우가 그렇게 된 것 아닌가?"
"프로이트 얘기가 나왔으니 말인데, 마음속 깊은 데 있는 소망을 환자가 깨닫게 하기 위한 가장 좋은 방법은, 환자 스스로 자기 소망을 깨달아서 나타나게 해주는 방법이지. 의사가 환자의 꿈까지 알아맞혀서 주입식으로 가르칠 게 아니고."

"글쎄. 그래서?"

"민간의 세력이 원동력이 돼서 이번 운동 같은 게 일어났더면 하는 의견이야."

"적십자면 민간단체 아닌가?"

"적십자? 글쎄, 적십자가 민간단체 아니란 말이 아니지. 가족찾기 같은 건 좀더 토착적인 단체가 주관이 됐다면 하는 거야."

"토착이라니?"

"이것 봐. 그야 서양에서야 적십자가 민간의 생활과 직결해 있겠지. 거기서 생긴 단체 아닌가? 그러나 우리나라 같은 데서 적십자가 이번 일 같은 게 있기 전까지야 일반 민중과 무슨 관계가 있나? 이번 일 같은 걸 위해서라면 피난민 단체가 얼마든지 있지 않은가? 그런 단체라야 이번 운동의 당사자들과 직접 통해 있지 않아? 적십자래야 이번 일에는 '관청'이지. '관청'에서 하시는 일이지. 자기 고향 사람들을 만나본다는 일까지 관청에서 주관한다, 좀 생각할 일이지. 아니면 하다못해 종교단체 연합 같은 형식으로 했더라도 훨씬 뜻이 있지 않았을까."

"듣고 보니 그렇군. 헌데 그야 자네들 같은 사람들이 알아서 했어야 하지 않나?"

구보씨는 말이 꾹 막혔다. 허허허, 구보씨는 웃었다. 허허허 구보씨는 또 웃었다.

"맞았어."

구보씨는 이렇게 말했다.

"맞았어. 자네 말이 맞아. 누가 이런 황송한 일을 높은 양반들이 생각해낼 줄이야 알았나?"
"할 수 있나? 이쯤 된 것만도 다행이라 생각해야지."
"그래그래. 난 이게 탈이야. 주어진 걸 가지고 음식 장만해야 할 텐데 늘 재료 투정만 한단 말이야."
"둥글둥글 사는 거지 뭐."
"둥글둥글."
둥글둥글 돌아가는 선풍기를 바라보면서 구보씨는 정말 세상은 둥글둥글 돌아가는구나 싶었다. 그리구 다부진 망치로 모난 생각을 다스리면서 살아야 이 난세를 옳게 살려니, 이런 결심을 다시금 새롭게 했다.
시킨 점심이 ─ 우동과 잡채 하나가 왔다. 그들은 둥글둥글한 우동 가락을 떠올리면서 잠깐 말을 끊었다. 김순남 씨 가게를 나온 구보씨는 청계천을 동대문 쪽으로 조금 걸어올라가서 바른쪽에 있는 장로교회 예배당으로 들어갔다. 기독교인이 아닌 구보씨가 길을 가다가 문득 기도를 드리고 싶어진 것은 아니고, 오늘 여기서 문단의 선배 시인의 아들 결혼식이 있다. 김순남 씨와 있을 때하고도 다르고 한길을 스적스적 걸어올 때와도 다른, 사람이 이처럼 많이 모인 장소에 어울리는 표정을 재빨리 지으면서 구보씨는 사람들 쪽으로 다가갔다. 서른 살 가운데 마루턱까지 살아오면서 구보씨는 이렇게 사람이 모인 장소에 올 때마다 어김없는, 더도 덜도 없는 얼굴을 꾸미는 데 여간 애를 먹는 것이다. 나는 나고 당신들은 당신들이다. 그러나 나는 당신들의 적인 것은 아니다. 서로 존중하기로 하자—이런 내용의 의사를 온몸으로 풍겨야 한다. 그러나 오늘 이 자리에서는 구보씨는 그다지 마음을 쓰지 않아도 좋았다. 거의가 구보씨 모르는 사람들이고 알 만한 사람들은 한쪽에 몰려서 있는 한 무리뿐이었다. 그 무리의 거의 모두와 구보씨는 악수를 하였다. 묘한 일이지만 이런 사람들과 오랜만에 만날 때마다 구보씨는 여간 켕기는 게 아니다. 만나면 아주 반가운 듯이 손을 잡고 방긋방긋 웃으면서 실상 그동안에 까맣게 잊고 살아왔다는 사실이 켕기는 것이었다. 그렇다고 알고 있는 모든 사람과 시시각각 분초마다 워키토키 같은 걸 가지고 안부를 문의하면서 살 수 없는 줄은 안다. 알면서도 겸연쩍은 것이다. '俗'의 삶인 사파 세상살이를 무슨 '僧房'에서의 공동 생활로 알고 싶어 하는 버릇이 구보씨의 깊은 속에 있는 것이다. 그렇지 않으면 군대 생활 같은 모양의 삶이라든가. 그것도 '용병'이 아니라 '聖騎士團' 같은. 이런 반동적 생활 감정을 늘 경계하면서도 언제나 그에 이끌리는 것이 예사이기 때문에 요즈음은 그 반동적 버릇을 굳이 씨를 없애려는 염은 버렸다. 대신 늘 감시를 게을리 않기로 하고, 필요하면 예비 검속을 해서 마음속 지하실에다 가두어놓기로 하고 있다. 그래서 지금도 이 반동분자들—삶과 '祝祭'를, '俗'과 '聖'을, '日常'과 '詩'를 헷갈리고 그 경계를 흐리게 하려는 비탈을 지닌 느낌이 수상한 낌새를 보이자 구보씨는 지체없이 손을 써서 그들을 가두어버렸다. 그도 이 갇힌 지하실 쪽에서 쇠고랑 소리가 희미하게 들려오는 것까지는 막지 못하였다. 그러나 염려할 것은 없었나. 구보씨와 얘기하는 사람은 설마 그 소리가 그런 내력인 줄은 모르고, 구보씨 말씨에 풍기는 다정한 울림으로 알고 마는 때문이다. 그리고 구보씨가 약간의 지하실의 소리를 놓아주면 오랜만에 만난 탓으로 반가워하는 줄로 안다. 처음에는 이러한 불로소득이 소시민적 양심의 소유자인 구보씨에게는 괴로웠지만, 아무튼 그들 지하실의 작자들을 하루 세 끼 먹이고 있음도 사실인 바에야 덕 좀 보기로서니 아주 안 될 것도 없는 일이라 마음먹기로 작정하고 있다. 세상을 양심대로 사는 수는 없으니 말이다. 구보씨는 시인 한태백 씨와 나란히 앉아서 예식을 지켜보았다. 여러 번 기도가 있었다. 그 기도들이 모두 유효하기를 구보씨는 기도하였다.

 결혼식이 끝나고 구보씨는 한태백 씨를 따라 명동으로 갔다. 한태백 씨가 구두를 사는데 같이 가달라고 부탁을 한 것이다. 청계천 2가에서 을지로를 건너 중앙극장 앞을 지나서 명동성당—이런 길을 그들은 걸어갔다. 중앙극장은 서울에 있는 극장치고는 드물게 언저리가 지저분하지 않다. 이 언저리도 많이 바뀌기는 했다. 십 년 전만 해도 걸어다니기도 괜찮고, 명동에서 내려오면서 왼쪽에 길에서 조금 들어앉아 있는 이 극장은 끌리는 데가 있는 집의 하나였다. 지금은 길이 넓어져서 길가에 바짝 나앉았는데도 그런대로 막 천하기까지는 않다. 두 사람은 명동성당 앞으로 올라갔다. 여기도 인제는 명동성당 앞이라기보다는 병원 앞이라고 하는 게 옳다.

 구보씨가 명동을 처음 본 것은 두번째 뺏겼던 서울이 되찾아지고 난 직후부터다. 그 무렵에 명동은 전쟁 때 부숴진 대로였다. '실존주의'가 처음 사람들 입에 오르내릴 땐데 말하자면 실존주의적인 거리였다. 푸짐하게 부숴진 거리가 이 지역에 있는 어느 다방에서나 창밖으로 내다보였다. 어느 사람도 별반 영혼이나 빵이거나 간에 자신이 없었기 때문에 실존주의는 긴말 접고 '不毛' '廢墟' '渴症' 이런 따위 느낌으로 받아들여졌었다. 구보씨 느낌을 기준으로 삼는다면 지금의 이, 외국에 가본 일도 없는 구보씨조차 그닥 겁나지도 않게 쓸데없이 되살아난 이 거리보다는 그때의 허물어진 터가 훨씬 건강하였다. 그 허물어진 터에는 날카로움이 있었다. 개화기 이래 명동이라는 이 땅뙈기를 덮어온 껍질이 한 번 부서지고, 맨살이, 이 땅의 벌거숭이 얼굴이 싱싱하게 드러나 있었다. 폐허는 미未개발지와는 다르다. 미개발지는 그저 물질일 뿐이지만 폐허는 사람 손이 간 땅이다. 그러면서 평지에 덕지덕지 분칠한 손때 묻은 땅이 아닌, 말하자면 지령地靈의 살결과 엉킨 채로 있는 땅이다. 지령은 무너져내린 벽돌 틈으로 수시로 들락거렸다. 지령은 낯가림 않는 평등의 신이다. 지령은 거드름도 없는 소박한 신이다. 모든 폐허는 이름 없는 한 신의 제단이다. 그러길래 프랑스의 폐허에서 외쳐진 실존주의라는 넋두리가 여기서도 대뜸 통했던 것이다. 실지로 그때 '몽파르나스'라는 것도 여기 있었다. 몽파르나스에 가면 늘 시의 무당들이 마른 명태 안주를 찢으면서 막걸리를 마시고 있었다. 지령은 이 자리 저 자리로 다니면서 한 잔씩 얻어 마신다. 그의 임하심을 사람들은 알고 있었다. '戰後浪漫期'라고 구보씨는 그 시대를 부르고 싶다. 빛나는 것은 곧 사라진다. 그 무렵의 지령이 전사들은 지금은 모두 꼴동상으로 월부판매원으로 물러앉았다. 지령은 그러나 '感覺' 속에도

'觀念' 속에도 임하시지 않는다. 어디에 있는 것일까. 이 세상의 비밀과 맞뚫린 삶의 모습은. 이룰 길은 없는데 맛만 알고 말았다는 것은 괴로운 일이다. 어디에 있는가? 그렇다. 그런 것은 없다. 어디도 원래 없다. 그런 것이 있기 위해서는 마음이 한없이 가난하지 않으면 안 된다. 우리에게는 그런 것이 허락되지 않는다. 우상은 한 번만이 아니라 끊임없이 깨뜨려지지 않으면 안 된다. 구보씨는 너무 지루하게 서 있는 우상들을 바라보았다. 등기소에 한 번 올랐다는 까닭으로 이 폐허의 숨구멍을 막고 있는 이 숱한 집들. 아차, 이것은 지하실의 그 작자들 목소리였다. 조금 한눈을 팔면 이렇다니깐. 구보씨는 죄수들을 지하실로 몰고 내려가서 쑤셔박아놓고 올라왔다.

콩쥐 요술신발이라도 고를 모양인지 퇴짜만 놓고 헤매는 한태백 씨를 따라서 구보씨는 명동을 오르내리다 보니 좀 마음이 상했다. 한태백 씨는 이목이 준수하고 매우 점잖게 생긴 구보씨의 동년배다. 들어설 때는 동성연애자들처럼 아양을 떠는 점원들이 그냥 나올 때면 뒷골목 똘마니처럼 낯짝이 거칠어진다. 야 임마 똑똑하면 얼마나 똑똑해 엉. 좀 속아보라우. 발바닥에 끄는 거 웬만하면 어드래서 그래 쌍 거랑말코. 점원들의 표정은 내놓고 이렇다. 그런데도 한태백 씨는 막무가내로 태평이다.

"그 집의 그거 괜찮던데."

"가만있어. 바빠?"

"아니, 글쎄."

"이러구 다니는 것도 좋잖아?"

새 신 사는 사람이나 좋지 구보씨야 좋을 리 없는데도 한태백 씨는 태평이다.

그러나 세상은 태평이 아니었다. 겨우 구두를 사 신고 가까운 다방에 들어가 앉은 두 사람은 다방에 앉은 모든 사람과 함께 놀라운 뉴스를 들었다. 다방 TV에는 이십일 명의 무장공비의 처참한 자폭 광경이 벌어지고 있었다. '올 것이 왔구나.' 구보씨는 퍼뜩 이 유명한 말이 떠올랐다. 두 사람은 말없이 TV만 쳐다보았다. 구보씨의 몸속에서는 먹구름이 퍼졌다. 어쩐지 너무 날씨가 좋다 싶더니. 미국과 중공이 부드러워지자 이 땅에서도 부드러운 봄바람이 불어왔다고. 냉전산맥의 변두리 골짝 음지에도 시대의 바람이 불어왔다고. 적십자사끼리 흩어진 가족을 찾아주기로 한다고. 이런 하늘 무서운 일이 있어도 좋을지 싶은 일이, 그래도 그렇다니 어리둥절하면서도 그런가 했더니. 인천에 올라온 무장공비 이십일 명이, 민간 버스를 몇 번씩 뺏어 타고 검문소마다 총격을 가해 짓밟고서 영등포 대방동에 있는 제약회사 유한양행 앞까지 왔다가, 타고 있는 버스가 가로수에 부딪히는 바람에 가지고 있던 수류탄이 터져 전원이 몰사했다고 발표하고 있다. TV는 열린 버스 문과 올라가서 계단에 겹쳐서 쓰러진 시체와 차 안의 수라장을 고루 비춰주고 있다. 이틀 전에 남북 대표가 판문점에서 만나 문서를 바꾸지 않았는가. 세계가 모두 알고 있는 남북 교섭의 실마리가 한끝이 풀렸을 뿐인데, 의당 얼마 동안은 어느 쪽이건 배나무 아래에서 갓끈을 매지 않을 만한데 이토록 인사불성으로 헤낸 것이다. 구보씨는 어쩐지 안심이 되었다. 그러면 그렇지. 그럴 리가 있을

라구. 좋건 궂건 지내오던 세상이 바뀌면 불안한 법인지 세상이 조금도 태평스러워지지 않은 증거를 이렇게 눈앞에 보자 구보씨는 마음이 놓였다. 한태백 씨가 말했다.

"대담한 놈들인데."

"그렇군."

"그래 거기까지 오도록 막지 못하다니."

"글쎄 말이야."

구보씨는 6·25 때를 떠올렸다. 그때 구보씨는 이북 W시에서 고등학교 여름 방학 중에 전쟁을 맞은 것이었다. 곧 생활이 뒤죽박죽이 되고 폭격이 있었고 했지만, 그때 심정을 돌이켜봐서 지금 이 순간처럼 확실한 느낌은 없었다. 달라진 세계에 무엇이든 이름을 붙일 힘이 없었다. 지금은 달랐다. 무서움—이것이 지금의 뚜렷한 느낌이었다. 6·25 때도 어른들은 이렇게 느꼈을 것을 구보씨는 짐작했다. 지금은 구보씨도 전쟁이 무엇인지 알기에, 한없이 무서웠다. 굶주림. 죽음. 고달픔. 이런 것들이 또다시 달려들게 된다고 생각해보는 것조차 무서웠다.

"이거 참 어떻게 된 일일까?"

"응?"

"이럴 수 있는가 말이야?"

"안 되는 일이 뭐 있겠나?"

"세 살 먹은 아이라도 이건 자기들한테 불리할 줄 알 텐데, 이런 도발을 감히 한다면 이건 어쩌자는 것일까?"

"남북 접촉을 하기 싫다는 거지 뭐긴 뭐야."

"그렇지?"

"보는 대로가 아닌가."

두 사람은 줄곧 뉴스를 되풀이하고 있는 TV를 바라보면서 이런 말을 주고받았다.

구보씨는 한태백 씨와 헤어지는 길로 '평화출판사'로 갔다. 종로에 있는 그 출판사에서 이번에 구보씨의 소설을 출판했는데 오늘 이 인세의 일부를 받기로 된 날이다. 구보씨는 종로까지 가는 사이에 차 안에서, 길거리에서 사람들 눈빛이 집들의 눈빛이 달라져 있는 것을 분명히 보았다. 잊어버릴세라 이 고장에 사는 팔자를 되새겨주는 사건이 던진 뒤끝이 보인다.

에익 신가神哥놈. 에익 신가놈. 구보씨는 몇 번인가 뇌까렸다. 공비는 모두 제 손으로 폭사했다고 하지만, 공비가 서울 시내까지 그토록 쉽사리 왔다는 일만은 달라진 것이 없다. 스무 해 전 6월의 그날에도 이렇게 전쟁은 비롯했을 테고, 언젠가 전쟁은 이렇게 시작된단 말이겠지. 그리고 지금 받으러 가는 돈이 피난 떠날 밑천이 될 수도 있단 말이겠지. 구보씨는 소집 영장을 받은 병사가 선전 포고가 나붙은 거리를 달음박질하듯 약혼자에게 달려가는 모습을 떠올린다. 병사는 구보씨. 약혼자는 인세다. 이 집들은 지금 마지막 보는 것인지도 모른다고 생각하니, 이 세상에 든든한 것은 하나도 없고 세상살이에 자신이란 것도 없다고 생각한다. 평화출판사에서도 사람들은 공비 이야기를 하고 있었다. 편집장은 구보씨에게 의견을 물었다.

"세상이 어떻게 될 것 같습니까?"

"글쎄요. 이번 같은 일이 있고 보면 마음 놓고 있을 수도 없을 것 같고."

"설령 남북 접촉을 원치 않는다 하더라도 너무 거칠지 않을까요?"

"거칠어요?"

"다른 방법도 있지 않겠습니까?"

"급했던 모양이지요."

"아무리 급하기로서니, 세상 이목이 있는데."

제길 구보씨는 짜증이 날까 했다. 줄 돈이나 빨리 줬으면 되지 않을까. 그런데도 편집장은 아랑곳없이 은근히 다가앉으면서 또 물고 늘어진다.

"전쟁이 날까요."

"글쎄요. 그걸 누가 압니까?"

"세상 바루 되는가 싶더니, 하긴 월남 전쟁이 끝나면 어디선가 또 터지긴 터져야 하지 않겠어요?"

"제발 우리는 아니어야지요?"

"어디요. 그동안 쉴 만큼 쉬었으니 공밥만 먹어서야 되겠어요?"

"공밥요?"

"암요. 십여 년 공밥 먹었지요. 매니저들이 한번 게임을 주선할 만한 때가 되지 않았습니까?"

귀신 듣는 데 떡 소리 말라는데, 전쟁의 삼신할머니가 들을까 무서운 이야기를 편집장은 평평 늘어놓는 것이었다.

"설마."

"설마가 사람 잡습니다."

편집장은 이렇게 말하면서 서랍을 열고 수표를 한 장 꺼내서 구보씨에게 주었다. 그래서 마치, 설마 줄 줄은 몰랐을 거요, 하고 말한 것처럼 들렸다. 구보씨는 영수증을 써서 주고 수표를 호주머니에 넣었다. 그러자 좀 안심하고 말 상대를 해줄 마음이 되었다. 그래 구보씨는 이렇게 말했다.

"난다 난다 할 때는 안 나는 거예요."

"웬걸요. 뛰는 놈 위에 나는 놈이지요. 모릅니다."

꼭 난리가 났으면 하는 말투다.

"이번에 전쟁이 나면 다 죽는 거라고 하더군요."

얄미워서 구보씨는 으름장을 놓았다.

"다 죽어요? 왜요?"

"저번보다 양쪽이 모두 장비가 좋아지지 않았습니까?"

"모르시는 말씀. 엿장수 맘대롭니까? 레프리 타임이란 게 있지 않습니까? 전쟁의 템포나 규모도 다 조정이 되게 마련이지요."

점점 속상하는 말만 한다.

"참 그리고."

편집장은 또 한 장의, 이번에는 수표보다는 큰 종이를 구보씨에게 디민다.

"광고 문안인데요, 한번."

구보씨는 문안을 읽어봤다. 구보씨 책 광고다. 구보씨의 약력·수상 경력·작품 경향이 적당히 섞인, 별스러울 것 없는 광고문이다.

"좋군요."

"보태실 거 있으면—"

"아니, 좋습니다."

"그러나저러나 이러면 책장사는 가도록 심산인데요."

옳은 말이었다.

"활자 문화는 보다 섬세한 정신, 파스칼의 말대로 말이지요, 보다 섬세한."

편집장은 엄지와 가운뎃손가락을 맞붙이면서 누에고치에서 가냘픈 실오리를 피워서 뽑아내는 시늉을 한다.

"섬세한 메시지를 옮기는 게 장점이 아닙니까? 전쟁의 위험이 이렇게 늘 가시지 않으면 책을 읽을 맘이 일지 않습니다. 옛날 우리가 학교 다닐 때만 해도 늘 듣던 얘기 있지 않아요? 전쟁에 나가는 청년들이 배낭 속에 간직하는 단 한 권의 책. 지금 생각하면 그게 베스트셀러 선전 문구였습니다만. 지금 전쟁이 나면 배낭 속에 넣고 갈 한 권의 책을 찾을 청년이 있을까요? 누드 사진을 넣고 갈 겁니다."

옳은 말이었다. 구보씨라도 그렇게 할 것이었다. 아니 구보씨는 그렇게 하지 않을 것이었다. 전쟁이 나면 사진일 것 없이 진짜 누드가 사진보다 싼 값으로 얼마든지 굴러다니는 걸 보고 만 세대에게 누드 한 장의 순정인들 바랄 수 있겠는가.

편집장은 문득 생각난 듯이 일어서더니 구보씨더러 잠깐 기다려 달라는 눈짓을 하고 책상 머리를 돌아서 구보씨가 앉은 뒤쪽으로 난 문을 열고 밖으로 나갔다. 구보씨는 그대로 앉아서 일하는 사람들을 바라보았다. 의당한 일이겠지만 출판사는 구보씨에게는 제일 정다운 곳이고 여기서 일하는 사람들은 형제지간처럼만 보인다. 동업자들이니 팔이 안으로 굽는 탓이겠지만 좀 다른 사정도 있다.

　요즈음 시끄럽게 활자 문화 어쩌고 하는 시세 탓으로 무언가 비감해지는 것이다. 책이란 게 무슨 사양 산업 모양으로 되어가는 것인구, 이런 한탄이 하고 싶은 것이다. 공업이 성해지자 농업이 몰락해서 이농민이 생긴 것처럼 현대의 잠재 독자들은 도시에 몰려 빈민화한 책으로부터의 이농민들이다. 흙에의 사랑이니 향토의 순풍 양속이니 하는 말은 속 편한 풍월 같기만 하고 당장 보릿되라도 사야 할 일터가 아쉬운 것이다. 싱그러운 전원의 채소 맛은 지긋지긋한 추억이기만 하고, 유해 색소로 울긋불긋 칠해 바른 화학성 음식들에 대한 갈증만이 다급하다. 해방 후 이십여 년이 됐지만 한국 사람들이 책 읽는 성적은 별반 좋아지지 않았고 따라서 그 동안 고생했다고 하지만, 그 고생에서 어른스러운 슬기를 얼마나 쌓았는지는 미상불 의심스럽다. 그야 몸으로 배워서 막연하게 세상 돌아가는 낌새를 저 나름대로들 짚어가면서 사는 것이겠지만, 이 바쁜 세월에 그렇게 살아서야 남들과 겨뤄볼 수 있겠는가. 하나를 보고 열을 알아도 모자라도록 세상은 어지럽게 빠르다. 사람들이 모두 영악하게 영리해야 한다. 책을 읽지 않고는 영원히 그 놈의 '민중주의' — 무식하지만 마음은 착하다는 그 지경을 벗지 못한다. 마음이 설령 착하다 치고, 알지 못하는 데서 옳은 일을 할 수 있겠는가. 산더미 같은 뉴스가 흘러넘치기는 한다. 그러나 그 많은 인쇄물은 모두 이 사회에서 좋은 기득권을 가진 사람들이 제 울타리를 지키기 위한 주문呪文들이다. 어느 미친놈이 안 그러겠는가. 세상 사는 사람은 다 그렇게 하기 마련이다. 제 발등의 불이 먼저인 것이다. 저마다 제 발등 불은 제가 꺼야 하고, 제 등은 제가 긁어야 한다. 불 끄고 등 긁는 데도 다 이치가 있고 수가 있다. 장기 고누 두는 데도 그럴진대 세상살이가 어찌 그렇지 않겠는가. 그런 이치나 수를 어느 사람이 입에 떠넣어주고 손에 쥐여줄 리가 없다. 모두 가짜를 팔아먹으려는 사기꾼들뿐이다. 더욱 정치가라는 사람들이 그렇다. 권력의 말은 여부없이 거짓말이다. 누구의 말이 정말인가. 예술가와 과학자의 말이, 그것만이 정말이다. 왜 그런가. 그들이 개인적으로 훌륭한 사람들이어서 그런가. 아니다. 예술이라는, 과학이라는, 신神대를 잡으면 본의 아니게 정말을 실토하게 된다. 신들린 무당처럼. 용한 무당도 술 먹고, 오입하고 사기도 한다. 그러나 신대를 쥐고 몸을 와드드 떠는 당장에만은 정말을 중얼거리지 않고는 배기지 못한다. 그게 직업의 허영이다. 신들린 말을 녹음한 기계―그것인즉 바로 책이다. 그래서 인간이 가진 정말의 기록으로서는 아직 책보다 나은 게 없다. 책 속에서는 저자는 자기한테 불리한 말도 한다. 번연히 제 눈 찌르는 말도 한다. 그러지 않고는 말이 씨가 먹어지지 않기 때문이다. 책이 별 것이 아니다. 팔자소관으로 무당 된 사람의 넋두리를 듣고 세상의 속과 겉을 알아서, 자식 기르며 사는 세상에 제 자식이 남의 자식한테 억울한 일 안 당하게 앞길을 짚어주는『토정비결』이요,『정감록』이다. 그런 책을 읽지 않는다니. 틀렸어. 이 바닥 잘되기가 열두 번이나 틀렸어— 일러둬야 옳겠는데 구보씨의 이 같은 탄식부터가 모름지기 문필노동자의 자기선전이 섞인 넋두리라는 이야기다. 독자여, 책 또한 믿어서는 안 된다. 그러나 이런 불리한 말을 하는 것도 역시 책뿐인 것도 사실이다. —구보씨는 이렇게 속으로 한탄하고 자문자답하면서 앉아 있었다.

평화출판사를 나온 구보씨는 다시 청계천 쪽으로 걸어갔다. 길 가는 사람들 거동이 어딘지 피난 시절의 부산같이 보였다. 대단치도 못한 삶을 살기가 이렇게도 고달파야 하는가 하는 침울한 노여움의 그림자가 어려 있었다. 구보씨는 김순남 씨 가게를 향해 걸어갔다. 저녁때 만나서 술 한잔 하기로 했던 것이다. 구보씨가 들어서자 라디오를 켜놓고 듣고 있던 김순남 씨는 고개를 들었다. 그리고 빨리 오라고 손짓을 하였다. 구보씨는 공비 사건의 속보구나 하고 짐작하면서 다가갔다. 속보는 속보였는데 놀라 자빠질 이야기였다. 난동 괴한은 공비가 아니라 인천 앞 실미도에 격리 수용 중인 공군 특수범들인데, 고도 수용에 불만을 품고 경계 병력을 감금, 십이 명을 사살한 뒤 섬을 빠져나와 저지른 일이라는 것이다.

"허허허."

"하하하."

"히히히."

처음 것은 김순남 씨의 웃음, 다음이 구보씨, 마지막이 가게에서 일하는 젊은 사람의 웃음이다.

"허허허."

"하하하."

"히히히."

그들 셋은 또 한 번 웃었다. 그러자 정말 우스워졌다.

"허허허."

"하하하."

"히히히."

무슨 일이든 삼세 번이 좋은가 보았다. 연거푸 세 번을 웃고 나자 그럭저럭 큰일을 마무리한 느낌이 들었다. 세상 별게 아니다. 서너 번 웃어서 안 끝날 일이 무엇이 있겠는가.

"이것 참."

김순남 씨가 한참 웃다가 허리를 펴면서 말했다. 그러면서 '공비 침입'이라는 활자가 주먹질을 하고 있는 석간신문을 땅바닥에 집어던졌다. 얻어맞은 아이를 감싸주는 손짓으로 구보씨는 바닥에서 신문을 집어들었다.

"특수범이란 게 뭔가?"

구보씨가 이렇게 말했다.

"설명이 없으니 알 수가 있나?"

김순남 씨가 입맛이 쓰다 못해 말하기도 싫다는 투로 고개를 젓는다.

"꼭 도깨비한테 홀린 것 같군."

"도깨비?"

김순남 씨는 또 고개를 젓는다.

"그런데, 간첩인지 아군인지를 그렇게 모를 수가 있을까요?"

젊은이가 한마디 한다.

"그러게 말입니다."

구보씨는 젊은이에게 인사 겸 해서 대꾸하면서 손에 든 신문을 들여다본다. 김순남 씨가 불쑥 말했다.

"남북통일은 아직 멀었군."

"통일?"

"응."

"왜?"

"그저 그런 생각이 들어."

"실수를 할 수도 있지 않아?"

"있지. 실수가 없어야 통일이 빨리 될 것 아닌가?"

"이 사건 때문에 회담에 지장이야 없겠지. 잘못됐다고 수정하지 않았나?"

"글쎄 그게 아니라."

"큰일이야."

꿈 같은 이야기가 다가섰다가 산산조각이 났는가 싶더니 또 그게 아니란다.

구보씨는 이북 고향 W시에 부모님과 형님 한 분이 계시다. 전쟁이 시작되고 사람들이 남쪽으로 내려오기 시작할 무렵의 분위기는, 당한 사람들은 몸으로 알고 있겠지만 큰 회오리바람 같은 것이었다. 남쪽으로 간다는 것이 난리에 계룡산으로 들어간다는 식이 아니었을까. 부모와 형제들이 서로 권해서 사랑하는 사람들을 남쪽으로 가는 배에 태웠던 것이다. 개인의 결정이나 느낌을 넘는 이런 큰 이동을 설명하자면 뛰어난 서사시인의 눈을, 마음을, 손을 기다려야 하리라. 구보씨 같은 사람은 직업상 그 서사시인의 눈을, 마음을, 손에 익히는 것이 곧 생활이기도 한 그런 생활을 해온 셈이다. 자기 당대를, 지금 이 생활을 서사시의 소재처럼 바라본다는 일은 실상 안 될 이야기다. 스스로 '實感'이라고 생각하는 내용은, 실감임에는 틀림없지만 아주 좁은 시야에 비치는 '私'의 느낌에 지나지 않을 수도 있다. '私'의 느낌은 아무리 절실하더라도 서사시가 되지는 못한다. 아무리 뛰어나도 그것은 서정의 세계다. 눈먼 개인의 심장의 뛰는 소리다. 세상의 지평선이 보이는 '公'의 세계 속에 있는 개인을 그리자면, 그 사회에 '公'이, 공기가 있어야 한다. 그 '公'은 워싱턴에 모스크바에 있는 것이라는 것을 배운 세월이 구보씨의 피난 살림이었다. 한 인간이 소시민이 되는 과정이 그토록 어렵고 현학적인 우로를 거쳐야 한다는 이 시대, 이 고장의 촌스러움. 영탄詠嘆을 하면 그것조차도 서사시가 되는 큰 나라의 예술가를 부러워하면서 나라가 크다는 것과 예술을 바로 할 수 있다는 일 사이에 있는, 있어서는 안 될 관련을 구보씨는 사무치게 알게 되었다. 크나큰 일들이 아직 거칠게 밀고 밀리는 틈바구니에서 그 결말까지를 꿰뚫어 보지 못하고는 그릴 수 없는 그림을 그려보겠다는 것은 염치없는 일이었다. 폭풍의 한가운데서 폭풍을 화폭에 담은 시대는 없었던 것이다. 가만있자. 정말 그런가. 어느 시대건 훌륭한 연구나 예술이 있었던 시대는 다 폭풍의 시대가 아니었던가. 그렇다. '시대'라는 이 말도 사람을 속이는 말이다. '시대' 속에는 많은 민족이 산다. 바다에 뭇 고기들이 살듯이 폭풍의 바다에서도 뭇 고기들은 저마다 헤엄친다. 작은 고기들이 죽을 고비를 넘는 폭풍 속에서도 큰 고기들은 실컷 헤엄친다. '시대'라는 말은 더불어 쓰지만 그들은 '국가 이익'과 '자본'과 '치외법권'까지를 더불어 쓰지는 않는다. 혁명의 깃발을 날리던 나라도 '큰 나라'가 되기 무섭게 쉬쉬하면서 가난뱅이들 눈치만 살핀다. 결국 한통속인 것이다. 젠장 생각하면 으레 그럴 수밖에 없는 일이지, 제 것 남 주겠다는 사람 어디 있을라구. 가난이 원수라, 거지 맘보가 뼈에 스며서 인사치레로 하는 부자들 말에 엎드리지다가 코를 깨는 것이다. 마음이여, 악하여다오. 마음이여, 야무져다오. 의심 많은 마음이여— 그대야말로 우리들의 '詩神'이다. 끊임없이 우상을 부수는 것. 그것만이 구원이다. 이끼 앉은 모든 것을 경계하라. 움직이지 않는 모든 것을 의심하라— 이런 사파세계의 슬기를 이 세계에 사는 모든 지방 사람들이 몇 번씩은 그들의 역사의 어느 시기에, 분명히 깨닫기는 했었다. 그러면 새로운 교주들이 나타나서 휘황한 극락세계의 약속을 펼쳐 보이면 사람들은 또 속고 만다. 사람은 나면서 문명인일 수는 없다. 어떤 민족도 운수가 찌부러져서 정신이 혼미하다 보면, 실상 그들 조상들이 이미 오래전에 몸으로 깨달았던 어른스러운 지혜도 까맣게 잊고 만다. 그 민족의 원수들이 그들에게 역사를 숨기기 때문이다. 그들은 마치 원시인처럼, 문명의 속임수를 '다시' 배우지 않으면 안 된다. '전통의 계승'이니, '국학의 부흥'이니 하는 이름으로. 그들 조상들이 평소 생활에서 실천하던 삶의 요령은 난리가 나도 계룡산은 없다는 것. 설령 계룡산이 있다손 치더라도 공짜 계룡산은 없으리라는 것. 계룡산 피신 값으로, 사람들은 피난 보따리의 금붙이를 바쳐야 하고, 딸자식을 교주의 첩으로 바쳐야 하고, 교주의 논밭에서 김을 매야 한다는 것, 교리에 의심을 품기라도 하는 날이면 곤장매에 볼깃살이 걸레처럼 헤어지기 각오해야 할 것—이런 것들을 구보씨는 피난 살림에서 배웠던 것이다. 그러니 고향을 두고 온 부모 형제를 누가 만나게 해준다고 해서 덮어놓고 좋아한 것은 염치없는 일이었다. 뭐가 잘나고 어디가 예쁘다고 그런 복을 받겠단 말인가. 큰 실수를 할 뻔한 것이다. 꿈에 공주와 한세상 아이 낳고 살다가 문득 깨어난 신라의 그 스님처럼, 구보씨는 새삼스러운 눈으로 김순남 씨를, 젊은이를, 번쩍이는 전기기구들을, 그리고 한길을 가는 사람들을 바라보았다. 깨어난 눈에 보이는 그 모든 것들은 왜 그런지 눈물겨웠다. 분하도록, 분하도록 눈물겨웠다.

"오늘 통행금지가 앞당겨졌다지?"

김순남 씨가 혼잣말처럼 뇌까렸다.

"아니랍니다. 종전대로랍니다."

"아까 어느 손님이 그러던데."

"네, 그게 아니라는군요. 종전대로랍니다. 제가 방송에서 들었습니다."

"그래."

김순남 씨와 젊은 사람이 이런 말을 주고받는다. 맞다. 구보씨는 고개를 끄덕였다. 순남이. 그 말대로야. 종전대로야. 종전대로 통행금지야 이 사람아.

제7장

노래하는 蛇蝎

  우리나라가 남북으로 갈라진 지 스물다섯 해째가 될 무렵인 1971년 9월의 어느 날, 2시쯤 해서 보통 키에 약간 마른 편인 삼십 대의 남자가, 서울에 있는 옛날에 임금이 쓰던 집의 하나인 경복궁 삼청동 쪽 담을 끼고 걸어가고 있었다. 이때로 말할 것 같으면, 제2차 대전이라고 불리는 큰 싸움이 끝난 후에 크게 맞서서 이 지구의 우두머리 자리를 다투던 미국이라 하는 나라와 소련이라 하는 나라가 점점 사이가 부드러워지고 있던 중, 이번에는 오랫동안 사이가 나쁘던 미국과 중공이 화해할 낌새를 보이기 시작하던 때이다. 한국을 비롯해서 땅덩어리 위의 모든 나라가 이 세 나라의 좌지우지로 살아가기 마련이던 당시에 이런 움직임을 누구보다도 한국 사람들은 눈여겨보았다. 그야 예나 지금이나 부모를 모시고 형제를 도우며 자식을 기르며 살기에 바쁜 백성들인지라 하루 스물네 시간을 이 일만 생각하면서 살았다는 말은 아니고,

바쁜 살림 속에서도 가끔 과연 세상이 어떻게 되려는구 하는 마음은 모두 가지고 있었다는 말이다. 더구나 지난여름에 남북한의 적십자사 대표들이 만난 다음부터는 사람들은 더욱더 세상 돌아가는 모양을 유심히 새겨들 보았다. 적십자 대표들이 만나서 남북에 갈려 있는 일가친지들을 서로 만나보게 하는 게 어떻겠느냐 하는 의논을 시작한 것이다. 자리는 널문리 또는 판문점이라 불리는 곳인데 여기서는 그때까지 유엔군과 공산군이 휴전 회담을 해오던 곳이다. 휴전 협정을 지켰느니 안 지켰느니 하고 핏대를 올리며 삿대질을 하던 자리에서 이런 회담이 열렸으니 정말이지 수월치 않은 일이었다. 왜냐하면 여태껏 남북이 서로 상대편을 두고 괴뢰 즉 꼭두각시라고 부르면서 상대하지 않는다고 하던 참이라, 비록 정부 대표가 아닐망정 남북 사람이 백주에 버젓이 만나서 사이다를 마시면서 서로 농사 걱정을 주고받았다는 신문 소식을 보고 사람들은 어안이 벙벙했다. 저 사람들 저러다 혼나려고 저러지 하고 순진한 걱정을 한 사람도 한둘이 아니었을 게다. 그러나 한 번 만나고 두 번 만나도 아무 탈이 없자 사람들은 더욱 어리둥절해버렸다. 그렇다면 필시 그 적십자라고 하는 월급공제명세에 늘 들어 있는 그 기관이 여간 권세 좋은 데가 아닌 모양이구나 이렇게 생각할 수밖에는 없는 일이었다. 그래서 긴가민가하면서 회담 돼가는 꼴을 넌지시 지켜보는 심정들이었다. 남북에 갈린 가족이라 하면 물론 육진을 차릴 때 김종서 장군 따라간 남한 출신 사람들을 말하는 것도 아니요, 고구려가 망할 때 신라에 잡혀온 평안도 사람들의 후손을 말하는 것도 아니다. 1950년에 터져서 몇 해를 끈 6·25

싸움에 남북으로 갈린 사람들을 말한다. 남에서 북으로 간 사람, 북에서 남으로 온 사람들이 싸움은 멎었으나 원한의 휴전선 때문에 피차의 타향살이 이십여 년에 두고 온 부모 친척과 산천이 사무치게 그리웠던 것이다. 이 사람들이 서로 만나도 보고 왕래도 하고 편지도 할 수 있게 하는 게 어떻겠는가 하는 회담을 시작했다는 말이다. 이렇게 되면 홀로 피난민에만 당한 일이 아니고 남북이 다시 한 울타리가 되는 첫걸음이 되지 않겠는가, 하는 생각을 순진한 백성들이 갖게 되었더라는 이런 얘기다. 그러나저러나 아까도 얘기했다시피 오천만 국민이 식음을 전폐하고 이 일만 지켜본 것은 아니다. 말이라는 게 원래 그런 것이어서 한 가지를 말하는 입으로 다른 말을 같이 할 수 없어서 그런 것이지, 이때 사람들도 할 일을 여전히 다 하고 있었을 것은 어련한 일이다.

각설, 그래서 지금 경복궁 담을 끼고 올라가는 남자도 그럴 만해서 이 길을 걸어가고 있을 것만은 틀림없는 일이었다. 이 사람으로 말할 것 같으면 소설 노동을 직업으로 삼고 있는 이름을 구보라고 하는 홀몸살이의 이북 출신 피난민이었다. 소설이라고 하는 것은 세상살이의 이치와 느낌을 지어낸 인물의 일생이나 사건을 통해서 이야기로 엮어놓은 글이다. 재료로서는 종이와 펜 그리고 약간의 머리가 소용이 된다. 이것은 소설가가 혼자서 머릿속에서 궁리해서 제 손으로 종이에 적은 것이기에 엄격히 말해서 노동자라고 하기는 힘들다. 노동자라고 하면 남의 자본 밑에서 몸일만 삯 받고 하는 것을 말하는데, 소설가로 말하면 그런 것은 아니기 때문이다. 어디까지나 자기 손으로 만든 물건을 제 손으로 처분하는 것이니 영세 농민이나 영세 수공업자라고 해야 할 것이나 한편 이렇게 만들어진 소설을 유통 과정과 관련시켜보면 얘기는 달라진다. 소설가가 제 머리로 소설을 원고지 위에 적어서 다음에 손수 자기 인쇄 기계로 찍어 활자로 옮긴 연후에 묶어서 책을 만들어 제가 메고 골목골목 다니면서 소설 사려, 맛 좋고 재미난 소설 사려, 금방 지어낸 소설 사려 이러고 다닌다든지, 그까지는 아니라 할지라도 적어도 책으로 묶어놓는 것까지는 제 손으로 하고, 파는 것만은 도매꾼에게 넘겨준다든가 하면 그야 어엿한 소자본가요, 제조업자일시 분명하다. 그러나 이즈음 관례로 소설가라고 하면 원고지에 옮기는 데까지만 제 손이 미치고 다음 차례는 출판사나 잡지사에서 하는 일이었다. 그러니 소설가는 역시—인쇄기니 제본기계니 하는 생산 수단을 가지지 않았다는 뜻에서 노동자임에 틀림없는 것이다. 이렇게 말하면 어떤 이는 펄쩍 뛰면서 소설은 정신적인 내용을 담아서 내는 게 아니냐, 나사못이나 그런 것을 만드는 것과 무엇이 다르냐 이렇게 말하리라. 그렇다면 나사못을 만드는 노동자가 그 나사못을 특별히 공을 들여서 말하자면 그런 식으로 나사못을 만들어서는 굶어 죽기 꼭 알맞게 정성스레 만들어서, 말하자면 조각품으로서도 통할 수 있게 만든다면, 그 사람이 선반공이 아니고 조각가란 말인가. 또 어떤 이는 혹 반박하여 가로되, 흰 종이에 검은 점이 찍힌 책이라고 하는 '물질'이 책이 아니고 소설이라 할 때의 '소설'이란 그 책에서 얻어지는 내용을 말함이요, 물질로서의 책은 다만 매개체에 지나지 않는다, 이에 대해서 나사못은 물질로서의 나사못 자체밖에 아무것도 아니다, 그러니 소설책과 나사못을 같은 것이라 함은 '記號'와 '물질'을 혼동한 무식한 소치다, 라고. 그러나 이 또한 당치 않은 것이, 어떤 이가 있어 나사못 하나를 어느 날 문득 '나사못'이 아닌 '물체'로 바라보았을 때, 그 나사못은 '조각품'이 되지 않겠는가, 혹은 소설책을 종이장수가 저울에 달 때 그것은 한낱 물체에 다름 아니다. '記號'냐 '물질'이냐는 그 스스로가 분명한 것이 아니라 사람 쪽에서 그것을 '物慾'으로 대하느냐 '詩心'으로 대하느냐에 달렸지 절대적인 구별을 할 도리가 없는 것이다. 실지로야 나사못을 '오브제'로 본다든지 책을 '종이 뭉치'로 보는 일은 거의 없겠지만 관습상 그렇다는 것이지 절대로 안 그렇달 수는 없는 것이다. 절대로, 를 주장할 수 없는 것은 본질적, 으로도 주장할 수 없다. 과학이라는 것은 눈에 보이는 절대적인 증거만을 가지고 말한다. 또는 나사못으로 말할 것 같으면 쓰는 사람은 그것을 써서 어떤 만족을 얻으려는 것이요, 만족하면 기쁜 것인즉, 소설을 읽고 기쁨을 얻는 것과 무엇이 다르랴. 일언이폐지하고 나사못과 소설은 같은 것이요, 그런즉슨 구보씨는 노동자임이 분명하다. 굳이 우리들의 구보씨를 노동자로 쑤셔박고지라 함의 연유는 다름 아니라 한때 스탈린주의라든가 사탕발림주의라든가 하는 해괴망측한 주의인지 나발인지 하는 것이, 지식노동자를 조상 때려죽인 망종이기나 한 것처럼 주눅을 들려 골병들인 일이 문득 생각나서다. 그렇다면 그 스탈린인지 사타구넌지 하는 자는 '지식'이 아니라 '발바닥'으로 대중을 지도했단 말인가. 이는 다름 아니라 권세를 집은 지식노동자가, 그의 잠재적 적수인 다른 지식노동자 전부를 묶어놓기 위한 정치적

간계에 틀림없었던 것이다. 어떤 지식노동자가 정치를 '물욕'의 대상으로 삼아서 이리저리 둘러치고 돌리고 굴려서 거기서 '利'를 남기려고 할 때, 정치는 나사못이 되는 것이요, 정치를 '詩心'의 대상으로 삼아서 거기서 기쁨만을 보려고 할 때 정치는 한 판의 예술이 되는 것이다. 그러니 지식노동자는 노동자인즉 대중에 다름아니고 꺼릴 것도 안 꺼릴 것도 없는 것이다. 지식인이기 때문에 대중에게 '봉사'한다느니 미안하다느니 하는 것은 자기가 대중이 아닌 다른 것임을 전제한 생각이요, 뒤집어놓은 특권 의식에 다름 아닌 것이다. 스탈린주의자가 지식인을 핍박하면 할수록 지식인은 되레 자기가 특별나게 잘난 사람이라는 쾌감을 느끼고 이렇게 맞으면서 좋아한다는 것을 마조히즘이라고들 부르고 있고 마조히즘은 노예의 마음보인 것이다. 이리하여 어느 모로 보나 한사코 노동자인 구보씨는 그렇다면 노동자로서 어느 만한 숙련공인가 하면 대충 어림잡아 이류와 삼류의 중간쯤 되는 노동자다. 이류라기에는 과하고 삼류라기에는 안 된 그런 축이다. 왜 못났느냐를 풀이한다는 것도 못난 일이지만 굳이 말해본다면 까닭이 두 가지가 있다. 첫째는 구보씨의 그릇이 그것밖에 안 된다는 쉬운 까닭에서다. 그릇이라고 하면 뭣한 말이지만, 훌륭한 소설노동자가 되자면 '物慾'을 버리고 '詩心'으로 설라므내 이 세상을 살펴야만 비로소 인심과 천지의 이치가 손금 보듯이 환할 텐데, 구보씨의 마음이 아직도 그렇게 단련이 되지 못했다. 그러니 만들어내는 소설이 지극히 개운치가 않다. 둘째번 이유는 설령 구보씨 솜씨가 그렇다더라도 그가 본받을 만한 뚜렷한 보기가 당대에 있다면 사람마다 영웅호걸일 수는 없으니 자기보다 나은 사람의 뛰어난 본을 뜰 수가 있는데 그렇지도 못하다. 그야 구보씨보다 조금씩, 말하자면 한두 치씩, 한두 자씩 나은 사람이야 기수부지지만 원래 이런 일이란 수준이면 수준, 낙제면 낙제라는 식으로 어떤 자격 문제지, 점수놀음이 아닌 것이다. 그러니 본이 있자면 태양처럼 환한 본이어야지 긴가민가해서는 본도 아닌 것이다. 이래서 짧은 재간을 보탤 만한 변통도 해볼 길이 없으니 딱한 일이었다. 그러면 책임은 당대의 모든 소설가에게 있는가 하면, 그 또한 반드시 그렇다고만은 할 수 없는 일이었다. 설령 어느 뛰어난 이가 있어 그놈의 '詩心'을 거울알같이 닦아내었다 해도 어디까지든 제 속에서 그랬다는 것뿐이요, 세상에 드러내놓아야 재간일 텐데 권세의 칼 잡은 사람들이 호락호락 그렇게 내버려두지 않는 것이다. 옛날 같으면 아무리 문장 좋고 사람 잘나도 모두 임금 될 수는 없으니 글이 무섭다는 데도 한도가 있었지만, 개명한 요즈음 세상에 영웅호걸에 왕손이 따로 없고 바른 이치를 깨달은 사람이 사회의 윗자리 차지하는 것이 당연하고 보면, 이미 권세 잡은 사람으로서는 바른 글이 세상에 나돌게 되면 아주 언짢을 것 또한 당연한 일이다. 이래 놓으니 천하에 글이란 것이 안개가 아련히 끼었거나 두루뭉실한 것이 머리 간 데 발 붙은 데가 그 어드멘지 요량하기가 십상 어려운 도깨비 낯짝 같은 것들만이 비칠비칠 언뜰언뜰할 뿐이니 판국은 더욱더 어지러울 뿐이다. 구보씨로 말할 것 같으면 통신사를 가진 것도 아니요, 신복 부하를 지구 사방에 거미줄처럼 늘어놓고 있는 것도 아니요, 겨우 신문 잡지나 뜯어볼 뿐이니 별도리가 있을 리 없고 그 밖의 사람들도 그저 사정은 어슷비슷한 것이었다. 이렇게 해서 대문장이 못 나오는 책임은 쳇바퀴처럼 돌아서 구보씨 당자에게 돌아오고 만다. 사실 생각하는 것을 업으로 하는 생각노동자인 구보씨조차도 어떤 때는 속에서 지랄이 치밀어서 북받칠 때면, 불각시에 제 머리카락을 쥐어뜯어서 한 줌씩이나 뽑아내는 적이 있을 지경이다. 그렇다고 구보씨의 머리카락을 모조리 뽑는 것은 그만두고 삼천만의 머리카락을 모조리 뽑기로서니 가발 수출에는 도움될지 모르되 글 한 줄인들 나올 리 만무하다. 그러나 목구멍이 포도청이랄 뿐 아니라 무릇 무슨 직업이든 한번 정해지면 그는 그대로 허영도 생기는 법이라, 이 길을 놓지 못하는 구보씨는 그래도 만들어내는 일에 공은 들이느라 한 셈이다. 대개 장삿물건이란 공들인 만큼 받고, 받을 만큼만 공들여야 수지 아귀가 맞는 이 친데 아무래도 이 소설이라는 장삿물건은 그렇게는 안 되던 것이다. 말하는 바 적자 생산에 출혈 조업을 해서야 겨우 물건 같은 것이 되는 것이었다. 그러니 논밭 팔아다가 예술 생산을 한 선배들의 옛말도 익히 듣기는 했건만, 구보씨는 팔아 올 논밭도 없거니와 그까짓 얼마나 가졌으면 '詩田'을 가꿀 영농 자금에 족할까 보냐, 이런 생각도 하는 것이었다. 그러니 피가 나는 것은 그저 한 개밖에 없는 머릿골이었다. 논밭 얘기가 났으니 말인데 구보씨는 이북 고향에 두고 온 논밭이 있는 것도 아니다. 그의 부친은 가난한 월급쟁이였다. 6·25 때 남들 하는 모양으로 자식을 남쪽으로 피난을 시킨 것은 당시 한국 서민의 정치의식에 그중 알아먹기 쉽던 '민족주의'에다가 그 지도자라던 이승만 박사의 슬하에 가서 좋은 세상 보라는 뜻이었다. 그런데 구보씨는 이승만 박사가 독재자요, 반민주주의자라는 것을 알게 되었고 급기야 4·19에 이르러 그의 동상이 길거리에 끌려다니는 것을 보게 되었던 것이다. 구보씨도 이 불쌍한 땅의 아들이라, 보고 배운 것도 가난할 수밖에 없어서 한 나라의 한 당대의 '지도자'요, '선각자'요, 하던 사람이 그 높은 데서 땅바닥에 굴러떨어지는 것을 보면 깜짝 놀라는 것이다. 까닭은 반대지만 스탈린이라고 하는 소련의 지도자가 죽은 다음에 일어난 그에 대한 탄핵도 구보씨에게는 깜짝 놀랄 일이었다. 이북에 살아본 사람이면 다 알다시피 이북에서 스탈린이라고 하면 무슨 공산주의니 할 것 없이, 일본 시대의 천황 폐하 대접이라고 하면 꼭 맞는 말일 게다. 천황 폐하 얘기가 났으니 또 말이지만 해방될 무렵에 국민학교 학생이던 구보씨는 그 천황 폐하가 한국 사람들의 원수요, 하느님의 자손도 아무것도 아니라는 말에 또 깜짝 놀랐었다. 이 '천황—스탈린—이승만'이라는 세 이름 속에서 구보씨의 반생의 정신은 어리둥절하면서 지나온 것이었다. 하늘에 높이 솟아 있던 이런 이름들이 연이어 떨어지는 것을 보아오느라니 구보씨 같은 썩 훌륭하지는 못한 머리에도 무엇인가 짚이는 바가 있었다. 근래에 종교라는 것을 가지지 않았고, 더욱 과학이라는 것도 가지지 못한 거의 모든 한국 사람들에게, 정치 지도자라는 것이 교주이면서 대과학자 같은 몫을 해온 것인데, 그 사람들이 눈앞에서 이렇게 허물어지게 되면 그 뒤끝이 매우 나쁘다. 세상에 믿는 것이 아무것도 없게 된다. 그러면 별수가 있는가 하면 별수가 없는 것이어서 이것은 세상살이 슬기의 홍역 같은 것이어서 빨리 치르고 뒤탈이 없이하는 길이 으뜸이다. 이런 일이 있어서는 안 된다고 생각할 것이 아니라, 이런 일이 있는 것이 바로 세상이라는 것이요, 그런 앎을 가지고 세상살이는 하지 않아서는 안 된다는 것을 어렴풋이 알게 된 것이 근래 구보씨의 사상적 자리였다. 이러다가 보니 구보씨가 소설을 제작하는 것은 온 사지와 내장이 신신치 못한 사람이 고된 일을 하는 형국이어서 조금 일하면 옆구리가 결리고 결리면 제 손으로 아픈 데를 대강 다스려놓고는 또 일하고 하는 식이니, 일도 축이 안 나고 몸만 상하고 하게 되는 것이었다. 소설이란 어렵다면 어려운 것이어서 천지와 인사의 이치가 머리에 선할 때 일위 인물을 지어내어 그의 파란곡절을 통해 이 이치를 깨닫게 하는 것일진대 어찌 보통 정신으로 할 수 있는 일이겠는가. 더구나 세상을 보는 이치가 날 때부터 환한 태평성대라면 또 모르되, 입 가진 사람마다 입 생긴 대로 풀이하는 세상이고 보면 그럴듯한 이야기 한 꼭지 지어내는 것이 어렵고 어려웠다. 마지막으로 구보씨는 피난민이었다. 이승만 박사만 믿고 온 세상이 하도 어처구니없는 판국이라 어리둥절한 것도 그렇거니와, 그러면 그런대로 나사못 만드는 노동자이기나 하다면 골치 아픈 생각 할 것 없이 그 일에만 정성을 들인다면 살림이나 피일 것이었지만, 구보씨의 노동은 그 어리둥절함을 생각한다는 바로 그 일이었으니 어리둥절을 제곱한 것인즉 이러고서 돈 모았다는 소리를 들은 적이 없다. 돈을 모으자면 어차피 대철인이 아닐 바에야 아예 그런 데는 눈을 딱 감아야 하는 것이다. 구보씨가 이런 짐작을 하게 된 것은 아주 근래 일이고 보니 이도 저도 다 늦은 시간이었다. 마지막으로 구보씨는 홀몸살이였다. 그가 가난한 탓이었다. 한 식구를 이루기에는 그의 수입은 늘 불안했던 것이다. 그가 소설가인 줄 번연히 아는 사람도 만날 때마다 그가 어디 근무하느냐고 늘 묻는 것이었다. 즉 소설노동자인 줄은 아는데, 밥벌이는 어떻게 하느냐고 묻는 것이었다. 그러나 이 세상에 장가가는 사람이 모두 부자만은 아님이 분명하다면 그것도 까닭의 모두라고는 할 수 없다. 이것도 못난 일이지만 구보씨는 남녀 간의 사랑이라는 것을 무슨 음악 연주 같은 것이어서 악전樂典을 모두 익히고 연습곡을 필한 다음에야 자 이제부터 하고 들어가는 그런 것인 줄로 알았다는 데 잘못이 있었다. 인생에는 연습이 없다는 것, 연습도 모두 본연극이라는 사실을 숱한 시간을 낭비한 다음에야 알았던 것이다. 그러나 이렇게 말하는 것 자체가 결혼을 너무 크게 생각한 말이 되겠다. 구보씨도 사랑의 연습은 조금은 해보았던 것이다. 그러나 홍역 치르듯이 대번에 알아야 할 슬기를 그 속에서 찾아내지 못한 것은, 어느 누구의 잘못도 아니고 따진다면 당자가 못난 탓밖에는 할 수가 없다. 그래서 탓을 하거나 잘못을 따지자는 게 아니라, 그렇다면 못났다 치고 결혼이란 것이야 목숨 가진 것들이 다 하는 것인데 그리 어렵게 생각할 것이야 무엇이리 한다면 거기는 약간은 역시 이 시대의 탓도 있었던 것이다. 악전樂典이란 말을 썼거니와 이 시대에 사랑의 악전이 없었기 때문이었다. 아니 가짜 악전만이 널려 있었기 때문이다. 홀로 구보씨만이 아니라 이 시대를 산 모든 사람이 당한 일이기는 하지만, 보통 같으면 악전을 몰라도 콧노래가 나가면 그게 음악이라는 것을 알게 마련인데 구보씨는 한

사코 악전 없는 콧노래를 부르고 싶지 않다는 물구나무선 생각을 가졌던 것이다. 이 역시 구보씨의 잘못으로 인생과 연극을 헷갈린 것이었다. 그렇게 해서 지금의 구보씨에게는 허망한 뉘우침만이 남아 있었고 뉘우침의 모두가 자기 탓은 아니라는 느낌을 짐짓 뭉뚱그려서 가끔 "에익 神哥놈" 하고 내뱉어보는 것이다. 지금 1971년 9월 중순의 어느 날, 서울에 있는 조선 왕조의 옛 궁전인 경복궁의 삼청동 쪽 담을 끼고 걸어가고 있는 삼십 대의 남자인 구보씨는 이런 사람이다.

십 년 전까지도 하수도가 드러난 대로 흘러가던 개천을 덮어서 훨씬 넓어지고 깨끗해진 길 한옆으로, 옛 궁의 담을 끼고 가을 햇살이 완연한 인도를 구보씨는 걸어갔다. 그는 경복궁 뒷문 앞에 이르러 표를 사들고 안으로 들어갔다. 안에 들어서서 구보씨는 오른쪽으로 구부러진 길을 택했다. 그리고 그 길을 따라 걸어갔다. 돌거북이 등에 세운 비석을 지나서 더 나간다. 새로 짓고 있는 국립 미술관을 바른쪽으로 바라보면서 구보씨는 연못까지 왔다. 그는 잠깐 발을 멈추고 연 잎사귀를 바라보았다. 그러나 곧 발길을 옮겨 더 걸어나간다. 미술관이 나타났다. 구보씨는 어귀에서 표를 샀다. 프랑스 현대 작가 전람회가 지금 열리고 있다. 구보씨는 미술관 현관을 들어서서 먼저 왼쪽 방으로 들어갔다. 구보씨는 그림마다 유심히 들여다보았다. 모두 추상화들이다. 그러나 구보씨는 거기서 이렇다 할 흥을 일으키지 못했다. 이만한 것이면 꼬집어서 어떻다 할 것도 없는 것이었다. 개중에는 이름을 들어본 화가의 그림도 있었지만, 그것들도 썩 좋아 보이지는 않았다. 말하자면 포스터를 위한 도안圖案 아이디어로서는 모두 괜찮을 것이지만, 미술이라는 이름으로 관례상 불러 내려오는 장르의 약속에는 훨씬 벗어나는 것이었다. 구보씨가 서양화의 원화를 보는 것은 이번이 처음이었다. 추상화를 비롯한 서양 현대 미술에 대해서는 상식으로 조금 알고는 있었지만, 원화를 한 장도 못 본 처지로서는 문학사를 읽고 소설은 읽지 못한 것이나 마찬가지였다. 그래서 구보씨는 이번 전람회는 큰 기대를 가졌었다. 그러나 눈앞에 보는 그림들은 그를 맥 풀리게 했다. 미술사에 해설이 되었을 때는 이들 추상화는 그나마 문학적인 수식이라도 걸치고 있었지만, 이렇게 실물을 보니 좀 딱할 지경이었다. 다만 미술 자체로는 흥을 깨는 이 그림들도 구보씨에게 다른 뜻에서는 족히 공부가 되었다. 20세기 미술에서 전위파라고 하는 계열이 일고 스러지면서 더듬어온 무엇인가의 한 모서리를 눈으로 볼 수 있었다는 뜻에서였다. 그러나 미술 이외의 것을 보기 위해서 미술관에 올 사람은 없는 것이기에 구보씨는 아주 서운했다. 그리고 미술이라는 분야에서는 새로운 운동을 모두 부정하고 싶은 생각이 들었다. 물론 현대 미술의 새 양식이 추상파뿐이 아니니 그렇게 말하면 잘못이겠지만, 적어도 추상파만은 그렇게 말해도 좋을 성싶었다. 이것은 미술을 작곡한 것이지 연주한 것이라고는 할 수 없었다. 그런 의미에서 그림 제목에 콩포지숑이라고 된 것이 많은 것은 그럴듯한 일이었다. 만일에 음악에서처럼 미술에도 기보記譜에 해당하는 과정을 떼어낼 수 있다면 아마 이런 형국이 될 것이지만 이것이 음악에서의 '작곡'에 맞먹을지는 의문이었다. 왜냐하면 음악의 선율은 몇 개의 소리로 나누어서 나타낼 수 있지만 그림의 선율의 선線을 표시하자면 무한한 단위의 점을, 크기와 위치가 서로 다른 점을 좌표 위에 찍지 않으면 안 된다. 전송 사진의 그것처럼. 결국 그것은 그림을 그린다는 것을 말하며, 미술에서는 작곡과 연주에 해당하는 과정을 갈라놓을 수 없음을 말한다. 음악과 겨루려고 한 미술의 비극. 워낙 가망 없는 일을 한 것임이 분명하다. 구보씨는 이 딱한 예술의 희화戱畵들을 보면서, 예술사적인 비장감만을 맛보았다. 아마 미술이 스스로를 분석할 수 있는 한계는 세잔까지가 온당할 것임을 구보씨는 짐작하였다. 여러 정보로 미루건대 세잔은 대상을 분석하더라도 보다 덜 미분화된 요소로 분석하려고 했던 모양이기 때문이다. 또는 인상파에도 그 말은 맞는 것이 아닐까? 소설로 친다면 프루스트, 카프카에 해당하겠다. 세잔이 카프카라면 모네는 프루스트인 셈이다. 프랑스란 나라는 문학과 미술 사이에 이런 짝맞춤이 가능할 만큼 일이 되어온 나라인 모양이었다. 여러 방에 걸어놓은 그림을 차례로 보고 나서 구보씨는 마지막 방 앞에 이르렀다. 그 방에는, '샤갈 특별전'이라고 쓴 종이가 붙어 있었다. 실은 구보씨가 오늘 여기 온 것은 이 사람의 그림을 보기 위함이었다. 샤갈은 이름으로는 익히 들었고 알려진 그림의 몇몇은 그림책 같은 데서도 흔히 보아왔다. 그러나 원화를 보지 않은 바에야 샤갈을 환쟁이로서가 아니라 시인으로서 아니 사상가로서 알고 있었다는 얘기가 될 것이다. 그래서 지금 샤갈 특별전이라고 씌어진 문 앞에 이르자, 구보씨는 약간 가슴이 설레었다. 이미 말한 것처럼

'천황'이라는 신의 아들에게 속고 '진리'의 화신이라던 스탈린이라는 이름에 멍들고 '애국'의 화신이라던 이승만 영감에게 속고 몇 번의 가난한 사랑의 흉내에도 보기 좋게 속고 — 이렇게 으리으리한 것에 속기만 한 구보씨의 마음밭은, 부랑자라든가 거지라든가 방랑 승려의 마음처럼 스산한 것이었기에 이 세상 무엇이라고 그리 대단해 보이지 않는 것이 여간 고통스럽지 않았다. 그러나 지금 샤갈의 방 앞에서 구보씨는 매우 마음이 어수선했다. '샤갈 특별전'이란 문패가 마치 '貴賓專用車'라는 팻말처럼 보였다. 불쌍한 피난민이요, 가난한 노동자인 구보씨는 그리고 역시 가난한 노동자의 아들인 구보씨는 평생에 사실 이만한 진짜 호사를 누려보지 못했던 것이다. 옛날에 일본 시대에 '神社'라는 곳에 가서 허리가 뻑적지근하게 구부리고 절을 했을 때만 해도, 스탈린이라는 진리의 화신이 이 땅 위 어디에 실지로 '降臨'해 계셔서 매일 세끼 끼니를 드시고 용변까지 꼬박꼬박 보신다는 그 수상한 소문이 있을 때만 해도, 이승만이라는 '애국愛國'을 먹고 마시고 자는 분이 계신 줄로 알던 때만 해도, 구보씨는 조금은 마음 놓을 수 있었다. 비록 자신은 그렇지 못할망정, 이 세상 자리마다 있을 사람이 있어서 할 일을 하고 있다는 느낌은, 여간 마음의 평화를 주는 일이 아니다. 그러나 그들이 모두 가짜임이 드러난 지금, 구보씨가 평등한 자격으로 염가로 맛볼 수 있는 진리의 양식은 어디에도 없었다. 그렇다고 불쌍한 피난민인 구보씨가 고급 예술품에 접할 기회도 없었다. 그래서 지금 구보씨는, 생전에 어쩌다 잔치에 불린 심봉사처럼 그 방 문턱을(사실은 문턱이 없었지만 '마, 문학적'인 표현으

루다가) 넘어 안에 들어섰다. 열 폭쯤 되는 수의 그림이 걸려 있다. 구보씨는 그림 앞에 마주 섰다. 순간 시간은 버선목처럼 뒤집어지고 구보씨는 다른 시간 속에 용궁에 간 심청이처럼 서 있었다. 오호 이것이야말로 그림이다. 높이 앞발을 든 말과, 붉음을 실은 수레. 바랑을 메고 그림의 왼쪽으로 사라져가고 있는 남자. '白'이 아스팔트처럼 녹고 있는 길. 그 위에 큰 대 자로 누운 또 한 사람의 남자. 하늘로 올라가는 또 하나의 말과, 그것이 끄는 수레. 그 수레 위에 앉은 여자. 의 품에 안긴 아기. 하늘 한가운데를 걸어가는 괭이를 멘 농군들(혹은 총검 달린 총을 멘 카자크 병사들인지). 거리의 집. 반대편에 거꾸로 선, 그래서 호수에 어린 그림자 같은 또 한 줄의 집. 이런 그림이다. 보고 있노라니 구보씨의 시간은 또 한 번 버선목이 뒤집혔다. 그러자 이 그림의 내장이, 오장육부가 드러나는 것이었다. 이 선線. 이것은 막 보고 온 그림들의 그 선이 아니다. 저쪽 그림들의 선이 자로 댄 금이라면, 이것은 숨을 죽이며 떨면서, 약간의 경풍기가 있는 손이 단연코 그은 선이다. 저쪽이 어네스트 존에서 튀어나간 탄알의 탄도彈道라면 이것은 줄타기를 하는 어릿광대의 걸음걸이가 허공중에 그린 자국이다. 그리고 이 선들은 소용돌이처럼 바람의 기압골처럼 여기저기서 뭉쳐 있다. 아마 한결같이 타원형의 그 모티프들은, 아마 '고기,' 물고기인 것 같다. 말도 사람도 집도 수레도 수레바퀴도 하늘의 병정들도— 그림 위에 있는 모든 물건이 고기의 바리아숑이다. 사람의 부분도 뜯어보면 그것도 같은 모양의 보다 작은 물고기로 이루어져 있다. '魚形幻想'이라는 이름으로 그것들을 부르고 싶어진다.

여자의 어깨·젖통·말 대가리·바랑·수레바퀴·교회의 꼭대기 같은 데서는 더욱 그 모양이 뚜렷하다. 그리고 이 색깔. 이것은 색깔의 음악이다. 그림의 아래쪽에서 화재火災처럼 타는 붉음. 불길의 혓바닥처럼 바퀴에 매달린 노랑은, 집의 벽의 노랑과 서로 부른다. 물구나무선 집의 녹색이 식물의 굵은 줄기처럼 뭉게뭉게 용틀임해 올라가서 여자의 온몸을 감쌌다. 여자는 붉은 머리를 휘날리면서 노랑과 파랑, 갈색이 뒤엉킨 하늘 한가운데 앉아 있다. 이러한 색깔의 강물과, 색깔의 바람과, 색깔의 땅이 — 그 화재가 번지지 않기 위하여 강물이 넘어나지 말게, 바람이 태풍이 되지 않게 하기 위해서 물고기 모양의 틀이 있다. 가까이에서 보면 그림 위의 모든 모양 가진 것들이 서로 밀고 당기고 있다. 말의 배는 범람해 들어오려는 길의 '흰빛'을 강한 노랑과 짙은 청색으로 밀어내고 있다. 농부의 바랑은 튀어나가서 수레바퀴가 되고 싶어 한다. 그것을 네 개의 손가락의 푸름이 막고 있다. 집들은 서로 처마를 맞대고 소처럼 뿔싸움을 한다. 물건과 물건 사이에서 붓은 어느 편을 들어야 할지 진땀을 빼면서, 줄 타는 광대가 아래 까마득한 눈에는 보이지 않는 씨름을 공기와 인력과 더불어 벌이는 것처럼 상하좌우로 멈칫거린다. 다음 그림 앞으로 간다. 어두운 태양의 거리. 꿈속에서 보는 꿈처럼 이 그림도 같은 빛깔, 같은 타원형 꿈이다. 어두운 태양의 그 밝음. 물리학의 세계에서 완전히 풀려난, 형태의 음악이다. 이 물건들은 이제 그 어떤 사물의 색인索引도 아니고 오직 화가의 마음의 음계의 색이다. 가장 뛰어난 시어詩語만을 골라 쓰는 시인처럼, 화가는 그의 기억 속에서 가장 우렁찬 빛

제7장 노래하는 蛇蝎 187

과 선만을 골라서 그의 음계를 마련하고 다음에 그 악음樂音을 자유자재로 부린다. 우리는 그의 그림 속에서 이루어지는 구성을 이 세상 물욕의 눈으로 보기 때문에, 화가가 물리 세계의 주민住民들을 폭군처럼 불러내다가 한 틀 속에 강제 수용한 것처럼 생각한다. 그렇지 않다. 그림 속의 물건들은 현실의 기호記號가 아니라 감정의 기호들이다. 감정의 세계는 어떤 인간이, 자기 삶의 추억들을 머릿속에서 모두 불러 세워놓고 그것들에서 받은 자기의 희로애락을 기준 삼아(이 세상 신분을 거들떠봄이 없이) 내려준 작위爵位의 서열에 따라 통제되어 있다. 예술가의 이 내적 서열과 현실 세계의 생활의 서열 사이의 어긋남이 곧 우리가 '幻想'이라고 부르는 현상이다. 이렇게 해서 그림도 음악의 품위를 지니게 된다. 다음 그림 앞으로 간다. 나뭇가지의 연인들. 이것은 석판화다. 그림은 훨씬 양식적이다. 보다 양식화된 그림을 석판으로 처리한 비평력이 놀랍다. 이렇게 해서 추상화의 실패를 피한 것이다. 양식화된 선을 직접 화가의 손으로 화폭에 담지 않고 중간에 석판을 넣음으로써 화폭 위의 '초상'에다 화가의 '웃음' '批評' '免責通知'와 같은 것을 덧붙인 것이다. 과일 바구니가 있는 누드. 바스티유. 모두 석판화다. 구보씨는 다시 한 번 맨 처음 그림 앞으로 왔다. 한 번 더 볼 생각이다. 이번에는 좀더 가까이서 붓결을 조심스럽게 살펴 나갔다. 샤갈이라는 사람이 자기 꿈의 거문고 줄을 울려나간 그 자국들이 구보씨에게도 똑똑한 무엇인가를 전해온다. 구보씨의 고향의 바다의 물결을. 벼 이삭의 출렁거림을. 마을의 소문들을. 사춘기의 장난들을. 피난살이의 희극들을. 영문을 모른다고는, 그 또한 예술노동자인 구보씨로서 할 수 없는 얘기였다. 꿈을 그렸다 해도 좋고, 감정을 노래했다고 해도 좋다. 그 밖에 수백 가지의 비유로 말할 수 있으리라. 그러나 발길을 돌리기가 서운해서 다시 보는 눈에 역력히 알리는 샤갈의 붓끝의 힘에 이번에는 마음이 끌렸다. 이야말로 가장 원시적인 육체노동이었다. 샤갈은 노동의 대가다. 그의 붓은 불로소득을 모른다. 어느 붓결이든 황무지를 헤친 호미 자국처럼 속임수가 없다. 그는 기술의 대가다. 색채의 대가다. 빛깔은 밭이랑을 이루어 솟아 일어나고 논물이 되어 질펀하다. 여름날 해종일 돌자갈밭에 앉아서 돌멩이를 파내고 풀을 뽑아내고 김을 매는 한 농군의 손이다. 그것을 한 폭 네모진 천 조각 위에서 한다는 것뿐이다. 그 손은 능란하고 이력이 난 손이다. 손이 이토록 튼튼하지 않고서야 이만한 이랑을 세울 수는 없는 일이다. 구보씨는 천 조각 위에 덮이고 쌓인 물감의 일렁임을, 남의 밭 김맨 자리를 살펴보는 눈으로 찬찬히 뜯어보았다. 두 번 보았다. 또 한 번 보아도 상관없는 일이겠지만 발길을 돌린다. 입구에서 프로그램을 한 장 산다. 소녀가 지키고 앉은 그 책상 위에는 틀에 넣은 샤갈의 복사가 쌓여 있다. 많은 손들이 그것을 산다. 구보씨는 프로그램을 펼쳐보면서 연못 쪽으로 걸어가다가 벤치에 앉았다. 그 자리에 앉아 있던 소녀 한 사람이 구보씨에게 시간을 물어보고 일어서서 걸어갔다. 문득 구보씨는 생각하기를, 그 소녀는 구보씨가 곁에 와 앉기 때문에 거북해서 일어선 것이고, 그런 내색을 가리기 위해서 시간을 물어봤던 것이 아닐까 하였다. 구보씨는 어쩌기라도 할 것처럼 황망히 고개를 돌려 소녀가 걸어간 쪽을

제7장 노래하는 蛇蝎 189

바라보았다. 저만치 소녀는 걸어가고 있었다. 구보씨는 잠깐 그 뒷모습을 보고 있다가 프로그램으로 눈을 돌렸다.

□ 샤갈의 말

나의 그림 속에는 옛날이야기도 없으며 寓話도 없고 民話도 없다. 나는 '환상'이나 '상징'이란 말에는 반대한다. 우리들의 內部의 세계는 모두가 현실이며, 어쩌면 눈에 보이는 세계보다도 더 현실적이다. 비논리적으로 보이는 것을 모두 환상이나, 옛날이야기라고 말하는 것은 自然을 알지 못하고 있다는 것을 말하는 것밖에 안 된다.

나는 사물의 형체의 근원으로서 암소를 다루며, 농장을, 담을, 러시아의 시골의 건물을 다룬다. 그것은 그런 것들이 내가 태어나 나온 나라의 일부를 이루고 있으며, 지금까지 내가 받아들일 수 있었던 다른 것들보다는 훨씬 더 깊은 인상을 나의 視覺에, 記憶에 남겼기 때문이다.

畵家라는 것은 어디에서인가 태어나면서 그 고향의 향기는 아주 오랜 훗날까지도 작품에 영향을 주게 되는 것이다. 바야흐로 세계적인 悲劇이 모든 사람들에게 닥쳐오고 있는 동안에 나는 미국에 살며, 미국에서 일을 하고 있었다. 그 시간이 지나는 동안 나의 기력은 회복되지 않았다. 미국의 친절한 분위기에 나는 기댔지만 나의 예술은 그 근본을 버리지 않았다.

사물에 그 빛깔을 주는 것은 '현실의 빛깔'이 아니고 '관례의 빛깔'도 아니다. 마찬가지로 원근법에 따라서도 그 깊이라는 것은 나타낼 수 없다. 그것은 생명 그 자체이며 그것이 없으면, 예술은 상상력이 없는 불완전한 것이 되고 만다.

나의 러시아에서의 그림들은 빛(光)이 없었다. 러시아에서는 모든 것이 음울하고 갈색이며 잿빛이다. 프랑스로 와서, 나는 색채의 변화가 풍부한 빛의 움직임, 光線의 유희에 감동하였다. 나는 내가 맹목적으로 찾고 있던 것을 발견하였다.

마지막 구절의 신세 한탄이 귀에 듣는 듯했다. 러시아에서의 그림들은 빛이 없었으며 프랑스로 와서 나는— 감동하였다. 구보씨는 이 구절의 탄식을 알 것 같았다. 구보씨는 스스로의 신세에 비겨보았던 것이다. 내가 남쪽에서 본 빛은 무엇이던가. 샤갈을 보기 위해서? 구보씨는 쓴웃음을 지었다. 그러나 '색채의 변화가 풍부한 빛의 움직임, 光線의 유희' 같은 것에 접했음도 사실이었다. 식민지 문화의 찌꺼기? 설사 그렇더라도 내 정신이 빨아들인 그것들의 본질과는 무관한 일이 아닌가? 나무는 탄산가스를 분해해서 흡수한다. 대상의 족보는 내 알 바 아니고, 내 개인이 책임질 수 있는 것은 나의 정신의 소화력뿐이다. 나는 무엇을 소화했는가? 당장 생각나는 것은 점심에 먹은 매운탕 한 그릇이었다. 그리고 그 물음은 매운탕처럼 얼른 떠오를 수 없는 따위의 것이기도 했다. 구보씨는 일어서서 걸어갔다. 오른편으로 기와지붕을 인 중문이 보였다. 구보씨는 그리로 가서 문 안에 들어섰다. 키보다 조금 높은 그 문을 들이시니, 거기는 궐긴의 대응진 같은 지음새의, 창덕궁에도 덕수궁에도 있는 그 주 건물들과 같은 큼지막한 건물이,

돌을 간 널따란 마당에 두둥실 솟아 있고 바로 중앙청 뒷벽이 보였다. 구보씨는 경복궁에 몇 번 와보면서도 이 모서리는 처음이던 것이다. 모서리는커녕 여기가 경복궁 진짜 중심이고 나머지는 뜨락과 달린 집인데도. 건물 앞으로 가보니 계단 좌우로 '正'과 '從'의 '品'을 새긴 돌비석이 마당에 벌여 세워 있다. 뜰 바닥은 돌로 깔았는데 풀이 멋대로 돋았고 사람 그림자도 안 비친다. 사람들이 웅성거리던 데가 담 하나 저편인데, 여기는 꼭 빈 절간이었다. 마당 사방에는 처마가 긴 지붕 밑이 회랑回廊을 이루고 있는데, 두 줄 세 줄씩 현판懸板이 빼곡히 걸려 있다. 무슨 '門' '堂' '閣' 하는 것들이다. 왼쪽에서부터 차례로 보아가던 구보씨는, 차츰 얼굴빛이 사색이 돼갔다. 물론 구보씨는 볼 줄은 모른다. 그러나 모른 대서 아주 모를 수는 없다. 구보씨 낯빛이 사색이 돼간 까닭은 다름이 아니라 이 글씨들이 아무래도 수상했던 것이다. 수상하다 함은 수월치 않은 것 같다는 말이다. 수월치 않다 함은 — 명필이 아닌가, 하는 것이다. 불쌍한 피난민인 구보씨는, 이 또한 전통 문화의 노른자위의 하나인 옛사람이 남긴 붓자국을 볼 겨를이 없어서, 딱히 무어라 할 수 없는 게 이때만은 참으로 안타까웠다. 왼쪽 회랑에 걸어놓은 현판을 다 보았다. 다음 벽 — 중앙청 뒤쪽에는 현판이 없다. 거기를 건너서 그러니까 첫째 회랑의 맞은편 회랑에 또 죽자 하고 현판이 붐빈다. 여기는 현판뿐이 아니고 '碑' '돌부처' '쇠부처' 이런 것들도 있다. 대원군의 '斥和碑'가 있다. 외국과 화해를 하는 것은 나라 망치는 길이라고 새겨졌다. 인걸은 간 데없고 성깔스러운 돌비석 하나만 남았다. 팔도 포수들이 호랑이

잡던 푼수로 쳐들어오는 도적들도 잡지 못한 한을 이조의 집권자여, 당신만 몸부림치겠는가? 그 옆에 한말 무렵의 대포 몸통이 놓여 있다. 녹슨 쇠공이 같은 모양새다. 몸통 안쪽을 들여다보니 나선 홈도 패어 있지 않다. 이런 포신에서 튀어나간 포알의 탄도는 매우 유장悠長했을 듯하다. 조선 왕조 양반들의 팔자걸음처럼. 다음은 돌부처, 하나는 고려, 하나는 신라 때. 현판은 여전히 걸려 있다. 아까부터 '御筆'이라 쓴 것이 꽤 많다. 현판을 모두 구경하고 품계 비석이 있는 앞으로 와서 당 위를 올려다본다. 이 자리에서 많은 눈길이 이렇게 올려다봤으리라. 그런데 이 넓은 데서 회의를 할 때, 여간 목청이 우렁차지 않고서는 잘 들리지 않았으리라. 소리가 어지간히 우렁차면서 뜻도 분명하자면 모름지기 상투적인 표현을 골라 쓰면서 약간 노래하듯, 낭송하듯 한 말투로 해야 했으리라. 마치 옛날 연극의 배우들처럼. 그러니 그들에게 문장을 읽는다는 건 요긴한 중에 요긴한 일이었겠지. 귀에 익은 대사 구절을 외어둬야 했을 테니. 서양 같으면 광장에서 연설하는 사람은 자연 웅변조가 되지 않을 수 없다. 백발이 성성한 고관들이 목에 핏대를 돋구며 가락에 맞춰서 상투 문자를 끌어가면서, 허리는 황송하게 구부정하면서, 선 자리에서 고함고함 지르는 모습을 구보씨는 떠올렸다. 끌끌. 예나 지금이나 벼슬살이가 그토록 어렵다오. 그러고서 퇴출해 나가면 하기야 목인들 얼마나 탔겠으랴, 허린들 오죽 뻗쳤으랴. 그래서 꿀물이 없을 수 없고 보료 자리가 없을 수 없고, 허리 주무르는 손이 없을 수 없었으리 그 손이 쪼그라진 마누라가 아니고 물오른 버들처럼 야드르르한 어린 종년이기나 할라치면 인삼 녹용에 고이 적신 몸 문득 비구름의 형세는 군자의 간장을 녹일 때. 이런 장면도 구보씨는 떠올렸다. 지금 그 모든 사람은 간곳없다. 어디로들 갔을까. 샤갈전이다. 막무가내로 그들은 샤갈 구경하러 갔다는 짐작이 번개 치듯 떠오른다. 구보씨는 손오공의 분신술을 본받아서 뇌신경 한 올을 뽑아내어 꿀벌로 둔갑을 시켜서 미술관 쪽으로 보내보았다. 아니나 다르랴, 대감들과 임금은 전람회장에 무료 입장해서 그림을 보고 있는 중이었다. 그들은 아래와 같이 주고받고 있다.

―허 이게 양인들의 그림이란 것인가

―用筆이 보잘 것이 없지 않소이까

―글쎄외다

―혹 營繕房 같은 데서 대목 나부랭이들이 먹줄을 튕기다 버린 휴지쪽이 아닐까요

―여기는 또 아낙네들 수틀 본 같은 것이 있구만요

―어디 말씀이오

―이, 이것 말이외다

―과연 그렇소이다 허 괴이한지고

―이게 또 무엇이오

―병풍 같은 노리개군요

―양인들이 아마 그림과 즙기를 잘못 안 모양이군

―우리 그림 치는 법과 전혀 상통함이 없군요

―글쎄외다 이것이 아마 山水인 듯한데 四君子는 전혀 보이지 않습니다

―눈만 버리겠소이다

―양인들이 해괴한 것을 가져다 벌여놓았군그래

―이 방에도 또 있는가

―'蛇蝎' 특별展이라

―거기가 아마 그중 나은 그림을 둔 곳인가 봅니다

―흠, 들어가봅시다

―돈 안 드는 구경이니

―대감은 공것이면 양잿물도 자시겠소이다

―에끼 이 사람

―허 이건 또 묘한 그림이군

―이게 뒤죽박죽이니

―집을 거꾸로 그렸소이다그려

―색깔이 어째 이리 난하오

―아니외다 이자가 본 중에서는 그중 骨法用筆이 웬만하고 氣韻도 어지간하외다

―氣韻에 邪氣가 있지 않소

―妖邪한 風이 진동하는구려

―하늘로 올라가는 저것은 龍馬인가 보군

―암소가 아니오

―뿔이 있는 것도 같군

―어디

―그 眉間에 가서

―그 웬 달팽이 뿔도 아니겠고

―正色이 아니오 君子之風이 아니군

―맞는 말이오

―대저 우리 그림으로 말하면 天地의 氣韻이 문득 이는 그 始初와 문득 스러지는 그 去終을 나타냄이 근본이어서 畵面에 넘치는 漂沆한 것이 있어야 하거늘 이 그림으로 말할 것 같으면 그 중간에서 온갖 色氣가 震動하는 형국인데 하필이면 어찌하여 이 같은 亡國의 淫氣가 추앙을 받는단 말이오

―淫氣라는 正히 當한 말이외다 아까부터 觀하건대 畵帖의 處處에 陽物의 모습이 出沒하는구려

―陽物이라

―그러하오 둥글 기름한 形象이 가히 그것이 아니겠소

―대감은 별난 虛形을 보셨소그려

―虛形이라니

―대감의 마음에 그렇게 보이는 모양이구려

―대감은 꼭 이 사람의 말이면 면박을 주시는군

―섭섭히 생각지 마오 아무튼 과연 妖氣로운 바가 대단하오

―百鬼가 夜行하는 修羅場으로 보오

―物慾이 가득하여 俗氣가 粉粉하구만

―과연 異한 手法이군

―양인들이 心田이 이러하겠군

―양인들 그림이 모두 이런가

―혹자는 이와 다른 그림도 있다고 들었소

―다르다니

―혹 그 땅의 聖人을 모신 그림도 있고

―洋域에 聖人이 있단 말이오

―耶蘇라고 하는 자가 있다 하오

―또

―山水도 그 나름으로 있는가 보오

―山水도

―허나 畵風이 전혀 다르오

―다르다

―아주 實景에 恰似하다 하오

―그 속에서 살기라도 할 모양인가

―아무려나 그런가 보오

―참으로 怪異하군요

이런 이야기를 하는 것이었다. 구보씨는 분신分身을 거둬들였다. 대감들이 모두 자리를 비운 궁전에서 구보씨는 잠깐 더 서 있었다. 그 숱한 글씨를 보면서 구보씨는 끝내 그것들이 어느 만한 명필인지는 가려내지 못했지만, 동탕하게 살이 찐 글씨 획들이 점잖다고는 생각하였다. 그리고 대감들 말대로 샤갈과 이 글씨들은 그 노리는 바가 다르다고 볼 수밖에 없었다. 어느 것을 높다 하고 어느 것을 낮다 할 것인가. 구보씨는 대감들이 돌아오기 전에 여기를 나가기로 했다. 필시 대감들은 그에게 시끄러운 말씨름을 걸어오리라 싶었기 때문에. 구보씨는 문을 나섰다. 밖에는 여전히 사람들이 시적시적 걸어다닌다. 이제 궁에서 나가기로 하고 입구 쪽으로 간다. 그런데 구보씨의 걸음은 또 멎고 말았다. 이 희한한 탑은 또 무엇인가. 입구 가까이에 대리석 비슷한 반들거리는 돌로 다듬어 올린 높은 탑이 서 있지 않은가. 구보씨가 경복궁에 와보기는 몇 해 만인데, 그때는 효자동 쪽으로 난 문으로 드나들었던 탓으로 여기까지 와보지 않았던 것이다. 구보씨는 넋 잃고 탑을 바라보았다. 그것은 모란꽃 바구니를 층층이 쌓아올린 것처럼 그렇게 아름다웠다. 그렇게 높으면서 위태롭지 않고 서슬이 푸르지도 않고 한 아름 가득히 극락의 기쁨을 실은 연꽃이 뭉게뭉게 피어난 모습이었다. 허무와 방랑을 스스로 사양한 원圓이 겹겹이 어울려 커다란 합장合掌을 이루고 있다. 이것은 정안正眼으로 본 정법正法의 모습이다. 샤갈은 사안斜眼으로 본 사법斜法의 모습이다. 용필골법만 따진다면 거기는 다름이 없다. 매재媒材를 다루고 있는 '힘'에는 다름이 없다. 이 근본에서는 그것들은 예술의 한집안이다. 그러나 그 '힘'이 만들어낸 기운氣韻은 다르다. 이 기운이 어떻게 다른가는 풀이하기가 거의 불가능하다. 왜냐하면 그것을 설명하는 것은 그것 스스로이기에. 그러나 굳이 따진다면 이 탑은 '버림'의 홀가분함이요, 샤갈은 '꿈'의 풍성함이다. 욕심을 모두 버린 다음에 얻은 기쁨과 평화가 이 탑의 마음이고, 꿈속에서 마음껏 호사해본 후에 얻은 기쁨과 평화가 샤갈의 마음이다. 이 두 길은 겉보기보다는 그리 먼 것도 아니요, 다르지도 않다. 왜냐하면 이토록 온전한 '버림'이나 '꿈'이 모두 현실에서 이루어진 것이 아니라 예술 속에서만 이루어졌기 때문이다. 버렸으니 꿈이 이루어진 것이요, 꿈속에서니까 버릴 수 있은 것이다. 서로는 서로를 거느리고 있지만 얼굴은 서로 다른 쪽을 보고 있다. 두 개의 얼굴을 가진

'야누스'라던가 하는 귀신을 구보씨는 떠올린다. 사람은 양인이고 동인이고 모두 야누스의 핏줄이다. 다만 이 지구의 어느 한 고장에 붙박여 살면서 그 두 얼굴의 어느 한쪽이 녹이 슬고 덩굴에 덮여버리게 된다. 그 풍토의 형편으로서는 그쪽을 볼 필요가 없거나 보아서는 살기에 불편하기 때문에. 바람 센 지방의 소나무가 한쪽으로 휘듯이. 그렇게 돼서 생긴 감수성의 버릇이 더욱 닦이고 굳어버리면 전통이 된다. 그러나 이 전통은 결코 다시 분해할 수 없는 실체는 아니다. 신비한 것도 아니다. 해를 따라가는 해바라기처럼 생활의 필요를 따라서 돌린 고개가 굳어버린 것뿐이다. 역사와 문명의 태양은 궤도가 바뀌는 천동설天動說의 세계다. 그러면 고개는 오래 있었던 감각을 되살려 그 해를 따라 돌아야 한다. 아마 인류가 오랜 옛날에는 사용하였던 그 목의 힘살의 운동 기억을 상기想起하지 않으면 안 된다. 이 상기想起, 그것이야말로 가장 훌륭한 상상력이다. 상상력은 없는 것을 지어내는 힘이 아닌 것. 자기 자신을 기억의 바다에서 불러내는 것. 나르시스의 능력이다. 그런 인간이란 어떤 인간일까. 말했다시피 '야누스'다. 두 개의 얼굴을 가진 이 신화의 인물이 바로 인간의 바른 모습이다. 야누스가 이형異形의 괴물인 게 아니라 지금의 사람들이 반신불수일 뿐이요, 안면 마비증이다. 그들은 외눈을 자랑하는 슬픈 동물이다. 인간이 다시 야누스가 되는 때, 자기 자신인 그 신화인神話人이 될 때 인간의 마음은 참다운 기쁨과 평화를 찾지 않을까. 어떻게 하면 그렇게 할 수 있을까 생활의 태양이 빨리 문명의 궤도를 찾게 하는 것이다. 어떻게 하면 그렇게 할 수 있을까.

─남북이 통일되는 것이다. 구보씨는 이 마지막 결론이 어떻게 튀어나왔는지 알 수 없었다. 그래서 그는 어안이 벙벙했다. 가끔 구보씨의 마음속에서는 이런 일이 곧잘 일어났다. 거기에 그런 것들이 엎드려 있는 줄 몰랐던 마음의 구석에서, 흉측한 괴물이 툭 튀어나오든가 난데없는 헛소리도 튀어나오는 것이었다. 이번에도 그 헛소리가 튀어나왔던 모양이다. 구보씨는 한참 만에야 제정신이 들었다. 불쌍한 피난민은 이처럼 그림 구경을 하러 온 자리에서도 타향살이 설움에서 헤어나지 못하는 게 서글펐다. 구보씨는 이번에는 더 두리번거리지 않고 빠른 걸음으로 입구 쪽을 향해서 걸어갔다. 그의 앞뒤로 많은 사람들이 ─얼굴 하나밖에는 없는 사람들이 역시 입구를 향하여 걸어간다. 구보씨는 오른손으로 슬며시 뒤통수를 만져보았다. 다행히 뒤통수는 여전히 뒤통수였다. 다행한 일이었다. 민중의 한 사람이요, 가난한 노동자 주제에 남 유달리 신화족이 먼저 되어서는 난처한 일이 아니겠는가. 구보씨는 마음 편함을 느끼면서 경복궁을 나와서 광화문 쪽으로 타박타박 걸어갔다.

제8장
八路軍 좋아서 띵호아

　귀뚜라미 소리에 잠이 깬다, 고 말하는 것은 그러나 사실과는 달랐다. 어쩌다 한밤중 문득 잠에서 깨었는데 기다렸다는 듯이 벌레 소리가 밀려들던 것이다. 구보씨는 어둠 속에서 가만히 누워 있었다. 환하게, 창유리가 밝다. 보름에서 얼마 되지 않았던 모양이다. 처음에는 구보씨의 귀는 귀뚜라미 소리로 가득 찼다. 그러나 한참을 그렇게 있노라니 밤 속에서는 여러 가지 소리가 들렸다. 딱히 그게 무슨 소리들인지 알 수는 없어도 한두 가지가 아닌 뭇소리가 겹겹이 밀려든다. 그렇다고 귀뚜라미 소리보다 큰 것도 아니다. 벌레 소리에 비하면 거의 아무것도 아니게 희미한 소리건만 확실히 들리기는 들리는 것이다. 거미줄처럼 가느다란 톱으로 썩은 나무를 자르는 소리. 먼 데서 책장을 넘기는 소리. 모래가 내려앉는 소리. 이런 비슷한 소리들이 겹겹으로 밀려든다. 그런기 하면 귀뚜라미 소리만이 사방에 꽉 찬다. 구보씨는 곁에 자고 있는 사람이 행여나 깰까 조심하듯이 머리맡을 더듬는다. 담뱃갑이 잡힌다. 한 손으로 담배 개비를 뽑는다. 그런 대로 한참 있는다. 일어나 앉는다. 성냥을 찾아 들었다가 다시 놓는다. 입에 문 담배도 뽑아서 놓는다.

한참 후에 구보씨는 마루에 나와 걸터앉았다. 잠은 달아나고 방 안에 우두커니 앉았을 수가 없었던 것이다. 구보씨가 앉은 툇마루는 뒷마당으로 난 방문 밖이어서 기역 자로 꺾인 안방에서 행여 누군가 나온다 하더라도 보이지 않을 자리였다. 이 집에 구보씨가 하숙하면서 제일 마음에 드는 게 이 넉넉한 뒤뜰이다. 신흥 주택이 들어서면서 갑자기 붐비는 동네가 됐지만 원래는 변두리다. 이만한 터를 가진 게 그때만 해도 남다를 것은 없었을 것이다. 지금 와서는 사정이 다르다. 새로 지은 집들은 이런 뜰을 엄두도 못 낸다. 하숙을 찾아다니던 구보씨는 널찍한 터에 들어앉은 이 한옥이 대번에 마음에 들었었다. 나무도 여러 그루 있고, 한쪽에는 채소밭도 있다. 구보씨는 환한 뜰을 바라보면서 앉았다가 문득 신발을 신고 걸어보고 싶은 생각이 들었다. 그러나 그렇게는 하지 않았다. 밤중에 마루에 나앉은 데까지는 괜찮아도 뜰을 걸어다닌다는 것은 어딘지 조심스러웠다.

이튿날 아침, 구보씨는 10시쯤 해서 일어났다. 간밤에 구보씨는 한번 잠이 깬 다음 끝내 다시 눈을 붙이지 못하고 새벽까지 일을 했다. 구보씨는 자리에 누운 채로 머리맡에서 간밤에 쓴 원고를 집어들고 읽어보았다. ―나라가 절반으로 갈라져서 불편하다는 말은 밤낮 듣는다. 사실이다. '통일'이란 말은 하도 들어서 인제는 그 말이 가진 싱싱한 맛이 거의 없어졌다. 사실 보통 사람에게 나라가 갈라져 있어서 불편하다는 것이 구체적으로 어떤 뜻을 가지는 일일까. 통일이 되었다고 해서 달라질 일은 평범한 사람들에게는 별로 없을지도 모른다. 통일이 가져오는 변화는 결국 생활의 가까운 곳에서 무슨 눈에 보이는 것으로 나타나지 않으면 안 된다. 어떤 일이 나타날지도 두고 보아야 안다. 이번처럼 남북의 적십자 회담이라도 열리고 보면 문득, 통일은 또다시 우리 마음을 차지하기는 한다. 그러나 이제 양쪽 사람들은 너무 다른 세상에서 살아왔기 때문에 통일된 다음에 무엇이 지금보다 달라질 것인지 짐작할 수 없게 되어 있다. 내 생각으로는 통일이 가져올 구체적인 변화의 하나로 '통행금지의 폐지'란 것이 제일 큰일이다. 한밤중의 시간을 거리에 나오지 못하게 되어 있는 이 제도야말로 해방 후 우리 생활의 가장 큰 문제라고 생각한다. 이것이 우리 사회의 문명의 근본 터부이다. 12시부터 4시까지, 네 시간 동안이지만 실은 그렇지 않다. 밤에 거리에 나간 사람이면 10시쯤부터 벌써 바빠진다. 10시 이후의 두 시간은 온전한 두 시간이라 할 수 없는 것이다. 4시 이후의 두 시간도 또한 자연스러운 시간이 아니다. 통행금지가 '방금' 끝난 시간이기 때문이다. 따라서 그 두 시간도 온전치 못하다. 이렇게 해서 실지 금지되는 네 시간은 앞뒤로 두 시간씩, 먹물처럼 번져서 결국 여덟 시간이 된다. 이십사 시간의 3분의 1이 이렇게 '禁忌'의 시간이다. 그뿐이랴. 숫자만 따지면 이십사 시간 가운데 팔 시간은 3분의 1임에 틀림없지만 생활하는 사람에게는 반드시 시간이란 이렇게 '量'적인 것만이 아니다. 우리는 시간을 '밤'과 '낮'으로 가른다. 이것이 보통 사람의 생활의 시간이다. 이것은 시간을 '質'로 따진 나눔이다. 여기서는 통행금지는 3분의 1의 시간에 행하여지는 것이 아니라 2분의 1에 해당하는 것처럼 느껴진다. 이 '느낌'은 실지로 생활에 압박을 준다. 통행금지가 가까워지면 모든 사람이 조급해진다. 어디론가 떠나려는 사람들. 빨리 집으로 돌아가려는 사람들이 서로 교통의 순서를 다툰다. 택시는 금방 난폭해진다. 모든 서비스가 거칠어진다. 피난민들이 마지막 열차에 매달리는 풍경이다. '막차.' 그렇다. 이리하여 6·25의 얼굴은 밤마다 사람들에게 모습을 드러낸다. 전쟁의 기억이 사라져가고 있다는 소리가 들릴 때마다 나는 웃음이 나온다. 하도 전쟁 속에서 오래 살았기 때문에 전쟁을 평범한 것으로 알게끔 취해버린 것뿐이 아닌가.

어쩌다 여행을 하게 되어 밤늦게, 통행금지가 시작된 다음에 기차에서 내린다거나 새벽녘에 정거장에 갈 때면 우리는 새로운 겪음을 하게 된다. 밤에 보는 도시는 사람을 외롭게 만든다. 사람들이 끓는 낮에는 사람들은 사람을 유심히 보지 않는다. 도시에서는 서로가 모르는 사람이기에 쓸데없이 남에게 관심을 가지면 고단하기만 하다. 그래서 사람은 많아도 사람은 없는 것과 같다. 밤에는 그렇지 않다. 사람들이 없어진 밤의 거리에서 건물들은 비로소 존재하기 시작한다. 왜냐하면 ―

여기서 문장이 끊어지고 다른 종이에 새로 써나갔다. 구보씨는 그것을 읽는다.

　―夜間通行制限이 우리를 슬프게 한다. 밤의 시간. 삶의 절반을 몰수당한 우리의 시간이 우리를 한없이 슬프게 한다. 늦은 시간에 오십 원의 휴식처에서 우리를 몰아내는 찻집 여자의 어쩔 수 없는 거칠음이 우리를 슬프게 한다. 홀연 피난 열차의 차장처럼 오만해지는 12시 가까운 시간의 운전수들의 강요된 난폭성이 우리를 슬프게 한다. 슬픈 도회의 그렇지 않아도 슬픈 11월의 한밤중 문득 잠에서 깨어 까닭 모를 노여움은 가슴에 복받쳐 아무 데고 거리를 쏘다니고 싶을 때 힘없이 주저앉아야 하는 밤의 禁忌가 우리를 슬프게 한다. 그리하여 스물 몇 해가 지나도 戰爭의 어수선한 惡夢의 그림자가 떠나지 않는 밤이 우리를 슬프게 한다. 밤 속에 있는 무수한 誘惑들. 사람이 들끓던 낮에는 얼굴을 수그리고 숨을 죽이던 都市의 집들이 무엇인가 뜻있는 낯빛으로 서 있는 밤의 거리. 가끔 오가는 사람의 그림자가 運命처럼 섬뜩한, 그리하여 他人의 存在가 認識되고, 이 세상에는 나 말고도 숱한 사람이 살고 있다는 秘儀的인 사실을 깨닫게 하는 밤의 거리. 행복한 사람들이 잠자리에서 그들의 아내와 자식들과 함께 잠들었을 때 교만하게 이 都市의 불결한 거리를 걸어볼 수 있는 자유를 빼앗긴 밤. 그 밤 속에 있는 것들이 어찌 이뿐이랴. 갈 곳이 없는 가난한 애인들이 다리가 아파 지치도록 거리를 헤매는 可能性의 幻想이 우리를 슬프게 한다. 꿀벌처럼 禁忌의 시간 속에서 벌통살이를 하는 밤이 우리를 슬프게 한다. 원시인처럼 禁忌를 의심하지도 않고 配給된 시간 속에 살면서 '戰後'는 지났다고 말하는 사람들이 우리를 슬

프게 한다. 幻想이 말라버린 詩들이 우리를 슬프게 한다. 밤을 잃어버린 詩들은 비닐봉지처럼 權力의 눈깔사탕을 포장한다. 아무리 뒤집어보아도 꿈은 없고, 言語의 껍데기만 구겨지는 시들이 우리를 슬프게 한다. 밤을 잃어버린 時代에서의 詩의 荒廢가 우리를 슬프게 한다. 主人의 밤의 行動이 하나도 描寫되지 않는 當代小說의 모습이 우리를 슬프게 한다. 벌통처럼 제자리에 촘촘히 박힌 半身不隨의 365日이 우리를 슬프게 한다. 이름 모를 사람들이 獨占하고 있는 우리들의 것이어야 할 밤이 우리를 슬프게 한다. 언제든지 쩨쩨한 우리들의 小市民을 떨쳐버리고 잠깐 동안의 金笠이 되어볼 수 있는 시간을 빼앗긴 삶의 초라함이 우리를 슬프게 한다. 天賦時間의 한가운데 鐵의 장막처럼 드리운 禁忌의 橫隔膜이 우리를 슬프게 한다. 그리하여 암細胞처럼 빈 言語 속에서 번식하는 想像力이 급기야 우리들의 젊음을 죽여버리는 우리들의 시간이 우리를 슬프게 한다. 외국인들과 그들의 娼婦들에게만 열린 밤이, 義和團員들이 미워한 紫金城의 밤처럼 우리를 슬프게 한다. 우리들이 疎外된 우리나라의 밤의 港口에 밤보다 검은 阿片을 荷役하는 수상한 배를 砲擊하는 林則徐의 言語도 砲門을 닫고 만 오 우리들의 詩의 砲臺의 沈默이 우리를 슬프게 한다. 國太公의 意志는 古宮의 回廊에서 잠들고 똘마니들은 피 묻은 目錄을 不潔한 精液 묻은 손으로 밤새워 作成한다.

巨大한 歷史의 골짜기에 쓰레기처럼 찌든 우리들의 밤. 벗과 더불어 술이라 할 수 없는 不良한 술을 마시다가 문득 그에게서 통행금지 임박한 '市民'의 不安을 눈치 챌 때. 언제나 '原論'만 애기하고 언제나 '事後' 수습만 얘기하는 學者와 新聞들이 우리를 슬프게 한다. 宇宙의 밤을 달려서 人間이 달에 내려서는 것을 禁忌의 시간을 새워서 TV에서 구경할 때. 파키스탄에서 自由를 위해 일어선 사람들이 世界의 輿論에서 默殺될 때. 水銀 콩나물. 石灰 두부. 밀가루 牛乳. 물 먹여 殺害되는 소. 물감 주사를 맞은 과일. 엉터리 抗生劑, 그 뒷소식은 어떤 신문에도 나지 않을 때. 가짜 무장 간첩들이 서울 市內에 들어왔던 일에 대한 뒤처리 소식이 어느 신문에도 나지 않을 때. 이런 모든 일은 우리를 슬프게 한다―

원고는 여기서 끝나 있다. 간밤 달빛이 우련한 뒤뜰에서 마루에 앉아 있던 구보씨의 마음이 거기 있었다. 처음의 글과 다음 글 사이의 약간 높아진 가락의 틈바구니도 잡힐 듯 들여다보였다. 지금 밝은 낮에 그것을 읽어보니, 얄궂게도 이 글 자신이 이 글의 테마를 잘 증명해주는 듯이 보였다. 그런 밤의 그런 시간에 씀직한 글이었다. 써놓은 당사자인 구보씨로서는 이 글은 거기 씌어진 바 이상의 것이었다. 여기서 독자가 읽는 것은 말하자면 이 글의 절반 정도의 내용일 것이었다. 그러나 구보씨에게는 이 글은 거기에 무엇인가, 그 글만 한 것이 보태진 어떤 것이었다. 구보씨의 서른 몇 해의 생애의 꼬리가 달린 어떤 탄식 ― 그것이 이 글이 구보씨에게 뜻하는 것이었다. 구보씨에게 '嘆息'인 것이, 독자에게는 어떤 드높은 '외침'으로 받아진다는, 이 어찌할 수 없는 뒤비낌. 구보씨는 무대 장치를 뒤에서 바라보는 사람처럼 어떤 안타까움을 느꼈다. 모든 글. 이 세상에 남겨진 모든 글이 육신을 가진 사람에 의해서 쓰여진 바에는 모두 이런 사정일 것이었다. 그러나 그 '사정'은 말끔히 지워져버리고 '사정'의 그림자 같은 글만 남는다. 이 글은 이 글대로 틀렸다는 것도 아니고 거짓인 것도 아니다. 그러나 '사정'까지를 닮지 못하고 있는 점으로 따진다면 불확실한 것이다. 소설이란 이 '사정'까지를 나타내는 글이다, 라고 생각할 수 있겠군. 구보씨는 비로소 만족했다. 직업에 관계되는 유익한 발견을 한 것이 기뻤던 것이다. 그것은 지난밤의 허전함과, 허전한 김에 쓴 글을 보고 느낀 허전함을 메워주었다. 여기서 구보씨는 가볍게 기침을 했다. 이렇게 늦게 일어나는 날이 흔하지만 그래도 주인아주머니인 옥순이 어머니에게 기척을 알리는 것이 좋겠다는 생각에서였다. 그러면 옥순이 어머니는 다른 일을 보다가도 얼른 집어치우고 구보씨의 아침상을 차리기 시작할 것이었다. 구보씨는 자리에서 일어나 잠옷을 입은 채로 미닫이문을 드윽 열고 마루에 나섰다. 옥순 어머니가 막 부엌으로 들어가고 있다. 구보씨는 목욕탕으로 가서 칫솔질을 하고 세수를 했다. 목욕탕에서 나서는 구보씨에게 옥순이 어머니가 말했다.

"안방에 차렸어요."

아침상을 안방에 차려놓았다는 이야기다. 구보씨가 늦게 일어났을 때는 늘 안방에서 아침밥을 든다. 구보씨의 이부자리를 걷고 방을 치우자면 늦은 조반이 더욱 늦어지기 때문에 구보씨는 안방에서 조반을 들고 옥순 어머니는 그사이에 방을 치우는 것이다. 이부자리를 걷는 일을 굳이 말려도 옥순 어머니는 결코 구보씨의 사양을 받아들이지 않는다. 옥순 어머니 생각에 남정네가 이부자리를 걷는다는 것은 집안의 주부를 모욕하는 것이 되는 모양이었다. 시세 풍속의 하숙집이 아니라, 구보씨의 어머니나 누님 세대의 여자들이면 으레껏 그럴 만한 일이지만 구보씨는 그럴 때마다 '망극한 은혜'라는, 옛날 글에 잘 나오는 글귀가 늘 떠오른다. 조반상을 물리고 구보씨는 이발하러 나섰다. 이발관은 멀지 않았다. 큰길에 나가기 전 마지막 모퉁이에 있는 작은 이발관이 구보씨가 다니는 단골이다. 구보씨가 문을 열고 들어서자 주인과 또 한 사람의 이발사, 그리고 머리 감아주는 아이가 얼른 일어서서 구보씨를 맞아들였다. 그들 세 사람의 그 순간의 인상은 꼭 대폿집 아주머니와 심부름하는 계집아이가 손님을 맞아들이는 그것에 방불하였다. 구보씨는 절로 나오는 웃음을 이발관 사람들에게 향하는 인사로 보이게 애썼다. 주인이 빈 의자의 먼지 터는 시늉을 하면서 그에게 앉기를 권했다. 그것도 술청 의자를 권하는 주모의 손짓 그대로였다. 그러자 뒤에서 또 한 사람이 그의 저고리를 벗기는 것이었다. 이 역시 그 손짓이었다. 구보씨는 의자에 앉았다. 재빨리 흰 보자기로 앞이 가려진 구보씨의 모습이 거울 속에 나타났다. 그 자신은 머리가 벗겨진 주인이 가위와 빗을 한 손에 꼬나들고 구보씨 등 뒤에 와서 서더니, 구보씨 머리카락 속에 손가락을 쑥 집어넣었다가 뺐다.

"그대로?"

"네!"

지금 머리 모양대로 깎는 것입죠? 하는 물음이었고, 그렇다는

대답이었으나 구보씨는 또 그것이,

'그 술?' '응' 하는 문답을 한 것처럼 느꼈다. 구보씨의 머리 모양은 보통 하는 한옆에 가리마를 탄 머리다.

주인은 물수건으로 머리를 축이고 난 다음에 가위질을 시작했다.

"추워졌습니다"
하고 주인이 말했다.

"곧 풀린다구 하더군요."

구보씨가 대답했다. 삼한사온의 법칙에 의해서, 이 말은 언제나 틀림없는 말이었다.

"금년 김장감은 잘된 모양이더군요."

"그래요?"

구보씨도 신문에서 그렇게 읽은 것 같다. 그러나 날씨에 대한 것은 그만두고 김장감의 작황에 이르러서는 구보씨는 해당 사항이 없는 일이었다. 아마 주인은 손님이 의자에 앉아 있는 동안에 말을 거는 몇 가지 화제를 정해 가지고 있을 것이었다. 구보씨가 하숙하는 홀아비인 줄도 알면서 이런 말을 꺼내는 것은 건성으로 오가는 말로 하는 것임이 분명했다. 요즈음 약간 달라진 것도 같지만, 아직도 서울에 사는 사람들이 이런 인사말을 주고받을 때면 대뜸 농민이 돼버린다. 그가 설사 전기 직공이건, 수학 선생이건, 문방구집이건— 현재의 직업에 아랑곳없이 날씨 인사에 농작물의 그해 형편을 주고받을 때면 그 순간에 고향의 논두렁길이나, 밭머리에 서 있는 농군이 돼버리는 것이다. 사랑은 가도 추억은 남는 것. 한국 사람의 팔 할이 농촌에 살던 시대는 갔어도, 헤아릴 수 없이 아득한 농촌 생활의 감각은 남아 있어서 이런 모양으로 나타나는 것이라고 구보씨는 생각하였다. 생활이 달라져도 사람들은 그것을 옛 생활의 이름으로 부른다. 한말에 상투를 자르던 때에 큰 소동이 일어났던 일도 그런 것이었으리라. 사실 사람이 사는 것이 상투로 말미암은 것이 아닐진대 그렇게 소동이 날 것이 무엇이랴 싶지만, 그런 것이 아니다. 옛날 일이 아니라 요즈음도 상투 소동은 여전하다. 히피 머리를 자른다느니 안 자른다느니 하고 신문에 요란하지 않았는가. '퇴폐'라는 것이 기껏 머리카락에 있는 줄로 생각하는 게 아니고 무엇인가. 일본 친구들도 머리를 가지고 꽤 못살게 굴었었다. 국난이 있을 적마다 한국 사람들은 머리를 깎았다, 하는 역사 법칙을 만들어낼 수 있음직했다. 몽고족이 쳐들어왔을 때도 아마 머리 모양이 바뀌었을 것임에 틀림없다. 그렇다면 지금 히피 머리가 이러쿵저러쿵하는 것은. 구보씨는 그 이상 생각지 말기로 했다. 그것은 사위스러운 생각이었다. 하기는 구보씨가 그런 생각을 하건 않건 있을 일이 없다든지, 없을 일이 있어질 리가 없는데도 사위스럽다고 생각하는 것은 귀신이 제 소리 하면 온다든지, 하는 민중의 신앙 속에서 자라온 민중의 아들임을 웅변으로 증명하는 것이기는 하였다. 이렇게 생활의 구석을 조금만 눈여겨보면, 사람은 얼마나 많은 지난날 속에서 살고 있는지 알게 되는 모양이었다. 사람의 행복을 샘내 하는 귀신들에게 될 수 있는 대로 소문을 내지 말자는 마음이 사위스럽다는 마음일 것이었다. 지금도 구보씨는 밤에 손톱을 깎지 않는다. 어렸을 때, 할머니 어머니한테서 듣던 얘기 때문이다. 그들은 왜 그래서는 안 되는지 말해주지도 않았고 구보씨도 그것을 물어보지 못한 채 이 나이가 되었는데 밤에 손톱을 깎아서는 안 된다는 이 말은 구보씨를 마술 부적처럼 묶어버렸다. 그들 얘기대로 밤에는 결코 손톱을 깎지 않기로 그렇게 열심히 했는데도, 팔자가 요 모양 요 꼴인 것만 봐도 순 거짓부렁인 것이 환한 일이건만, 구보씨는 앞으로도 결코 밤엔 손톱을 자르지 않을 작정이다. 옛날에는 지금과 달라서 불이 어두웠다. 가물거리는 기름등잔 밑에서 잘린 손톱이 튀어나가면 찾기가 힘들었을 게다. 그래서 나온 이야긴지도 모른다. 그렇더라도 구보씨는 여전히 이 터부를 지킬 작정이다. 왜냐하면 지금의 구보씨에게는 그것을 어겼을 때 밤에 손톱을 안 깎는다는 터부를 어겼을 때만 한 불안을 일으키게 하는 그러한 터부를 갖고 있지 못하기 때문이다. 그야 법률이나 규칙을 어기면 손톱에 비할 수 없는 처벌이 있을 것은 뻔하다. 그러나 처벌이 무겁다는 것과 그 처벌이 마음으로 괴롭다는 것과는 다르다. 처벌은 잘못일 수도 있기 때문이다. 그런데 밤에 손톱—은 잘못일 수 없다. 왜냐하면 까닭을 알 수 없기 때문이다. 가령 예수교의 하느님이 아브라함에게 자식을 제물로 바치라고 한다든가, 욥에게 패가망신을 내린다든가 하는 것도 아무 까닭이 없다. 한국의 하늘대감은 아마 밤에 손톱을 깎는 소리가 덮어놓고 싫었던 모양이다. 대감이 싫다면 별 도리 없다. 구보씨가 이런 생각을 하고 있는 사이에 주인은 구보씨의 머리를 다 깎았다. 구보씨는 보자기가 벗겨지고 있는 제 모양을 거울 속에 보았다. 그러자 거울 속의 구보씨는 벌떡 뒤로 넘어지고 구보씨는 자기 발이 거울 속에서 불쑥 올라오는 것을 보았다. 그리고 번쩍하는 빛이 머리 위에 보였다. 면도를 하게 되는 모양이다. 구보씨는 문득 겁이 났다. 주인이 자기가 한 말에 별로 대꾸를 않는 구보씨에게 나쁜 감정이나 가진다면 그의 손에 들린 흉기가 어떻게 사용될지 짐작할 수도 없는 일이었다. 그래서 구보씨는 말했다.

"이발소가 깨끗해졌습니다."

실은 조금도 달라진 것이라곤 없었다.

"네, 좀."

주인의 이런 소리가 들리고 구보씨가 더 무어라 말하기 전에 입언저리에 비누가 칠해진다. 구보씨는 때가 늦었음을 직감하고 고요히 눈을 감았다.

이발을 하고 집에 돌아와서 구보씨는 잠깐 책상에 마주 앉았다. 지난밤에 쓴 글을 다시 손을 보기 위해서였다. 이삼일 안으로 서른 장쯤 되는 수필을 써내야 할 부탁이 있었다. 써야 되겠다는 생각을 하면서 그럭저럭 미루다가 지난밤에 시작해본 것인데 아침에 읽어보니 어떻게 마무리를 해야 할지 이어지지 않았다. 경험에 비추어 보면 이럴 때는 한번 놓아두었다가 다시 시작하는 것이 제일 좋은데, 선뜻 그렇게 못 하고 만지작거리고만 있을 때 편지가 왔다. 원고 청탁이 하나, 출판 기념회 초청장이 하나, 그리고 친구인 평론가 김견해의 편지였다. 구보씨는 김견해의 편지를 뜯어 보았다. 좀 상의할 일이 있으니 학교로 와주든지 전화를 해달라는 말이었다. 무슨 상의인지 비치기라도 했으면 시원하겠는데 좀 답답했다. 그러나 편지까지 한 것으로 보면 좀 급한 일인 것 같다. 어떻게 할까 하고 구보씨는 망설였다. 오늘 구보씨는 집에서 이 수필을 끝내기로 마음먹고 있었다. 그러나 막상 시작하고 보니 어쩐지 이 글을 쓰던 바로 지난밤의 기분이 되살아나지 않았다. 억지로 쓰면 못 할 것도 없지만 그것도 내키지 않았다. 아무래도 나가서 김견해를 만나는 편이 좋을 것 같기는 하면서도 구보씨는 결정을 짓지 못하고 원고지를 들었다 놓았다 하기만 했다. 출판 기념회 날짜는 며칠 후였다. 그것은 김견해도 친한 시인이었기 때문에 참석할 터이니 바쁜 일만 아니라면 그 자리에서 만나도 될 일이었다. 공중전화를 걸자면 이발소를 지나서 약국까지 가야 할 일이 귀찮았다. 구보씨는 털썩 드러누웠다, 그리고 원고를 다시 한 번 읽어보았다. 처음 쓴 부분은 처진 것처럼 느껴졌다. 실은 뒤에 쓴 부분이 가락이 높아졌기 때문에 더욱 그렇게 보이는 것이지만 그 두 가지를 한데 묶기는 어렵다고 생각한 것이다.

  오후 1시 좀 지나서 구보씨는 집을 나섰다. 약방에서 전화를 걸어보니 김견해는 오늘 만나자고 한다. 구보씨는 그래도 좋은데 무슨 일이냐고 물어보았다. 김견해는 만나서 얘기하자고만 하는데 옆에 누가 있는 모양이다. 그렇게 하기로 하고 전화를 끊는다. 버스 정류장에서 신문을 사서 펴본 구보씨는 깜짝 놀랐다. 중공의 UN 가입에 대한 알바니아 제안이 가결된 것이다. 버스가 왔다. 구보씨는 신문을 접어 쥐고 버스에 올랐다. 구보씨는 자리에 앉아서 다시 신문을 펴들었다.

유엔 '中共加入, 國府축출' 可決/알바니아案 壓倒的 통과 76 對 35/逆重要事項 美國案 55 對 59로 좌절/【유엔本部=25日-특파원】유엔 總會는 25日 밤(한국 시간 26日 낮) 中共加入과 自由中國 축출을 결의했다. 總會는 이날 알바니아案을 贊成 76 反對 35 棄權 17로 통과시켰다. 표결 직전 自由中國 周書楷外交部長은 自由中國이 유엔에서 탈퇴하겠다고 공식 선언했다. 總會는 알바니아案의 表決에 앞서 美國의 逆重要事項議決에 先決權을 부여했으나 이에 따라 먼저 表決에 부쳐진 逆重要事項案은 贊成 55 反對 59로 부결되었다. 알바니아案의 가결로 美國이 제출한 二重代表制 결의안은 자동적으로 사장됐으며 이로써 臺灣의 議席 유지를 위한 美國의 노력은 완전히 좌절되고 말았다.

國府선 脫退宣言/이날 總會에서 逆重要案이 4表差로 부결됐음이 공식 발표되자 總會 會場에서는 우뢰와 같은 박수가 터져나왔다. 어떤 代表들은 환성을 올리고 노래를 부르는가 하면 책상을 두드리고 복도에서 춤을 추는 이도 있었다. 表決 직후 조지 부시 美國 大使는 알바니아案 가운데서 自由中國의 유엔 축출을 주장하는 조항을 삭제하자고 동의했다. 이날 첫 表決에서 美國이 낸 逆重要決議案에 대한 先決動議案은 贊成 61 反對 53 葉權 15로 가결됐었다. 그러나 이러한 美國의 제안이 절차상 合當치 않다는 아담 말리크 總會議長의 의사 표시가 있었고 잠시 이 문제에 관한 토의가 있었으나 總會는 결국 美國 주장을 받아들이지 않고 알바니아案의 表決에 들어갔었다. 表決 직후 말리크 議長은 中共加入決定을 中共 政府에 通告할 것이라고 말했다.

닉슨政府 경악/(워싱턴 25日 AP合同 本社特約) 美國의 逆重要事項決議案이 25日 밤 總會에서 부결되자 닉슨政府는 경악했다. 이 날 낮까지만도 美國 관리들은 소위 逆重要事項決議案이 통과되리라는 확신을 表明했었다.

'에익 神哥놈' 하고, 구보씨는 속으로 중얼거렸다. 구보씨 세대는 국민학교 시절에 '八路軍'이란 이름으로 처음 중공과의 접촉을 시작한 셈이다. 더 옳게 말하면 '八路軍'이 아니라 '팔로군'이다. 왜냐하면 어른들이 하는 소리를 가끔 들었기 때문에 '팔로군'은 뜻을 모르는 발음이었을 뿐이다. 그것이 '八路軍'이라 쓴다는 것을 안 것은 훨씬 나중 이야기다. 다음에 구보씨가 팔로군 얘기를 들은 것은 6·25 전쟁 직전이다. 그때 고등학교에 갓 들어간 구보씨는 아이들 입에서 오르내리는 얘기를 들었다. 그 얘긴즉 팔로군에 들어 있던 한국인 부대가 '인민군'에 편입됐다는 소식이었다. 그리고 월남 후에는 그 팔로군은 '중공 오랑캐'였다. 그 오랑캐는 유엔과 싸운 유엔의 적이었다. 그 유엔의 적이 유엔에 압도적 다수의 지지로 맞아들여졌다는 것이다. 구보씨는 근래에 날마다 새로워지는 느낌이 있다. 다름이 아니라 세상이며 사람이며 하는 물건의 안팎이 조금씩 알아지는 것 같다는 느낌이다. 이 느낌은 여태껏 책을 읽으면서 하긴 그럴듯한 말인데 손에 쥔 듯이 알아지지는 않던 일들이 조금씩 손에 잡히는 것 같다는 표현을 갖춰 나타났다. 그리고 고전古典이란 것은 나이를 먹을수록 깊이가 더해지는 법이라는 늘 들어오던 말도 과연 그렇다는 느낌을 가지게 되는 것이었다. 그런데 이것은 조금도 기뻐할 일이 아니었다. 뒤집어 말하면 구보씨가 지금까지 얼마나 무지한 인생을 살았는가를 말하는 것에 다름 아니기 때문이다. 국민학교에서 배운 것은 중학교에 가면 거짓말이 되고 중학교에서 배운 것은 고등학교에 가면 거짓말이 되고— 이렇게 어제의 거짓말에 오늘 놀라는 생활이, 구보씨가 겪은 생활이었다. 그런데도 이 거짓말에 책임지는 사람은 아무도 없었다. 이 세상에 자기 삶을 책임질 사람은 자기밖에 없다는 것을 이제야 깨닫는다는 것은 정말 너무한 얘기였다. 옛날 국민학교 시절에, 일본 왕의 '勅語'라는 것을 교감 선생이 까만 상자에 넣어 흰 장갑 낀 손으로 받쳐들고 나와서 교장에게 전하면, 교장은 역시 흰 장갑 낀 손으로 상자를 열고 그 속에서 칙어를 꺼내 읽는 것을 보았을 때, 구보씨의 가련한 정신은 '眞理'란 것은 그런 상자 속에 있는 것으로 알았다. 그 이후 구보씨가 겪은 '진리'는 모두 그 비슷한 상자 속에 들어 있었다. 구보씨는 진리란 것이 어디에 있는 줄로 알고 찾아다니면서 살아왔다. 그러나 인생의 반허리까지 살고 보니 진리란 '있는' 것이 아니라 만드는 것이며 더 바르게 말하면 '있게 하는' 것이 아닌가, 하고 생각하게끔 되었다. 이런 억울한 일이 어디 있으랴. 진즉 그런 줄 알았다면 헛수고인들 얼마나 덜 수 있었겠는가. 원통한 생각 같아서는 이런 헛수고를 시키는 그 우두머리놈을 박살을 냈으면 좋으련만 이 역시 불쌍한 구보씨는 그 우두머리가 대체 어떤 놈인지 알지를 못한다. 전하는 말에 '神'이라는 자가 이 세상의 모든 것을 만들었다 하니 그렇다면 때려죽일 놈은 그 '神哥놈'일 수밖에 없다. 지금 구보씨가 신문을 보고 '에익 神哥놈' 하고 속으로 중얼거린 것은 이런 까닭에서였다. 구보씨는 '닉슨政府 경악'이라는 글자를 보면서 '공갈' 하고 역시 속으로 중얼거렸다. 공갈이란 말은 아이들이 쓰는 말로 거짓말·엄살,—이런 말이다. 미국 대통령의 보좌관인 무엇이라든가 하는 사람이 지금 북경에 가서 방문 절차를 의논하고 있는 중일 것이었다. 만일 미국이 표결에 승산이 있었다면 그런 거북한 계제에 대통령 특사가 북경에 갈 수 있었겠는가, 하는 생각에서 구보씨는 부지중 그렇게 말한 것이었다. 구보씨의 그 신문에는 이 기사 바로 옆에 '위수·休業令 즉각 撤回案 제출' 新民 '學則補强은 大學自主性 말살'이란 표제의 기사가 나 있다. 위수·휴업령이란 지난 10·15일에 대학 문을 닫고 군대가 대학에 주둔한 것을 말한다. 구보씨는 신문을 접어 저고리 주머니에 넣고 창문 밖을 내다보았다. 차는 앞에서 잘 빠지지 않는 모양인지 가다 말다 한다. 이 많은 차량이 뿜어내는 연기 속에서 그래도 용케들 살아간다고 생각하니 내남없이 대견스러웠다.

약속한 다방에 가보니 김견해는 벌써 와서 기다리고 있었다.
"학교에 나가는 모양이군."
구보씨가 물었다. 휴업하는 동안에도 교직원들은 나온다는 것쯤이야 알 만한 일이지만, 인사 삼아 허두를 뗀 것이다.
"나가야지."
"어떻게 될까?"
"글쎄 야단이군."

"오래갈까?"

"그걸 누가 아나? 그러나 오래 끌 생각이면 이런 과격한 조치는 하지 않겠지."

"그렇긴 한데."

지난여름의 선거가 끝난 후, 대학은 계속 소란했었다. 군사 훈련을 학생들은 안 받겠다 하고 정부는 받아야 한다고 하면서 끈질기게 시위·농성·성토 대회가 벌어져오고 그때마다 경찰이 나가 최루탄을 쏘고 하더니 끝내 학교에 군대가 들어가고 대학 문이 닫히고 만 것이다. 구보씨는 매일 신문에 나는 보도를 안타깝게 읽어왔다. 이 엄청난 삶의 낭비. 이것을 대체 누가 책임진단 말인가. 그것이 안타까웠다. 두 사람은 한참 말없이 앉아 있었다.

"학교에 있기가 괴로워."

이윽고 김견해가 나직하게 말했다.

"학생들은 학생대로 명분이 있고 정부는 또 그대로 명분이 있겠지. 그리고 그 명분대로 행동하고 있으니 아귀가 맞지. 그러나 우리 선생님들이 정말 난처해. 우리 입장은 뭔가, 아무것도 아니잖아?"

"뭐 어떻게 하겠나?"

"글쎄 그게 문제라니깐. 선생들 가운데도 의견이 여러 갈래 있을 테니 그 의견을 분명히 하고 소신대로 행동해서 책임을 진다는 일이겠지."

"그래야 하겠지."

구보씨가 그렇게 말하자 김견해는 히쭉 웃었다. 멋쩍었던 모양이다. 흥분하는 사람을 만류하지는 않고 맞장구를 친 격이 된 것이다. 그건 그렇고, 이런 매듭의 표정이 되면서 김견해는 말했다.
"일 좀 같이 하려나?"
"무슨 일인데."
어느 출판사로부터 문학 전집의 편집을 부탁받았다는 것이다.
"어떤?"
"장편소설인데."
"장편."
"응."
"비슷한 것들이 있지 않아?"
"비슷하지 않게 만들자는 거지."
"작품이 한정돼 있는데 어떻게 안 비슷할 수가 있나."
"아니지. 장편소설인데 종래의 기준 같은 데 사로잡히지 말고 자유롭게 채택하자는 거야."
"자유롭게?"
"그렇지. 대중소설이라고 치부되는 것도 대담하게 넣는다는 거지."
"덮어놓고 대담할 수도 없잖아?"
"그러니까 도와달라는 것 아닌가?"
"먼저 성격을 확실히 해야겠지."
"출판사 얘기는 대중소설이구 뭐구 읽힐 만한 장편소설이면 종래의 기준에 관계없이 한데 묶어보고 싶다는 거야."
"글쎄, 그 읽힐 만하다는 대목이 문제라니깐."

"나도 그렇게 생각하는데, 그 사람들 생각은 아마 『흙』이라든지 『殉愛譜』 같은 걸 말하는 모양이야."

"그렇게 말하면 훨씬 분명해지는군."

"분명해지나?"

"사실주의 소설로서 어느 수준 이상의 것을 택하면 되지 않겠나?"

"사실주의야 물론이지."

"기왕의 문학 전집에서 일부 뽑고, 대중소설이라고 분류돼왔던 것 가운데서 천하지 않은 걸 고르면 되겠군."

"그런 식이 되는 모양인가?"

"말로만 할 게 아니구, 실지로 목록을 만들어보면 더 쉽겠어."

"그렇게 하지. 그럼 나도 뽑아볼 테니깐 며칠 안으로 하나 만들어봐."

"그러지."

김견해 씨는 담배를 꺼내서 피워 물었다.

"어느 출판산지 괜찮은 생각을 냈군."

"응. 이다음에 같이 가보지. 잘하면 좋은 읽을거리가 되지 않겠나?"

"그렇게 묶어보면 문학사를 새롭게 볼 수 있는 계기도 될 수 있지."

"일제 시대에 『흙』이라든지 『濁流』 같은 게 나왔다는 건 아무래도 기적이지."

"응."

"어떻게 보면 예술가로서는 행복한 사람들이야."

"글쎄. 그렇게 말해버릴 수도 없지. 그건 그 후의 우리 소설의 발전을 무시하는 거야."

"무시하지 않더라도 말하자면 그것들에 비할 만한 포괄적인 인정을 받을 작품이 없지 않을까, 그 후에는."

"괜히 문학 전집 하나 맡았다고 너무 보수파가 되지 말어."

"아니지. 자네도 덮어놓고 직업적 위신에만 사로잡힐 게 아니라."

"『흙』이다, 『濁流』다 하는데 그것도 보기 나름이야. 하나는 정치적 멜로드라마구, 하나는 섹스의 멜로드라마지 뭐야."

"그건 과한 말이구."

"뭐가 과해."

"적어도 당대의 사회 문제의 전형을 그렸구 평범한 인간의 비극에 스며든 시대의 그림자를 붙들지 않았나."

"이것 보게. 쉬운 걸 어렵게 푸는 게 과학이구 예술이지, 쉬운 걸 쉽게 푸는 게 아니잖아? 사회 문제구 시대구 하는 것도 시대의 통념을 좇아간다는 데 뜻이 있는 게 아니라 그 통념에다 바늘구멍만 한 흠집이라도 내는 데 의미가 있지. 말하자면 그 소설을 읽고 어떤 인간이 그 시대의 통념보다 단 일 밀리라도 키가 커지는 것 — 그런 교육의 힘이 있어야 한다 이런 말이야."

"『흙』이야말로 그런 작품이 아닌가?"

"뭐가 그런가. 『흙』은 시대의 통념보다 낮은 데 있는 사람을 통념만 한 높이에 끌어올리는 힘밖에 없어. 『濁流』두 그렇지. 시대의 풍속의 수준을 소개한다는 정도지."

"시대의 '통념'이라든지, '수준'이라든지 하는 걸 해석하는 차이에서 의견이 갈리는군."

"어떻게."

"『흙』의 '허숭'이 같은 사람은 시대의 통념에 앞선 사람이라 보는 게 옳지 않을까? 시대의 통념이라면 일제 통치를 기정사실로 보고 그 속에서 입신출세의 처세를 하거나 태곳적대로 인류학적 삶을 이어가는 그런 걸 말한다고 보는 게 온당할 것 같은데."

"답답하군. 자네는 문학의 통념과 생활의 통념을 혼동하고 있어. '허숭'의 입장은 당대의 통념에는 앞선 것이겠지만, 문학의 입장에서는 통념이야. 문학은 '허숭'의 입장을 더 넘어서는 데서 오는 운명을 그리는 것만이 정직한 길이야."

"그러나 당대 한국 사회의 최대공약수가ㅡ"

"최대공약수."

"응. 사회의 공통한 요구를 대변하는 인물을 그린다는 건 소설의 정도가 아닐까?"

"뭐가 정도야? 문학의 눈으로 볼 때는 그 사회의 공통한 요구란 건 부차적이고 우발적인 조건이야. 어떤 소설에 나타난 그 공통한 요구란 건 그 소설의 지층의 중간이나 아래 있는 한 줄기의 층일 뿐이지. 그 아래로 바닥 없이 내려가는 '요구'나 '층'이 있고 그 위로도 끝없이 올라가는 '요구'나 '층'이 있어. '현실' 속에 꿈이 있는 게 아니라 꿈속에 현실이 있어. 현실이냐 꿈이냐 하는 것은 질문이 틀린 거야. 꿈속에는 반드시 현실이 있고 현실의 바깥 테두리에는 반드시 꿈이 있어. 성벽의 밖에 광야가 있고 항구 밖에 바다가 있듯이. 문학에서 '현실'이나 '사회'가 문제 될 때에는 반드시 그런 의미에서 다루어져야 해. '말'이란 건 현실을 넘어서기 위해서 사람이 만들어낸 날개 · 화살, 그런 게 아닌가. 현실의 지평선을 넘어서 화살이 날아가면 거기서 말은 빛이 되지. 어떤 소설이건 현실을 반영했대서 아름다워지지는 않아. 현실이 끝나는 지평선에 어떤 빛, 해돋이나 지는 해가 지평선을 물들이는 것처럼 현실에 어떤 후광後光을 뿜게 했을 때 비로소 '현실'은 운명의 모습을 지니게 된다, 이럴 것 같은데."

"요컨대 '현실'의 해석 나름이야. 난 그 꿈도 '현실' 속에 있다고 보니깐."

"그래그래 끝나지 않을 이야기지."

"그럼, 현실로 돌아가서— 아까 이야기는 해보는 거겠지."

"응, 해보지. 현실 아닌가?"

그들은 비로소 뜻이 맞는 행동—— 웃음을 웃었다.

"참"

하고 김견해 씨가 생각난 듯이 몸을 일으키면서 말했다.

"중공 가입이 결정이 됐더군."

"그래."

구보씨는 주머니에서 신문을 꺼내 탁자 위에 놓았다. 김견해 씨가 그것을 집어서 펼쳐들었다. 그러면서 말했다.

"이런 정도는 꿈이 되나?"

"이광수 수준에서는 꿈이겠지."

"그리고?"

"문학의 꿈은 그보다 더 꿈 같아야 하지."

"그러니까 이런 건 문제가 안 되나?"

"그렇지야 않지. 도대체 예술의 꿈을 얘기하는지, 정치의 꿈을 얘기하는지 묻는 수준을 분명히 해야지. 음악이 중공 가입 때문에 달라질까?"

"안 달라지지."

"음악이라는 예술 속에서는 그렇겠지?"

"소설은 다르지 않은가?"

"다를 게 뭐가 있는가? 소설 속에는 정치의 그림자도 있다는 것뿐이지."

"그렇게 되면 정치뿐이 아니라 생활 모두가 문제가 안 되잖아."

"같은 얘기가 거듭이군. 생활이라는 저항물이 없이는 자기 자신도 존재할 수 없는 어떤 것—그게 소설이지. 이건 생활의 차원에서는 본말 전도지, 그러나 예술론으로서는 그렇게 될 수밖에 없어."

"글쎄 나도 그렇게 생각하고 싶지만 눈앞의 일을 보면 의식에 있어서의 그런 높은 소비 수준을 고집하는 게 겁이 나."

"겁난다?"

바위에 못을 박으면서 한 발씩 디디면서 올라가던 벼랑에 산사태가 일어나면서, 구보씨는 곤두박질하는 마음을 보았다. 흙더미와 바위, 나무가 앞뒤로 바람을 안고 떨어진다. 온갖 것들이, 벼랑의 층을 이루고 있던 온갖 것들이, 그 지층에 파묻혔던 화석들이 부서지고 허물어지면서 무너져내린다. 밤. '禁忌' '달' '砲臺' '城' '阿片' '眞理' '北京' '오랑캐' '……' — 이런 것들이 부딪히고 곤두박질하면서 낙하하는 가운데를 구보씨의 마음도 떨어져간다. 구보씨는 가끔 돌부리라든지 나뭇가지 같은 것을 붙잡으려고 애썼다. '만드는 것'이라든지 '있게 하는 것'을 붙잡으려고 안간힘을 썼다. 겨우 무엇인가 손에 잡히는 기척에 구보씨는 한사코 그것에 매달렸다. 구보씨는 산사태 속에서 그를 구해준 것을 바라보았다. 그것은 구보씨의 손가락에 끼어 있는 담배였다. 구보씨는 그것을 천천히 입에 가져가서 한 모금 빨았다. 그리고 김견해를 바라보았다. 금방 옆에 있다가 갑작스러운 지진으로 땅이 갈라지는 바람에 저쪽 벼랑에 가 서 있는 사람처럼 보였다.

왜 성급하게 이런 지경을 만들어버렸을까. 이게 고쳐야 할 일인데. 대학 선생이고 몇 아이의 아버지이자, 저 나이에 이른 한 사람의 비평가를 몇 마디 말로 신앙 개조라도 시킬 수 있기나 할 것처럼. 김견해는 제가 얻은 일거리를 구보씨에게 나눠주기 위해서 불러낸 것이 아닌가. 구보씨는 속으로 뉘우쳤다. 뉘우침은 이런 말이 되어 나왔다.

"나도 『흙』이나 『濁流』가 나쁘다는 건 아니야."

"뭐 좋다고 하지 않아도 돼. 내가 쓴 것도 아니겠고."

허허허, 하고 그들은 웃었다.

"좋다고 하더라도 좀 다른 이유로 좋다고 말해보고 싶었을 뿐이야."

"아까 얘기는 그렇게 하는 거지?"

"그러지."

"그러구, 아직은 말을 내지 않았으면 좋겠어."

"그러지."

"오늘 어떡하려나?"

"글쎄 술은 좀 이르지?"

"이를 거 있나? 난 오늘은 이걸로 자유니깐."

"들어가지 않아도 되나?"

"그렇다니깐."

"그래? 그러면 어디 가서—"

"아무튼 여기서 나가지."

"그게 좋겠군."

그들은 일어서서 입구에서 돈을 치르고 밖으로 나왔다.

"가만있자."

김견해가 구보씨를 돌아보면서 이렇게 말했다.

"뭐야?"

"누가 없을까? 한 사람쯤."

"누가 말인가?"

"둘이서는 심심할 것 같은데, 한 사람쯤 더 있는 게 좋지 않아."

"이 시간에 누가 있겠어?"

"가만있자."

김견해 씨는 수첩을 꺼내서 뒤적뒤적하더니 이렇게 말했다.

"모르는 사람이면 안 되겠지?"

"모르는 사람?"

"응, 안 되겠군."

김견해 씨는 길 한가운데 멈춰 서서 열심히 수첩을 뒤진다. 그들이 서 있는 자리는 돈화문에서 종로 쪽으로 나오는 길의 가운데쯤 되는 곳이었다.

"없으면 우리끼리 가지 뭐."

"가만있어봐."

김견해는 그래도 수첩을 놓지 않는다. 구보씨는 밝은 날 한길 위에서 가방을 한쪽 겨드랑이에 낀 불편한 자세로 수첩을 뒤적이고 있는 김견해가 문득 중학생처럼 보였다. 그가 찾고 있는 것이 술 마실 친구의 전화번호가 아니고 거기다 끼워둔 통학 버스 회수권인 것처럼 생각이 들었다. 그러자 구보씨도 자기 이마 위에 중학생 모자의 바보같이 길다랗고 번쩍거리는 차양이 스멀스멀 돋아나는 것을 느끼는 것이었다.

"없어?"

구보씨는 김견해 씨의 수첩을 기웃하면서 이렇게 말하는 자기 목소리가 어딘지 여드름기가 있게 들렸다. 구보씨는 김견해와 자기가 갑자기 마술에 걸려서 시간을 뒷걸음질쳐간 듯이 느꼈다. 그리고 두 사람 사이에 벌어졌던 골짜기가 어느새 아물어버리고 그들이 같은 땅 위에 나란히 선 것도 느꼈다. 구보씨는 조심스럽게 노력했다. 아물어 붙은 땅은 그대로 디디고 시간의 마술에서만 빠져나오는 일이었다.

"그만두게. 어디 가서 자리를 잡고 천천히 생각해보지."

"그럴까?"

김견해 씨는 선선히 수첩을 집어넣고 겨드랑에 가방을 편하게 옮겨 들고 구보씨와 나란히 종로 쪽으로 걸어갔다.

제9장
가노라면 있겠지

  11월 하순의 어느 날 아침, 구보씨는 잠결에 어렴풋이 구성진 창(唱) 소리를 들었다. 노랫소리는 점점 높아진다. 구보씨는 끝내 잠에서 깨었다. 노랫소리는 아직도 들리고 있었다. 구보씨의 꿈속에서 들려오는 것이 아니라 그것은 미닫이 밖 안뜰에서 들려오는 것이었다.

    이러들 마오
    이러들 마오
    사람 괄시 그리 마오

  사설과 푸념이 엿가락처럼 끊일 줄 모르는 창 소리는 무엇인가를 간곡히 호소하면서 이런 후렴만을 그중 똑똑히 가려들을 수 있었다.

구보씨는 인제 온전한 깨어 있는 정신으로 이 때 아닌, 곳 아닌 노랫마당의 연고를 가려듣기 위해서 온 조바심을 귀에 모았다. 수월치 않은 몇 분이 지난 끝에 구보씨는 빙그레 웃고, 다음에는 사뭇 놀라움을 감추지 못하는 낯빛을 지었다.

구보씨가 하숙하고 있는 이 옥순네 집은 대지가 매우 넓다. 집이 여러 채 들어앉을 만한 뜰을 가지고 있다. 주택들이 변두리로 번져오기 전부터 사는 토박이라 그때는 흔한 땅에 이만한 뜰을 두른 농가가 별스러웠을 것도 없었겠지만 지금처럼 사방을 새집으로 갇혀버리고 보면, 근처에는 보기 드문 널찍한 뜰을 가진 집이 된 셈이다. 그래서 옥순네는 이 뜰에 배추·호박·무·고추·옥수수·감자·토마토·가지 따위를 심는다. 여름 한 철 깨끗한 채소를 사지 않고 먹는다. 김장 배추도 집의 것을 쓴다. 그러고도 남아서 동네에 팔게 된 모양이다. 옥순 어머니는 더 날랐다 하고, 동네 사람은 덜 날랐다고 하는 모양이다. 지금 창을 하는 게 그 동네 아주머니다. 그만 가져갔으니 그렇다는 것이지 사람을 어떻게 보느냐, 배추 몇 포기 가지고 속인단 말인가 하는 넋두리를 노래로 하고 있는 것이다. 싸움을 노래로 하다니, 그래서 구보씨는 놀랐던 것이다. 하기는 이런 비슷한 일은 처음 당하는 일은 아니었다. 구보씨 어머니, 그들 시어머니 세대의 사람들은 가부간에 말 속에 가락이 섞이는 일이 많다. 이야기가 어느새 한숨이 되고 어느새 사설이 되고, 말꼬리가 판소리 한 대목같이 떨어지는 것이다. 이런 말투는 그들보다 젊은 사람들에게는 이미 없는 버릇이다. 말이 다하면 노래가 나온다는 것은 세대 불문하고 같은 이치다. 다만 그들은 그들의 가락을 가졌지만 우린 아직 그걸 갖지 못했다. 그래서 아무리 잘난 소리를 해도 가슴을 울리지 못한다. 노래가, 말이 노래가 못 돼 있는 까닭이다. 어디 적어둬야지. 구보씨는 머리맡에 흩어진 종이들을 뒤적인다. 어제 저녁에 쓰다가 벌여놓은 채로 잠이 든 원고가 손에 잡힌다. 원고라고 하지만 당장 어디 낼 것은 아니고 생각나는 대로 적어둔 잊음 앝기다.

×일. 갬. '장편소설 전집' 건으로 출판사에 다녀왔다. 생각했던 것보다 수월하게 편집 원칙에 합의를 보았다. 무엇이든 한 가지 기준 아래 모아놓는다는 것은 어렵기는 하지만 그 기준이 전부인 것은 아니라는 점만 이해하면 쉽기도 한 일이다. 서툰 번역소설보다는 훨씬 좋은 읽을거리일 것은 분명하다. 맡은 부분을 몇 책 읽어보고 다시 모이기로 함.

×일. 갬. 남북 적십자 회담이 열리고 벌써 몇 달이 지났는데 주변에서 별로 이렇다 할 관심이 없는 것은 이상한 일이다. 생각하면 할수록 엄청난 일인데도 어딘지 겉도는 느낌이다. 신문이나 잡지에 나는 글이나 보도도 알차지 못하다. 어딘가 먼 데서 일어나는 일을 해설하는 느낌이지, 당하는 일을 느끼는 진지함이 없다. 쓸데없는 일까지 너무 보도되는 바람에 정작 소식다운 소식이 있게 돼도 놀랄 것이 없게 된다는 것일까. 그럴지도 모르겠다. 이리를 보았다는 거짓말을 자꾸 하다가 마지막에는 이리에게 잡아먹힌 아이의 얘기처럼. 그러나 그뿐이 아니다. 이런 큰 정책 결정이 거두절미하고 불쑥 나온 데 까닭이 있을 것 같다. 무엇이 어떻게 되는지 모르겠다는 느

낌이다. 이런 일은 민간 운동의 모습으로 오랫동안 계몽이 된 다음에 이루어지는 것이 바람직한 일이었다. 이치가 안 통하는 세상에서 이치밖에는 할 소리가 없는 신세처럼 처량한 일이 없다. '神哥놈' 네 이놈.

　'地方自治'에 대해 말하는 걸 들으면 슬그머니 우스워진다. '민주주의 학교'니 '민주주의 根幹'이니 한다. 지방 자치가 '학교'라면 우리는 학력이 없는 고학생으로 민주주의 생활에 곧바로 들어왔단 말인가. '근간'이라니, 자치의 뿌리는 좀 약하지만 잎은 무성하단 말인가. 지방 자치를 모르고 살다 보면 이런 망발을 하게 된다. 지방 자치와 민주주의가 따로 있는 게 아니라 민주주의의 운용 원리가 지방 자치다. 기차와 보일러가 따로 있는 것이 아니다. 기차는 보일러로 가는 것이다. 보일러가 불이 꺼졌는데도 기차는 가지 않느냐고? 물론 기차는 소나 말이 끌 수도 있는 것이다. 혹은 사람이. 기차는 기관이 끌고, 달구지는 소가 끌고, 사인교는 머슴이 멘다. 사람이 끄는 기차라는 것은 첫째 보기에 망측하다. 審美的으로 안된 일이다. 樣式의 통일이 없기 때문이다.

　時代의 굴레 밑에서 하는 말도 있고, 시대의 굴레에도 불구하고 할 수 있는 말도 있다. 이것은 갈라서 다루어야 한다. 골이 빈 개화주의자들은 시대를 욕할 때 이 두 가지를 도매금으로 넘겨버린다. 그래서 그들에게는 역사는 늘 어떤 缺落으로만 비친다. 자기만 빼고는.

　루시퍼라는 이름의 墮落天使의 이야기는 가르치는 비가 많다. 惡魔가 별것이 아니라 天使가 타락한 것이 악마라는 이야기다. 善行

까지도 獨占하겠다는 기벽을 가진 사람이 있다. 그때 善行은 이미 善行이 아니다.

자기가 어떤 사람인가를 제일 잘 아는 것은 자기이다. 자기를 아는 사람인가 모르는 사람인가를 알고 있는 것은 남이다.

고기가 많으면 그물이 보이지 않는다.

그물만 짜고 고기를 잡지 않는 사람도 分業 사회에서는 고기잡이꾼이다. 아직도 많은 사람들이 思考에서는 자급자족式 農村에서 살고 싶어 한다.

復興傳道師들은 幻想의 博愛를 하루 종일 고함지른 다음, 밤에는 權力의 만찬에 초대받는다. 朝聞道 夕死可惜이다.

자기가 쓴 글을 다시 보기가 요즈음 구보씨는 두려웠다. 농군처럼 투박한 데, 생선 가시처럼 걸리는 대문, 겁먹은 똥개처럼 눈치 보는 구석, 거지처럼 비럭질하는 심보, 이런 것들이 너무나 잘 보이기 때문이다. 구보씨는 이런 말을 적어넣었다. "말이 노래가 되게 할 것. 후퇴함으로써가 아니라 전진함으로써 그렇게 할 것. 그렇게 해서 글에 점잖음을 줄 것." 그사이 창은 끝나 있었다. 구보씨는 일어나서 잠옷을 벗고 바지를 입은 다음 미닫이를 열고 마루에 나왔다.

"시끄러우셨죠?"

옥순이가 뜰 한가운데서 아직도 발밑에 쌓인 배추 포기 사이를 이쪽으로 건너오면서 구보씨에게 인사를 한다.

"왜 그랬어?"

구보씨는 이렇게 대답하면서 참 일요일이구나 하고 생각했다. 이 시간에 집에 있는 옥순이를 보자 생각난 것이다. 옥순이는 요즈음 학관에 나간다고 신새벽에 집을 나선다.

"배추 때문예요."

"배추가 왜?"

"셈이 맞지 않아서요."

방 안에서 들은 대로였다.

"그런데 웬 노래가 들리던데."

옥순이는 까르르 웃어댔다. 문득 구보씨는 저런 누이가 하나 있었으면 하고 생각한다.

"글쎄 선생님, 들으셨죠?"

"응."

"그렇게 노랠 부르잖아요. 모두 질려서 그만, 하자는 대로 해버렸어요."

아무렴. 노래를 당할라구.

"옛날에는 모두 노래루만 통했을 때가 있었대요."

"언제요?"

"옛날이지."

"무슨 말이나요?"

"무슨 말이냐."

"공갈이다."

"허."

짐짓 상대방의 무지함을 탄식하는 이런 한마디를 던진 다음 구보씨는 조금만 더 그녀와 지분거렸다.

"학교에서 그런 것 안 배웠나?"

"아니요."

"이상한데, 아무튼 그런 때가 있었어요."

"선생님 어떻게 아세요?"

"알지."

"어떻게요?"

"아까 금방 아주머니가 노랠 부르지 않았어?"

"그거야."

"요즈음에도 그런데 옛날에는 더 그랬을 것 아닌가?"

옥순이 어머니가 부엌에서 나오면서,

"그 여편네가 야료를 부리는 바람에 잠을 못 주무셨죠?"
한다.

"그 아주머니 늘 그러십니까?"

"뭐 나쁜 사람은 아닌데. 하긴 그 여편네 셈이 맞는지두 모르겠군요."

"엄마 봐라. 노래 한번 듣더니 야코가 죽었어."

"모르겠다."

쉰 살 안팎인 옥순이 어머니는 나이보다 말투며 행동거지가 더 구식이다. 이북 출신 피난민인 구보씨는 스무 해를 서울서 살고도 순 토박이 서울 사람들 말씨며 몸가짐 같은 데 닿으면 몸이 찌릿한다. 발자크는 '生物的 種'과 마찬가지로 '社會的 種'이라는 게 있다고 했지만, 사실이다. 옥순네 식구도 뚜렷한 '사회적 종'인데 구보씨는 그들이 자기와는 다른 '사회적 종'임을 믿는다. 원래 서울 근처의 농민이다가 서울이 불어나는 바람에 서울 사람이 저절로 되어버린 사람들이다. 그들이 서울에 온 게 아니고 서울이 그들에게 와버린 것이다. 그래서 그들은 아직 농가 사람들이고 말도 구식이다. 옥순이만이 신여성인 셈인데 그녀도 집에 오면 어머니 비슷해진다. 낳기는 많이 낳은 모양인데 다 어려서 잃어버리고 옥순이밖에는 없는 이 단출한 식구가 구보씨에게는 늘 신비해 보인다. 옛날 사람들은 남에게 대단한 관심도 안 가지면서도 인정이란 것은 가지고 있었다. 요즈음 사람은 관심도 없고 인정도 없다. 관심이란 이해관계가 생겼을 때를 말한다. 구보씨는 이해관계로 관심을 가지는 것은 아니고 그의 버릇인 관찰의 결과로 관심을 가지고 있다. 구보씨는 이것을 뿌리 없는 자의 버릇으로 생각한다. 그렇다고 뿌리 없는 삶을 덮어놓고 비관하는 것도 아니다. 어차피 모든 사람이 조만간 아직까지는 조금 달려 있는 것으로 생각하고 있는 흙덩이가 깡그리 말라버리게 된다. 개화기 이래 진행되고 있는 사회 변혁은 그만한 데까지 와 있다. 서울이라는 이 도시에서는 모든 사람이 피난민인 것이다. 구보씨는 그런 뜻으로 '피난민'이라는 것을 생각한다.

언제나처럼 구보씨는 안방에서 아침상과 혼자 마주 앉았다. 상에는 김장 양념과 절인 배추가 올라 있다. 구보씨는 배추 잎사귀에 밥을 싼 위에 양념을 얹어서 한입 가득히 물었다. 그러자 콧마루가 찌잉하고 목이 메면서 눈물이 피잉 돌았다. 구보씨는 낭패한 듯이 오른손을 한 번 허공중에서 흔든 다음 다시 그 손으로 쌈을 받치고 침착하게 쌈을 안에서부터 씹기 시작했다. 쌈이란 것은, 남 보지 않는 데이기만 하다면, 될수록 보따리를 큼지막하게 꾸려야 하는 것은 우리가 익히 아는 바와 같다. 그렇게 하면 으레 목은 메게 마련이고 양념은 코를 찌르게 마련이고 손은 다급하게 놀려지게 마련이다. 이러한 먹음새에는 미상불 그 어떤 운명적인 민족적 가락이 있다. 눈물겹도록 한스러운 느낌이 몸으로 곧장 알아지는 것이다. 슬프기 때문에 우는 것이 아니라 울기 때문에 슬프다는 건 이를 두고 하는 말이다. 구보씨는 미사 때 빵을 얻어먹는 천주교도처럼 옷깃을 여미고 몇 개의 쌈을 먹었다. 천주교도들처럼 제비 새끼들 모양으로 이쁘장하게가 아니라, 눈을 소눈깔처럼 뒤룩뒤룩하면서.

구보씨가 민족의 성체聖體를 흡족하게 받아먹고 안방 문을 열고 나왔을 때 뜰에서 옥순 어머니와 동네 아주머니(아까 그 '창' 하던 아주머니가 아닌) 한 사람과 옥순이, 이렇게 셋이서 절여놓았던 배추를 독에서 꺼내 큰 함지박에 옮기고 있었다.

"오늘 해넣습니다."

옥순 어머니가 이렇게 말한다. 좀 소란스러울 테니 미안하다는 말이었다.

"아 그러세요."

구보씨는 범연하게 그렇게 대답하였다. 옥순이가 절구 곁에서 양념 함지를 들어 마루에 올려놓는다. 그녀가 함지에 손을 댔을 때 얼른 가서 들어주자고, 그렇게 생각하고 있는 사이에 함지는 마루 위로 옮겨져버린 것이다. 그래서 구보씨는 할 수 없이 자기 걸음을 옮겨 방으로 돌아왔다.

구보씨는 자리를 대강 걷어 한쪽에 뭉뚱그려놓고 거기 기대앉아서 식후의 잠깐 쉼을 가졌다. 눈을 감고 다리는 앞으로 뻗은 채. 뜰에서 부인들이 주고받는 소리를 아득히 들으면서. 언제부턴가 밥 먹은 다음에는 대개 이렇게 하는 버릇이 생겼다. 어떨 것이야 없겠지만 작년까지만 해도 없던 버릇이다. 나이를, 삼십 대 중허리에 이른 구보씨로서 이 대목을 나이를 먹었다고 해야 옳을지 안 먹었다고 해야 옳을지 모르겠지만(왜냐하면 기웃하면 건방지게 들리고 자칫하면 처량하게 들리기 때문인데) 먹으면서 전에 없던 버릇이 하나둘 붙어가는 게 보인다. 보인다고 함은 다름이 아니라, 더 젊었을 때는 그때대로 무슨 버릇이 있었으련만 그걸 느끼지는 못하고 지났는데 요즈음에는 하찮은 버릇들이 안경알에 낀 먼지처럼 마음에 걸리는 것이다. 그리고 더 나쁜 일인데 그것들이 무슨 빼지 못할 '儀典' 절차이기나 한 것처럼 시간의 흐름을 거디다 의지하려는 듯한 눈치도 보이려고 한다. 이런 게 다 무슨 뜻인가 구보씨는 말할 것도 없이 그 뜻을 알고 있었다. 그래도 그대로 비스듬히 앉아 있었다. 갑자기 후다닥 앉음새를 고치는 것이 경망스럽다 여긴 모양인가. 그의 마음이. 그런 까닭 없는 고집스러움이 또 무엇인가를 말해주고 있었다.

한참 만에 구보씨는 눈을 뜨고 몸을 일으켜서 머리맡에서 책을 한 권 집어들었다. 그것은 발자크이 『追放者』라는 소설이다. 프랑스의 서울에 망명하고 있는 '단테'의 생활을 쓴 소설이다. 무엇보다도 먼저 여기는 발자크의 인물들의 공통된 특징이 있다. 단테는 신비한 권력 투쟁에 자기 몸을 바친 무쇠 같은 사람으로 그려져 있다. 그러고는 그의 하숙집에서 바라보이는 남의 나라의 도시, 파리의 모습이, 사실 그랬음직하게 그려져 있다. 다음에는 하숙집 내외의 욕심이, 밀고라는 유혹에 갈팡질팡하는 욕심이 있다. 내외는 단테가 프랑스 고위층의 양해 밑에서 망명 생활을 하고 있다는 것을 모른다. 그와 고위층과의 관계는 비치기만 했을 뿐 단테가 자기의 보호자와 만난다든가 그런 장면이 없음에도 불구하고, 프랑스와 이탈리아를 잇는 국제 정치의 복잡한 안팎이 떠오르게 한다. 물론 읽는 사람인 구보씨가 그만한 일을 기왕에 알고 있기 때문에 그런 떠올림이 가능하기는 하다. 단테가 누군가, 이달리아의 당시 사정이 대강 어떠했는가, 유럽의 궁정 외교란 어떤 것인가 하는 따위의 앎이 미리 있어야 할 것은 사실이다. 그런 다음에 이 소설의 작자인 발자크는 단테의 어느 하루를, 그 안팎에 뒷사정을 강하게 암시하는 힘이 있게, 그렇게 그려주고 있다. '단테(작품에서 묘사된)'가 '찌'라면 그 뒤에 있는 국제 정치 세력은 물 밑에 있는 고기(보이지 않는)다. 찌를 잘 봄으로써 고기를 알아차리게 만들어놓은 것이다. 이 소설은 우리 기준으로 하면 중편쯤 되겠는데 매우 많은 시간을 주인공과 함께 보낸 착각이 들게 한다. 이 점이, 이 솜씨가 구보씨에게는 놀라워 보였다. 무엇보다, 하고 구보씨는 생각해본다. 발자크 바로 다음 세대의 작가들만 해도 이런 '大型'급 인물을 다루기를 즐겨하지 않는다. 역사상의 대인물을 보고 오기나 한 것처럼 다루는 것을 쑥스러워한다. 평범한, 순전히 머릿속에서 지어낸 인물을 택하고 이런 인물에게 이번에는 고도로 발달한 인간학적 지식의 해부칼을 사정없이 휘두르기에 이른다. 남는 것은 작가의 '칼 솜씨'뿐이고 그 밑에서 평범한 주인공은 걸레쪽이 된다. 그래서 다소간에 근대 소설의 등장인물들이 받고 있는 주 조명主照明은 야유라는 조명이다. 역사상의 대인물조차도 이 조명을 면치 못한다. 그래서 그들의 유명한 장면의 중요한 '행동'보다도 그 장면에서의 자연인으로서의 하찮은 '동작'에 흥미의 초점을 두는 경박한 유행이 작가들을 사로잡게 된다. 이것은 잘못이다. 발자크 식으로 말하면 사람의 '自然的 種'으로서의 얼굴과 '社會的 種'으로서의 얼굴을 헛갈린 데서 비롯하는 잘못이다. 어떤 대인물이든 그의 생물학적인 소속은 평범인과 다름이 없다. 그러나 그가 대인물인 것은 그가 중요한 사회적 몫을 맡았기 때문이다. 사회적 몫이란, 어떤 사람의 생물학적 동작이 다른 사람의 그것보다 많은 사람의 운명에 영향을 주게 되는 것을 뜻한다. 인간을 개인주의적인 인간학의 집합으로 분해함으로써 근대 문학은 사회라는 '集團'을 굽어볼 수 있는 관측 지점을 잃어버린 것이다. 소설에 나오는 사람이 저마다는 세밀화처럼 꼼꼼하게 계산되고 밝혀져 있는데도 그것들을 다 모아봐야 사회라는 괴물은 조금도 해명이 안 되는 것이다. 이것은 아마 유럽의 근대 부르주아들이 신흥 계급다운 환상의 평등 — 너나 나나 다를 것 없고 너는 운수가 좋았을 뿐이라는 자위에 속은 데서 온 결과다. 그야 팔자가 갈라지는 대목까지는 운수 놀음이지만 갈라진 다음부터는 현실 놀음이다. 이런 버릇을 20세기 유럽 작가들도 아직 벗지 못해서, 권력의 구조에 대해서 '빈정거림'이라는 연필칼질밖에는 못 하게 하고 있다. 그리고 후진국의 골이 빈 비평가들은 그것을 리얼리즘이네 뭐네 하고 있다. 그들은 정치권력이 자기 민족 안에서 이루어지는 것을 못 보고 자랐기 때문에 나면서부터의 정치 음치들이다. 그것을 메울 상상력, 골도 없다. 골속에는 잡탕 쓰레기 지식과 욕심과 시샘만이 가득 차 있다. 단테나 스위프트나 볼테르는 그들에게는 '문학적으로는 미숙한' 아마추어다. ××× ×××다(라고 구보씨는 어느 상스러운 친구의 흉내를 낼 뻔했다). 발자크는 아직 그런 병에 걸리지 않은 시대에 산 사람이었다. 그는 대인물을 장기 말처럼 움직여서 원근법이 있는 사회를 그렸다. 이런 모든 것이 구보씨는 부러웠다. 그럼 너는 왜 못 하는가 그렇게 묻는 놈은 바보가 아니면 나쁜 놈이다. 이런 생각을 해가면서 구보씨는 이 중편소설을 다 읽었다.

  11시쯤 해서 구보씨는 집을 나섰다. 오늘 그의 후배 시인 한 사람이 결혼하는 날이다. 그래 결혼식장에 가는 길이다. 1971년 겨울 현재의 서울은 괴상한 도시다. 자동차가 많은 것까지는 아무튼 상관할 게 없는데 그 많은 차에서 내뿜는 연기가 살인적이다. 공기는 눈에 보이지 않지만 연기는 보인다. 자동차에 쓰이는 기름이 나빠서 그런지(아마 그럴 게다. 밀가루를 우유라 속여 팔고 페니실린이라 속여 파는 도시에서), 아니면 차가 낡아서 채 기름을 태우지 못해 그런지(아마 그럴 게다. 이건 차가 아니라 탱크 굴러가는 소리들을 내고 달리니까), 아니면 차가 설령 낡지 않고, 기름이 온전하다 하더라도 이만한 넓이에 이만한 차가 달리면 으레 이렇게 되는

지 까닭이야 어찌 됐건, 자동차들이 뿜어대는 연기 때문에 공기가 더럽기가 이루 말할 수 없다. 요즈음에는 웬만큼 사는 사람들은 집에다 공기 거르는 기계를 달아놓게끔 되었다. 그러지 못하는 사람이 대부분이고 보면 여전히 끔찍한 일이다. 발이 편하자고 숨통을 망가뜨리면서 사는 것이다. 발이 부르터서 죽는단 소리는 못 들어봤으니 발을 위하느라, 이 구정물 공기를 마시고 살아야 하는 삶이 가련하다. 핵폭탄을 어디선가에서 터뜨릴 때마다 아우성이라는 외국 소식(여기서는 아우성치는 사람도 없다)이지만, 이렇게 가둬놓고 자동차 연기를 쏘아대는 판이 그만 못할 게 있으랴. 여기서 안 살자니 안 살 도리가 없다. 이 나라의 돈이 모두 한 곳에 모였는데 이 언저리를 떠나지 말아야 입에 풀칠이나마 할 게 아닌가. 구보씨도 그런 사람 가운데 하나이므로 거리에 나올 때마다 한 번씩은 이런 생각을 한다. 그러나 일을 보다 보면 어느새 커피 맛이 어떻다는 둥 막걸리로 하겠느냐 소주로 하겠느냐는 둥, 흙탕물에서 흙탕물을 가려내는 따위 소리를 하게 된다. 그런데 오늘은 일요일이다. 일요일에 사람들은 어디론가 놀러 가거나 하는 모양이어서 거리는 한결 다닐 만하다. 자동차도 따라서 덜 다니는 탓으로 공기도 좋다. 상점도 문을 닫은 데가 많다. 보통날 같으면 사람이 빼곡 차서 다니는 버스도 앉아서 갈 수 있다. 구보씨는 버스를 타고 가면서 과연 이렇게 살아서 옳을 것인지 불안하기만 하다. 서울서 빠져나가는 무슨 방도가 없을지. 근래에 자주 떠오르는 일인데 언제나 궁리가 닿지 않기는 그저 마찬가지다. 빠져나가서 머고살 길이 전혀 없는 것이다. 좋은 공기만 마시고 못 살기는 꿈만

먹고 살 수 없음과 마찬가지다. 세상에는 꼭 있어야 하는 것인데도 그것만 먹고는 못 사는 것들이 있다. 공기 · 물 · 꿈 · 사랑 따위.

결혼하는 시인의 결혼식장은 그의 집이었다. 홀어머니를 모시고 사는 이 시인은 어느 국영 회사에 다니는 사람이다. 도시의 소음과 연기에 병들면서도 도시를 떠나지 못하는 새, 철새의 버릇을 배우지 못하는 새가 자주 나오는 이 시인의 시를 구보씨는 좋아한다. 바보 같은 새지만 약한 새이기도 하다. 그래 구보씨는 이 새가 좋고 그 시인이 좋았다. 요즈음 그의 새는 어떤 불길한 그림자, 죽음에의 그리움 같은 그늘을 띠어가는 것이 꽤 주의해서 읽어오는 독자인 구보씨로는 알 수 있다. 그러나 시인 당자는 언제 보아도 점잖고 가끔 우스개도 시원하게 하는 사람이요, 요즈음도 그랬다. 노래 속에서의 삶과 실지의 삶을 갈라서 다룰 줄 아는 사람임에 분명하였다. 언제까지나 갈라져 있기를.

한옥만 여러 줄 들어선 그의 집 근처에 오자 문간에서 사람들이 웅성거리는 것이 보였다. 그는 걸음을 다그쳐서 그리로 걸어갔다.

대문 안에 들어서자 그는 소매를 붙잡혔다. 평론가 김공론이었다.

"왔군."

"올 줄 알았지."

그들은 장바닥에서 만난 한동네 친구처럼 반갑게 손을 잡아 흔들었다.

"시간이 됐지?"

"아직 좀."

더 있어야 시작할 모양이라고 김공론이 알려주었다. 꽤 넓은 대청마루에 병풍이 둘러쳐지고 상이 차려져 있다. 문이 열린 방마다 사람들이 들어차서 혹은 앉고 서성거린다. 김공론 씨는 대문간 행랑채 같은 방 툇마루에 앉아 있다가 구보씨를 보고 일어섰던 것이다. 손님들은 친척이며 일터 쪽에서 많은지 구보씨가 아는 글쟁이는 보이지 않았다. 그러자 김공론 씨가 더 반가워 보였다. 그렇지 않아도, 어떤 때 동업자란 건 마누라보다도 애인보다도 좋은 법이므로 구보씨는 진정 반가웠다.

"좀 나갔다 올까?"

김공론 씨가 말했다.

"그럴까?"

안을 한 번 기웃해 보면서 이렇게 대꾸한 구보씨는 김공론 씨를 따라 한길로 나왔다. 김공론 씨가 돌아보면서 말했다.

"그 친구 생각 잘했군."

"응?"

"잔칫집 같은데."

"아."

아마도 거리의 예식장에서 하는 방식에 대해서는 사람마다 마뜩잖아 하면서도 별수 없이 그렇게 하는 모양이다. 그래 좀 유별나게 하는 예가 있으면 남의 일일망정 괜히 대견스러워진다.

그들은 대문간에서 조금 떨어져서 마주 섰다. 여기는 한길에서 들어온 골목인데 서울의 골목 평균치고는 한길이나 다름없이 훤하니 넓다.

"그래 좀 읽어봤나?"

"어, 좀."

그 문학 전집 얘기였다. 구보씨가 맡은 몫의 소설을 좀 읽어봤느냐 하는 얘기였다. 개중에 읽은 것도 있지만 대강이라도 다시 훑어봐야 할 일이었다. 사실은 읽지 못했다. 오늘 아침만 해도 구보씨는 다른 소설을 읽었던 것이다. 심지어 급한 원고를 쓸 때에도 구보씨는 이것저것 다른 책들을 읽는 버릇이 있었다. 급한 일을 해버리고 읽으면 좋으련만 놀이를 먼저 하고 숙제를 나중 하는 조무래기들 식이 늘 되고 마는 것이다. 지금 김공론 씨의 물음을 받고 구보씨는 방학 숙제의 진행도를 질문받은 학생 모양 어물어물 넘겼다.

김공론 씨는 그 얘기는 더 묻지 않고,

"그런데 이봐"

하고 은근하게 불러놓고는 이런 말을 꺼냈다.

"자네 그런 말 들었나?"

"무슨 말?"

"서울을 옮긴다는 얘기 말야."

"서울을 옮겨?"

구보씨는 가슴이 철렁했다.

"못 들었나?"

"전에두 비슷한 얘기가 돌던 것 같은데."

"아니 요즈음 말이야."

"또 그런 말이 있나?"

"응."

"웬 소린가?"

"글쎄 뭐가 잦으면 어떻다구."

"글쎄."

구보씨는 마치 그 문제가 자기 하기에나 달린 듯이 생각에 잠겼다.

"전략상으로는 있을 수 있는 일이지."

"전략상?"

"한 나라의 자원을 서울 한 곳에 몰아놓고 군사적으로는 무방비 상태로 놔두고 있다는 게 생각하면 끔찍하지 않나?"

"무방비라니? 수도경비사령분가 하는 게 있지 않나?"

"이 사람이. 그거야 무장 공비 기습이나 그런 데 쓰일 군사력은 될지 모르지만 어디 전쟁에 완전하달 수가 있겠나?"

"그렇기는 한 것 같은데. 그렇다고 큰 문제 아닌가. 서울을 옮긴다는 건."

"더 큰 문제가 있으면 할 수 없지."

"큰일인데."

"암 큰일이지."

구보씨에게 겁이나 주려는 듯이 김공론 씨는 괜히 단호한 투로 나온다.

"서울을 옮긴다는 건 심리적으로 큰일이 아닌가?"

"그야 그렇지만 명분보다 실리란 말이 있지 않나?"

"심리라는 게 왜 명분뿐인가. 심리전이란 것도 있지 않아?"

"글쎄 말이야."

김공론 씨는 갑자기 수그러진다.

"게다가 요즈음 해빙 기운이 비쳐가는 땐데"

하고 구보씨가 밀어본다.

"해빙인지 뭔지 알 게 뭔가."

"적십자 회담도 그렇고, 주변 사정도."

"주변이라니?"

"미국과 중공이 잘해보자는 모양 아니야?"

"그게 위험하다는 의견도 있더군."

"왜 그런가?"

"미국이 빠져나가는 것 아닌가?"

"흠."

"6·25 직전에 애치슨인가 그 미국 국무장관이 하던 식으로."

"닉슨 독트린이 그 식이라."

"알겠나 마는 닮은 데가 있고 또—"

"또 그때도 전쟁 나기 직전에 남북 협상이다 어쩐다 하지 않았나?"

"흠. 한말의 사정과 흡사하게 국제 정세가 돌아간다는 말이 있더니 멀리 갈 거 없이 6·25 직전과 방불하다 이 말인가?"

"미치겠어."

푹 고꾸라지듯이 김공론이 뱉었다.

"맙소사 또 치러?"

구보씨가 발버둥 치듯이 말했다.

"게다가."

김공론 씨가 또 무슨 말을 할까 구보씨가 잔뜩 겁먹은 눈으로 그의 입을 쳐다본다.

"게다가?"

"월남전이 멎으면 어디서 또 터져야 할 거 아니야?"

"터져?"

구보씨는 모깃소리만 하게, 그러나 모기가 외마디 소리를 지르면 그렇게 지르리라 싶은 그런 소리를 냈다.

"터져야지."

퉁명스레 김공론 씨가 선언했다.

"왜 우리가 터져야 하나?"

"그거야 우리 사정이지."

"우리 사정이라니. 터지는 건 우린데. 우리가 왜 터져야 하는가 말이야."

"그동안 많이 쉬었잖아?"

"쉬다니?"

"그래 안 쉬었나? 스무 해 가까이 평화 속에 지낸 일이 어쩐지 송구스럽잖아?"

"에익."

구보씨는 어떤 노여움이 눈앞이 캄캄해지도록 솟구침을 느끼면서 팔을 내저었다. 어허허허 하는 웃음소리에 구보씨는 정신을 수습했다. 김공론 씨는 허탈한 웃음을 그치고 어루만지듯이 말했다.

"하기야 누가 알겠나?"

"누가라니?"

"앞일을 누가 아느냐 말이야."

"그런데 어디선가 늘 전쟁이 있어야 한다는 원칙은 없잖은가."

"그런데 그게 원칙이라는군."

"원칙이라니?"

"큰 전쟁이 없기 위해서는 작은 전쟁이 있어야 한다는 거야."

"왜 그런가?"

"늘 적과의 접촉을 유지해야만 적의 속셈을 알 수 있다는 거지."

"접촉?"

"응. 권투 선수들이 서로 주먹을 낯대고 빙빙 돌아가는 거 있지 않은가."

"우리가 그 주먹이란 말이군."

"그런 셈이지."

"괘씸한 얘기군."

"군사 평론가 친구가 있는데 그 사람 얘기야."

"서울 옮기는 얘기도?"

"아니, 그건 여기저기서 들리잖아?"

그들은 말을 끊고 담배만 빨았다.

구보씨는 지금 나이대로 세월이 거꾸로 흘러서 이십 년 전에 어느 날 서울에 와서 서 있는 것처럼 느꼈다. 그러자 6·25 전야의 그때 지금 자기 나이의 사람들의 심정이 몸으로 느껴졌다. 이 땅에 사는 사람들이 주기적으로 겪어온 큰 난리들. 그런 난리들이 쌓인 것이 이 땅의 역사였다는 것도 느꼈다. 사람이 나이를 먹는다는 것은, 자기 상황과 같은 모양의 상황에 있었던 지난 세월을 산 자기 나이 또래의 사람을 몸으로 느낀다는 그런 방식에 의하는 것이구나. 이렇게 들어찬 새 건물을 놓아두고 서울을 옮긴다든지 그런 것들을 막 때려 부수는 전쟁이 시작된다든지, 그런 일을 그 속에서 사는 사람이 떠올리기는 어려운 일이었다. 사람이 자기 죽음을 실감할 수 없듯이 한 시대의 죽음을 예감하기도 어렵다. 그러나 어떤 시대건 그 시대 사람으로 보면 아깝고 귀한 세간살이며, 세월이며, 사람이며 하는 것을 가졌고 그것들이 풍비박산이 되는 것을 보았던 것이 아닌가. 남에게 일어난 일이 자기에게도 일어날 수 있다는 것은 참으로 두려운 일이었다. 서울을 떠나고 싶다는 생각을 방금까지 한 구보씨가 이런 생각을 한다는 것은 우스운 일이었다. 구보씨가 엄살을 부리는 증거가 여기 있다고 해야 할지, 생활의 지옥은 그래도 생활이지만 전쟁은 생활의 끝장이라는 것으로 이해해야 할지 아무튼 구보씨에게는 그 어느 쪽 마음도 에누리 없는 자기 마음이었다. 구보씨는 갑자기 자기며 김공론이며가 서 있는 이 거리가 꿈속에 벌여놓은 무대 장치 같고, 꿈속에 나오는 자기 아닌 자기, 김공론 씨 아닌 김공론 씨, 그러면서 진짜 자기나 진짜 김공론 씨가 따로 있는 것은 아니지만 지금 김공론 씨는 그래도 실물은 아니고 그림자일 뿐인 그런 거리에 서 있는 자기를 본다. 꿈결처럼 웅성거림이 들려온다. 저게 다 웬 소린구. 꿈결 같은 김공론 씨가 눈을 꺼벅거리면서 마주 쳐다본다. 웅성거림은 멎지 않는다. 두 사람은 그쪽을 보았다. 인제야 예식이 시작되는 모양이었다. 두 사람은 그쪽으로 걸어갔다. 대문을 들어서니 방에 있는 사람, 대청에 선 사람, 뜰에 있는 사람들이 모두 한곳을 보고 서 있다. 신랑 신부는 뜰 가운데 서 있다. 구보씨와 김공론 씨는 사람들 뒤에서 식을 바라보았다. 기러기를 든 사람이 있다. 구보씨는 문득 시인이 즐겨 자기 작품 속에 떠올리는 새에 생각이 미쳤다. 기러기는 노래의 하늘로 슬그머니 날아들어오는 것이었다. 안 된다. 구보씨는 속으로 중얼거렸다. 네가 날아다닐 하늘은 다른 하늘이다. 너는 다른 노래의 하늘을 가야 하는 새가 아닌가. 시인이 만들어낸 그 어둠의 하늘 가까이 오지 말라. 새는 어느새 한 대의 폭격기가 되어 있는 것이 아닌가. 기러기는 몸속에 수없이 많은 콩 알을 가지고 있다. 그는 그것을 입으로 쏟아낸다. 하늘을 덮으며 쏟아져내리는 폭탄. 구보씨는 고사포로 비행기를 쏜다. 비행기는 견디다 못해 새가 된다. 돌아가라. 네 집으로 돌아가라. 구보씨는 고사포를 겨누면서 소리 지른다. 새는 견디다 못해 어느 집 뜰로 내려앉는다. 나무 기러기는 신랑 신부를 따라 마루에 올라간다.

"훠어이."

닭 한 마리가 후다닥 날아오르며 사람들은 떨어져내려오는 깃털 아래에서 입을 벌리고 웃는다.

결혼식 집에서 나온 구보씨와 김공론 씨는 큰길까지 나와서 다방에 들어갔다. 두 사람은 신랑에 대한 얘기를 잠깐 하고, 다음에는 이런저런 얘기를 했다. 아무도 아까 화제를 다시 끄집어내는 사람은 없었다. 그러고 있으면 그들의 시간은 여전히 별일 없이 흘러가는 그저 오늘이 어제 같은 보통 나날의 그 시간이었다. 이윽고 그들은 유쾌해지기까지 했다. 공일날 이렇게 별 탈 없이 만나서 같이 지낼 수 있다는 것은 틀림없이 좋은 일이었다. 그들은 택시를 타고 관훈동으로 가서 헌책방에 들러보았다. 서울이라는 도시는 이상도 하다. 자동차 많은 폭만큼이나 음식점도 많고, 술집도 많고, 학교도 많건만 책방은 그렇지 못하다. 이만한 사람이 사는 곳에 헌책방은 모두 해서 이 언저리에 있는 이것뿐이다. 동대문에 몇 집. 청계천에 몇 집. 그나마 청계천에 있는 것은 교과서뿐이다. 동대문 책방은 길이 넓어지면서 헐린 집이 많고, 그 안쪽에 있는 책방은 날치기 책방들이다. 해적판 엉터리 책들이다.

이런 푸념도 철없는 얘기다 하고 문득 구보씨의 속에서 어떤 소리가 들렸다. 구보씨는 섬뜩했다. 그렇다면 무슨 일이건 손에 잡을 수 없지 않은가. 그는 짜증스럽게 되물었다.

"어디서 점심을 먹어야 하겠지?"

마지막 책방에서 나오면서 구보씨가 말했다.

"그러지."

"뭘 먹을까?"

"자네 좋을 대로."

"가면서 보지."

그들은 돈화문 네거리 쪽으로 나가지 않고 오던 길을 돌아서서 걸어갔다. 조금 걸어내려오다가 김공론 씨가 어떤 가게 앞에서 걸음을 멈추고 진열장을 들여다본다. 구보씨두 따라서 들여디보니 그 속에는 양팔 길이가 족히 될 거북선 모형이 놓여 있다.

"잘 만들었군."

김공론 씨가 사뭇 신기한 양 말했다.

"재미있군."

구보씨도 말했다. 사실이었다. 모형은 소나무로 만들었는데 하나도 빼놓지 않고 온전히 만들려고 한 모양이었다. 놋구멍마다 노가 내밀고, 총구멍에서 대포가 내밀고, 맨 꼭대기 철갑에는 송곳이 촘촘히 박혔다. 철갑이 양철이 아니라 부은 쇠같이 보이는 게 실팍졌다.

"근사하지."

김공론 씨가 저의 아버지 손재간이기나 하듯이 자랑했다.

"응 얼마나 할까?"

"살려구?"

"얼마나 하는지."

구보씨와 김공론 씨는 가게 안을 들여다보았다. 진열장 저편에 안경을 쓴 남자가 희끗희끗한 머리를 수그리고 노를 깎고 앉아 있다.

"값을 매겨놓으면 좋은데."

"안 파는 건지도 몰라."

"왜?"

"가게 장식으로 내놓은 건지 알아?"

"응?"

가게 안에는 이 골목 여느 집들 모양으로 골동 그릇이며 쇠붙이들이 벌여 있었다.

"이건 골동은 아니니깐?"
구보씨가 의견을 말했다.
"암."
김공론 씨가 우리 아버지 건데 하는 투로 대답했다. 히히히, 하고 구보씨가 웃었다. 주인이 수그렸던 낯을 들어 돋보기 너머로 그들을 바라보았다. 그들은 찔끔해서 웃음을 거두고 주인을 바라보았다. 주인의 인상은 이런 장사하는 사람들에게 흔히 있는 괜히 퉁명스럽고 화난 듯한 그런 인상이 아니었다. 시골 국민학교의 교장 선생 같은 얼굴이었다. 두 사람은 교장 선생 방을 몰래 엿보다 들킨 개구쟁이들처럼 어물어물했다. 그때 돋보기 너머의 두 눈이 웃었다. 구보씨의 등줄기를 무엇인가 스르르 지나갔다. 그것은 아침에 김치쌈을 먹던 때의 그 목멤이 등줄기로 간 것 같은 기분이었다.
"가만."
김공론 씨가 주춤주춤하더니 유리문에 손을 댔다.
"왜?"
구보씨가 물었다.
공론 씨는 대꾸도 않고 문을 드륵 열고 가게 안으로 들어선다. 구보씨는 따라 들어가는 것도 아니고 안 들어가는 것도 아닌 엉거주춤한 몸가짐으로 들어가는 공론 씨의 등에 코끝만 딸려 붙였다.
"이거 잘 만드셨습니다."
돋보기 영감은 얼굴을 들었다. 그러고는 가만 있었다.
"얼마 합니까."
영감은 깎던 노를, 조각틀이 그 위에 놓인 유리 판자 위에 놓으면서 비로소 대꾸했다.

"아직 값을 정하지 못했습니다."

"덜 되었습니까?"

"네."

"아 그래요."

공론 씨는 인사를 하고 가게를 나왔다.

"사고 싶어서 그러나?"

아까 서울이 이사를 가고, 난리가 날 것 같다고 하던 사람인데 하고 구보씨는 우스워졌다.

"그런 것도 아닌데."

"괜히 그래본 건가?"

"괜히도 아니고."

김공론 씨는 씨익 웃었다.

구보씨는 아직 값을 매기지 않은 일이 다행스러웠다. 소설 같은 것과는 달라서 미술품이란 건 작자가 만든 물건을 손에서 놓게 된다. 그래 이런 말이 나간다.

"미술가란 건 확실히 문학자나 음악가하곤 달라."

"왜."

돌아보면서 김공론 씨.

"만든 걸 남에게 줘야 하지 않아?"

"흠."

"그 점이 다르지, 그렇잖아?"

"그렇군그래."

"대단한 일 아닌가?"
"지형까지 줘버리는 셈이니깐."
"지형?"
"출판으로 치면 말이야."
"지형하고 댈 건가?"
"댈 수 없지."
"전혀 다르지."
"흠."
"안 그래?"
"흐르는 물에 소설을 쓰는 식인가?"
"그래그래. 그런 격이지."
"허무한 일이군."
"제 손에서 아주 떠나버리니깐."
"에누리 없지."
"자식 낳는 것과 같군."
"자식."
"분명히 제가 낳았는데 제 손에서 그처럼 분명히 떠나는 것도 없잖은가 말이야."
"자식이란 게 그렇군."
"그렇다니깐."
"허무한 일이군."
"남이 남을 낳는 이 뭇 행함우—"
"대저 무엇이뇨."

"무엇이뇨."

"우리 세대는 그런 느낌을 표현할 양식을 갖지 못했지."

"교회 말인가?"

"교회?"

"그 말 아닌가?"

"그 말이지. 난 불교를 염두에 두고 하는 말이야."

"그 대신 우리 세대는 또 옛사람들이 갖지 못한 걸 갖지 않았나?"

"무슨 달 로켓 같은 것 말인가?"

"응 그런 — 과학이지, 말하자면."

"'과학'도 '諸行無常'도 함께 가지면 안 되나?"

"그거야."

"누구한테 미안한가?"

"그게 쉬운가?"

"쉽고 어렵고가 아니라, 있는 것은 있는 것대로 치부해야지."

"흠, 그야 그렇지. 만일 그렇다면 생활 속에서 사람들은 그런 슬기를 날마다 활용하고 있을 게 아닌가?"

"종교 감정이라는 슬기를 말이지?"

"안 그럴까?"

"그거 그게 뭐야? 종교를 암시장에서 밀수품 거래하듯 할 게 뭔가?"

"어떡하면 좋겠나?"

"우린 뭔가 속이고 살고 있다는 것이지."

"속인다?"

"개화 이래 말이야?"

"그게 종교란 말인가?"

"종교라고 하면 얘기가 발목을 잡히기 쉽고 — 말하자면 종교란 이름으로 근사적으로 불리던 어떤 것 — 말이야."

"그게 종교지 뭐야."

"아니. 과학이나 예술이 최종적으로 그것에 의지하고 있는 어떤 '均衡感覺' 같은 거 말이야. 그게 없으면 부분적으로 아무리 놀랍더라도 그 문화가 야만일 수밖에 없는 어떤 것."

"뭐 찬성해도 좋은 말이야."

두 사람은 여기서 얘기를 그쳤다.

구보씨는 갑자기 시장기를 느꼈다.

"이리로."

김공론 씨가 오른쪽 골목으로 들어선다. 관훈동 거리에서 종로 쪽으로 빠지는 길이다. 곱상하게 단청을 입힌 한옥들이 뒷자태로 돌아앉아들 있는 골목이다. 가끔 무슨 '莊' 무슨 '園' 하는 간판이 눈에 띈다. 한 상에 몇만 원씩 하는 술자리가 벌어진다는 그런 집들일 것이었다.

"어디야?"

구보씨가 물었다.

공론 씨가 천천히 대답했다.

"가노라면 있겠지."

제10장
갈대의 四季

　1971년 12월 중순에 월남 피난민이자 홀아비 소설노동자인 구보씨는 그가 하숙하고 있는 옥순이네 집 아래채에서 콧물감기를 한창 앓고 있었다. 며칠 전부터 콧속이 간질간질하고 등골 언저리가 오슬오슬하더니 급기야 재채기가 터져나오고 마지막으로 콧물이 주르르 흘러나오고 말던 것이다. 이즈음 감기약이라면 코사빌·판토 같은 것에서부터 전통적인 아스피린 같은 것까지 가지각색이다. 그런데 구보씨는 이런 약 모두를 믿지 않는다. 감기 고뿔이면 파 뿌리나 달여 먹고 잠이나 푹 자는 것 말고는 별도리가 없다는 생각을 가지고 있을뿐더러 과연 그러한 약이 얼마나 정성 들여 만들어진 것인지 알 수 없기 때문이다. 그보다 더한 약도 가짜가 넘치고, 가끔 그런 약이 말썽이 되어 신문에 나곤 하는 것을 보면 알 수 있다. 항생제라든지, 예방 주사·피임제·진통제 같은 것이 몸에 해롭다는 것은 알려진 일인데 그래도 쓰이고 있다. 약이란 것이 처음 만들어진 동안은 일종의 실험 기간 같은 것으로 쓰이는 것은 어쩔 수 없겠지만 만에 하나 재수 없으면 큰 화를 입게 된다. 한약과 달라서 양약은 사람을 들쑤시고 못살게 군다.

　양약은 좋은 의사와 감시 밑에서 쓰면 물론 한약보다 나은 약이다. 그러나 환자가 약가게에서 아무렇게나 사 먹는다는 경우에는 무책임할 수밖에 없는 약이다. 구보씨의 친구인 시인 한석봉 씨는 그런데 이와 다른 인생관을 가지고 있다. 파는 약은 어차피 들어도 그만 안 들어도 그만인 약인 대신에 해가 있어도 대단한 것은 못 된다는 이야기다. 그래서 그는 덮어놓고 어디가 좀 불편하기만 하면 아무 약이고 사 먹는다. 아픈 걸 참으면서 살 필요가 없다는 것이다. 술 마시기 전에도 그는 무엇인가 입속에 털어넣는다. 술 마시고도 또 먹는다. 뱃살이 좀 거북하다고 무슨 '水'를 마신다. 머리가 흐리터분하면 두통약을 먹는다. 한석봉 씨는 세상을 그렇게 믿는 것이다. 구보씨는 그러한 한석봉 씨를 볼 적마다 바로 이런 위대한 사랑을 지닌 사람들에 의해서 세상은 끊어짐 없이 이어져나가는구나 하는 마음이 든다. 그런데도 구보씨는 그렇게 하지 못한다. 구보씨는 음식집에서 남이 쓰던 수저로 밥을 먹는 것이 견딜 수가 없어서 한때 밖에서는 아무것도 먹지 않은 적이 있다. 구보씨는 그러한 상태에서 빠져나오기는 했는데 그 방법은 이러하였다. 첫째는 피난 시절 생각을 되새겨보는 일이었다. 그러자 구보씨는 덮어놓고 부끄러웠다. 그리고 수저를 같이 쓰는 것을 꺼리는 자기가 싫어졌다. 자기가 싫어진다는 것은 제일 나쁜 징조이기 때문에 구보씨는 얼른 고집을 버리기로 했다. 둘째번 까닭은 또 이렇다. 서울에 살면서 대부분 사람은 넓은 도시에서 숱한 사람과 함께 사는 걸로 알고 있는데 실은 허황한 느낌에 지나지 않는다. 실지로 관계하는 사람은 얼마 되지 않는다. 자기 직업을 중심한 몇 사람들하고 어울려 사는 것뿐이다. 그 밖의 사람은 모두 다시 두 번은 안 볼 사람들뿐이다. 이것이 가령 대구나 부산만 해도 서울보다야 낫겠지만, 광주나 마산만 하더라도 한 십 년 붙박여 살면 웬만한 사람은 알게 마련이다. 미국 사람들이 말하는 지역 사회란 것은 그만한 규모에서 자연스러울 수 있다. 그러나 서울에서는 아무래도 모두 남일 수밖에 없다. 그런데 음식집에서 숟가락을 같이 쓴다는 사실로 해서 얼굴은 모르면서도 얼마나 많은 사람들이 숟가락 동창생이 되어 있을 것인가. 이를테면 숟가락 공동체에 참여하고 있는 것이 된다. 범죄라든지 무법자라든지 하는 것을 지극히 싫어하는 소시민인 구보씨는 이와 같은 삶의 공동체에 귀속한다는 일을 높이 생각한다. 그래서 구보씨는 숟가락 콤플렉스에서 벗어날 수 있었던 것이다. 이런 생각을 하면서 또 코를 풀고 있을 때였다.

"약 사왔습니다."

문밖에서 옥순 어머니 목소리가 들렸다. 구보씨는 자리에 반쯤 일어나 앉으면서 네, 하고 대답했다.

문이 열리고 옥순이 어머니가 들고 온 약봉지를 방 안에 들여놓는다.

"아, 이거"

하고 구보씨가 말하였다.

"잡수시면 나을 거라구 하더군요."

구보씨는 약봉지를 집어들면서,

"뭐 하루쯤 누워 있으면 될 건데요."

이렇게 말하였다.

"요즈음 고뿔은 가만두면 못써요."

이것이 옥순 어머니 말이다.

"고맙습니다."

"세 번에 나누어서, 순서대로 드시라는군요."

"네."

문이 닫히고 앞치마에 손을 감싸면서 돌아서는 옥순 어머니의 모습이, 일부는 닫힌 문 언저리에, 나머지 일부는 구보씨의 망막에 순간적인 잔상殘像으로 남았다.

구보씨는 약봉지를 손에 든 채 뜻 없이 한참 바라보다가 속에 든 것을 꺼냈다. 약 세 봉지가 들었는데, 1, 2, 3, 이렇게 봉지에 숫자가 적혀 있다. 그 차례대로 먹으라는 모양이다. 구보씨는 1이라 적힌 봉지를 풀어보았다. 속에는 가루약과 노란 옹근 알약이 하나, 새가 쪼아놓은 듯이 반토막이 난 알약 둘—이렇게 한 뭉치가 된 약이다. 구보씨는 약을 방바닥에 내려놓고 무심결에 바깥 동정을 살피는 몸짓을 하였다. 얼핏 든 느낌에 옥순 어머니가 거기 지켜서서 구보씨가 약을 먹나 안 먹나 살피고 있는 듯하였기 때문이다. 말할 것 없이 그럴 리 없는 일이었다. 구보씨는 다시 약봉지를 내려다보았다. 부탁하지 않았는데도 지어다 쥰 이 약은 먹지 않아서는 안 될 일이었다. 구보씨는 컵에다 물을 따라 한 손에 들고 다른 손으로 약봉지를 들어 입속에 털어넣고 얼른 물을 마셨다. 씁쓰레한 것은 아마 아스피린일 테고 확 한 것은 무슨 목구멍을 달래는 박하 같은 것인 모양이다. 구보씨는 베개를 베고 반듯하게 누웠다. 큰길 쪽에서 스피커에 실린 노래가 희미하게 들려온다. 크리스마스 노래, 크리스마스가 가까워온다. 크리스마스라고 하면 해방 전 한국 사람들에게는 아무 날도 아니었다. 예수교도를 빼면. 해방 후 한국 문화를 말할 때 크리스마스는 빼놓을 수 없는 항목이 된다. 해방 후 이날은 예수교도와 관계없이 모든 한국 사람들의 날이 되었다. 해방 이후 한국 사람들은 야간 통행 제한 밑에서 살아왔는데 크리스마스가 한국 사람들에게 폭발적인 효과를 가지는 것은 이 통행 제한 제도가 있기 때문이다. 이날만은 야간 통행 제한이 걷힌다. 한 해 동안 하루만은 밤 시간에 나다닐 수 있다는 것은 큰 해방감을 준다. 그래서 이날은 실상은 서양 풍속으로 치면 카니발이 된다. 크리스마스란 이름의 카니발이다. 이날에는 한국 사회의 모든 심층 사회 심리가 한 덩어리가 되어 소용돌이친다. 막연한 해방감—이것은 정치적 아나키즘이다. 젊은 사람들의 성적 해방감—이것은 섹스의 아나키즘이다. 장사하는 사람들의 대목 보려는 마음—이것은 상업적 아나키즘이다.

근년에는 이런 미친 소동도 적이 가라앉은 듯싶었다. 그러나 구보씨 생각으로 이런 현상은 또 그대로 심상치 않은 일이다. 불탄 자리에 판잣집이 들어섰던 서울에 지금은 이십층 넘는 높은 집이 들어서게끔 되었다. 이 도시에는 어느 사이에 살림 규모가 서로 다른 집단이 이루어져 있다. 구태여 크리스마스라는 하룻밤 아니고도 얼마든지 성풀이할 수 있는 시설과 그것을 이용할 수 있는 층이 생기고 이날 하루 떠들어봤자 결국 아무것도 아니라는 것을 느끼게 된 층이 생겨났다. 이렇게 되면 크리스마스도 볼 장 다 본 것이다. 환상의 아나키즘, 환상의 서양 취미, 환상의 성적 자유, 환상의 해방, 깨고 나면 더욱 씁쓰레한 광란을 아마 해방 후에 십 대를, 이십 대를 보낸 사람들은 모두 기억 속에 가지고 있다. 현실의 차가움이 이제 이 헛축제를 매력이 없는 것으로 만들어버린 것이다. 그러면 다음에는? 구보씨는 이 겨울처럼 썰렁한 어떤 걸음걸이가 이 도시에 다가서는 발자취를 요즈음 듣고 있다. 어디서도 들리지 않으면서 모든 데서 들려오는 바람 소리가 있다. 겨울바람이다. 동짓달 바람이다.

구보씨는 반자지를 올려다보면서 오랜만에 이렇게 쉬는 것도 나쁘지 않다는 마음이 들었다. 지난번에 김공론 씨와 같이 일한 문학 전집 일은 대충 첫 매듭은 지났기 때문에 얼마 동안 구보씨는 쉴 수 있었다. 한 해가 다 저물어간다. 벌써 스무 해를 이렇게 객지에서 해를 넘기고 맞는 생활이고 보면 유별나게 올해라고 다를 것은 없다. 구보씨는 그저 이해를 별 탈 없이 넘기는 것이 다행스러웠다. 구보씨는 자기가 할 수 있는 일이 아주 작은 몫이라는 것을 언제부턴가 생각하게 되었다. 그리고 그 작은 몫을 실수 없이 해내려면 천천히 하지 않으면 안 된다고 생각하기에 이르렀다. 스무 살 적에 구보씨는 매우 조급하였다. 그는 모든 일을 한꺼번에 하고자 하였다. 그러나 구보씨는 그런 일의 어느 하나도 이루지 못했다. 지금은 다르다. 구보씨는 지극히 작은 몫의 일을 이 사회의 한구석에서 하기를 바란다. 별일이 아니다. 그럭저럭 소설 생산을 이어가는 일이다. 그런데 걱정인 것은 지난 십 년을 해본 끝에 구보씨는 매우 우울한 결론을 가지기에 이르렀다. 누구나 그렇지만 처음 소설 쓸 때는 돈 생각은 없었다. 간혹 현상 당선한 신인 작가들이 소감 같은 데서, 돈 때문에 썼다고 말하는 수가 더러 있지만 그것은 괜히 멋을 부리느라고 그러는 것이라고 구보씨는 생각한다. 처음은 그렇다 치고 살다 보면 아닌 게 아니라 돈도 아쉬워진 것이 사실이었다. 그러나 처음 먹은 마음이라 좀 모진 데도 있었던 모양인지 돈에 꿀리면서까지 무얼 끄적거린 적은 없이 지내올 수 있었다. 그러나 지금, 자기가 남은 생애에 할 수 있는 일을 아주 작은 못이라고 정하고, 그것도 천천히 풀어가야 할 실마리나 쥐고 있다고 생각하니 구보씨는 약간은 아찔해지는 것이었다. 구보씨는 자기 이름으로 된 단행본 저서를 두어 권 가지고 있는데 이것들이 한번 나온 후로는 영 소식이 감감해서 그뿐인 것이다. 그러나 구보씨는 십 년 전이나 지금이나 매일같이 쓰지 않으면 안 되었다. 하루라도 쉬면 당장 목구멍의 포도청이 불호령인 것이다. 이것은 좀 곤란한 일이었다. 밭도 쉬었다 뿌리는데 구보씨의 가련한 골은 단 하루를 쉬지 못하는 것이었다. 워낙 부실한 골을 이렇게 모질게 써먹다가 언제까지 지탱할지 왈칵 겁까지 나는 것이었다. 구보씨는 한숨을 쉬었다. 그렇다고 어쩔 수 없는 일이었다. 답답한 것은 이 세상에 구보씨 혼자만이 아닌 것도 이제는 모르지는 않는 구보씨였기 때문이다.

그때 옥순 어머니 소리가 또 들렸다.

"편지 왔어요."

그리고 문이 열렸다.

"약 잡수셨어요?"

옥순 어머니는 편지를 디밀면서 물었다.

"네."

편지를 받으면서 구보씨가 대답했다. 편지 두 장과 책이 하나였다.

구보씨는 편지를 뜯어 보았다. 하나는 원고 청탁서고 다른 하나는 어떤 토론회에 와달라는 초청장이었다. 구보씨는 편지를 겹쳐서 책상 아래 밀어넣고 포장을 끄르고 책을 꺼냈다. 그것은 시집이었다. 『遺詩集·冒瀆당한 地點에서』라는 것이었다. 구보씨는 섬뜩하였다. 구보씨에게는 소설집이나 시집이 가끔 보내져오는 일이 있었다. 구보씨는 그것을 될수록 꼼꼼히 읽었다. 훌륭한 재능이란 것은 어디 유별난 출현 방식이 있는 것이 아니고 이렇게 흔하게 있는 형식을 취하는 길밖에 없는 것이기 때문에 만일 그것을 찾아낼 수 있다면 즐거운 일이기 때문이었다. 그러나 역시 당연한 일이지만 아직 구보씨 마음을 흔든 그런 작품을 대한 적은 없었다. 그러나저러나 『遺詩集』이라는 것은 처음 있는 일이었다. 언뜻 '死者에게서 온 편지'라는 글귀가 마침 떠오르는 것이다. 사람은 이미 없고 글만 이 첫 소식을 전해온 이 형식이 구보씨를 섬뜩하게 만들었다. 의당 글이란 살아 있는 사람이 쓰고 글의 임자는 살아 있으려니만 습관이 된 구보씨에게는 분명히 허를 찔린 경험이었다. 구보씨는 책 뚜껑을 열었다. 거기에 사진이 있었다. 스무 살 안팎의 눈매가 매서운 젊은이의 반몸 사진이다. 목차를 훑어본다. 구보씨는 흠칫 놀랐다.「死者의 言」이란 것이 있다. 구보씨는 페이지를 찾아서 그 시를 읽어보았다.

死者의 言

이상 더 제한받고 싶지 않다
여러 億劫을 살아도
無意味의 聯繼인 이 世上을
이젠 더
拘束받고 싶지 않다

볼 수 있는 天空의 直徑과
밟을 수 있는 地表의 面積과
느낄 수 있는 감정은
통제되어 있고
권태롭게도 한결같은 美와
유린당한 사랑과
껍질 쓴 善과
모두
구역질을 끌어온다

요놈들에겐

수면젤 먹여버렸을걸……
現位置는
北緯 千五百度
東經 六千十五度
없는 곳이다
무덤 앞이다

결론은 찾아들 수 없고
日光은 징글맞다
月色은 찌푸려 있고
뜬 눈에도 아무런 映像도
나타나지 않는다
정확한 위치는
우주 한 발자국 밖
제한된 時空間과
제한된 靈肉과
無제한은 그림자조차 집어던진
黑色 유리 상자 속이다
世上은 검게 보인다

이
暗黑 속을
이대로 머무르면

붕대를 싸맨 神과

팔걸이를 한 惡魔가

人間을 놓고 흥정하는 '신'을

공짜로 보게 된다

"이런 장면에 구역질 나는 이는

모두 상자 밖으로 나가버려라"

끝 두 줄의 라포르그의 한 줄 같은 익살이 건강하고 싱싱했다. 이것이 『遺詩集』이라는 처음 인상이 지워지지 않고, 시의 모든 글줄은 죽은 사람들이 무조건 가지게 되는 권리와 성실함의 빛 속에서 떨리고 있었다. 구보씨는 편집자의 발문을 읽어보았다. 이 소년은 주위 사람들의 희망을 한 몸에 지녔던 사람으로 산에 올라가서 스스로 죽음을 택했다는 것이다. 어떻게 죽었다는 설명은 없었다. 글의 앞뒤를 짐작건대 계획을 가지고 산에 올라가서 독초를 먹고 숨졌다는 것이다. 그리고 본인이 이 풀을 잘 알고 있었다는 다른 사람의 증언을 소개하고 있다. 구보씨는 목차를 찾아서 또 하나의 시를 읽었다.

自殺主義 I

기울어진 하늘처럼

별빛이 진다마는

地平線 너머 荒野엔
詩를 모독하는 짐승이 있다

안 깨지는 소리가
귓바퀴를 돌아 돌아
햇그림자야 하늘을 날으고
병든 강아지만 비틀거린다
耳鼻咽喉科 入院室엔
눈·코·귀·목을
누군가에게 기부한 사내가 있다

목숨을 베푼 자는 누군데
박탈자는 또 누군가?
生命들이 더럽혀지고 있다
악취미를 가진 神에게
抵抗할 순 없을까?

해를 삼키려
달을 삼키려
별을 삼키려
더 크게 더 크게 입 벌려라
더욱 짙은 어둠이 필요하다
하늘마저 빨아들이자

여기엔
깨진 거울 조각을 쥔
아가씨의 아쉬움이 있고
여기엔
유골 상자를 쥔
어머니의 서러움이 있고
여기엔
지는 해를 보는
해바라기의 안타까움이 있고
여기엔
질색하도록 짙은 안개 속에서
총을 쥔
군인의 정지된 심장이 있고
여기는
모든 착잡한 감정들이 모여
해를 등지고 자라는 가시덤불 덮인
황량한 벌판이 있다
체념을 모르는 끈덕진 생리 때문에
미련은 미련을 끄을고
내일 죽을 몸들이 꼬무대고 있다
심장에 구멍을 뚫자
너무 갑갑해라

늘어진 동백을 밟고
환희에 넘친 춤 추자
피톨들이 쌓인 거리로 나와라
모두 붉은 춤을 추자

구멍 뚫린 가슴속
가만가만 有가 밀려나가고
영원한 有를 잉태한
無가 빨려든다.

自殺主義 Ⅱ

어두워져라
노을 짙은 하늘가
검은 꿈이 핀다
어두워져라

울다 지친 새끼 새
땅을 파고 엎드렸다
松葉이 시드는
벼랑서 온 작은 손길
모두 이 길을 간다

땅에서
땅으로 떨어진 이가
어째 죽는다는 건가
같이 해를 보며 벼랑을 뛰자

지금까진
눈물만은 빼앗기지 않았다
無의 世界에서는
지금이 그리울지도 모르니
눈알이 빠지도록
땅을 보고 울자

눈물이 없는 날이
지금보단 나아도
그날은 그날대로
모두 같이 울자
뼈조차 삭아져 없어도
無에서 有를 찾으며
이 벼랑 아래서도
그날은 속으로라도 울자
그날은 속으로 울자

귀를 막고

코를 막고
눈을 막고
입을 막고
빈손으로 땅속이 좋다더라
우리 모두 벼랑을 뛰자

하늘이 얼룩져도
지구가 눈물 속에 잠겨도
우린 아직 눈물이 남았다
벼랑을 뛰기 싫은 너희 몇은
팔 잘린 강아지 뼈
수챗구멍에 머릴 박고
아르랑거리는 꼴이구나

잠시 벼랑 아래 있을 우리나
아쉬워 밑을 보고 갸웃거릴 너희도
땅이 차던지나
하늘이 내던지기는
마찬가진데……

앉아서 울 곳조차 뺏기기 전에
너흰 달 로켓이나 만들어라
달빛이 흐려지도록

달빛이 흐려지도록
모두 모두
地球를 보고 울면 되잖나

彼岸에서 온 幸福이
지금은
저 벼랑 아래 있구나
이젠 마지막 太陽을 보고
─지는 太陽을 보고─
우리도
너희도
한 발씩만 앞으로 걷자

벼랑을 뛰자
벼랑을 뛰자

 '죽음'이라는 괴물을 향해서 연약한 칼을 비껴들고 달려드는 '官昌' 소년의 모습을 구보씨는 보는 듯했다. 잡담 제하고 시비곡직을 따지려고 들면 이렇게밖에는 쓸 수 없으리라. 말도 가려 쓰지 않고 2에다 2를 보태면 4밖에 더 되느냐 하고 다그쳐 묻는 젊은 기세만이 있다. 그래도 구보씨는 이 시들이 좋았다. 무엇보다 정직하기 때문이었다. 이런 정직함에서 모든 훌륭한 것이 나온다. 이 정직함이 엎으러지고 쓰러지면서 때가 묻고 주름이 지면서, 비틀어지고 절름발이가 되었을 때 정직함이 간악함의 부스럼을 신음할 때 그것이 인간이 짓는 글의 슬픈 점잖음을 지니게 된다. 물론 그것은 정직함만 못하지만 티 없는 정직함이란 순금처럼 약하다. 구보씨는 다른 시들을 차례로 읽었다. 「鍾」「貧街 Sketch」「거지」「고목」「소」「시계」「바람」「눈」「山」「새벽」「회상」「소낙비 그친 후」「가뭄」「길」「冒瀆당한 地點에서」「해바라기」「희망」「노을」「杜鵑」「仙人掌」「列女頌」「칼은 녹슨다」「Rotary」「柿木」「離別」「四月」「달맞이꽃」「濁流 앞에서」「芭蕉」「들」따위를 읽어보았다. 그것들은 「死者의 言」이나 「自殺主義」보다 훨씬 좋았다. 구보씨는 이것이 『遺詩集』이라는 데서 모르는 사이에 그렇게 보려 한 것을 뉘우쳤다. 「死者의 言」이나 「自殺主義」에서 시인은, 보통 시인은 복자伏字로 두는 부분을 노래하려고 한다. 노래하는 존재 자체에 대한 노래 그것은 아마 헛된 노력이다. '운韻'도 없는 현대 한국 시에서는 덤으로 번져나는 어떤 맛도 없기 때문에, 그저 논리적 의미만 남는 아포리즘이 되고 만다. 인간의 허무를 직접 상대로 한 그 세 편의 시는 그런 까닭으로 — 주제 자신의 무게와 한국 시의 기술적 가난함 때문에 이 시집 가운데서는 제일 못한 시였다. 나머지 시들은 읽을 만했다. 그 역시 어리나 기운 좋은 말을 타고 이리저리 달리는 소년 화랑 '官昌'을 연상시키는 것이었다. 어느 일격一擊도 너무나 순진하였다. 그는 '階伯'을 허무 그것으로 알고 있었다. 소년 화랑의 애국심으로는 그것이 옳았다. 그러나 '階伯'은 신라의 내셔널리즘의 눈으로 볼 때에만 허무이지, 살아 있는 階伯은 관창 자신이기도 하고 김유신이기도 하고 관창의 아버지이기도 한 것이다. 허무를 대적하는 시인이 허무만큼 한 허무를 갖지 못한 데서 오는 애처로움은 있었으나 어떤 시에는 그것을 넘어서려는 태도의 복잡함이 엿보이기도 한다. —그러나, 하고 구보씨는 생각하였다. 젊은 허무주의자의 노트를 너무 직업적인 눈으로만 보는 것이 안된 생각이 든다. 스물 안팎의 그의 눈에 세상이 이렇게만 비쳤다면 그를 탓해야 할 것인가. 더 여유를 주면 그에게 어떤 만족할 만한 세상을 보여줄 수 있단 말인가. 그의 말을 반박할 무엇을 내놓을 수 있단 말인가. 더 교활해져라. 더 더러워져라. 너도 손에 피를 묻히고 우리 공범자가 되어라. 그리고 유혹해서 끌어들이고. 그렇게 하자는 것이 아닌가. 이 세상을 살아보아서 배울 슬기란 건 하루를 더 살면 하루만큼 더 공범자라는 것뿐이다. 그렇지 않은가. 손이 말짱한 대로 착해질 수는 없는 것이다. 구보씨는 그렇게 생각하려고 애썼다.

여기에는 어느 것이 옳다는 객관적인 해답은 없다. 맨 먼저 이런 것이 삶인데도 그 삶을 받아들일 작정인가 아닌가 하는 문제다. 아예 삶을 기권하는 것에 대해서 이러쿵저러쿵하는 수가 많다. 패배주의니 한다. 그러나 기권한 사람에 대해서는 문제의 밖에 내어놓는 편이 옳지 욕할 것까지는 없다. 한 인간이 자기 목숨을 처분할 권리에 대해서 못 한다고 할 무슨 권위는 없다. 나라가 그것을 차지하면 그 나라는 폭군의 나라다. 부모가 그것을 자처하면 어리석은 부모다. 종교가 그것을 자처하면 장사꾼의 종교다. 그러나 어떤 사람이 출발점에서 삶에 등을 돌린다면 그것은 아무도 뭐라 할 수 없는 문제일 뿐이지 옳고 그르고가 없다. 옳고 그르고는 늘 살아가는 사람 사이에 일어나는 시비 가림이다. 죽은 사람은, 그렇게 다정하던 사람도 한순간에 헤아릴 길 없는 먼 벼랑에 올라선다. 시인이란 살아 있으면서 노래하는 사람이다. 유언을 남기듯이 글을 쓰는 사람이다. 이 젊은이도 그러므로 살아 있다. 구보씨는 시집을 한 번 훑어 읽고 이런 생각을 하다가 다시 그것을 집어들었다. 그리고 구보씨는 직업적으로 글을 쓰는 사람은 좀처럼 깨닫기 어려운 느낌 — 글을 지어서 남에게 보인다는 이 '制度'의 깊이를 느꼈다. 사람이란 것은 괜찮은 것이 아닌가. 이런 야릇한 버릇을 가졌으니. 이 젊은이의 죽음에 대해서 아가리가 열인들 '神哥놈'에게 무슨 말이 있으랴. 사람은 이미 간곳없고 글만 와서 마음 건넨다는 형식이 구보씨를 감동시켰다. 그리고 죽은 아들을 위한 가장 좋은 공양供養으로 『遺詩集』을 엮어낸다는 습관을 구보씨는 마치 진기한 미술품을 대하듯 느꼈다. 사람은 이렇게 어렵게 살 수도 있다는 느낌이었다. 그리고 남한 천지의 어느 도시에는 이런 일을 이렇게 처리한 한 가족이 살고 있다는 실감이 어쩐지 대견스러웠다. 그 느낌은 고려나 이조의 자기를 대할 때 느끼는 것과 같은 마음이었다. 사람의 씩씩함, 망설임 없이 말을 몰아가는 소년 화랑 관창, 우리나라 역사에 많지 않은 소년의 등장인물이 홀연히 흰말을 몰고 달려간다. 신문학에서 낭만파의 시작이 이 젊은이만큼이라도 명확한 정직성을 가지고 시작되었더라면, 몽롱한 말의 허무로 시작되지 말고 그래서 낭만파와 상징파의 구별도 지을 수 없이 되지 말고 눈앞에 보는 것에 대한 분명한 절망으로부터 시작되었더라면. 신문학에서의 낭만파는 한 가닥으로 된 절망의 노래가 아니다. 개화의 물결을 타고 싹트는 평민 계급의 기쁨의 예감, 평민 계급의 사춘思春의 시다. 나라는 망했을지 모르지만 계급으로서는 길이 열렸던 것이다. 서양 양반 계급의 멸망의 가락에 얹혀서 읊어낸 평민 계급의 해춘解春—의 가락. 그것이 한국 낭만파다. 한국 낭만파의 이 양면성. 한 가닥은 이상李箱으로, 한 가닥은 이광수李光洙로. 이광수에게는 말년까지 낙관주의자의 모습이 있다. 옛날보다는 낫지 않으냐는 듯한 가락이 있다. 짓눌렸던 이조 평민 계급의, 적의 손에 의해서일망정 손에 넣게 된 버리고 싶지 않은 기득권에의 애착이 있다. 그 길을 그대로 가면 황국 신민이 빨리 되는 것이 조선 사람의 살길이라는 결론이 나온다. 민족 없는 계급주의다.

한편 이상李箱은. 이상에게는 어딘가 파락호破落戶 이하응의 모습이 있다. 하이칼라 리듬에 얹어 읊어낸 이조 양반 계급의 탄식, 평민 출신의 일제 시대 조선 지식인이 절망의 노래를 부르려 할 때마다 그것은 양반의 가락을 닮아야 했다. 이리하여 노래는 공적公的인 것임을 스스로 증명한다. 노래의 가락은 역사의 자장磁場을 따라 움직인다. 일제하에서 가장 절망이 깊은 것은 몰락 양반 계급이라는 것을 노래의 가락이 증명한다. 정치적인 미래는 이미 없는 계급이 도저한 성품의 울림만을 새 시대의 정신에 빌려준 것이다. 이상李箱의 모든 글은 그래서 노성老成하다. 도포 자락으로 휘어치는 하이칼라 절망이다. 평민 계급의 하이칼라 취미는 그리하여 도저한 근본 있어 보이는 멋으로 둔갑한다. 이상李箱은 양반 계급의 몰락한 가락에 빙의憑依하여 자기 노여움을 토한 새 시대의 얼이다. '민중'이란 이름의 장난감 칼을 비껴들고 역사의 황산벌로 달려가는 흰말 탄 화랑 소년 관창 같은 임화林和를 멀리 바라보면서.

감기 고뿔이 떨어지고 크리스마스가 가까운 어느 날 구보씨는 바깥나들이를 했다. 몸이 가뿐하고 공기도 싱싱했다. 가볍게 앓고 이만한 기쁨을 맛보는 것은 나쁘지 않은 일이었다. 가끔 감기도 앓아야겠다고 구보씨는 다짐하였다. 구보씨는 오늘 김공론 씨를 학교로 찾아볼 생각이었다. 김공론 씨는 방학이 되고도 학교에 나와 자기 방에서 공부하고 있었다. 구보씨는 전일의 용건도 의논할 겸 찾아보기로 한 것이다. 구보씨는 모퉁이 약방에서 전화를 걸었다. 김공론이 나왔다. 구보씨는 지금 그리로 가는 중이라고 알리고 한두 마디 농을 한 다음 전화를 끊었다.

큰길에 나와 버스를 탄다. 여기서 곧바로 가는 차는 없으므로 종로에서 갈아타야 한다. 구보씨는 차에 타고 밖을 내다보는 것을 좋아한다. 사람들이 걸어다니는 것이 괜히 재미있다. 저리들 분주히 대체 어디로들 다니는가. 생각해보면 쉬운 일이다. 다들 밥벌이하러 다니는 것이다. 그러나 이렇게 차를 타고 가면서 볼 적마다 구보씨는 어김없이 중얼거린다. 웬 사람들이 나대쌓는가. 자기가 없는 동안에 몰래 돌아와서 훔쳐본 세상을 보듯 구보씨는 밖을 내다본다. 거리에는 크리스마스 장식이 요란스럽다. 집단 유행 같은 것일 게다. 구보씨는 그리스도가 하나님이라고는 믿지 않는다. 하나님, 하나님이 사람이 됐다가 형벌을 받는다는 것은 말도 안 되기 때문이다. 다만 그는 착한 사람이었다고 생각한다. 그때 이스라엘 사정으로 가장 착하고 싶었던 한 사람이 착하기 위해서는 그렇게밖에는 할 수 없었으리라고만 생각한다. 예수 이후에도 그처럼 착한 사람은 기수부지다. 그런데 그 사람들이 모두 예수가 아닌 것은 예수는 한 사람이면 족하기 때문이다. 고전古典이란 것은 한번 씌어지면 다시 쓸 필요는 없는 책이다. 다음 사람들은 모두 독자가 되면 된다. 바쁜 세월에 글씨 공부를 할 것도 아니겠고 되풀이는 쓸데없다. 예수가 '古典'이라면 예수 신자들은 '讀者'들이다. 독자들이 책 읽는 날에 책도 안 읽는 사람들이 밤거리를 헤매고 다닌다는 것은 희한한 일이기는 하다. 구보씨는 이런 생각을 하면서 종로까지 타고 와서 거기서 다른 차를 바꿔 탔다. 이 차가 김공론 씨 학교까지 가는 차다. 김공론 씨 학교는 구보씨가 사는 방향과 맞선 쪽으로 변두리로 나가게 된다. 구보씨는 아까 하다 만 생각의 끝을 또 잡는다. 예수라는 사람이 정말 있었는지 없었는지는 모르지만, 없었다고 하더라도 그런 사람을 만들어낸 것은 잘한 일이었다. 구보씨가 늘 욕하는 '神哥놈'에 비하면 예수 쪽이 훨씬 '神'답다. 구보씨는 사람이 살다 보면 자연 지치고 괴로워서 따지기가 귀찮아지는 것이 제일 나쁜 일로 알아왔다. 그렇게 되면 거짓말이나 나쁜 일에도 지게 되기 쉽기 때문이다. 거짓말을 되풀이하면 사람들은 마지막에는 짜증이 나서 너 좋을 대로 하거라, 하고 내맡겨버린다. 우리나라 사람들이 살아온 세월을 돌아보면 억지에 짓눌린 일이 많다. 그래도 호랑이한테 물려가도 정신만 차리면 산다는 말을 만든 걸 보면 그저 맹물이 아닌 것은 확실하다. 사람인데 맹물일 수는 없기도 하다.

버스가 학교 앞에서 멎는다. 구보씨는 내려서 학교 안으로 들어갔다. 잎이 떨어진 나무숲 사이로 난 길을 구보씨는 걸어갔다. 지난여름에 잎사귀가 무성한 아래를 걸어가던 생각이 떠올랐다. 구보씨는 눈을 들어 나뭇가지를 올려다보았다. 나무는 플라타너스였다. 광물처럼 굳건한 가지들이 푸른 하늘 위에 그물을 치고 있었다. 나뭇가지들은 구보씨를 행복하게 해주었다. 사람에게 해를 가하지 않으면서도 이토록 의젓하게 살아가는 나무들은 점잖은 목숨이었다. 구보씨는 쓸데없는 벌레처럼 고개를 떨어뜨리고 길을 걸어갔다. 연못은 얼어붙었고 코스모스가 어우러졌던 자리는 비어 있었다. 구보씨는 냄새를 맡아보았다. 간신히 그 연약한 꽃 냄새가 나는 성싶었다. 그럴 리가 없는데도. 구보씨는 김공론 씨 방이 있는 건물 쪽으로 걸어갔다. 희게 칠한 오층 건물이다. 현관에 들어서니 갑자기 사람이 없는 건물의 느낌이 풍겼다. 구보씨는 교실 앞을 지날 때마다 속을 들여다보았다. 빈 책상들이 백치들같이 용케도 꼼짝 않고 줄지어 앉아 있었다. 구보씨가 삼층 계단에 올라서자 김공론이 이쪽으로 복도를 걸어오는 것이 보였다.

"어딜 가려구?"

"아니 마중 나가는 참이었지."

구보씨와 김공론 씨는 나란히 걸어갔다.

"춥지."

김공론 씨가 묻는 말이었다

"뭐."

"응, 좀 풀렸으니깐."

"삼한사온에 의하면."

"그렇지."

이런 시시한 수작을 하면서 그들은 방으로 들어갔다.

김공론은 석유난로를 피워놓고 책을 읽던 중이었다. 그는 책을 접어서 한옆으로 밀어놓았다.

"공부하던 참이 아닌가? 괜찮아?"

"뭘 쓸데없는 소리."

말할 것도 없이 구보씨도 정말 미안해서 그런 것은 아니었지만 인사치레로 그렇게 하고 보니 김공론 씨 대답이 더 고마웠다. 아하 옛날 코 흘릴 적에 친구가 놀아주는 일이 고마운 일이라고 어떻게 짐작이나 했으랴, 구보씨는 속으로 이같이 한탄하였다. 그리고 이 친구를 위해서 무엇인가 해주고 싶은 발작 같은 것이 치밀었다. 그러나 실지로는 구보씨는 그와 같은 발작을 행여 티도 내지 않고 흔연스럽게 앉아 있었다.

"가만있자."

김공론 씨는 부산하게 오락가락하더니, 양주병 하나와 잔 두 개 그리고 육포 한 조각을 책상 위에 늘어놓았다.

"이걸로 할까?"

"왜?"

"아니 소주도 있으니깐."

"진짜면 이게 좋겠지."

1971년 서울에 있어서 술자리에서는 대개 이런 비슷한 얘기가 오가게 마련이었다. 양주는 태반이 가짜였기 때문이다. 반면에 소주는 모두 진짜다. 한국 사람은 모두 진짜 한국 사람인 것처럼.

"진짜라고 먹어둘까?"

"그래그래."

"허."

김공론은 처음에 구보씨 잔에 다음에 자기 잔에 따라놓고, 자기 잔을 들어 맛을 보았다.

"괜찮은데."

"그래?"

구보씨도 한 모금 마셨다.

"괜찮군."

"그렇지?"

김공론 씨가 육포를 찢어 입에 넣으면서 반색하듯 말했다.

"어디서 났어?"

"응 어디서 난 거야."

"좋은데."

이러면서 구보씨는 잔을 비웠다.

그리고 이렇게 말했다.

"오랜만에 마시니 맛이 좋군."

"왜 그동안 안 마셨나?"

"감기에 걸려서."

"응 요즈음 감기 안 좋아."

"옛날 감기는 달랐던 모양인가?"

"글쎄 말이야, 그때하고 비교할 수가 없으니."

"그래도 다른 모양이지, 증상을 비교하면 알지 않겠어."

"의사들이야 알겠지."

"감기도 가끔 걸릴 만해."

"웬 소리야?"

"나으니깐 기분이 좋아."

"그럴 기운이 있으면 앓아도 좋겠군."

그리고 그들은 문학 전집 편집에 관계되는 말을 주고받았다. 출판사 쪽에서도 만족한다는 얘기였다. 지난번에 김공론 씨와 둘이서 필요한 자료를 만들어 건네었던 것이다. 김공론 씨는 베껴놓은 사본을 서랍에서 꺼내가지고 와서 펼쳐놓았다.

"그런데 말이야."

김공론 씨는 좀 정색을 하고 말했다.

"월북 작가들 작품 말이야."

"응."

"이런 기회에 어떻게 안 될까?"

"해방 전 작품 말이겠지?"

"물론이지, 해방 전에야 같은 문단에서 살면서 쓴 작품이구, 지금 읽어봐도 특별히 이데올로기 냄새가 나는 것도 아닌 작품을 묶어놓을 필요가 뭔가?"

"그야."

구보씨는 육포를 한 조각 찢어 먹으면서 대답했다.

"그야 늘 하는 소린데. 글쎄 어떨까?"

"그래서 출판사에 한번 노력이나 해보라고 권했지."

"출판사에서 어떻게 한단 말인가?"

"관계 당국에 문의를 한다든가 해서 구체적인 행동을 할 수 있지 않겠나?"

"좋은 생각이군, 아무튼 밑져야 본전이니 해봄직은 하지."

글 쓰는 사람들이 모이면 가끔 나오는 얘기였다. 그러나 구보씨는 일이 수월하리라고는 여겨지지 않았다.

"하긴, 별것 아닌데."

"응?"

"글쎄, 그 작품들 말이야, 지금 여기서 읽는대야 크게 어긋날 것도 없는 작품들인데 말이야."

"작품 때문이 아니라 물론 쓴 사람 때문이지."

"그러니 복잡하지."

"이번 남북 적십자 회담 같은 데 비하면야 복잡할 것 뭐 있나?"

"그렇군."

"될 만한 일부터 골라서 약간씩이라도 숨통을 여는 게 옳지."

"혹시 적십자 회담 같은 게 성과가 좋으면 다른 문제들도 실마리가 풀릴지 모르지."

"글쎄."

이번에는 김공론 씨가 입을 다물었다.

"술이 좋군."

구보씨가 잔을 들어올리면서 말했다.

"그런가?"

김공론 씨도 잔을 만지작거렸다.

"좋거든 다 마셔."

"어디, 그렇게는 못 마셔."

구보씨는 한 손에 잔을 든 채 창 앞으로 가서 밖을 내다보았다. 구름 같던 수풀이 내다보이던 자리다. 운동장 끝에 끊어져 드러난 언덕 옆구리도 여름에 보았을 때는 칼로 벤, 쇠고기같이 싱싱하더니 지금은 퍼석퍼석해 보인다. 앙상한 가지가 늘어진 사이로 학교를 둘러싼 철조망이 스산하게 저쪽까지 보인다. 무슨 공장인지 높은 굴뚝이 죽은 코끼리의 이빨처럼 하늘로 뻗쳤다. 그리고 눈길을 창문 아래로 보내면 기초 공사를 하다 만 자리가 보인다. 이 건물 앞에 또 하나 건물을 지을 계획이었다가 그만뒀다 한다. 주춧돌 늘어놓듯 다진 시멘트에 쇠막대기가 꽂혀 있는 모양이 꼭 물 빠진 진흙펄에 갈대 줄기가 박힌 채 얼어붙은 것 같다.

제11장
겨울 낚시

1972년 정월 초순의 어느 아침의 일이다. 서울 청진동에서 안국동으로 빠지는 골목의 초입인 숙명여학교 앞길을 걸어가는 한국인 중년 남자 하나가 있었다. 보통 키에 약간 마른 편이며 걸음걸이가 약간 특징이 있었으나(걸음걸이에 특징이 없는 사람이 어디 있겠는가), 그 밖에는 이렇다 할 데가 없는 보통 한국인이었다. 그리 바쁜 걸음은 아닌 모양인지 그는 오른쪽으로 숙명학교를 쳐다보면서 걸어갔다. 건물의 이쪽은 집채가 한길까지 바싹 나와 있고 먼지를 흠씬 뒤집어쓴 덩굴이 덮여 있었다. 그는 별 유심스럽지도 않게 그런 모습을 곁눈으로 보면서 곧바로 걸어갔다. 서울에는 시내에 있으면서 인적은 많지 않은 골목이 아직도 많이 있다. 자동차가 많아져서 사람들이 걷는 일이 그만큼 줄기 때문에 그럴 것이다. 그 밖에도 여러 가지 까닭이 있다. 지름길이냐 아니냐. 어떤 집들이 있는 길인가. 길이 트이는 저편이 사람을 많이 끌어모을 구역인가 아닌가. 기분 나쁜 길인가 아닌가. 이런 사정들이 어울려서 어떤 길의 붐빔의 가부를 정하게 된다. 이 길은 붐비지 않을 뿐더러 휑뎅그렁하다. 남자는 발을 멈추고 오른쪽을 쳐다보았다. 사람 두엇이 비켜 지날 만한 골목이 있는데 어귀에 '牧隱先生影堂 入口'라는 현판이 있다. 이 골목 막다른 곳에 있는 모양이다. 그러나 남자는 그곳을 찾아온 것이 아님이 분명했다. 그는 다시 걸음을 떼어놓았는데 골목 안으로가 아니었기 때문이다. 왼쪽으로 기마경찰대가 나타난다. 넓지도 않은 마당에는 말 몇 필이 오락가락한다. 행사 때라든지, 보통 때에도 가끔 거리에서 보게 되는 그 네 발 가진 짐승들이 길러지는 데가 여긴 줄을 처음 안 것인지 어쩐지 남자는 거기서 또 걸음을 멈추고, 한길에서 약간 내려앉은 운동장에서 말이 움직이는 것을 보고 있었다. 이해 겨울은 매우 따뜻했다. 근년에 해마다 따뜻한 겨울이 연이었는데 올해 겨울은 따뜻하기가 유별났다. 설마 때가 되면 철값을 하려니 속으로 짐작을 하는 마음이 고개를 갸우뚱하게 할 만큼 이 겨울은 여태껏은 맹물이었다. 이러다가 정말 꽃 피는 철이 되고 말면, 말마따나 '잃어버린 겨울'이 되기가 십상 있을 법한 일이었다. 무어니 무어니 해도, 우리 한국 사람들에게 이 천지조화의 사시사철만은 아직 제일 믿음직스러워서, 세상 돌아가는 것은 영문이 통히 알아지지 않아도 철 돌아가는 것만은 알아볼 자신이 있는 사람이 적지 않은 것이다. 그런데 이 지경이고 보면 일은 수월치 않은 일이었다. 말로 듣기는 바이칼인지 바이창인지 하는 데 도사린 무슨 '한랭한 고기압'인지 하는 작자가 얼른 기동을 않아서 그런 모양이라는데 딴은 맹랑

한 노릇이었다. 그렇다고 해서 무슨 겨울이 겨울답지 않아서 기분이 나쁘다든지 그래서는 아닐 것이었다. 눈이 통 오지 않았기 때문에 농사에 큰 탈이 있으리라는 것은 신문을 읽은 사람이 아니라도 알 만한 일이지만 도시에 사는 사람들이 과연 그 일을 얼마나 뼈저리게 생각할지는 의심스럽다. 그래도 이 겨울에 사람들이 제일 많이 주고받는 인사는 겨울이 따뜻하다는 인사였다. 혹자는 말하기를 작년은 특별히 나라 안팎의 사정이 큼지막한 일이 많아서 겨울 못지않게 혹독했으니 그래서 계절이 약간 양보한 게 아닐까도 하는데 그러다가 한국 산천의 소나무가 모두 바나나 나무가 되는 것까지는 좋다 하고라도, 말까지 열대화해서 우랄 알타이 줄기에서 무슨 말레이-보르네오 줄기로 변하는 날이면 저세상 가서 조상들을 만나도 통변을 세워야 할까 봐 끔찍한 일이었다. 이런 연고로 해서 뭇 한국 사람들이 이 겨울의 따뜻함을 걱정하는 것은 믿는 도끼에 발등을 찍힌다고, 한국 사람들이 그래도 한 가닥 믿음을 거는 천지조화에서 저 영국 사람 셰익스피어의 판소리 한 대목마따나, 자연아 너마저 그러기냐, 하는 심정이었을지도 모르겠다. 여하간에 이해 겨울은 지랄같이 따뜻했고 오늘, 이 중년의 한국 남자가 기마대 앞에 서 있는 오늘도 따뜻했다. 그래서 길가에 잠깐 멈춰 서서 말을 구경한다는 일은 그리 당돌한 일은 아니었다. 남자는 호주머니를 뒤적이더니 짤막하고 가느다란 종이 막대기를 꺼내 입술 사이에 꽂고 다른 손으로 네모진 작은 갑을 꺼내더니 그 속에서 끝이 동그스름하게 생긴 개비를 한 개 꺼내들고는 경풍 들린 듯이 그쪽 손을 달싹하려다가 — 그만두고는, 그 갑을 주머니에 넣고 입술 사이에 끼웠던 막대기도 뽑아서 호주머니에 넣어버렸다. 그런 연후에 여기도 제가 올 데가 아니었던지 다시 걷기 시작했다. 이번에도 많이 걷지는 않았다. 남자는 오른쪽 길가에 있는 '放浪'이라는 찻집으로 들어갔다. 남자는 들어서면서 두리번두리번 방 안을 살폈다. 다방 안에는 각계각층의 한국 남자들이 앉아 있었다. 그러던 중 남자는 문득 어느 한 곳에 눈길을 멈추더니 자못 만족스럽다는 듯이 입가를 찡긋해보고는 그쪽으로 걸어갔다. 그리고 거기 앉아 있는 어떤 비슷한 또래의 한 한국 남자 앞자리에 가서 앉았다. 먼저 와서 앉아 있던 남자는 첫눈에도 그윽한 인품과 뛰어난 지성, 그리고 남자다운 의지력이 엿보이는 건강한 한국 남자였다.

"왔군"

하고 그 남자가 말했다. 이것은 김홍철이라고 하는 소설가였다.

"응"

하고 나중 온 남자가 말했다. 이것은 구보라고 하는 동업자였다.

김홍철 씨는 탁자 위에 놓여 있던 종이봉투를 건드리면서 말했다.

"봤지."

"어때요?"

"응 괜찮습니다."

"그럼 가볼까?"

"뭐 차나 한잔 하구 가지."

"그럴까?"

구보씨는 아까 길가에서 피우려다 만 담배를 꺼내서 이번에는 불을 붙였다. 여기서 몇 걸음 안 가면 있는 '민중신문'으로 가는 길이었다. 그 신문에서 독자들로부터 콩트를 모집했는데 그 심사를 두 사람이 맡은 것이었다. 그리고 종이봉투에 든 것은 구보씨가 먼저 보고 김홍철 씨에게 넘긴 응모 작품 중에서 예선을 거친 작품이었다. 오늘 신문사에서 담당자와 셋이 모인 자리에서 당선 및 입선을 가릴 약속이다. 구보씨는 봉투를 바라보았다. 열 장 속에 담아놓은 사람 사는 모습의 이러저러한 경우들이 구보씨의 머릿속에서 병아리들처럼 꼬무락거렸다. 그중에서 으뜸 그럴듯한 닭이 될 만한 놈을 고르는 일이었다. 그것은 직업으로 하는 사람에게는 병아리 암수 가리기보다 더 어렵달 것은 없는 작업이었다. 다만 뽑힘에 빠진 것들은 윤전기라는 부화기에 들어가보지 못하고 말게 되므로 언제나 약간 안된 생각이 드는 일이기는 하였다. 차를 마시고 그들은 다방에서 나왔다. 조금 걸어가자니 길목에 일본 대사관이 나선다. 김홍철 씨가 걸음을 멈추고 대사관 지붕을 올려다본다. 지붕 꼭대기에 일본기가 꽂혀 있다.

"아노 하타오 우테."

구보씨는 깜짝 놀랐다. 난데없이 들려온 그 소리는 먼 옛날에서 들려온 소리였다. '저 깃발을 쏘아라' 하는 일본말이었다. 구보씨가 소학생이던 일본 점령 시대에 구보씨는 그런 제목의 영화를 보았던 것이다. '보어 전쟁'의 이야기를 담은 영화였다. 보어 전쟁이라, 아프리카에 있는 그런 이름의 작은 나라를 영국이 침략한 싸움이다. 아마 먼저 와서 정착한 홀란드 사람과 영국 사람 사이의 싸움이던 걸로 생각한다. 구보씨의 머릿속에는 영화의 몇몇 대목이 너무도 뚜렷하게 떠올랐다. 마지막까지 대항하는 홀란드 사람들, 부녀자들까지 학살하는 영국군. 쓰러져가면서 희생자들이 부르짖는 소리. "아노 하타오 우테." 그들이 저주와 미움으로 쏘라고 외친 기는 영국기였다. 진격해오는 영국군 대열 속에 나부끼는. 아노 하타오 우테. 그런데 일본기를 보고 있는 구보씨의 귀에 그 먼 소년 시절에 본 영화 속의 부르짖음이 함성처럼 들려온 것이다.

"아노 하타오 우테."

또 한 번 소리가 들렸다. 이번에는 훨씬 뚜렷했다.

"그런 영화가 있었지?"

그것은 김홍철 씨 목소리였다. 구보씨는 비로소 소리의 임자를 알았다. 그래서 이렇게 대답했다.

"생각나는군."

"문득 그 영화 제목이 생각나는군."

그래서 입 밖에 뇌었던 것이다.

"사실 처음엔 이상했지?"

"뭐가?"

"한일 조약 후 해방 후 처음 일본기를 봤을 때 말이야."

"사실이야."

"일본 시대를 겪지 않은 사람들은 모르겠지?"

"그런 기분을?"

"응."

"알 수 없을 수밖에."

"그러게 말이야."

"그러나 저 기를 보니 섬뜩하더군."

"그래그래. 저 기가 저대론데 우리 사이는 청산된 걸로 한다?"

"미진한 것 같지?"

"그렇잖아?"

"하다못해 저기 아래쪽에 미안합니다, 미안합니다, 라고나 써넣어가지고 한국에서만은 그걸 쓴다든지."

"묘안이군."

"채택할 리가 없다는 점을 빼고는."

"아노 하타오 우테."

구보씨는 김홍철 씨가 또 뇌까리는 그 소리를 구보씨 자기더러 저 기를 쏘아라, 하고 명령하는 것처럼 들었다. 구보씨는 자기 핏줄 속에 혹시 있을지도 모르는 안중근이며 윤봉길이며 이봉창이며 하는 저 위대한 부족의 테러리스트들의 피톨의 닮은꼴들을 불러모으느라고 무진 애를 써보았다. 그러나 그런 피톨들이 죽은 닭 콧김만큼이나 느껴질까 말까 할 때는 벌써 그들은 일본 대사관을 지나서 '민중일보' 뒷문으로 들어설 때였다. 구보씨는 김홍철 씨를 곁눈질해 보았다. 김홍철 씨는 거사에 실패한 윤봉길을 뒤에 달고 배갈 마시러 들어가는 김구 선생처럼 입을 꽉 다물고 있었다. 제길 나만 자꾸 하라구. 불쑥, 구보씨 머리에 이런 투정이 솟아올랐다. 구보씨는 킬킬킬 웃었다.

"응?"

김홍철 씨가 돌아본다.

구보씨는 또 킬킬킬 웃었다.

"왜?"

김홍철 씨는 덩달아 싱글거리면서 물었다.

"기미가 우테."

자네가 쏘라는 말이었다.

"응?"

김홍철 씨는 어리둥절했다.

"기미가 우테."

구보씨는 되풀이했다.

그제서야 알아듣고 김홍철 씨는 씨익 웃었다. 구보씨도 웃었다.
뒤쪽 문으로 그들은 신문사에 들어서서 앞쪽 문에 가까운 승강기 있는 데로 가는 대신에 계단을 걸어서 삼층으로 올라갔다. 거기가 편집실이었다. 담당자인 시인 진춘옥 여사는 두 사람을 편집장에게 인사시킨 다음 승강기를 태워서 이 건물 맨 꼭대기에 있는 회의실로 데리고 갔다. 거기는 가운데 긴 회의 책상이 놓이고 융단이 깔린 널찍한 방이어서 노벨 문학상 심사를 한대도 실례될 것 없을 지경이었다. 그들은 자리를 잡고 앉아서 봉투 속에 든 것을 꺼내 벌여놓았다.

"뭘 드시겠어요?"

진 여사가 물어봤다.

"커피"

하고 김홍철 씨가 말했다.

"나는 주스 같은 거."

"무슨 주스?"

"주스면 아무거나."

"알았습니다."

진 여사는 바로 옆에 있는 옥내 다방에 차를 이르기 위해서 나갔다.

"그럼 시작해볼까?"

구보씨가 원고들을 끌어당겼다.

"응, 그러지."

김홍철 씨도 책상에 다가앉았다.

"내가 뽑은 건 이것, 이것."

구보씨가 골라내놓자, 김홍철 씨도 적어둔 것을 들여다보면서 그가 뽑은 것을 가려냈다. 두서너 개가 어긋날 뿐 열 편을 뽑고 그 중에서 한 편을 당선작으로 하고 나머지는 입선으로 하는 데 거의 의견이 같았다.

"뽑으셨나요?"

진춘옥 여사가 커피를 든 레지를 거느리고 들어오면서 묻는다.

"여기 있습니다."

김홍철 씨가 뽑은 원고를 그녀 앞으로 밀어놓았다.

"네, 당선이 하나, 그리고 입선이 하나, 둘—"

그녀는 세어보고,

"네 됐습니다. 그럼 어떻게 할까요? 또 걸음 하실 것 없이 심사평도 이 자리서 써주고 가시지요"

하고 말했다.

"가만 계셔요. 목이나 축이고 합시다."

이것은 김홍철 씨의 말이었다.

진춘옥 여사는 진달래꽃처럼 방긋 웃었다.

"미안합니다. 천천히 드세요. 높은 데 올라오시느라 숨이 차실 텐데."

하하, 김홍철 씨가 웃고 구보씨도 웃었다. 사실이었다. 벽 한쪽이 모두 창인데, 서남 방향으로 서울이 눈 아래 보인다.

"괜찮지요."

진춘옥 여사가 내다보면서 자기 집 뜰 자랑하듯 말했다.

"무엇이든지, 즐기는 자리에서 보면 그것은 예술품이 된다"

하고 구보씨가 말했다.

"또 시작이군"

하고 김홍철 씨가 말했다.

"정말이에요, 참 그래요."

진춘옥 여사가 커피를 마시다 말고 찬성했다.

원고들을 툭툭 치면서 김홍철 씨가 이렇게 말했다.

"그러나 그 예술품 속에서는 이런 비예술적 사연들이 벌어지고 있다."

구보씨가 대꾸했다.

"그것은 사실이다."

진춘옥 여사가 까르르 웃었다.

두 사람의 한국인 남자도 어허어허 웃었다.

"그럼 전 내려갔다 올 테니 여기서 쓰세요."

진춘옥 여사가 이렇게 말하고 방에서 나간 다음에도 두 사람은 잠시 그대로 앉아 있었다. 내려다보이는 비예술적 예술품이 괜찮았기 때문에. 자기가 그 속에 살고 있는 도시를 한눈에 바라본다는 것은 언제나 나쁘지 않다. 그래서 어떤 도시에나 관망탑이 있다. 옛날에는 가장 높은 데가 그 몫을 했지만 요즈음은 처음부터 그럴 목적으로 탑을 세우는 일이 많다. 지금 보기에는 매연도 대단해 보이지 않았다.

"우리도 여기서 오래 살았지."

"그렇군."

구보씨가 말하고 김홍철 씨가 답한 말이었다. 그들은 둘 다 지난 전쟁 때 피난 온 사람들이었다. 거의 모든 사람들이 그랬던 것처럼 그들도 홀몸으로 왔던 것이다. 하필이면 혀에 익지 않은 이 고장 '말'을 서투르게 주무르면서 그걸로 밥을 먹는 처지도 같았다. 김홍철 씨가 두세 해쯤 손위이어서 구보씨에게는 김홍철 씨가 언제나 한고향 상급생처럼 보였다. 피난배 난간을 붙잡고, 멀어져 가는 고향 항구를 바라보던 그 섣달 아침을 잊지 못한다. 고향이란 떠나는 것이 되어버린 지 벌써 오래지만 고향 항구에는 언제나 못다 한 그리움의 안개가 비껴 있다. 구보씨는 홀아비이며 소설 노동자이며 피난민으로서 살아온 세월을 생각했다. 구보씨는 민족이라는 처지에서 볼 때 지난 이십오 년을 한국 사람들이 겪은 가장 나쁜 경우로 본다. 찢겨 있다는 느낌과 실제로 찢긴 살림을 이토록 철저히 겪어 온 세월이 한국 사람의 역사에는 없기 때문이다. 장님은 이 세상에 눈이 제일 귀중해 보이고(보일 수도 없지만), 귀먹은 사람은 귀가 제일 소중해 보이고(귀는 보는 기관은 아니지만) ─ 따위로, 사람은 없는 것을 제일 애타한다. 그것들이 있어봐야 별 것 아니라고 말하는 사람은 여러 말 접고 귀머거리나 장님들이 모인 데 가서 한번 그렇게 말해보면, 자기가 무슨 말을 했는지 잘 알 수 있을 것이다. 자기가 잃은 것이 사람에게는 늘 운명이다. 좋은 것들과 빛나는 것들은 모두 그 잃음에서 새어나간 것처럼 그는 생각한다. 구보씨도 그렇게 생각한다.

"자 시작해볼까?"

김홍철 씨가 이렇게 말할 때까지 두 사람은 어쩌다 보는 눈에는 좀처럼 물리지 않는 눈 아래 경치를 즐기고 있었다. 그러나 그 사이가 실상 얼마 되지 않는다.

"그럽시다."

이렇게 말하면서 구보씨는 책상에 놓인 일거리를 집어들었다. 두 사람이 따로 입선작을 놓고 작품마다 짤막한 평을 적어놓으면 되는 것이었다. 열 장 속에서 이야기 한 꼭지를 끝내는 콩트라는 이 형식은 생각하기 따라서는 신인들을 위해서는 좋은 소설 연습이 될 수 있을 것이다, 하고 구보씨는 쓰기 시작했다. 왜냐하면 짧을망정 소설로서 있을 것은 모두 있어야 하고, 쓸데없는 것은 담을 여유가 없기 때문에, 구성과 생략을 연습하기에 제일 알맞은 형식이기 때문이다. 콩트를 백 편쯤 쓰면 아마 소설의 생김은 저절로 알아질 것이다. 신인들은 대뜸 몇십 장짜리 단편소설을 쓰려고 하지 말고 콩트를 여러 개 쓰는 것이 좋을지 모르겠다. 그러면 한 편씩 읽은 느낌을 말해보기로 하자. 일반적으로 호감이 가는 일은 응모자들이 한번 무언가 생활에 대해서 써보겠다고 하기만 하면 꽤 구체적이고, 과녁에 가까운 데를 찌르고 있다는 점이다. 그런 점에서 어느 응모작이나 내용은 모두 구체적이어서 좋은데 너무 억지로 고비를 만들려고 하는 것이 흠이다. 잘되고 못됨의 가림은 이 점이 어느 만큼 그럴싸하게 꾸며졌는가에 달려 있다.

신문사에서 나온 김홍철 씨와 구보씨는 오던 길을 되밟아나갔다. 대사관 지붕에는 여전히 깃발이 나부끼고 있었으나 이번에는 아무 쪽에서도 그쪽에 말머리를 돌리지 않았다. 김홍철 씨가 말했다.

"점심 먹는 일이 남았지?"

"어디 가서 먹읍시다."

구보씨가 대답했다.

이 골목에도 음식점은 많이 있었다. 그들은 막연히 그 앞을 지나 걸어갔다. 도시라는 곳에는 골목마다 먹고 마시는 것을 파는 집이 줄줄이 늘어서 있다. 구보씨 모양으로 밖에서 사 먹는 일이 많은 처지고 보면 이런 일에도 보이는 게 많다. 대개 어떤 집에서 무얼 잘한다 하면 그리로 밀어닥친다. 아닌 게 아니라 좀 입맛에 맞는 음식 솜씨가 알린다. 그런데 얼마쯤 지나면 맛이 떨어지기 시작한다. 음식 맛에도 자람과 시듦이 있어서 봄에서 시작해서 여름 가을을 거쳐 아주 주저앉는 겨울까지 있다. 어떻게 돼서 그런지는 몰라도 열이면 열, 백이면 백이 꼭 한 본으로 이 고개를 따른다. 그러면 사람이 뜸해진다. 상관할 것 없다. 또 어느 집이 무얼 괜찮게 한다는 소문이 나고 사람들이 그리로 밀린다. 도시의 음식점은 옷차림이나 굿거리, 놀이와 마찬가지로 돌림병 같은 것이다. 『패션계』니『예능계』니 하는 잡지가 있는데 '음식계'라는 잡지가 왜 없는지 야릇한 일이다. 사실 무엇보다도 도시에 사는 사람들을 위해서 이것이 큰 쓰임이 됨직한데 말이다. '기차 시간표'나, '버스 길목알이' 같은 것과 마찬가지로 방황하는 '식사 의식'에 '가치관'을 '확립'하는 것이 '식사 근대화'의 긴급 과제라 아니 할 수 없다는 것이 구보씨의 믿음이다. 서울 음식이 나쁘다는 것이 아니다. 비싼 음식은 그만한 값이 있는데 대중 음식은 나날이 질이 나빠진다. 쇠고기 같은 것도 보통 집에서 내놓는 쇠고기는 이미 쇠고기가 아니다. 언젠가 구두창을 가지고 설렁탕을 만들어 판 분이 있다고 신문에 났었는데 오히려 그편이 낫다. 다만 까놓고 구두창이라고만 말해줬다면 말이다. '구두창 설렁탕 전문' 하고 말이다. 그러니 도시에 사는 사람들은 무얼 가지고 어떻게 지지고 볶았는지 알 길이 없는 물건을 사 먹고 지내는 셈이다. 대기 오염보다 이쪽이 더 큰 공해다. 음식 공해다. 구보씨는 음식집에서 먹을 것 한 그릇을 앞에 놓고 수저를 들 때마다 늘 속으로 피눈물을 흘린다. 모두 날치기 음식이다. 살기등등한 종업원들이 전후좌우로 좌충우돌하면서 그 음식이란 것을 쾅 툭탁 내려놓고 빈 그릇을 후닥닥 낚아채간다. 먼젓삶에 무슨 죄를 지었다고 이토록 욕을 보는지, 하고 구보씨는 그때마다 한숨 쉰다. 그렇다고 구보씨가 무슨 돈이 있다고 끼니마다 고대광실에서 비싼 음식을 사 먹을 수는 없다. 구보씨는 한 그릇 끼니에도 마음을 기대고 싶은 나그네기 때문에 더욱 그런지는 모른다.

그들은 청진동 네거리에서 어느 한식집에 들어갔다.

"불고기 어때?"

김홍철 씨가 말했다.

"그러지."

구보씨가 대꾸했다.

"술 조금 하지."

또 김홍철 씨가 말했다.

"글쎄."

"작은 것 하나 가져와. —마시다 남기면 되잖아?"

"응"

하고 구보씨가 끄덕였다. 김홍철 씨가 말한다.

"겨울이 이러구 말 모양이지?"

"그렇다고 하잖아?"

"좀 추워야 하는데."

"농사에 그렇다지?"

"응, 농사도 그렇고, 봄철 돌림병에도 그렇고 수돗물 사정도 그렇고."

"수돗물?"

"눈이 와야지."

"아. 그렇겠군."

아이가 고기를 가져다가 가스풍로에 얹는다. 두 사람은 소주를 따라 한 잔씩 마셨다.

"소주가 좋군."
"그래."
"자 한 잔."
"가만."
"천천히 할까?"

낯술이란 참 좋은 것이다. 소주 한 잔이 들어가자 구보씨는 세상의 못마땅함을 조금은 눈감아주고 싶은 생각이 들었다.

"요즈음에도 산에 가나?"

구보씨가 물었다. 김홍철 씨는 술잔을 입에 가져가다 말고 고개를 저었다.

"아니."
"따뜻한데."
"좀 바빠서 못 갔어."

김홍철 씨가 산에 다닌다는 얘기를 들은 것이 떠올라서 물었던 것이다.

"안 다니게 되면 계속 안 다니게 되지."
"그럴 게야, 술 같은 거군."
"낚시는 가끔 가지."
"겨울 낚시군."
"재미있다구."
"나도 한번 가볼까?"

구보씨가 그렇게 말하자 김홍철 씨는 고개를 끄덕였다.

"해보라구, 좋다구."

"제자리에서 먹나?"

"그럼."

"싱싱하긴 하겠군."

"초간장을 해 가지고 가서 먹는데 그만이야."

"흠."

"집에서 그렇게 먹어도 맛이 없을 거야."

"그렇겠지."

"한잔 곁들이면 더 좋구."

"신선놀음이군."

"심심풀이를 가져야지 자네두."

"그래야겠는데 잘."

"해봐야 알지."

"해봐야."

"뭐 그야말로 심심풀이니까, 어렵게 생각할 건 없어, 훌쩍 시작하는 거지 안 그래? 싫으면 다른 걸로 바꾸면 되지."

"능통할 건 없으니까."

"능통?"

"그럴 필요 없지?"

"능통해선 뭘 해, 재민데."

"그래야 편하지."

"편하자고 하는 일이니깐."

그들은 작은 병 소주를 절반쯤 마시고 난 나음 밥을 먹기 시작했다.

"소금구이집이 좋은 데 있는데."

김홍철 씨가 말했다.

"어디?"

"저쪽 무교동."

"나도 알아."

"가봤을 거야."

"그 골목으로 들어가서 말이지?"

"그 집."

"쇠고기 맛이 나빠진 건 사실이지."

"그래, 뭐 그러잖아, 부피를 늘이느라구 손질을 하겠지."

"손질?"

"잡기 전에 소에게 물을 먹인다든지."

"또."

"뭐 있겠지."

더 얘기하면 입맛이 떨어질까 봐 구보씨는 입을 다물었다. 그리고 문득 구보씨는 사람이 짐승이나 푸성귀를 먹고 산다는 것이 끔찍스러운 생각이 들었다. 갑자기 어떤 낱말이 낯설어 보이는 경우처럼 자기가 낯설어 보이는 것이었다. 이것은 좋지 못한 일이었다. 목숨 가진 것이 자기 목숨을 뜯어보는 것은 적당한 데서 그쳐야 할 일이었다. 실험실 속에서 하는 과학이니, 소설이니 하는 소독 장치 없이 평시 삶에서 그런 버릇이 붙으면 살아가기가 까다로워진다. 구보씨는 그러기를 바라지 않기 때문에 이쯤에서 그런 생각을 잘라버렸다. 그에서 그치지 않고 구보씨는 고기 한 점을 집어서

의젓이 입에다 넣었다.

　김홍철 씨와 갈라진 구보씨는 화신 뒤에 있는 잡지사 '신세계'로 갔다. '신세계'에서 며칠 전에 구보씨에게 질문서를 보냈었다. 질문은 이런 것이었다. ① 당신은 왜 계속 쓰고 있는가? 당신의 작품은 어떤 목적에 봉사하는가? 근년에 당신의 사명감이 크게 바뀐 적이 있는가? ② 예술과 정치가 나누어져야 한다고 믿는가? 그에 대한 믿음이 지난 십 년 동안 변하거나 혹은 더욱 심화되었는가? 그 기간 동안 삶의 정치화가 당신의 작품에 어떤 영향을 주었는가? ③ 오늘날 한국 작가들의 문학 작업은 식민지 시대의 작가들과 같은 문학적 원칙에서 행해지고 있다고 생각하는가? 그렇다면 그 문학적 원칙은 무엇으로 보이는가? 그렇지 않다면 어떤 새로운 문학적 원칙이 가치 있는 것인가? ④ 당신의 경우 근년에 문학적 기준의 일반적 붕괴가 있었는가? 당신은 과거의 기준과 현재의 기준 사이에 어떤 갈등을 의식하는가? 이런 내용이었다. 구보씨는 우편으로 보내진 질문서를 받고 곧 써 보낸다는 것이 미적미적하다가 오늘 집을 나서면서 질문서에 적힌 원고 마감 날짜를 보았더니 이틀이나 지나 있었다. 그래서 구보씨는 문득 가까운 데 있는 그 잡지사에 들러서 쓰지 못한 사과도 할 겸, 거기 근무하는 시인 김소양 씨를 만나보고 싶은 생각이 들었던 것이다.
　김소양 씨는 마침 있었다.
　"점심 하셨습니까?"
　김소양 씨가 물었다.

"네."

"저는 지금 가려는 참인데, 그럼 차라도?"

"아니, 저 그 질문—"

"가져오셨나요?"

"아니 쓰지 못했는데."

"그래요? 그럼 오신 김에 여기서 쓰시죠. 자 제 자리에서, 전 그동안 밥 먹고 오지요."

"그럴까요?"

"그러세요."

김소양 씨는 구보씨를 제 자리에 앉히고 종이와 연필을 갖춰준 다음 밥을 먹으러 나갔다. 구보씨는 질문서를 펴놓고 쓰기 시작했다. 당신은 왜 계속 쓰고 있는가—답변은 간단합니다. 산이 있기 때문에 산에 오르는 것이 등산가인 것처럼 내 앞에 삶이 있고 내 속에 목숨이 있기 때문입니다. 계속이란 말에 특별한 뜻이 있다면 그에도 답할 수 있습니다. 역시 간단합니다. '삶'이 사라지지 않고 '계속' 있기 때문이며, 내가 '계속' 살아 있기 때문입니다. 또 만일 '계속'이란 뜻이 쓴다는 '직업'을 바꾸지 않는 이유라는 것이라면 그에는 이렇게 답하겠습니다. 즉 직업 바꾸기가 그렇게 쉽습니까라고 말입니다. 당신의 작품은 어떤 목적에 봉사하는가?—내가 생각하기에 '인간의 행복을 가장 촉진한다고 생각하는 생활 원리를 작품을 통해 보급한다'는 목적에 봉사합니다. 개인적인 포교布敎입니다. 말하자면, 내가 생각하는 인간의 행복 원리는 ① 자연을 알라; ② 사회를 알라; ③ 혼자만 잘살자고 말아라 하는 것입니다.

근년에 당신의 사명감이 크게 변한 적이 있는가?—없습니다. 나는 포교 능력에 대한 평가는 변했습니다. 처음에 생각하기보다는 못한 걸로 압니다. 그러나 이것은 나 개인의 일솜씨일 뿐 쓴다는 일의 일반적 가치에는 상관없습니다. 내가 십이 제자의 축에 들지 못한다고 해서 포교가 불가능하리란 법은 없습니다. 오히려 나의 능력을 앎으로써 나는 평화를 얻었습니다. 다시 한 번 기독교의 비유를 들면, 모든 신도는 골고다에 얼마나 가까이 서 있느냐에 따라 인간적 가치가 매겨집니다. 인간적 지도地圖에 있어서의 자기 자리를 나는 받아들이려 합니다. 골고다에 가깝게 설 만한 그릇이 못 될 때 차선의 길은 자기 자리가 비록 초라하더라도 허장성세를 말고, 분수 이상의 보수를 바라지 않는다는 원칙입니다. 예술과 정치가 갈라져야 한다고 믿는가—물음은 어렵지 않으나 질문 방식은 적당치 않습니다. 예술이 정치가 아니므로 그런 뜻에서는 스스로 갈라져 있습니다. 분업 사회의 분과 기능으로서 말입니다. 그러나 정치적 소재를 예술이 다루어서는 안 되는가, 라는 뜻이라면—예술과 정치는 갈라져서는 안 됩니다. 어려운 말을 그만둡시다. 당신은 정치면을 신문에서 없애야 된다고 생각하십니까? 경제 신문·스포츠 신문·연예 신문·예술 신문 따위는 있을 수 있습니다. 그렇다면 정치 신문만은 왜 있어서는 안 됩니까? '신문'을 '소설'이라 바꿔보면 쉬운 이칩니다. 그에 대한 믿음이 지난 십 년 동안에 달라지거나 혹은 더 깊어졌는가?—그대롭니다. 그 기간 동안 삶의 정치화가 당신의 작품에 어떤 영향을 주있는가?—삶의 정치화에 맞먹을 만큼 내 작품을 통해 비판을 하지 못한 것이 부끄럽습니다. ①에서 일반적으로 문학의 목적을 말했습니다만 그 것은 내용에 관한 것이었습니다. 보다 문학의 형식에 연결시켜 '문학의 목적'을 보충할 필요를 느낍니다. 그것은 문학은 삶의 도 식화에 대해서 끊임없는 해독제解毒劑 · 보완補完 원리로서 작용해 야 한다는 말입니다. 아니 어떤 도식의 고정固定에 반대한다고 하 는 게 옳겠습니다. 다만 강조하고 싶은 것은, 내 의견으로는 '도 식'에 대항하는 것은 '非도식'이 아니라 '보다 나은 도식'이라는 점 입니다. 예술은 지금 당장의 실현 여부에 상관없이 '가장 뛰어난 圖式'이라고 말할 수 있겠습니다. ③ 오늘날 한국 작가들의 문학 작업은 식민지 시대의 작가들과 같은 문학적 원칙에서 행해지고 있다고 생각하는가?―너무나 헤넓은 물음입니다. 식민지 시대에 도 각파 작가들이 있었는데 어느 파 작가들을 두고 얘기해야 하겠 습니까? 시대가 다르면 원칙도 다릅니다. 내가 값있다고 생각하는 원칙은 ①에서 말했습니다. 여기서 덧붙이고 싶은 것은 문학은 섭 섭하게도 집단 생산이 아니고 개인 생산이기 때문에 어떤 천재라 할지라도 한 사람의 작품이 시대를 혼자 떠맡고 나머지는 모두 있 으나 마나 한 덤이라고 생각하는 방식은 잘못이라는 것입니다. 왕 王은 한 사람이지만 문학의 왕은 원칙적으로 정원定員이 없습니다. 그러므로 예술의 세계는 관료주의의 세계가 아닙니다. 일체의 관 료주의에 반대할 것 이것이 새로운 그리고 영원한 문학적 원칙이 라 생각합니다. ④ 당신의 경우 근년에 문학적 기준의 일반적 붕괴 가 있었는가?―없었습니다. 터놓고 말해서 기준이란 것이 그렇게 자주 달라질 수 있는 것일지 의문입니다. 실은 삶이란 것이 예나 지금이나 마찬가지이듯이, 문학적 잣대도 어느 시대에나 마찬가지고, 사람들이 원칙이 달라졌다고 느낄 때의 원칙이란 정확하게는, '원칙'이기보다는 '원칙 係數' 같은 것입니다. 즉 환율입니다. 로마에 태어났으면 '네로'를 만나는 것이고, 중국에 태어났으면 걸桀왕을 만나는 것입니다. '네로'나 '桀'은 원칙 계수이고, 원칙은 그들의 공통 본질인 '暴君'입니다. 현상과 본질을 항상 유착愈着 상태로밖에는 받아들이지 못하는 것은 야만인입니다. 그런 사람은 '桀王'은 마다하면서 '네로'는 좋다고 하는 실수를 저지르기 쉽습니다. 마지막으로 좋은 글귀 하나를 소개하겠습니다. "向裏向外 逢著便殺. 逢佛殺佛 逢祖殺祖 逢羅漢殺羅漢 逢父母殺父母 逢親眷殺親眷 始得解脫. 不與物狗 透脫自在"——안팎으로 만나는 자를 모두 죽여라. 부처를 만나면 부처를 죽이고, 스승을 만나면 스승을 죽이고, 나한을 만나면 나한을 죽이고, 부모를 만나면 부모를 죽이고, 친척을 만나면 친척을 죽여야만 비로소 해탈을 할 수 있다— 구보씨는 쓰기를 마쳤다. 머리를 들어보니 방 안에는 저쪽 창가에 사환 소녀가 앉아 있을 뿐 편집부원들은 모두 자리를 비우고 없었다. 구보씨는 담배를 꺼내 붙여 물었다. 그리고 자기가 방금 쓴 것을 읽어보았다. 이런 따위의 글은 대단히 막연한 것이기 때문에 어떤 형식으로도 쓸 수 있고 그때마다 달라질 수도 있다고 생각한다. 구보씨는 글자를 빠뜨린 데를 두어 군데 고치고 난 다음 종이 모서리를 가지런히 챙겨서 한쪽으로 밀어놓았다. 구보씨는 방 안을 둘러보았다. 구보씨에게 제일 낯익은 풍경이었다. 구보씨 친구들은 대개 이런 데서 일하고 있었다. 그래서 구보씨에게도 그것은 남의 방만이라고만은 할 수 없는 팔이 들이굽는 곳이었다.

김소양 씨가 돌아왔다. 김소양 씨는 구보씨 친구로 지식인의 마음의 갈피를 날카롭게 파헤치는 시를 쓰는 사람이었다. 그의 노래의 날카로움과는 달리 김소양 씨는 비길 데 없이 부드러운 인품의 사람이었다.

"혼자 실례했습니다."

"네."

김소양 씨는 구보씨 원고를 들여다보았다.

"다 쓰셨습니까?"

"네."

"잘됐습니다."

"늦지 않았습니까?"

"아직 괜찮습니다."

"쓴다고 작정하고 있었는데 그만."

"이번에는 원고가 잘 들어왔습니다. 원고가 모아지지 않으면 애를 먹습니다. 매달 한 가지씩은 예정이 틀려버립니다."

"미안합니다."

"아닙니다. 다방으로 내려가실까요?"

구보씨는 일어섰다. 두 사람은 복도에 나가 승강기를 타고 이 건물 지하층에 있는 다방으로 내려갔다.

제12장
다시 昌慶苑에서

 창문 가득히 눈이 내리고 있었다. 요즈음 건물이 모두 그런 것처럼 밖으로 향한 벽 거의 모두를 차지하고, 가는 알루미늄 창틀로 이어진 옆으로 긴 창문에 갑자기 움직이는 흰 것들이 확 떠오르더니 눈발은 굵어지고 짙어지고, 걸차졌다.
 1972년 2월 하순의 어느 날 오후, 소설노동자 구보씨는 이 눈발을 보고 있었다. 그것은 그의 친구의 사무실이었다. 구보씨는 기름 난로를 사이에 두고 친구와 마주 앉아서 신문을 보다가 문득 이 맞전에서 눈시울로 환한 기운이 오길래 머리를 들었더니, 밖에서는 눈이 내리던 것이다. 이번 겨울은 눈다운 눈도 없었고 추위다운 추위 또한 없었다. 그까짓 이 고장 눈이 다웁게 온대야 별것이 아니지만 여느 해 내림만큼도 되지 못했더라는 이러한 이야기다. 구보씨가 이 고장 눈을 무수 깔보는 게 아니라 사실이 그랬다. 구보씨 고향은 지금은 휴전선 이북인 동해안의 항구다. 거기서 본 눈을 본 눈에는 서울 겨울철에 내리는 이 하늘의 꽃은 아무래도 미안한 것이었다. 그런 데다가 지난겨울은 유별나게 따뜻해서 무언가 속은 것같이 어물어물 넘기고 만 것이었다. 지금이 2월 하순이니 추울 고비는 지났고 어쩌면 이 눈이 마지막일 수도 있었다. 마지막 눈이라서 안타깝다든지 하다는 것도 아니었다. 안타깝기로 하면 피난살이 스무 해 끝에 서른 살 중마루도 넘어선 지금의 구보씨에게는, 넘치고 넉넉한 안타까움의 기억이 마음에 쌓여 있는 것이었다. 눈은 눈에 지나지 않는다. 구보씨는 읽던 신문을 다시 집어들었다. 이즈음 신문은 매일같이 미국 대통령이 중공을 방문하고 있는 동정을 첫머리에 싣고 있었다. 한 나라의 우두머리가 다른 나라로 가서 그 나라 우두머리를 만나는 일이 언제부터 그렇게 대견한 거동이 되었는지는 모른다. 언제부터라고 함은 인간의 세월에서 늘 그랬던 것은 아니기 때문이다. 인디언이 나오는 영화를 보면 추장은 늘 백성이 있는 데서 멀리 있지 않다. 아낙네들이 밥 짓는 옆에 추장의 천막이 있고 거기서 문무文武 고관들이 모여 회의를 하고 있다. 전쟁할 때도 척후병과 추장의 자리는 언제든지 바뀔 수도 있게 가깝다. 평화를 논의할 때도 추장 당자가 실무자이자 결정권자다. 그런 시절에는 우두머리는 늘 뒷전에만 있은 게 아니었던 것이다. 그때는 그때고, 언제부턴가 우두머리들은 홀가분하게 나다니는 일이 적어진 탓으로 그런 우두머리가 거동을 하면 고래가 지나간 물길처럼 새우들은 소용돌이에 휘말려 어리둥절하다. 그러나 이번에 미국 대통령의 거동에 지구 위에 사는 사람들이 처음에는 깜짝 놀라고 다음에는 숨을 죽이고 지켜본 것은 반드시 그 때문은 아니다. 우두머리 행차가 신기하다는 그 때문만은. 못 갈 데, 안 갈 데라고 알았던 데로 간 탓이었다. 그 까닭은 당대를 사는 사람에게는 잔소리요 뒤에 오는 사람들에게는 희한한 소리가 될 것이다. 이즈음 미국과 중공은 철천지원수지간이었다. 한쪽은 중국 요리를, 다른 쪽은 양식을 먹건만도 서로 생각만 해도 밥맛이 없을 지경이었다. 그러던 판에 갑자기 미국 대통령이 중공으로 간다고 선포를 한 것이었다. 가기 전 며칠부터 '카운트다운'이라는 말이 쓰였다. '카운트다운'이 무엇인가 하면, 달에 쏘아 보내는 로켓 때문에 우리도 알게 된 말인데, 일이 시작하는 시각에 임박해서, 행동 개시 5분 전, 4분 전, 3분 전 이런 식으로 거꾸로 세는 것을 말한다. 사람이 달에 갔다는 건 사실 대단한 일이었다. 미국 대통령의 중공 행차가 거기 비유되었으니 그 거동의 뜻을 넉넉히 알 만하지 않은가. 게다가 미국 대통령은 중국 요리를 넙죽넙죽 먹는다고 하니 어찌 된 영문인지 알 수 없는 일이었다. 그러나 한국 사람들이 숨을 죽이고 지켜본 것은 그 때문만도 아니었다. 미국 대통령이 북경에서 중국 요리를 몇 젓가락 먹었기로서니, 한국에 있는 중국 음식집에 짜장면이 동이 날 것도 아니기에 말이다. 구보씨 같은 한국 사람이 타향의 눈을 보면서 고향 눈 생각을 하는 것은 바로 미국 사람들과 중공 사람들 의가 좋지 못한 것과 큰 관계가 있었기 때문이다.

　어젯밤 구보씨는 늦게까지 일을 했다. 주문을 받은 소설을 한 편 써야 했기 때문이다. 며칠째 달라붙어보았으나 이야기 한 꼭지는 잘 마무려지지 않았다. 생각의 갈피가 제멋대로 달아나서 도저히 말을 들어먹지 않았던 것이다. 구보씨는 그럴 때면 조금 쉬었다가 다시 시작하든지 나들이를 하고 들어오든지 하는데 밤중에 나들이를 할 수는 없었다. 실은 구보씨 같은 노동 형태로 볼 것 같으면 밤중에 나들이를 해서는 안 될 일이란 아무것도 없고, 오히려 그래야만 할 것이었다. 그러나 이즈음 한국 사람들은 밤 12시부터 새벽 4시까지는 거리에 나오지 못하도록 되어 있기 때문에 그럴 수도 없었다. 구보씨는 유독 노동을 하는 중이 아니더라도 밤중에 갑자기 거리에 나가고 싶은 가벼운 지랄병 같은 것을 가지고 있었다. 지랄병이기 때문에 왜 그런지는 구보씨 스스로도 모르고 그저 그런 것이었다. 어제 저녁도 그 병이 살그머니 동해오는 것을 느끼고 구보씨는 매우 난감했다. 그러나 한두 번 있은 일이 아니기에 구보씨는 놀라지 않았다. 이 병 조짐은 어떤가 하면, 온몸 마디마디가 싱숭생숭싱숭생숭해지는 것이다. 구보씨는 매우 점잖은 사람이어서 남들이 다들 집에서 조용히 앉아 있는 시간에 밖으로 나대쌓는 것을 싫어함에도 불구하고, 그의 몸은 아랑곳없이 안달을 내는 것이기에 이처럼 귀찮은 일이 없었다. 그럴 때면 구보씨는 자기 몸의 마디마디더러 이렇게 타이른다. 알겠니. 그런 게 아니야. 그럴 수도 있지. 그러나 그런 게 아니야. 그 사정이야 말해서 무엇하겠니. 아무도 몰라도 나는 알지. 너희들이 원하는 것을. 그러나 이 세상 살아가자면 참아야 할 일이 얼마나 많아? 그리고 사람은 겸손해야지 쥐꼬리만 한 턱을 대고 염치없이 굴면 못써. 그런 줄이나 알아야지. 그저 참자 참아. 그러면 좋은 세상 보겠지. 그럼 어떡허니. 아니란다. 그런 건방진 소리 말아요. 세상일을 나 혼자 하는 게 아니야. 덮어놓고 나대쌓는 것보다는 엎드러서 눈물방울을 세는 게 더 착한 일이야. 눈물이 모자라서 그런지도 모르잖아. 눈알이 빠지게 울면 혹시 알아? 못 보던 새 세상이 캄캄하게 밝아올지 누가 알아——이런 넋두리를 들려줄라치면 보통 잠잠해지는 법이었다. 그래 구보씨는 어젯밤에도 이런 자장가를 제 몸 마디들에게 들려주었다. 그게 역시 효험이 있었던지 병은 발작까지는 가지 않고 간신히 수그러졌다. 그 대신 일도 축을 내지 못했다. 구보씨는 어떻게 된 셈인지, 새 일을 시작할 때마다 눈앞이 캄캄하고 엄두가 안 나는 게 예사였다. 서당개 삼 년에 풍월이라지만 오리 털 십 년에도 두루미 털은 안 되는 것인지 가도록 심산이요 앞뒤가 캄캄하다. 구보씨는 요즈음에는 이 일이 한없이 두려웠다. 두렵다고 해서 팽개칠 수도 없는 일이었다. 왜냐하면 손에 익힌 일이 이뿐이니 그걸 팽개치고 이 하늘 밑에서 목구멍에 풀칠하기란 사실 바랄 수 없었다. 그래서 구보씨는 한 번 생각하던 것을 두 번 생각하고 두 번 생각하던 것은 세 번 생각하기로 하였다. 소가 여물 씹듯, 생각이란 것을 그렇게 곱씹다 보면, 처음에 콩대를 먹었는지 지푸라기를 먹었는지 나중에는 분간할 수 없게 된다. 이렇게 되면 처음에 먹은 것을 되살려내기 위해서 또 씨애질을 한다. 형체를 분간할 수 없는 것을 가지고 콩대도 만들고 지푸라기도 뽑아내자니 가히 '創造'이기는 하다. 그러나 이것은 잘될 때 일이고 안될 때는 아무리 씨애질을 해도 헛일이다. 어젯밤도 일지우 헛꽤였다. 잠도 설쳐버린 구보씨는 옆치락뒤치락하다가 새벽녘에 잠이 들었는데 그 잠 역시 온전치 못하고, 보통 같으면 이런 날에는 늦잠을 자는데 오늘은 그러지도 못하였다. 그래서 지금 눈발이 내리는 것을 보다가 신문으로 눈길을 돌린 구보씨는 꾸벅꾸벅 졸기 시작했다. 우리들의 주인공이 마침 저렇듯 졸고 있는 사이에 이 사람이 대체 어떤 사람인가를 좀더 알아보기로 하자. 구보씨는 이번 전쟁—이라고 함은 1950년 6월에 시작된 전쟁 때 북한에서 홀몸으로 피난해온 사람이다. 지금 구보씨 나이가 서른예닐곱 될 터인데 그때라면 열네댓 됐을 때다. 아주 옛날이면 열네댓이면 장가들 나이지만, 이 무렵은 혼인은 훨씬 늦어 스무 살 중반쯤부터 제 나인데, 그 까닭인즉 그때까지 학교를 다녀야 하기 때문이다. 그래서 구보씨가 피난 올 때 나이로 말할 것 같으면 앞뒤를 가리기 어려운 철부지랄밖에 없다. 게다가 그리 총명한 편은 아니어서 되레 얼뜬 편이라는 것이 사실이었으니 이런 처지에 피난살이가 어떤 것인지 짐작할 만하지 않겠는가. 영도다리 난간 위에 초생달만 외로이 뜬 것은 다름 아닌 이 구보씨 때문이었다. 그러면 그런 나이에 홀몸으로 피난 왔다면 구보씨는 고아였는가 하면 그것도 아니다. 그때 피난 온 사람은 대개 가족이 흩어져서 혼자도 되고 둘도 되었다. 난리에 이런 일은 보통 있는 법이다. 구보씨도 이 경우였다. 다만 구보씨 경우에 확실한 일은 그의 가족들은 결국 고향을 떠나지 못했으리라는 것이었다. 그의 고향 사람들은 항구에 들어온 미국 화물선을 타고 나온 것인데 구보씨네 가족은 배를 타러 나왔다가 부두의 아우성 속에서 서로 갈려버렸기 때문이다. 배가 아니라 뭍길로도 더러 나온 사람이 있긴 하지만 그런 사람들은 나와서 가족이 서로 합쳤다. 구보씨는 어느 연줄로도 그의 가족을 봤다는 얘기를 못 들었으니 고향에 남았음이 틀림없었다. 현재 구보씨의 직업은 소설노동자인데 지금으로서는 구보씨는 이런 길에 들어선 것을 크게 뉘우친다. 소설 노동이 희한치 않다든지 해서가 아니다. 이 시절 사람이 손에 익힐 직업치고는 너무 어려운 직업인 까닭이다. 소설이라면 알다시피 세상살이 이야기 한 꼭지를 지어내서 세상 이치를 밝혀내고 인물마다 옳고 그름을 가리는 일이다. 그러니 인물 몇을 이리저리 몰면서 신파 연극을 꾸미는 것은 우선 나중 일이고 그놈의 '세상 이치'와 '시비곡직'이란 것만은 환히 꿰뚫어 보아야, 몰고 다니든 타고 다니든 할 것인데, 이게 그게 아니다. '세상 이치'로 말하면 구보씨 어릴 때만 해도 햇바퀴처럼 환한 것인 줄 알았다. 해방이 될 때까지만 해도 구보씨는 천황 폐하에 충성하고 싸움터에 나가서 천황 폐하 만세 하고 죽는 것이 사람의 도리인 줄 알았다. 그런데 어느 해 여름 난데없이 러시아 군대가 들어온 다음부터는 일본은 한국의 원수고 스탈린 대원수大元帥를 위해 죽는 것이 사람의 도리라, 이렇게 되었다. 영문을 알 수 없는 일이었다. 다음에 남한에 와서 본즉 이도 저도 다 거짓말이고 미국이 우리 친구요, 미국 친구들과 친구인 이승만 박사가 우리나라 아버지다, 이렇다는 것이었다. 불쌍한 구보씨에게는 너무한 일이었다. 워낙 총명치 못한 데다 아둔하기까지 한 것이 구보씨였다. 아둔하다 함은 생각이 벽창호요 외골수여서 이 세상에 왕이 하나거니만 믿었다는 말이다. 그것도 제 눈으로 보기나새나 어른이며 선생님이며 유명한 책이며가 그렇게 말한 것을 곧이곧대로 받아넘겼던 것이다. 요즈음 같으면 세 살짜리 아이도 족히 제 잘난 게 임금이란 것을 알지만 구보씨는 아깝게도 연골 적에 몹쓸 주눅이 들어 이 이치를 깨닫는 데 꼬박 스무 해가 걸렸던 것이다. 알고 보면 아무것도 아닌 이치요, 내려오는 말이 없는 것도 아니다. 오뉴월에 오이를 거꾸로 먹어도 운운, '王候將相'이 씨가 따로 있으랴 운운, '匹夫之志不可奪' 운운—이런 형편인 것이었다. 그렇다면 이 세상에 엄연히 우두머리도 있고 졸개도 있는데, 이건 과연 어찌 된 것이냐, 구보씨는 이 이치를 아직 깨닫지 못하고 있는 것이었다. 사람들이 제 잘난 멋에 사는 것까지는 알겠는데, 실지로 잘난 등급이 다른데 무얼 가지고 이렇게 정했느냐 하는 이 대목을랑, 알 듯 모를 듯 역시 모르겠다는 이러한 이야기가 되는 것이었다. 이것을 모르고서는 이야기 속에 나오는 사람의 옳고 그름을 따진다는 일이 될 수 없다. 구보씨의 괴로움은 바로 여기 있었다.

구보씨는 문득 잠에서 깨었다. 밖에는 눈이 내리고 난로 건너편에 친구가 앉아 있었다. 자기가 깜박 졸기 전에 이 세상에 남겨놓았던 물건들—창밖의 눈이며, 난로며, 친구며, 사무실이며를 구보씨는 정신이 든 머리에 하나하나 거둬들였다. 그가 읽던 신문이 친구의 손에 들려 있는 것까지를 알아보고 구보씨는 온전한 정신이 들었다.

"밤샘을 한 모양이군"

하고 친구가 말했다. 친구는 매매 중개를 업으로 하는데 때로는 일하는 사람들이 모두 나가 있고 주인이 혼자 사무실을 지키고 있는 때가 많아서, 구보씨는 한결 편하게 방문을 즐길 수 있었다.

"응."

구보씨가 대답했다.

"눈은 오고."

친구가 말했다.

"응."

구보씨가 말했다.

눈은 여전히 흩날리고 있었다. 높은 건물의 창에서 내다보는 도회의 눈 오는 오후는 아주 고약하게 마음을 휘저어놓는다. 구보씨는 자리에서 일어났다.

"왜? 가려구."

신문을 내려놓으면서 친구가 물었다.

"응."

"놀다 가지? 이따 저녁에 대포나 한잔 하게."

"어디 볼일 좀 보고 다시 들르지."

친구는 끄덕였다. 구보씨는 이 건물 사층에 있는 그 방을 나와 계단을 내려갔다. 삼층에는 학원 간판이 붙어 있고 이층에는 맥줏집, 일층에는 다방이 있다. 학원에서는 신입생을 받는다는 방을 붙이고 있었는데 창문으로 보이는 사무실 안에는 젊은 여자 하나가 멍하니 창문을 내다보고 있었다. 맥줏집은 부조浮彫를 한, 흔히 보는 갈색 나무 문이 물장사하는 집 이 무렵 때의 낯빛을 짓고 굳게 닫혀 있었다. 그가 일층에 내려섰을 때, 장화를 신은 다리 하나가 문틈으로 사라져가고 있었다. 구보씨는 건물 현관을 나섰다. 이 근처에 가장 많은 것은 역시 음식집이다. 한식·왜식·양식·

중국집이 줄느런히 처마를 잇대었고, 다방도 짧은 지름치고는 많은 편이다. 그리고 빈대떡 술집이다. 높은 집이 근년에 들어서면서 '학원'도 하나 있고, 한길에 좀 들어앉아 '요정'들이 있다. 해말끔하게 차린 반반한 여자들이 그런 골목의 그런 현관이나 한식 대문으로 쑥 들어간다. 출근길에는 그들도 한복 아닌 양장을 하고 다니는 모양이어서 이 길을 지나는 좀 반반한 여자들은 모두 이런 집에 붙어사는 종류라 보아 틀림없다. 점심시간이면 입 언저리가 벌건 사람들이 이쑤시개질을 하면서 밀려다닌다. 지금은 점심때가 아니요 게다가 눈이 내리는 탓으로, 이 거리의 모습은 한결 정갈하고 싱싱했다. 구보씨가 문득 친구의 사무실을 나온 것은 참말 어디 볼일이 있어서가 아니었다. 사무실 창으로 내려다보니 눈 내리는 거리가 좋았고 무작정 걸어보고 싶었다. 보통 때 내려다보이는 거리는 늘 거슬리는 데가 있었다. 더욱 같은 빌딩 안에서 다른 빌딩을 건너다보면 다듬지 않은 맨 시멘트 옆구리며 구지레한 꼭대기며 하는 게 정나미가 떨어지고, 높은 건물 사이사이에 아직 예대로의 기와집이 있는 데는 더욱 안 좋았다. 기와지붕들은 대개 여관·호텔·요정인데 내려다보이는 몰골이 그처럼 추잡스러울 수가 없다. 원래 이 바닥의 주인은 그 기와지붕들인데 새 양식집들이 들어찬 틈바귀에 남은 그것들은 꾀죄죄하고 볼품이 없다. 울긋불긋한 옷이 들락날락하고 마루에 그림자가 언뜰언뜰 지나가고 하는 것도 모두 여름에는 후줄근하고, 겨울이면 또 을씨년스러워 보인다. 그러나 오늘은 이 거리가 달리 보였다. 그렇게 저렇게 나앉고 돌아앉아서 살아가는 내력을 못 본 체해주고 싶은 그런 마음을 일게 하는 게 다름 아닌 이 눈발이었다. 구보씨가 성인군자라면 평시에도 그렇게 보는 게 옳았을지 모르되, 실지로는 그렇지 못하던 것이다. 눈이라는 이 하얀 가루가 공중에 가득 퍼지면서 거리는 순간에 그 참다운 모습을 나타낸 것이다. 집들은 이 '공간' 속에 눈이나 비를 피하기 위해서 땅 위에 세워진 삶의 우리라는 것. 사람들은 이 '공간' 속에 마련된 '우리' 속에서 살며 만난다는 것. 사람들은 이 '공간' 속을 어디론가 걸어가며, 걸어간다는 것은 땅을 밟고 옮기는 것이라는 것. 그러면서 이 '공간'에 가득 찬 '공기'를 마시고 있다는 것. 요컨대 사람들은 '공간' 속에서 '자연'과 더불어 있다는 것—이런 사실이 마치 무색투명한 세균을 알아보기 쉽게 하기 위해서, 현미경 아래 놓인 물방울에 '물감'을 떨어뜨렸을 때, 세균들이 물이 들어 잘 보이는 것과 같았다. 눈이라는 물감 가루가 공간에 뿌려지자 비로소 '공간'과 '집'과 '사람'과 '공기'와 '길'이 저마다 불쑥 드러난 것이었다. 그리고 본즉 다만 자연 속에서 우리를 짓고 섰다는 일 하나가 그렇게도 덮어놓고 대견해 보였다. 또 비겨 말하자면 한 방울의 촉매 때문에 화학 원소들이 제자리에 가 서는 모양과도 같았다. 구보씨도 공연히 그러는 게 아니라 그럴 만해서 이 거리를 걸어가는 사람이요, 말은 못 하겠으나 곡절이 있어서 살고 있는 사람 같은 느낌이 들었다. 구보씨는 수송국민학교 앞을 지나서 조계사 뒷길을 걸어갔다. 이 길 또한 서울 같은 데서는 쉽지 않은 길이다. 지금도 이만한 것을 보면 한 십 년 전만 해도 얼마나 조용했으랴 싶다. 게다가 이 골목에는 새로 지은 집들이 없는데도 아직 초라해 보이지 않을뿐더러,

매우 실속도 있고 내력도 있어 보인다. 이 도시에서 오랫동안 흔들리지 않는 넉넉한 살림을 해오는 사람들이 살고 있을 것 같은 집들이다. 한말과 일제 시대, 그리고 해방 후에—이렇게 어려운 고비를 모두 그럴듯하게, 유리하게 넘어서면서 살아왔고 산다는 것이 무엇인지를 아는 사람들이 사는 골목 같았다. '恩給'이라든가 '株'라든가 '年金'이라든가 하는 부르주아 사회의 신비한 부적들이 그닥 실감 있는 풍속이 되어본 적이 없는 우리 사회에서는 이런 분위기는 드문 일이다. 구보씨는 조계사 뒤를 지나서 안국동 로터리 쪽으로 나갔다. 거기 네거리에서 구보씨는 잠깐 망설였다. 오늘 볼일은 오전에 다 마쳤으므로 가봐야 할 데가 있는 것도 아니었다. 그저 발이 내키는 대로—아마 남 보기에는 의젓한 걸음으로 구보씨는 비원 쪽으로 걸어갔다. 눈 속을 걸어가는 사람들이 한결 바빠 보였다. 눈은 내리는 대로 밟혀서 아스팔트 길은 번들거렸고 차가 다니는 길에는 바퀴 넓이의 두어 곱 되는 물기 있는 자국이 나 있었다. 구보씨는 비원 앞까지 왔다. 거기는 비원 맞은편이었는데 높은 건물이 새로 서 있었다. 이것은 고급 아파트라는 말을 들은 적이 있는데 현관 유리 너머로 융단을 깐 층계가 보였다. 여기도 잘사는 사람들의 안식처가 있었다. 구보씨는 길을 건너 원남동 쪽으로 걸어갔다. 이쪽도 새집들이 별로 들어서 있지 않은 구역이지만 훨씬 '庶民'적이었다. '庶民'이라. '嫡庶'의 '庶' 잔데 언제 어떻게 생긴 말인지 굉장한 말이다. 신문 같은 데서 덮어놓고 이 말을 쓴다. 또 '庶民'적인 성격이니, 한다. 모두 첩의 자손이란 말인가. 아무튼 이 언저리도 꽤 변하지 않는 구역이다. 구보씨가 걸어온 길목만 해도 이렇게 사람들은 여러 나름으로 살고 있었다. '에익 神哥놈' 하고 구보씨는 중얼거렸다. 딱히 왜 그런지는 모르겠는데 그렇게 말해야 마땅할 것 같았다. '神哥놈'이란 '神' '하느님' '造物主' 따위를 말한다. 언제부턴가 구보씨는 어떤 사물이나 사건이나 심경 같은 것에 부딪칠 때, '에익 神哥놈' 하고 뇌는 버릇이 생겼었다. 그저 두리둥실한 답답함이라든지 아리송한 것이라든지 한스러운 일이라든지 그럴싸하다든지 장하다든지 할 때면 이 말이 불쑥 나오는 것이었다. '쯧쯧'이라든지 '원 저런'이라든지 '맙소사'라든지 '오냐 그러기냐'라든지 '요것 봐라' '어렵쇼' '그러면 그렇지' ─ 이런 따위의 뜻을 가진 말로 구보씨는 쓴다. 지금, 이 언저리를 지나면서 구보씨는 몇 년 전에 이렇게 걸어갈 때 분명히 본 듯싶은 골목을 보자, 불현듯 이 말이 떠오르던 것이다. 구보씨는 양쪽으로 높은 돌 축대가 솟은 길을 원남동 로터리까지 천천히 걸어갔다. 차츰 눈발이 엷어진다. 구보씨는 여기까지 와서, 자 이제 어디로 갈까 하는 사람처럼 우뚝 멎었다. 구보씨는 옆으로 창경원 쪽을 바라보았다. 이 길은, 구보씨 머릿속에서는, 적어도 늘 수없이 많은 아이들과 아낙네들이 조조의 백만 대군처럼 밀고 밀리는 길이었다. 그런데 지금은 그저 눈만 내리는 근사한 길이었다. 이때다. 구보씨는 빈집을 찾아낸 좀도둑처럼 무시무시한 웃음을 입가에 지으면서 길을 건너갔다. 그러고는 마치 예까지 마음먹고 온 사람처럼 호기 있게 걸어갔다. 으레 그럴 일이었지만, 창경원 앞에는 휑한 채 인적이 없었다. 구보씨는 표를 한 장 사들고 안으로 들어갔다. 들어와봐도 사람은 없었고 신기하게도 그때 눈발이 뚝 걷혔다. 안성맞춤이었다. 구보씨는 왼쪽으로 걸어갔다. 거지 털벙거지 같은 머리를 잔뜩 젖히고 독수리가 횃대에 앉아 있었다. 뒤룩한 눈알이 숯검정이 묻은 거지 왕초의 부라린 눈알 같았다. 구보씨는 헤어진 대부채 같은 날개며, 갈쿠리 발목을 바라보았다. 구보씨가 하도 바라보는 게 패씸하다는 듯, 놈은 한쪽 발을 달싹 들었다 놓았다. 횃대에는 눈이 소복이 쌓여 있었다. 한 치 옆에 쌓인 눈을 장난으로도 털어내지 않을 그 날짐승이 미련스러워 보였다. 구보씨는 그 옆 공작 우리로 갔다. 하필 저렇게 생겼을까. 머리 꼭대기에 서너 개 곧게 솟구친 털이 사관 학생의 모자 차양에 달린 털 같다. 그들은 빛깔이 꿩을 매우 닮았다. 체수가 작아서 그런지 더욱 그렇게 보인다. 새란 짐승은 머리가 작은 것이 특징이다. 하늘에 떠 있자면 머리가 커서는 안 될 이치기는 하다. 새 종아리라더니 마른 나뭇가지다. 역시 날개가 새의 간판이다. 그런데 공작은 꼬리가 간판이다. 그 옆은 산양이었다. 까만 놈인데 체구는 그리 크지 않고 노란 눈알이 유리구슬이다. 두 마리가 한쪽 귀퉁이에 가서 서 있는 것이 난데없어 보인다. 꼼짝을 않는다. 짐승들이 저렇게 꼼짝 않는 것은 알아줘야 한다. 사람 같으면 오금이 저리고 좀이 쑤셔서 여간 저러기는 어렵다. 눈은 어디를 보는지, 얼핏 사팔뜨기라는 느낌이다. 발굽까지 털이 덮인 다리가 땅속에 붙박인 채 장난감처럼 서 있다. 구보씨는 소학교 적에 읽은 옛날 얘기에 나오던 산양이 떠올랐다. 아마 아랍 쪽의 전설인가 했던 것 같은데 영리한 산양이 도적놈들을 곯려주는 얘기다. 그쪽에는 산양이 많으니까 옛날 얘기에도 그렇게 주인공 노릇을 한 모양이다. 한국 사람이면 소에 대해 가지고 있을 애정이다. 민족의 전통이란 그런 것이다. 소와 산양의 차이다. 소는 영원히 산양은 못 되지만 사람은 어떨지. 그 다음 우리는 비어 있었다. 구보씨는 매점 앞을 지나갔다. 가게 안에서 눈알 두 개가 그를 유심히 지켜본다. 구보씨는 그쪽을 보았다. 문득 그 매점도 우리 같은 생각이 들었다. 구보씨는 천천히 그 앞을 지나서 물개 있는 데로 갔다. 물통을 에워싸고 둘러친 쇠 울타리 위에도 눈이 쌓인 채로다. 시퍼런 물 위로 물개들은 불쑥불쑥 솟아올랐다. 콩나물 모양의 수염과 이빨. 컹컹 짖는다. 그 찬물 속에서 저렇듯 활개를 친다. 저 친구들에게는 '大寒'도 '小寒'도 없다. 환경이 다르면 죽어버릴 뿐이다. '不更二節'이다. 기후에 대한 열녀인 셈이다. 물개는 두 계절을 섬기지 않는다. 그 눈이 새나 염소의 그것하고도 다르다. 이들에 비하면 새의 눈은 훨씬 사람에 가깝다. 이놈의 눈에는 '영혼'이란 게 있어 보이지 않는다. 그래도 어엿한 눈인데야. 아마 지구 아닌 천체에서 사람만 한 슬기를 가진 사람이 와보면 웃을지도 모르겠다. 사람들이 짐승과 자기들을 그렇게 다른 것인 양 생각하는 것을 보고. 그들과 우리는 모두 어디서 왔을까. 왜 저렇게 생기고 왜 이렇게 생겼을까. 모르는 일이 너무 많다. 모르는 일이. 물탱크를 지나가면 거기도 물이 있고 물개가 있다. 여기서는 좀 작아 보이는 놈이 두 마리 어울려 놀고 있는데 그리 보아선지 더 까부는 것 같다. 그 다음이 타조다. 이 친구는 더운 데서 왔을 텐데 괜찮은 모양이지. 일본 사람들이 신고 다니던 쪽발이 발을 덜썩덜썩 옮기면서 빙빙 돌고 있다. 그에게는 앙칼진 데가 없다. 좀 멍청한 아랫고을 삼촌 같다. 코끼리가 있는 자리에는 눈만 쌓여 있고 그 옆, 열대동물관 출입문에 '오늘 코끼리 쇼 쉽니다'라는 종이가 붙어 있다. 여느 때는 그 속에서 코끼리가 재롱을 보이는 모양이다. 구보씨는 좀 서운했지만 할 수 없었다. 그쪽으로 계단을 내려서니 표범 우리였다. 여기부터는 '猛獸' 지역이다. 그 값비싼 가죽을 뒤집어쓰고 창살을 따라 슬금슬금 걷고 있다. 걸음걸이가 부드럽고 소리가 없다. 표범, 한국산. 이렇게 써 붙였는데 우리한테는 범이 아닌 '표'범이라는 것에 특별한 느낌이 없다. 표범은 범의 덤으로 알 뿐이다. 사실 구보씨는 얼마 전까지 한국에는 표범이 없는 줄 알았다. 표범은 더운 데서 범의 지점支店 노릇을 하는 마름인 줄만 알았다. 그래서 지금 한국산 표범이라는 걸 보니 머릿속의 동물 분포 지도에 약간 혼란이 일어났다. 왜 그런지 저 친구가 우리나라 산속을 가랑잎을 밟으며 걸어다니는 모습을 떠올리기가 힘들었다. 열대의 나무들이 자꾸 떠오르는 것이다. 괜한 놈이 우리나라에 사는군. 구보씨는 그렇게 생각했다. 표범은 우리 밖을 거들떠보지 않았다. 옳지 짐승들과 눈길을 마주치는 것이 불가능하다는 사실을 구보씨는 발견하였다. 대체로 그들은 사람들 쪽을 보지 않는 게 일쑤려니와, 설령 얼굴과 얼굴을 정면으로 마주친다 해도 결코 눈길이 마주치지 않는 것이다. 거울 속의 자기 눈을 아무리 들여다봐도 남을 느끼지 못하는 것처럼. 왜 그럴까. 구보씨는 표범이 이쪽을 보기를 기다리면서 서 있었다. 아무리 기다려도 표범은 머리를 돌리지 않았다. 구보씨는 단념하고 다음 우리로 갔다. 그 칸에는 흰곰이 한 마리 있었다. 언젠가 왔을 때는 두 마리가 있었는데. 그때 한 마리는 무슨 습진 같은 것인지 얼굴이 짓무르고 그 부분에는 털도 빠진 것이 보기에 안됐었다. 습진 때문에 죽었을 리는 없고 어떻게 된 노릇인지 몰랐다. 아무튼 지금은 한 마리다. 앞다리를 들었다 놓았다 하면서 지루한 재주를 놀고 있다. 덩치는 굉장히 크다. 물고기를 그렇게 잘 잡는다니 믿기 어렵다. 북극에 사는 짐승이니까 아마 이런 날씨쯤은 후텁지근하다는 것이겠지. 하얀 털가죽이 때에 절었다. 모든 것이 돈 때문이겠지만 좀 깨끗이 거두어줘야 할 게다. 문득 이 곰이 사로잡히던 순간이 떠오른다. 그의 평생에서의 그 액운의 날. 그러나 그가 장면을 외고 있을 리 없다. 그를 잡은 사냥꾼은 기억하겠지. 그 비극의 날이 아무 흔적도 남기지 않은 그의 두뇌. 백치. 흰 슬픔이다. 빈 종이의 슬픔이다. 지구가 태양을 도는 것처럼 자기 DNA의 바퀴 자리를 따라 돌 뿐인 슬픈 헛일. 헛일. 헛일이라? 알면 어떻다는 것인가. 무엇이 달라지는가? 사람은 흘러간 시간을 머리에 담고 있다 치고, 그래서 무엇이 달라지는가? 비석에 새기고 일기에 적고 책으로 박아내고. 그래서 그래서. 어떻게 된단 말인가. 본인 당자의 슬픔이 거기 남았다 치고, 그 사람은 어디 갔는가. 오 죽일 놈의 '神哥놈' 대체 무엇 때문인가. 어느 손에 맞아 죽으려고 이 장난질인가. '神哥'여 너는 나의 불구대천의 원수다. 그 옆 칸도 역시 곰인데 이쪽은 두 마리고 검정이다. 몸매와 주둥이 모양도 다르다. 등을 깔고 누워서 낮잠이 한창이다. 한쪽 다리는 창살에 처 올려놓았다. 목침을 베고 누워서 한 다리를 문턱에 얹은 형국이다. 제일 사람을 닮은 몸매다. 무지무지하게 큰 덩치다. 일등 머슴이 꾸려놓은 나뭇짐이다. 싯누런 이빨 사이로 침이 게게 흘렀다. 곰의 이빨은 원래 누우런 것인지. 어찌 하필 누우렇까. 파랗든지 갈색이라든지 하면 안 될 이치라도 있는지. 길 건너에 사자 우리가 있었다. 사자들도 낮잠을 자고 있다. 암수 한 쌍인데 암놈은 수놈의 엉덩이에 코를 쑤셔박고 잔다. 그렇게 하는 게 안심이 되고 응석도 되는 것인지. 수사자는 머리를 쳐든 채 눈만 감고 엎드려 있다. 사자도 이만한 추위는 괜찮은 모양이다. 뜻밖이었다. 사자야말로 열대 동물인데 어찌 된 일일까. 사자는 아래턱이 크다. 얼굴에서 제일 튼튼한 것이 그 턱이다. 턱 부분은 입이라기보다 '粉碎機'라는 느낌이다. 잡혀온 두목이다. 그 역시 어떻게 돼서 여기 왔는지를 모를 것이다. 머리에 털이 있는 게 인디언 추장의 모자 같다. 기억이 없다는 것은 분명히 만만찮은 일이다. 내력을 까맣게 잊어버리다니. 물려받은 몸뚱이의 기억만 있고, 그 몸뚱이가 움직인 기억은 없다는 일. 그의 세계는 그의 털가죽 안쪽에만 있다. 그 가죽 안팎을 하나로 묶는 상상력이 그에게는 없다. 그가 강하다는 것은 그의 팔자지 그의 위대함은 아니다. 배가 고프면 어린 양이라도 잡아먹는다. 그에게는 망설임이 없다. 망설임이 없는 것은 위대함이 아니다. 구보씨는 그 앞을 지나갔다. 거기는 어린 사자 두 마리가 장난을 하고 있다. 이들은 저쪽 큰 사자들의 자식들인 모양인가. 쫓고 쫓기면서 사이를 터놓은 우리 사이를 뛰어다닌다. 사람의 아이들이면 이만한 장난을 할라치면 툭탁 쿵쾅 소리가 날 텐데 아무 소리도 없다. 이것은 무용이 아니면 유리 너머로 보는 물고기들의 움직임이다. 나무와 나무는 아무리 가지를 맞대고 서 있어도 저러지는 못하는데, 그렇다고 한순간 전의 일을 기억하는 것도 아니니 사람과는 다르고 전혀 기억 능력이 없는 것은 아니리라. 곡마단 같은 데서 길들인 사자들이 재주를 노는 것을 보면. 그들도 자라면 사정없이 피 묻히는 사냥을 하겠지. 밀림에 있었다면. 염소와 사자 사이에는 평화 공존이란 없다. 사자는 사자의 운명을 살고 염소는 염소의 운명을 산다. 사람은 다르다. 몸뚱이로 말할 것 같으면 사람도 사람의 운명밖에는 못 산다. 그러나 사람은 자기 몸을 바꾸지는 못하지만 연장을 만들 수 있다. 머릿골이라는 기관이 그들보다 나은 덕분에 사람은 그들을 사로잡을 수 있다. 아마 옛날에 임금이라는 사람들이 저 사자 같았으리라. 자기 자리를 타고난 팔자로 알고, 사자가 사자로밖에는 못 사는 것처럼 왕들도 왕으로밖에는 못 살았던 것이다. 옛날 백성들도 염소로밖에는 못 살았다. 그런 왕들 속에서 샤카 같은 사람이 나왔다. 그는 자기 머릿속의 상상력을 움직여서 자기와 염소들 사이에 있는 차별 같은 것은 절대적인 것이 아니라고 생각한 것이다. 그래서 그는 샤카가 되었다. 염소들 속에서 만적萬積 같은 사람도 났다. 그 역시 염소와 사자 사이에 있는 차별이 절대적인 것이 아니라고 생각했다. 그래서 그는 만적이 되었다. 이것이 사람이다. 사람 속에 있는 '佛性'을 깨우친 것이다. 불성이란 '想像力'의 다른 이름이다. 샤카는 위에서 아래로 내려왔으니 사랑이요 만적은 아래서 위로 올라갔으니 노여움이다. 사랑과 노여움은 손바닥과 손등이다. 상상력이 없는 사자는 우리에 가두어야 한다. 사자가 자유스럽기 위해서 염소가 한을 품어서는 안 된다는 것—

이것이 우리 인간의 스승이 가르쳐준 말씀이다. 사자여 그대들 무리에 이런 어른이 있었는가. 그러니 너의 신세를 너무 한탄 말라. 그래도 오는 세상에는 성인聖人으로 태어날지 모른다는 것이 상상력의 가르침인즉. 맹수 우리의 마지막 칸에 호랑이가 있다. 검정 곰보다 더 크다. 실지 무게는 어떨지 모르겠지만 보기에는 그렇다. 큰 송아지만 하다. 너무 잘난 짐승이다. 이보다 더한 짐승은 생각할 수 없다. 사자는 아무래도 아프리카에 살고, 호랑이는 한국에 살아야 격일 것 같았다. 저런 짐승을 옛날 사람이 산신령의 심부름꾼이라고 생각한 것은, 나무랄 수 없는 일이다. 호랑이는 사자 모양으로 머리에 쓸데없는 갈기도 없다. 우리나라 산에 나무가 빽빽하고 그 속을 저런 작자가 어슬렁어슬렁 다니던 때. 우리나라 산에 나무가 들어찬 모습을 떠올리기란 여간 힘들지 않다. 호랑이가 사람 잡아먹던 시대라든가, 호랑이 담배 피우던 시절이 그립다는 게 아니라 그 무렵 이 강토의 깨끗함을 생각하면 구보씨는 좀 하염없어진다. 왜 그런가 하면 지금 자동차나 타고 전화며, 영화라든지, 의약이 좀 나아졌다 해서 그때 사람들보다 과연 행복해졌느냐가 문제다. 그때보다 지금은 정치적 자유가 있지 않느냐 하는 것도 문제다. 어느 먼 나라 이야기면 몰라도 우리나라 사람치고 이런 말이 곧이들릴 사람이 몇이나 될지. 기계 문명이 자라면 그만큼 노동량도 많아진다. 문명에는 반드시 반反문명이 따른다. 기계문명 속에 반反문명에 대한 완화 장치가 없으면 그보다 못한 문명이라도 그 수준에서는 그러한 완화 장치를 가진 문명보다 못할 것은 사실이다. 지난해 섣달에 서울에서 일어난 큰 호텔 화재 때에 소화 시설이 허술했다고 떠들어댔는데, 우리가 현재 그 속에 들어 살고 있는 '한국'이라는 호텔도 그런 모양이라면 과연 우리가 옛날보다 행복하다고 할 수 있을까. 불나기 전까지, 승강기가 있어서 좋고 무엇이 좋고 좋다고 어물어물 살다가 하루아침에 떼죽음을 한다면 그런 문명이 문명이 아닌 것은 뻔한 일이다. 구보씨는 이런 생각을 하면서 호랑이 우리를 떠났다. 호랑이보다 무서운 것이 나쁜 임금의 다스림이라고 한 옛사람을 생각하면서. 그 말이 언제 적 말인데 아직도 되뇌어봐야 하는가고 생각하면서. 인제 짐승 우리는 다였다. 구보씨는 연못이 있는 쪽으로 가려다가 아래쪽에 있는 넓은 뜰로 내려갔다. 널찍한 마당을 ㄷ자로 둘러서 있는 건물 한쪽에 유물 전시장이라고 써 있었다. 구보씨는 그 안으로 들어갔다. 깃발이 우산꽂이 같은 받침에 꽂혀 있다. 궁중 의식에 쓰던 깃발이라 한다. 구보씨 눈에는 몹시 초라해 보였다. 유물이라니까 실지 쓰던 것이라 생각할 수밖에 없는데 막대기도 초라하고 깃발의 천이며 물감이며 모두 꾀죄죄하다. 아마 벼슬 낮은 졸개들이 들고 다닌 깃발이겠지. 어떻게 된 놈의 빛깔이 저 모양일까. 염료가 아주 귀했던 모양이다. 저건 황토칠이요, 풀물이지 이른바 '染料'라 해주기 어렵다. 보아가는 것마다 그렇다. 밑에 적어놓은 풀이가 너무 간단해서 이것들이 과연 궁중의 어느 만한 자리의 사람이 쓴 물건인지는 알 길이 없다. 이도 저도 말고 간수라도 정히 하면 어떨까. 입장료를 받아서는 어디다 쓰는 것일까. 귀신이 나올 것 같은 방이 꼭 헛간 퇴물이고, 거기다 무슨 부하를 차려놓아도 빛이 날 것 같지 않다. 문명이고 지랄이고 이거. 구보씨는 탄식하였다. 소제를 깨끗이 하는 것—이것이 문명이다. 더러운 것—이것이 야만이다. 구보씨는 그 자리에서 이런 공식을 만들었다. 다음에는 가마며, 연이며, 하는 것들이 나온다. 장롱에다 횃대를 붙여놓은 형국이다. 아마 장롱을 보고 떠올린 발명인가 싶다. 아니면 가마를 보고 장롱을 만든 것인지. 장롱의 존재가 가마의 존재를 결정했는가, 아니면 가마의 사회적 존재가 장롱의 사회적 존재를 결정했는가. 어려운 수수께끼다. 왕이 타던 가마가 두 개 있다. 아무 데를 갈 때 타던 것이라 적혀 있다. 유리가 끼어 있다. 한국에 유리가 들어온 것이 언제쯤인지. 왕이 타던 것이라 좀 크고, 칠 빛깔도 그럭저럭 쓸 만하다. 그런데 이만한 것을 들고 가자면 여남은 사람이나 들러붙었어야 했으리라. 교통사고가 날 염려는 아주 없는 물건이다. 이 가마도 잘 보관이 되었다고는 볼 수 없다. 원래 다른 것보다는 물건이 좋았기에 볼품이 난다는 것뿐이지, 소홀히 다룬 품은 마찬가지다. 이렇게 함부로 거둘 바에야 돈 많은 사람에게 빌려주었다가 나중에 형편이 피면 거둬들이는 편이 되레 낫겠다. 측우기, 시계, 별자리—돌로 만든 그런 기구가 있다. 다듬잇돌 같은 데다 금을 긋고 점을 찍어서 만든 것이다. 이런 것도 먼지나 자주 털었으면. 돌이 닳을까 봐 아끼는 모양인가. 마패도 있고 놋그릇, 벼루, 자기 그릇, 자물쇠, 쇠몽둥이 따위가 있다. 쇠몽둥이는 과연 무시무시하다. 저걸 다루려면 여간 장사 아니고서는 안 되었을 게다. 구보씨는 전시장에서 나왔다. 넓은 마당을 가로질러 간다. 새 눈 위에 발자국이 따라온다. 구보씨는 연못 쪽으로 걸어갔다. 연못에는 보트가 한 척도 보이지 않고 언저리에 사람도 보이지 않았다. 케이블카가 있는 데로 가본다. 기계실에서 사람이 움직인다. 들여다보는 구보씨는 한 얼굴과 마주친다. 시커멓고 기름에 번들거리는 사이에서 사람 하나가 기계를 헤쳐놓고 있다. 구보씨는 세워놓은 케이블카 옆을 돌아서 언덕을 내려갔다. 조금 가니 식물원이다. 구보씨는 들어갈 마음이 내키지 않았다. 많은 옴살이들을 보고 난 다음이라서 그런지 그 지붕 밑에 있는 푸른 붙박이살이를 보고 싶지는 않았다. 구보씨는 돌아나오면서 길 하나 건너 회전목마며, 물레방아 모양의 관람기가 있는 쪽으로 갔다. 나무말들은 많은 아이들의 기억을 등에 싣고 뛰어가던 모습대로 굳어 있었다. 둥근 열을 지어 꼬리를 물고 멈춰 있는 그들의 둘레를 따라, 숱한 이름과 주의와, 웃음과 손가락질과, 손뼉 소리가 둘러선 채 또한 굳어 있었다. 게딱지 같은 자동차들도 발발 기어가던 모습대로 꼭 붙잡은 손들을 핸들에 실은 채 굳어 있었다. 큰 물레방아에 사람이 타는 두레박을 달아맨 회전 전망기도 원심력의 방향으로 달아나는 기억들을 두레박 속에 담은 채 멎어 있었다. 그 밑에서 올려다보는 숱한 젖힌 얼굴과 눈썹 위에 얹은 손들도 그대로 멈춰 있었다. 구보씨는, 바늘 끝에 올라선 천 명의 천사 같은 숱한 사람들 사이를 헤치고 걸어갔다. 여기서부터는 멀리 입구까지 한 길로 길이 나 있었다. 구보씨는 조금 걸어가다가 등나무 밑 돌의자로 갔다. 의자 위에는 위에 덮인 등나무 줄기의 얽힘대로 얼룩지게 눈이 쌓여 있었다. 구보씨는 손으로 눈을 쓸고 거기 앉았다 그리고 담배를 꺼내 불을 댕겼다. 앉아서 담배를 피우고 있으려니 구보씨 귀에는 이윽고 많은 사람들의 목소리가 들려왔다. 너무 많은 사람들의 소리여서 그것은 어떤 소리와도 같지 않았다. 구보씨는 귀를 기울여 가려들으려고 애써보았다. 그러나 아무리 해도 단 한 마디도 알아들을 수는 없는데 말소리는 끊임없이 들렸다. 구보씨는 말소리를 알아듣지는 못했을망정, 그 소리가 덮어놓고 울리는 것은 아니고 어떤 가락을 가지고 있음을 알아냈다. 그렇지. 바닷가에 물이 밀리고 빠지고 하는 그 소리였다. 바다가 속에 품은 모든 것을 안고 다가섰다가는 물러나는 기척, 어느 큰 장승이 숨 쉬는 소리였다. 바다라는 장승이. 오래 들으면 들을수록 구보씨는 바다의 소리를 알 것 같았다. 결국 바다는 구보씨가 만든 것이 아니었다. 구보씨가 다리를 쉬려고 앉았을 때 바다는 이미 거기 있었다. 그가 만들지 않은 바다에 대해서 그가 앎이 모자란다는 것도 그럴 만한 일이었다. 다 알자꾸나 할 것은 없는 것이 아닌가. 알거나 말거나 바다는 저대로 있는다. 자기 목소리가 미치는 언저리에 있는 사람들과 어울려 바다의 노여움은 피하고 바다의 선물은 받으면서 살기만 하면 되는 것이었다. 담배 한 대를 피우면서 구보씨는 돛대와 소금기 섞인 바람 속에서 이런 생각을 했다. 약간 추워졌지만 기분은 좋았다. 구보씨는 좀 가라앉은 생각을 하는 데 마땅한 자리를 가지고 있지 못했다. 교회라든지 절이라든지 하는 데 다니는 터이라면 모르겠거니와 그도 아닌 즉, 답답할 때면 어차피 이런 데나 올 수밖에 없다. 구보씨는 일어서서 입구 쪽으로 걸어갔다. 사람의 그림자 하나 없다. 창경원을 나서서 오던 길로 되돌아간다. 문득 오늘 다녀와야 할 출판 기념회가 있는 것이 생각났다. 아까, 저녁에 한잔하기로 했으니 친구는 기다리고 있을 것이었다. 출판 기념회는 좀 늦게 시작이었고 길어진 해가 아직 넉넉했다. 그래 먼저 이 길로 친구 사무실로 다시 가기로 작정한다. 이번에는 오던 때와 달리 창경원 쪽 길을 담을 끼고 걸어간다.

다방. 하이힐을 신은 구두가 닫히는 문틈으로 사라지고 있다. 계단. 무늬를 파서 새긴 나무 문은 여전히 잠겨 있었다. 계단. 아직 한 명도 신청자가 없었던 모양인지 여사무원이 멍하게 이쪽을 보고 있다.

"응."

여전히 혼자 앉아서 장부를 뒤적이고 있던 친구는 고개를 들어, 들어오는 구보씨를 보자, 일어서면서 기지개 대신 입안엣소리를 이렇게 냈다. 그들은 다시 마주 앉았다.

"오다가 말지?"

친구가 말했다.

"얼마나 와야 한다는 법이야 있나?"

구보씨가 말했다.

"그야 그렇지."

"인제 다 봄인데."

"봄이라."

"올해는 돈 좀 벌어야지."

"돈?"

"벌어야지."

"맘대로 되어야지."

"무슨 일은 마음대로 되나?"

"자네 같은 경우에는 되지 않나?"

"왜 그런가?"

"자넨 하느님이 아닌가? 자네 소설 속의 인물들한텐."

구보씨는 좀 맥 빠지게 웃었다. 한마디로 웃음부터가 하느님 같지 않았다.

"요즈음 하느님 동네가 불경기라네."

"왜 그쪽에도 자금이 잘 돌지 않나?"

"이를테면."

"차관이라도 하면?"

"그건 정부 보증이 없이 되나?"

"자본 자유화가 아닌가?"

"아니지."

"그럼 좀 정치를 해야지."

"정치?"

"보증을 받게 말이야."

"이 사람아. 아무 자본이나 좋다는 게 기업가가 아닐세."

"그러면서 나더러 돈을 벌라구."

"이거 누가 누구 말 하는지 모르겠군."

두 사람은, 돈을 벌기 힘들다는 결론이 무슨 기쁜 소식이나 되는 듯이, 큰 소리로 웃었다.

제13장
南北朝時代 어느 藝術勞動者의 肖像

  1972년 어느 봄날 오후였다. 소설노동자 구보씨는 광화문 시민회관 앞에서 버스를 내렸다. 지난겨울은 구보씨가 알기로 어느 겨울보다 따뜻한 겨울이었다. 추워야 할 계절이 제구실을 않으면 그로 말미암은 탈이 있을 법한 일이었다. 농사일에도 무슨 탈이 있을 것이고 봄철 돌림병에도 탈이 있을 수 있는 일이었다. 그러나 사람이 늘 그런 넓은 관심 속에서만 살 수는 없는 일이어서 도시에서 겨울을 지낸 숱한 사람들에게 겨울이 따뜻하다는 것은 미상불 나쁜 일이 아니었다. 다만 오늘은 좀 추위가 닥치는가, 내일은 닥치는가, 그렇게 마음 한구석에서 늘 추위를 맞을 차비를 망보는 보초처럼 세워두었던 조바심에서 사람들은 이제는 풀려날 수 있었다. 3월 하순, 서울 광화문 네거리에는 붐비는 사람들 위에, 집들 위에, 길에, 온갖 것 위에 이제는 숨길 것 없다는 듯이 봄 햇살이 창창하게 쏘이고 있었다. 산목숨이란 슬픈 것이고 해마다 봄이 온다는 것이 새삼 어리둥절한 그러한 세월이 있고 그러한 사람들이 있다. 그래도 막무가내로 봄은 오고 세상은 아무 일 없기나 하다는 듯이 햇살은 쪼인다. 4월달, 끔찍한 달이라고 어느 외국의 타령꾼이 한 말도 있는데, 작자 말 한번 잘 뽑은 게 틀림없다. 그러나저러나 구보씨도 오늘은 외투를 벗은 동저고리 바람이었다. 구보씨는 젊었을 때 공연히 히물히물 웃으면서 길을 다닌 적이 있다. 그러려서가 아니라 어쩌 그렇게 되던 것이다. 그런데 어떤 사람의 말이 그런 것은 정신 분열의 조짐이라는 것이었다. 구보씨는 속으로 깜짝 놀라서 대번에 버릇을 걷어치웠다. 구보씨는 성미가 별스러워서 몸에 이롭지 못하다는 일은 아예 질색인 것이었다. 그래서 지금 시민회관 앞을 걸어오는 구보씨의 얼굴은 그 이래로 줄곧 지니고 다니는 표정으로서 억세지도 부드럽지도 밝도 흐리도, 바쁘지도 안 바쁘지도 않은 그러면서 흐리멍덩도 안 흐리멍덩도 않은 한마디로 이 바닥에서 좀 살아본 모든 사람이 어차피 그리되는 그러한 표정을 지니고 있었다. 시민회관에는 무슨 외국 음악가의 그림이 붙어 있었다. 구보씨는 무심하게 그것을 쳐다보았다. 구보씨는 솔직히 말해서 이 음악이라는 것에만은 야코가 어지간히 죽는 것이었다. 그야 가락이 신명 나면 신명 나는가, 청승맞으면 청승맞은가쯤은 가려듣지만 그야 귀머거리 아니라는 발명밖에는 안 되고 요컨대 벽창호였던 것이다. 그래서 구보씨는 음악가의 그림을 부러움에 가득 찬, 그러나 약간밖에는 그런 내색을 드러내지 않은, 위선적이고 허위의식에 가득 찬 눈초리로 그것도 곁눈질로 흘겨보면서 그 앞을 지나갔다. 구보씨는 이북 피난민으로서 동해안 해당화 피는 해수욕장의 이름난 항구에서 자랐다. 피난민이라 함은 임진란이나 러일, 청일 싸움 때 피난민이 아니요 1950년하고도 6월 25일 신새벽에 터진 저 싸움 때의 피난민이다. 아무튼 지방 도시는 아무리 커봐야 뻔하달 뿐 아니라, 거기서 자란 사람에게는 넓다고 해서 생소한 것은 아니다. 골목마다 거리마다 익히 알고 심지어 사는 사람도 잘 안다. 그러다가 피난을 와서 서울에 살다 보니 몇 해를 살아봐야 더 정답지도 덜 정답지도 않다. 하기는 도시가 정답다는 것이 길바닥하고 술을 마실 것도 아니고 건물하고 화투 놀이를 할 것도 아니다. 요컨대 사람이다. 사람들끼리 속을 활짝 터놓을 수 있으면 그게 도시를 사랑한다는 것일 텐데 그것은 어려운 일이었다. 자기 속셈, 자기 내력, 자기 꿍꿍이를 차곡차곡 싸넣은 채 다른 모든 사람은 사람이 아니고 나무나 바위 같은 걸로 알고 바삐 걸어가는 사람들 틈으로 구보씨는 그 자신도 이름 모를 짐승처럼 걸어오는 것이었다. 시민회관에서 지하도까지는 과잣집, 양요릿집, 여행사, 구둣방, 찻집이 줄느런히 처마를 맞대고 늘어서 있다. 그 거리는 해마다 변해왔다. 어디선가 쌓여가는 기름기가 어디론가 돌아 돌아 이렇게 보다 산뜻한 창문과 보다 매끈한 지음새가 되어 번져나오는 모양이었다. 그러면 사람들은 그 속으로 빨려들어가서 다소간에 돈을 토해놓고 나오면 창문과 지음새는 더욱 매끈해진다는 식인 모양이었다. 하기는 그 집들 임자는 수없이 바뀌었겠지만, 아랑곳없이 집들은 살이 찌고 개기름이 번드르르해가는 것이었다. 그 모퉁이에도 한 십 년 전에는 책방이 있었던 것을 문득 구보씨는 떠올렸다. 그리고 그 책방에 매우 아리따운 아

제13장 南北朝時代 어느 藝術勞動者의 肖像 341

가씨가 가게를 보던 일도 떠올랐다. 그러자 구보씨는 마치 그 아가씨가 자기 애인이기나 했던 것처럼 쪼르르해지는 것이었다. 실은 아가씨라기보다 십 년 세월이 거꾸로 휘말려서 똘똘 뭉치더니 홀연 아가씨로 둔갑한 것처럼 느꼈던 것이다. 분명히 그 아가씨는 육신이 아니라 '시간'의 화신이었다. 왜냐하면 아가씨에게서 십 년의 세월을 빼고 보니 아가씨는 간곳없고 그 자리에는 양품가게가 있을 뿐이었기 때문이다. 황차 시간이 제가 무엇이관데 이런 기막힌 요술을 부리는 것일까. 구보씨는 '에익 神哥놈' 하고 속으로 중얼거렸다. 그런데 이런 변이. 구보씨의 두 다리는 멋대로 양품가게 앞으로 성큼성큼 걸어가는 것이 아닌가. 구보씨가 질겁해서 말리려 들었을 때는 행차 뒤의 나팔로 두 다리는 저 혼자 가게 안에 들어서버렸다. 구보씨는 찰나의 망설임 끝에 혼자 버려둘 수도 없고 심정이야 모르지도 않는 터라 별수 없이 따라 들어갔다.

"뭘 찾으세요?"

요즈음 번지는 풀어헤쳐서 부드럽게 지진 머리가 썩 어울리는 아가씨가 빵끗 웃으면서 유리 상자 너머로 가슴을 밀어붙이면서 구보씨를 맞았다.

"네, 저."

구보씨는 유리 상자 안을 두리번거리면서 짜장 무엇이나 찾는 사람의 시늉을 하였다.

"뭘 찾으세요?"

"네, 저."

그러나 아가씨는 매우 예절 바른 인물이었다.

"골라보세요."

이렇게 말하면서 다그칠 생각이 조금도 없다는 듯이 몸가짐을 누그렸기 때문이다.

구보씨는 그 말에 기운을 얻은 듯 정신을 수습하고 물건들을 천천히 고개를 돌려가며 바라보았다. 구보씨의 눈길이 넥타이에 머무르자 아가씨의 눈길도 과녁에 꽂힌 화살 꽁무니에 또 꽂힌 화살처럼 거기서 머물렀다. 구보씨는 얼른 눈길을 돌렸다. 그러고는 돌아가는 둥근 쇠걸이에 걸린 그 넥타이 아래 유리 상자 속을 들여다보며,

"이것 얼맙니까?"

하고 물었다.

"네."

아가씨는 안쪽 유리문을 열고, 종잇갑에 담긴 양말을 올려놓았다.

"삼백 원입니다."

"한 켤레 주세요."

"네."

구보씨는 호주머니에서 돈을 꺼내 건네고, 납작하게 꾸려서 고무줄로 맨 양말을 받아들었다.

"고맙습니다. 또 오세요."

구보씨는 약간 고개를 움직여 대꾸하면서 가게를 나섰다. 구보씨는 광화문 지하도로 내려갔다. 계단을 내려가면서 양말을 호주머니에 넣었다. 버리지야 않겠지만 긴치 않은 장을 본 것이다. 할

수 없는 일이었다. 구보씨의 두 다리의 한풀이를 위해서였으니 누구를 탓할 것도 못 되었다. 가슴에 무슨 표지를 단 여학생들이 여기저기 서 있다가, 그중 한 사람이 구보씨 앞으로 장닭 덮치는 시늉으로 다가서면서 저금통 같은 것을 들이민다. 구보씨는 십원짜리 동전 하나를 구멍 속으로 집어넣었다. 지하도 한복판에서 D일보 쪽으로 올라가는 계단을 올라간다. 신문사 앞에서 오른쪽으로 가다가 왼쪽으로 무교동 골목으로 가다가 '사이공'이라는 다방으로 들어간다. 구보씨는 방 한가운데 큰 화분 곁에 앉아 있는 중년의 남자 맞은편에 가 앉았다.
"응."
중년의 남자, 시인노동자이며 구보씨의 친구인 그 인물, 심학규는 심심했다는 듯이 학규하게 웃었다.
"기다렸나?"
"응."
"늦지 않았는데."
"아니, 내가 일찍 왔지."
차 나르는 여자가 옆에 와 서서, 그들을 번갈아 보았다.
"뭘 마실까."
구보씨는 찻집에서 차라는 것을 마신 첫 번 이래 수없이 되풀이한 쓸데없는 후렴을 버릇대로 이렇게 뇌까렸다.
"난 마셨어."
"그래? 그럼 커피."
친구 심학규가 먼저 마시지 않았더라면 커피는 마시지 않을 작정이기라도 했던 것처럼 구보씨는 이렇게 주문했다.

"이거 말야."

읽던 신문지를 내밀면서 심학규가 말했다.

"뭔데."

신문을 받아들면서 구보씨가 물었다.

"그 있잖아."

심학규는 신문 한 곳을 손가락으로 짚었다. 짚인 대문의 제목을 읽자 구보씨도 흠, 하고 신문을 치켜들었다. 이런 소식이 나 있는 것이었다.

—美세記者곧平壤訪問/金日成回甲前後, 日紙北傀서許可했다고 報道/〔워싱턴=24日發〕 北傀 金日成의 還甲을 前後하여 워싱턴 포스트紙의 셀리그 해리슨 記者를 包含한 3명의 美國記者가 平壤에 갈 것이라는 얘기가 이곳에선 파다하다. 3명의 美國記者는 셀리그 해리슨과 뉴욕 타임스紙 그리고 美國 TV에서 1명씩이 될 것이라는 얘기다. 北傀가 3명의 美國記者에게 北傀를 방문하도록 초청했다는 24日字 東京發信 보도는 이날 이곳에서도 전해졌다. 美國의 關係 당국이나 당해 言論機關에서는 현재까지 아무런 論評도 않고 있으나 美國務省측에선 "만약 가게 된다 해도" 그것은 "繁張緩和를 추구하는 美國의 요즘 政策과 어긋나는 것이 아니다"는 反應이며 한 關係者는 旅券上의 旅行制限解除는 "東京 등 現地에서 가능한 것이라"고 말하고 있다. 이곳 관측으로는 많은 外國記者들 가운데 美國記者가 끼는 형식이 될 것이 아닌가 보고 있다.

〔東京=25日發〕北傀는 美國의 유력 기자 2명과 텔레비전 기자 1명 등 모두 3명의 美國記者에 대해 北傀 방문을 허가했다고 요미우리 新聞이 24日字 夕刊에서 보도했다. 워싱턴의 외교 소식통을 인용한 이 보도는 이들 3명이 언제 北傀를 방문할지는 밝히지 않고 있으나 아마 金日成의 회갑인 4월 15일 전후가 될 것 같다고 보도했다. ―

구보씨는 신문에서 눈길을 거두고 바로 앉았다.
"어때?"
"논평하란 말인가?"
"뭐가 뭔지 모르지 않겠나?"
"동감이야."
구보씨는 가져온 커피잔 손잡이를 만지작거리면서 잠시 생각에 잠겼다. 생각의 내용은 한마디로 말할 수 없겠으나 굳이 한마디로 말한다면 '에익 神哥놈' 하는 것이 될 터였다. 그것은 무슨 호쾌한 역정도 아니요, 사무친 한도 아니요, 불 같은 노여움도 아니요, 바람 같은 웃음도 아니요, 그 모두를 합친 데다가 무엇인가 거시기 어떤 것을 곁들인 그런 것이었다. 아마 봄 새벽을 모르는 잠결에 깨고서도 종잡히지 않는 꿈의 맛 같은 것이었다. 그러니 논평 같은 모습으로 말해볼 수는 없는 일이었다. 그 대신 구보씨는 히히히 하고 무시무시한 웃음을 방긋 웃었다. 학규 씨도 따라서 학규한 웃음을 웃었다.

"인제 웬만한 일에는 놀랄 수 없게 되었군."

심학규 씨가 말했다.

"글쎄. 개명 천지에 살다 보니 놀라는 기쁨도 뺏겼군."

구보씨가 말했다.

"뭐 일부러 놀랄 건 없잖아?"

학규 씨가 또 그렇게 말했다.

"누가 놀라겠는가? 세상이 날 놀리지."

"사정이 다 있겠지."

"우리한텐 통고 없는 사정이?"

"왜 있잖아, 일일이 찾아뵈옵고 인사 말씀 여쭈어야 도리일 것이오나—"

"간단히 뉴스로 몇 말씀 올리오니—"

"배전의 지도 편달 있으시기?"

"바라옵나이다."

이번에는 두 사람이 한꺼번에 웃었다. 이 찻집은 음악 소리가 요란한 편이어서 그들의 웃음은 아무 눈치도 뵈지 않았다.

"피차에 좋은 세상 만났지?"

심학규 씨가 말했다.

"글쎄."

구보씨가 말했다. 사람이 이 세상에서 바르게 사는 이치를 알기 위하여 무릇 수십 년을 허비해서 가난한 머릿골을 들쑤셔야 한다면 이런 망할 놈의 세상이 어디 있단 말인가. 지구 덩어리 위의 후미진 골짜기에서 실낱같은 달빛도 없는 캄캄칠야를 광솔불 한 가지를 들고 엎어지며 자빠지며. 삼류 지식인의 뭐라 말할 수 없는 우습고 슬픈 모습을 구보씨는 꿈결처럼 보았다. 자기 속에서. 심학규의 눈 속에서.

"자네 일 있나?"

"응?"

"지금부터 뭐 볼일 있나?"

"없어. 왜?"

"전람회 구경 갈까?"

"참, 그."

"이중섭 전람회."

"응 그 좋지, 어디서 하는가?"

"고대 화랑이야."

"고대 화랑?"

"응."

"어딘가?"

"안국동이야."

"그러지."

잘된 일이었다. 실은 구보씨도 가볼 생각이었는데 아직 틈을 내지 못한 것이었다.

"지금 가지그래."

심학규 씨는 말했다. 구보씨가 끄덕이면서 자리에서 일어났다.

청진동 골목을 지나서 기독교 태화관 앞을 지나 걸어오는 사이에 그들은 이중섭이라는 사람에 대해서 이야기했다. 이중섭은 구보씨와 같은 고향이요 지난번 전쟁 때 피난 오기도 마찬가지였다. 물론 구보씨는 모르는 사람이고 이미 고인이 된 사람이었다. 그러나 구보씨는 이중섭이라는 이름에 대해서 깊은 관심을 가지고 있었다. 동향인이라는 것 때문은 아니고, 또 예술이라는 이름으로 한데 묶일 수 있는 동업자였다는 데서도 아니었다. 구보씨는 가다 오다 들리는 그 이름이 거의 경건에 가까운 투로 발음이 되던 일과 거의 사랑에 가까운 억양이 스며서 그 이름이 불리는 것을 언제나 느꼈기 때문이었다. 어느 사람이건 그 이름을 입에 올릴 때마다 집안의 수재였던 그래서 문중의 촉망을 혼자 짊어졌던 요절한 사촌 형님을 말하는 투가 되는 것이었다. 자기 같은 건 쓰레기요, 살아야 할 사람은 죽고 없어도 좋을 밥버러지는 이렇게 살았습니다 하는 저 진실한 승복에서만 우러나오는 사랑의 마조히즘을 구보씨는 보아왔기 때문이다. 이것은 수월한 일이 아니었다. 죽은 사람이라고 다 칭찬하지는 않는다. 개화 전에는 어쨌는지 몰라도 대한제국 말엽 이래로 세상에 이름을 밝히고 무슨 일을 해온 말하자면 공인公人치고 다소간에 헐뜯기지 않은 이름을 거두어가지고 땅속에 쉬는 사람이 없다. 그렇게 험하고 함정 많고 어려운 이 세월이었다. 그 속에서 큰일을 하면 한 대로 허물도 큼지막하고, 작은 일을 했으면 한 대로 알맞게 허물도 미주알 밝혀졌던 것이다. 이 세상 삶을 마친 당자들의 한은 더 말하지 않더라도 산 사람에게도 여간 고약한 일이 아니다. 본을 받기는 책 읽기보다 산 사람이 제일이다. 공자나 예수의 당대 제자들이 그래서 모름지기 청룡, 백효 명당자리에 선영을 모신 집안 자손임은 틀림없는 일이다. 그렇지 못할 바에는 뒷사람이 두고두고 옛말로 할 수 있는 사람이 있어야 할 것이다. 그런 사람은 많이 있었겠지만 구보씨는 몸으로 느껴지는 그런 경우를 알지 못했다. 그런데 이중섭이라는 사람이 혹시 그런 사람 가운데 하나가 아닐까, 하는 짐작이 그의 이름을 들을 기회가 있을 때마다 구보씨 심중을 오가던 것이다. 모든 사람이 한결같이 그렇게 다정스럽게 한 사람의 추억과 예술을 얘기하기란 억지로 안 되는 일이다. 예술인가 하는 동네에서 십 년 남짓 닥치는 대로 날품팔이를 해온 구보씨는, 여기서 욕하고 칭찬하는 사정의 안팎 곡절을 조금은 아는 터이므로 이중섭에 대한 그러한 자기의 느낌을 조금은 믿을 만하다고 생각해왔다. 그러나 임을 봐야 하소연한다고 이중섭의 그림을 단 한 장도 보지 못하고서야 뭐라 할 수 없는 일이었다. 불쌍한 피난민이요, 나이 사십 가까이 홀아비로 겨우 목구멍에 풀칠하며 살아온 삼류 소설노동자인 구보씨는 그렇다고 어느 여가에 이중섭의 그림을 쫓아다니면서 구경할 겨를은 없었다. 서푼짜리 소설에 파지를 내고, 못 오를 나무를 쳐다보다 처참한 짝사랑에 울어쌓으면서 유수 같은 세월이 허망하게 흘러간 따라지 세월이었다. 그래서 지금 이중섭의 그림을 보러 가는 구보씨는 좀 그렇잖은 심사였다. 그러나 구보씨는 그런 내색을 과히 나타내지는 않았다. 막걸리 마실 때를 빼고는 유행가는 언제나 기할 물건이요 마흔을 바라보는 삼류 소설가로서는 더더구나 그러했다. 하더라도 속으로 되씹는 마음까지야 꺼릴 것이 없었다. 구보씨는 『플랜더스의 개』를 문득 떠올렸다. 루벤스의 그림을 보면서 교회당에서 얼어 죽은 네덜란드 어린이의 이야기다. 어느 사람이나 마음속에 요즈음 광고문 문자로 '이상의 인간상'이란 걸 가지고 있다. 집안 같은 사이이니 말이지 구보씨 그것은 샤카도 아니요 예수도 아니요 바로 이 네덜란드 소년이다. 구보씨는 지금 이 소년이 생각났다. 소년이어서 좋고 진짜 예술가여서 좋고 정직해서 좋고 가난한 점이 좋고 불쌍하게 죽어서 좋다. 어떤 이야긴가 하면 이런 이야기다. 옛날 네덜란드의 큰 도시 앤트워프 근처 마을에 한 소년이 살았다. 고아로서 할아버지와 살았는데, 할아버지는 마을의 우유를 모아 앤트워프에 배달하는 우유 배달부였다. 그들은 마을의 단칸방 오막살이에서 가난하게 살았지만 물론 행복했다. 어느 해 장날에 소년과 할아버지는 서로 손을 잡고 장 구경을 나섰다가 그들은 어떤 철물장수가 수레를 끄는 자기 개를 매질하는 것을 보았다. 이 지방 개는 작은 송아지만 해서 이렇게 수레를 끄는 것이었다. 산더미 같은 짐을 실은 수레를 끌고 온 개는 맥이 진했는지 아무리 매질을 해도 쓰러진 채 움직이지 않았다. 철물장수는 개를 멍에에서 풀어, 길가 도랑에 처넣고 자기가 대신 채를 잡고 낑낑거리면서 앤트워프 쪽으로 멀어져갔다. 소년과 할아버지는 얼른 달려가서 개한테 물을 주고 바라보았다. 개는 더위를 먹었던 모양이어서 잠시 후에는 몸을 추슬러 할아버지 손등을 핥았다. 그들과 개는 이렇게 한식구가 되었다. 소년에게는 친구가 하나 생긴 것이다. 소년에게는 그 밖에 두 친구가 있었다. 하나는 그림 그리기였다. 나무 판대기에 숯으로 그리고 지우고 하는 것이다. 다른 하나는 동네 물방앗간집이 외동딸이다. 어느 날, 소년은 들에서 계집애 친구의 모습을 그리고 있는데 그 애 아버지가 나타났다. 아버지는 자기 딸이 거지처럼 가난한 고아와 노는 것을 좋아하지 않았다. 아버지는 딸을 데리고 가면서 그림을 돈을 주고 사려고 했다. 소년은 그림만 주고 개와 같이 집으로 달려왔다. 늙은 할아버지가 앓아눕게 되었다. 개가 수레채를 입으로 물고 끄는 시늉을 하는 것이었다. 이날부터 개는 예비역 소집이 되고 소년은 미성년 노동자가 되었다. 소년이 앤트워프에서 우유 배달을 마치면 꼭 들르는 데가 한 군데 있었다. 그것은 성당이었다. 소년이 성당에 들어가면, 개는 계단 옆에서 수레에 매인 채 기다려야 했다. 한참 만에 나오는 소년의 낯빛은 슬픔에 싸이고 어깨는 처지고 발걸음은 무거웠다. 마을로 돌아가면서 개에게 하는 얘기에 의하면, 그 성당에는 유명한 화가 루벤스의 마리아 그림이 있는데, 그림에는 보자기가 씌워져 있어서 돈을 내야만 볼 수 있다 한다. 소년은 그 보자기를 치울 돈이 없었다. 그런데도 소년은 매일같이 성당에 들러 가린 그림을 쳐다보다가 나오는 것이었다. 어느 추운 겨울날 할아버지가 돌아가셨다. 무지한 집주인은 그들을 집에서 내쫓았다. 소년과 개는 앤트워프로 걸어갔다. 눈이 오는 날이었다. 배고프고 추웠다. 앤트워프에 가는 데는 까닭이 있었다. 소년 미술 전람회에 출품을 했던 것이다. 당선만 되면 미술 공부를 할 수 있는 장학금을 타게 된다. 앤트워프에 왔다. 소년의 그림은 전람회장에 보이지도 않았다. 밤길을 걸어 마을로 돌아오다가 개가 눈 속에서 지갑을 물어 냈다. 열어보니 큰돈이 들어 있는 지갑에는 소녀 아버지의 이름이 새겨 있었다. 소년은 그 집에 찾아가서 지갑을 돌려주고 개를 맡아달라고 부탁하고는 돌아서 나왔다. 지갑을 찾으러 나갔던 아버지가 축 늘어져 문을 열고 들어오는 틈에 개는 밖으로 달려나가고, 아버지는 지갑이 돌아온 내력을 듣자 소년과 개를 찾아 눈 속으로 되돌아 나갔다. 이튿날 앤트워프의 그 성당에 한 무리의 사람들이 둘러서 있었다. 그들은 전람회 심사원들이었다. 소년의 그림은 잘못으로 구석에 떨어져 심사원들의 손으로 가지 않았고 그 그림이 당선감이었다. 당선된 소년과 개는 둘러선 사람들의 발밑 차디찬 돌마루에 돌처럼 차게 누워 있었다. 그의 충실한 개와 서로 끌어안고. 가리개 보자기가 찢어진 그림틀 속에서 하느님의 엄마가 그들을 내려다보고 있었다— 이런 얘기다.

고대 화랑은 안국동 골동품 네거리 모퉁이에 있었다. 길에서 약간 들어앉은 작은 단층집이다. 심학규 씨와 구보씨가 문을 밀고 들어서니 문간에서 돈을 받고 있었다. 심학규 씨가 이백 원을 냈다. 붐비다시피 사람이 많았다. 아마 장소가 좁아서 더욱 그렇게 보이는 모양이었다. 구보씨는 차례로 그림을 보아가면서 기쁨을 감추지 못했다. 분명히 한 사람의 예술가의 세계 속에 들어온 것이었다. 서양 바람이 들어오고부터 어느 분야나 우선 문제 되는 일이 있었다. 어쨌든 들이닥친 온갖 서양 것들을 대강이라도 살펴보는 일이 하나고, 다음에는 그러고서도 얼이 빠지지 않는 일이 둘째다. 쥐뿔도 살펴보지 않고 큰소리만 쳐봐야 우물 안의 개구리요, 살펴본다는 것이 혹 떼러 갔다가 혹을 붙여 와도 안 된다. 물밀듯이 닥치는 물질과 정신이 물결을 타고 넘는다는 것은 산을 뿌리 뽑기보다 힘들다. 물결 자체가 단순한 외줄기가 아니요 어디가 꽁진지 머린지 알 수 없는 거대한 꿀꿀이죽 같은 흐름이다. 미술 분야에서도 사정은 마찬가질 것이 뻔하다. 그런데 이중섭의 붓은 이미 그것들의 막강한 끄는 힘을 이겨낸 미끈한 가벼움을 지녔을 뿐 아니라, 홍수의 힘을 자기 붓의 힘으로 휘어잡은 힘까지 지니고 있다. 얼이 빠진 것이 아니라 얼을 살찌운 것이다. 모든 화면이 잘 지은 잠수함이나 우주선의 속처럼 공간의 혼돈과 허무를 알뜰히 가로막고 밀어내고 있다. 걸음을 옮겨가며 보는 그림마다 너무 좋기 때문에 당장 어느 것이 제일이다 말하기 어렵다. 푸른 바탕에 두 마리 닭이 아래위로 얽혀 있다. 둔중한 모사模寫의 공간을 이미 벗어난 자유로운 꿈의 색깔과 꿈의 발자국이다. 치솟은 닭의 꼬리의 흰 빛깔은 푸른 바탕 위에 호사스러운 너울처럼 그림자를 던지고 있다. 선은 힘 있고 가벼우며 빛깔은 은은하고 화사스럽다. 소. 숱한 소 가운데 하나. 소 장날처럼 소투성이다. 우선 이놈부터 그렇다. 이것이야말로 소다. 이에 비하면 진짜 소라는 것은 소 집안 망신시키고 다니는 팔푼이에 지나지 않는다. 또 소다. 구보씨는 전에 창경원 동물원에서 그럴 수 없이 좋은 한국 소를 본 적이 있는데 이 소는 그보다 더 좋다. 무서운 붓의 힘이다. 이마의 흰 페인트가 함박꽃 다발 같다. 수그린 뿌리에서 그림의 오른쪽 아래로 '힘'이 꿈틀거리면서 굽이쳐갔다. 까마귀들이 전깃줄에 앉아 있는 노란 달. 바탕에 칠한 푸름 건너편에 발 너머 보는 달빛처럼 노랑 빛깔이 비쳐 보인다. 달은 불쑥 튀어나온 아이의 얼굴인가 하면, 땅 밑에 있는 한없이 넓은 누런 가을 논을 향해서 뚫린 우물 구멍 같기도 하다. 그런데 사위스러운 까마귀들은 웬일인가. 풍성한 가을 들판과 달덩이 같은 어린이의 얼굴 위로 까마귀들이 장의 사葬儀師들처럼 부산하다. '家族.' 내외와 두 아이. 남자는 지게를 지고 노란 꽃다발을 받쳐들었는데 꽃 이파리가 그림 밖으로 뚝뚝 떨어져온다. 여자는 앉아 있고 머리에 비둘기를 얹었다. 두 사람 사이에 꼬마가 있고 맨 위쪽에 또 한 명 꼬마가 있는 한쪽 어깨에서 날개가 솟아날 모양이다. 청사초롱의 깁처럼 푸른 색깔이 위에서 아래로 아낙네 아랫도리까지 휘감았다. '桃園,' 가장 주목할 만한 그림이다. 누렁 흙빛이 주가 된 그림인데, 바다랄지 호수랄지 아니면 만灣이라는 느낌이 제일 가까운 물가에, 복숭아나무가 있고 아이들이 복숭아를 따기도 하며 뒹굴기도 하면서 놀고 있다. 판화版畵의 간접성을 느끼게 하는 수법으로 그렸다. 어느 작품하고도 다르다. 색깔로 말하면 한옥에 칠하는 단청칠의 색감色感이다. 구보씨는 단청이 이 그림처럼 곱게 보인 기억은 없다. 구보씨는 한국의 옛날 그림을 한 장도 본 일이 없으므로 이런 계통의 색감이 전통적인지 어쩐지는 모른다. 어쨌건 굉장한 그림이다. 색깔과 선이 모두 한국 사람의 '桃園'은 정말 이러리라는 느낌을 불러일으킨다. 이 한 폭만 가지고도 이중섭은 장하다. 이런 계통의 그림이 몇 폭만 더 되었더라면. 또 소 장터다. 모든 소들이 일정한 모티프의 선을 가졌음을 알겠다. 다른 사람의 소가 아닌 바로 이중섭의 소다. 고삐에서 풀려도 잃어버릴 걱정 없다.

담뱃갑 은종이에 그린 그림이 나선다. 모두 아이들이다. 아이들의 선은 '桃園'의 아이들과 같은 모티프다. 여기서는 단청의 빛깔 대신 은색을 쓴 것이다. 그렇다. 이렇게 많은 '桃園'들을 그린 것이다. 은종이에 자국을 내고 물감을 먹여 배게 한 것이다. 그야말로 은은한 무릉도원이다. 그 시절 국산 담배는 은종이가 없지 않았던가 싶은데, 그렇다면 저것은 양담뱃갑일 것이다. 이 한 가지만으로도 이중섭의 예술가로서의 건강함의 표시요 시원스러운 문명 비평력이다. 문명 비평이란, 풍속을 환골탈태해서 자기 밥주머니에 넣어버리는 뱃심이다. '길 떠나는 家族,' 세 식구가 탄 소달구지를 가장이 고삐를 잡고 한 손을 높이 들어 군호를 하고 있다. 꽃수레, 꽃소. 어디로 간다는 것일까. 피난배를 타고 고향을 떠난 현실을 이렇게 바꿔친 것인지. 노란 종이에 소 스케치. 종이 빛깔과 부드럽고 속도 있는 붓길이 어울려, 물건이다. 역시 소. 또 소. 터져나온 고함이다. 소. 모든 군더더기를 버리고 새끼줄 오리처럼 격한 붓자국이 엉켜 있다. '直指人心'이라는 말을 빌린다면 '直指描牛'이다. '소와 새와 게.' 게가 처음 나온다. 쇠뿔에 새가 앉아 있고 게란 놈이 쇠불알을 가위로 집고 있다. 커다란 웃음의 세계다. 소는 격해서 다리질만 하는 것이 아니라 이렇게 곤욕도 당한다. 소의 테마가 새 악장樂章에서 장난스레 변주된다. 캐스터네츠 소리가 들리는 듯하다. '파란 게와 아동,' 게를 맨 줄을 잡고 남은 손을 번쩍 든 벌거숭이 개구쟁이, 물고기, 어린이, 게, 나비, 호박꽃, 해바라기, 새, 상투쟁이 영감, 비둘기, 가족들, 닭, 손, 손, 커다란 손, 까마귀, 풍경, 뱀, 해, 창문가의 초상. 『작품집』을 한 책 사들고 나와 다방에서 차를 마시면서 구보씨와 심학규 씨는 이야기를 했다. 심학규 씨는 차를 마시면서 무슨 생각에 잠긴 듯 자주 말꼬리가 흩어졌다. 구보씨는 『작품집』 뒤에 나와 있는 연보年

譜, 해설, 추모하는 글, 이런 것을 차례로 읽어봤다. 고향에서의 어릴 적. 오산학교 시절. 스승과의 만남. 일본으로. 일본 여자와의 결혼. 원산 시절. 전쟁. 월남. 서귀포. 부산. 범일동. 부두 노동. 가족을 일본으로 보냄. 통영 시절. 일본으로. 다시 귀국. 서울 시절. 누상동. 개인전. 1955년이라는 무렵에서의 미술 개인전이라는 것. 대구 시절. 정신 이상 증세. 서울로. 수도육군병원. 청량리 뇌병원. 적십자병원. '1956년 불규칙한 생활로 정신병과 간장염이 병발함. 청량리 뇌병원 무료 환자실에 입원함. 내과 치료를 받기 위해 적십자병원으로 옮김. 9월 6일 11시 40분 죽음. 무연고자로 취급돼 삼 일간이나 시체실에 있다가 친지들이 알고 忘憂里 공동묘지에 장사 지냄.' 구보씨는 머리를 들고 심학규 씨에게 말했다.

"여보게 한 번 더 보세."

"그럴까."

심학규는 선선하게 일어섰다.

그들은 다시 화랑으로 들어갔다. 이번에는 더 천천히 더 찬찬하게 구경했다. 한 인간이 그림이라는 인간의 노동의 한 분야와 만난다. 그는 날에 날마다 숙명의 오랏줄에 얽힌다. 모든 천재가 그러하듯이, 그도 일찍 자기의 길을 찾아낸다. 홍수처럼 밀어붙이는 흙탕물 속에서 그의 본능은 자기 길을 잃지 않는다. 서양화의 껍질을 벗겨 던지고 그는 색채와 형태를 가지고 노래하는 것이 어떤 것인가를 손에 쥔다. 주피터의 벼락을 뺏어든다. 그의 손은 번개가 된다. 그는 사시 고향의 산천과 초목을, 짐승과 강가의 작은 동물을 통해서 노래한다. 우리 모두가 어느 누구도 허물 없이 빠져

나오지 못한 저 카인과 아벨의 피칠 싸움터에서 그는 평화와 사랑의 노래로 상처 받은 심신을 달랜다. 살인과 미움의 시간에 평화와 사랑을 노래하는 것이 시인. 그가 현실을 재단하는 무릉도원은 그의 소년의 고향. 고향은 의당히 조건 없이, 승격한다. 일체의 군더더기처럼 세계는 생략되고 농군의 가족 네 사람 일개 조組의 핵가족이 된다. 현실을 압축한 예술적 이념형理念型. 사람과 자연이 사랑과 노동 속에 평화를 즐기는 곳. 그러나 카인과 아벨의 고함소리는 밭 가는 짐승에게 불안과 노여움을 일으킨다. 소를 택했다는 행복한 예술적 정확성. 난리에 집을 잃은 소처럼 그의 붓은 안타깝게 달린다.

그림의 공간 속을 마치 한 마리 소처럼. 그러나 그의 꿈은 영원하다. 부처를 닮은 아이들 하늘나라의 복숭아를 따먹고, 호수에서 물고기와 노닐고, 화가는 그 동산의 어느 나무 밑에서 낮잠을 자고, 아내는 아이들을 기른다. 그는 벌거벗은 여자라곤 아내밖에는 그리지 않았다. 미친년이나 해부대 위의 죽은 년이 아니면 남편 앞에서 말고야 벌거벗고 사는 년이 없을 이치. 대신에 아이들은 벌거숭이. 어릴 적 우리가 고향의 강가에서 으레 그랬듯이. 이중섭은 풍속의 자연스러운 범절을 노래하기를 원한다. 미술이라면 벌거벗고, 하느님은 예수고, 사회주의면 스탈린이요, 민족이면 무당귀신인 줄만 아는 식민지 똘마니와 무당 각설이패를 이중섭은 영원히 모른다. 형태와 선이 노래 부르게 하고, 향토의 소재를 무리 없이 소재로 쓰는 선견지명과 서양화의 힘을 터득하고 색감의 시인이며 구름같이 이는 구성의 아름다움 때문에 이중섭이 장한 것은 아니다. 그 모든 것을 자기의 생애라는 실존의 한 가닥 질긴 실로 꿸 수 있었다는 것. 모든 사람이 제 얼은 빠져서 유리처럼 부서지고 피비린내 나는 땅에서 귀신처럼 허덕일 때 그 속에 살면서 자기 목숨의 길을 잃지 않고 운명의 길목에서 만나는 것마다 그것이 소재든 수법이든, 사상이든, 신비神秘이든 가리지 않고 모두 한 가지 주제, 그 자신의 목숨의 걸음걸이 속에 끌어들여 그의 삶의 '挿話'로 만들었다는 것. 지금의 이 내가 있고 모든 것이 있다는 간단한 진리를 믿었다는 것. 그것이 이중섭의 위대함이다. 아니 그것은 이중섭의 위대함이 아니라 살아 있는 우리들의 복이다. 그는 위대할 겨를도 없었으니까.

"좀 칭찬이 과하지 않나."
오던 길을 되짚어오면서 심학규 씨가 말했다. 구보씨에게.
"나는 그가 위대하다고 했지, 가장 위대하다든가 혼자만 위대하다고는 하지 않았네."
"그럼?"
"다른 작가의 그림을 이만큼 한목에 본 일이 없으니까 그렇게 말할 도리야 없지 않은가?"
"한 작가의 값은 다른 사람들 속에 놓아봐야 아는 게 아닐까?"
"글쎄. 일리가 있는 말이지만 반드시 그렇지도 않겠지. 어떤 사람이 위대하다고 다른 사람이 위대하지 못할 법은 없으니깐."
"그야 그렇지."
"지금 본 느낌의 확실성을 믿으면 되지 않아?"

"가령 이중섭의 그림에는 좀더 비극적인 것이 있어도 좋지 않았을까?"
"자네도 잔인하군."
"어디 그거야."
"농담일세. 그러나 그건 잘못일세."
"왜 그런가?"
"미술이나 음악은 자기가 왜 그런 기쁨, 그런 슬픔에 도달했는가를 설명할 거증책임擧證責任이 없다고 나는 생각해. 작품에 나타난 건 직접 기쁨이고 슬픔이지 육하원칙은 따질 필요가 없어. 그 점이 문학과 다르지."
"거증책임이 없을까?"
"없지."
"수법이나 소재에는 다 계통과 전통이 있지 않은가?"
"그래서?"
"슬픔이요 기쁨이라도 소재나 수법에 따라 계통과 전통에 의한 차이가 생길 테니 수법과 소재가 바로 거증擧證할 것이 아닌가?"
"그 말에는 한 가지 전제가 있군."
"무슨?"
"예술의 수법이나 소재에는 마치 원소주기표 같은 근본적 전통이나 계통이 있다는."
"사실 그렇지 않을까?"
"안 그렇다고 생각해. 그건 현재의 계통과 전통을 고정불변한 것으로 보기 때문인데 그렇지는 않아. 변하지 않는다면 그건 근대 예술이 아니라 보호 문화재지. 일부러 순수형을 보존하는 것이 목적인."

"그럼 어쩌자는 건가?"

"복수의 전통을 허용할 것."

"복수의?"

"전통이 외갈래란 건 누가 정했나? 사실 어느 나라나 안 그런 것이 사실 아닌가?"

"복수의 전통이라?"

"인간 정신의 다양화란 그런 게 아니고 무어란 말인가?"

"가만있어 좀 생각해보고."

심학규 씨는 입을 다물었다. 갑자기 자기가 한 말에 대한 불안이 구보씨를 덮쳤다. 그래서 구보씨도 입을 다물었다. 한참 후에 심학규 씨가 말했다.

"자네 말이 맞을 것 같군."

"고마워."

그들은 껄껄 웃으면서 건널목을 걸어갔다.

제14장
홍길레진 나스레동

1972년 4월 중순의 일이다. 서울 광화문 시민회관 앞에서 한 중년의 한국인 남자가 버스에서 내렸다. 이 남자는 구보라고 하는 소설노동자였다. 그는 한 손에 이 무렵 사람들이 가방 대신에 흔히 들고 다닌 종이봉투를 들고 있었다. 오죽잖은 생각을 적어놓은 종이 — 그들 사이에서 원고라고 불리는 종이가 들어 있을 그 봉지를, 소중한 양 감싸듯이 한 옆구리에 끼고 구보씨는 중앙청 쪽으로 걸어갔다. 화창하달 수밖에는 없는 날씨였다. 서울의 봄은 한 해 사철 가운데서도 가장 좋은 때여서 오늘처럼 활짝 갠 날 늦은 아침녘이자 오정 가까운 무렵은 그저 산다는 것, 그래서 이렇게 걸어다닌다는 것만으로써도 족히 흐뭇해지기까지 하는 그런 계절이다. 구보씨도 그런 모양이었다. 그는 늘 보는 거리를 나그네처럼 신기하게 두리번거리면서 걸어간다. 그는 걸어가는 왼편에 있는 광장으로 들어섰다. 이곳은 예총광장으로 불리는 공간인데,

이 광장 한옆에 '全國藝術文化團體總聯合會' 건물이 있기 때문이다. 구보씨는 그 예총 건물 쪽으로 걸어갔다. 들어가면서 보이는 이 건물의 옆구리에는 추상미술 모양의 장식이 붙어 있는데, 구보씨 생각으로는, 건물에 새겨진 이 장식이 한국에서의 유일한 그리고 걸작이라고 할 수 있는 살아 있는 미술품이었다. 건물 전체가 그 장식 때문에 큼직한 미술품으로 보이는 것이었다. 이 광장은 ㄷ자 모양인데 들어서면서 오른쪽이 과학박물관이고, 왼쪽이 시민회관 뒷등이며 막다른 데가 예총 건물이다. 시민회관 뒤쪽에는 부속 결혼식장이 있어서 늘 사람과 차가 북적거리고 있다. 지금도 마찬가지였다. 구보씨는 예총회관에 들어서서 계단을 올라갔다. 이곳 승강기는 언제나 고장이어서 구보씨 머릿속에는 승강기 없는 건물로 되어 있었다. 계단을 올라가면서 보자 한쪽 음악회, 연극 공연을 알리는 방이 여러 장 붙어 있다. 구보씨는 사층까지 올라와서 거기 있는 문인협회라고 적힌 문을 밀고 들어섰다. 구보씨가 들어선 방은 매우 좁은 방으로서 방 가득히 네 개의 책상이 놓여 있고 겨우 옆방으로 드나들 자리만 비어 있다. 구보씨가 들어서자, 한 책상에 앉아서 일을 보던 사람이 그를 알아보고 인사를 하면서 의자를 권했다. 구보씨는 좁은 방 한구석에 놓인 의자에 앉았다.

"안녕하세요?"

의자를 권한 사람—매우 솜씨 있는 소설노동자이며, 이 협회에서 내는 잡지를 엮어내고 있는 이문정 씨가 이렇게 말했던 것이다.

"네 안녕하십니까?"

구보씨도 이렇게 대꾸했다.

"잘 오셨습니다. 이거 한 자 써주시지요."

이문장 씨는 이렇게 말하면서 원고지를 주섬주섬 챙겨서 구보씨에게 내밀었다.

"네?"

구보씨는 영문을 몰라서, 한 손으로 원고지를 받으면서 이문장 씨를 쳐다보았다.

"가와바타에 대해서."

"네, 뭐."

얼마 전에 노벨 문학상을 받은 일본 소설가 가와바타가 어제 자살했다는 소식을, 구보씨는 오늘 아침 신문에서 보았었다. 그 일에 대해서 짤막하게 여러 사람의 말을 다음 호 잡지에 낸다는 것이었다.

"네."

구보씨는 알아들었다는 대답을 했다. 신문에 나기는, 가와바타는 자기 별장에서 가스 꼭지를 물고 죽어 있는 것이 발견되었고 남긴 편지는 없다는 것이었다. 얼마 전에는 또 한 사람의 일본 소설가가 일본 군대 영내에 쳐들어가서 배를 갈라 죽은 일이 있었다. 군대가 정신을 차려야 한다고 연설하고, 사령관을 윽박질러 쿠데타를 일으키려다가 여의치 못하게 되자 그 자리에서 자결한 그 사건은 한때 떠들썩했던 터였다. 그 소설가도 널리 알려진 사람이었다. 왜 그런 생퉁 같은 일을 했는지 구보씨는 헤아릴 수 없었다. 그러나 가와바타의 경우는 자연스러웠다. 유서가 없다는 것이 더욱 자연스러웠다. 사람이 자살하는 데 무슨 이유가 있단 말인가. 아마 일흔이 넘었다고 알고 있는 가와바타의 자살은 사람으로서 그럴 수 있는 일이고 늙도록 글을 써온 사람으로서는 더욱 그럴 수 있는 일이었다. 다만 이름난 사람이고 보면 그의 죽음에다 뜻을 붙이려는 것은 있음직한 일인데, 다른 것이면 몰라도 죽음이라는 사실에 대해서만은 별다른 뜻이 있을 수 없는 것이다. 만사를 다 해설할 수 있는 것처럼 버릇이 된 탓으로 구보씨도 시시한 말을 몇 자 적었다. 좁은 방 한구석 의자에 앉아서 그런 글을 쓰고 있자니 구보씨는 직원실에 불려와서 서약서를 쓰고 있는 학생 같은 생각이 들었다.

"자 여기 있습니다."

구보씨는 쓰기를 마친 원고지를 이문장 씨에게 내밀었다.

"네 수고하셨습니다."

이문장 씨는 원고를 받아서 한쪽에 놓았다. 구보씨는 불쑥 그것을 도로 찾아서 구겨버리고 싶은 생각이 들었다. 도대체 가와바타에 대해서 무얼 안다고 왈가왈부한단 말인가. 그런 생각이 들었기 때문이다. 그러나 도로 달랄 수는 없는 일이었다. 아무려면 대수로운 일은 아니었다. 그래서 구보씨는 태연하게 담배를 꺼내 이문장 씨에게 권했다. 오늘 여기 온 것은 볼일이 있어서는 아니었다. 지나는 길에 들른 것이었다. 그래서 구보씨는 담배 한 대를 피우고 일어섰다.

방을 나와서 계단을 내려간다. 결혼식장 앞에는 여전히 북적거린다. 구보씨는 광장을 빠져나와 중앙청 쪽으로 가다가 지하도로 내려가서 건너편 인도로 올라섰다. 거기서 옛날 경기도청 옆 골목을 따라 한국신문사 쪽으로 걸어갔다. 늘 영업 자동차들이 늘어서 있는 네거리를 지나 일본 대사관 앞으로 지나면서 구보씨는 건물을 쳐다보았다. 그 건물의 지음새는 어딘지 요새 같은 데가 있었다. 창문이 작고 벽이 두꺼운 품이 그렇게 보였다. 사진에서 본 아랍 지방의 프랑스 군대 사령부 건물 같은 느낌이다. 별나게도 지었군, 하고 구보씨는 속으로 중얼거렸다. 한국신문사 뒷문으로 들어가서 구보씨는 편집국이 있는 삼층으로 올라갔다. 여기는 볼일로 온 것이었다. 주문받은 짧은 소설을 배달하러 온 것이었다. 그가 편집국이 있는 삼층에 올라서서 바로 문으로 들어서자고 하면서 본즉, 넓은 편집국에는 사람이 꽉 들어차서 모임이 있는 모양이었다. 구보씨는 복도 한쪽에 비켜서서 속을 바라보았다. 복도와 방을 갈라놓은 벽은 아랫도리만 낮게 가리고는 거의 유리였기 때문에 잘 보였다. 저쪽 한가운데 이 신문사의 사장이 앉아서 연설을 하고 있다. 무슨 종업원 전체가 모인 모임인 모양이었다. 늘 사람이 들락거리고 사람마다 원고지에 매달려 있는 것을 보아온 자리가 이렇게 쓰이고 있는 모양은 좀 신기했다. 모임은 곧 파하고, 사람들이 밀려나온다. 구보씨는 편집국이 보통 모양으로 돌아가는 것을 보고 안에 들어가서 주문받은 원고를 건네주었다. 구보씨는 원고를 배달하는 자리에서 돈을 줄 줄 알았는데, 신문이 나온 다음에 준다는 것이었다. 그럴 줄 알았으면 서둘러서 올 것까지는 없는 것을 그랬다고 생각하면서도 구보씨는 흔연스러운 듯이 받아 넘겼다. 여기서도 담배 한 대를 피우고 나왔다. 이번에는 앞문으로 나와서 안국동 쪽으로 걸어간다. 예까지 온 김에 책방에 들러볼 생각이었다. 한국신문에서 안국동 로터리까지의 짧은 사이가 막 끝나는 모퉁이를 돌아가다가 구보씨는 문득 걸음을 늦췄다. 옆 골목에서 나와 구보씨 앞을 걸어가는 사람이 틀림없이 구면인데 생각이 안 나는 것이었다. 지독하게 오래전에 헤어진 얼굴인데, 언제 어디서 본 얼굴인지 모르겠던 것이다. 구보씨의 머릿속에 담긴 시간들이 분주하게 수런거렸다. 구보씨는 걸음을 다시 빠르게 하여 곁을 지나가면서 남자의 얼굴을 들여다보았다. 남자는 대뜸 입을 딱 벌리면서 손을 내밀었다. 그는 고향의 고등학교 동기생이었다.

중국집 이층에 마주 앉고 보니, 그들은 지금 학교에서 집으로 가는 길에 책보를 낀 채 잠깐 군것질하러 들어온 것 같았고, 아무렇지도 않았다. 그 세월이 있었는데도 이렇게 아무것도 달라지지 않은 것이었다. 물론 달라지지 않았다 함은 구보씨가 벗을 알아보고, 벗이 또한 알아보았다는— 사람은 같은 얼굴을 가지고 평생을 산다는 사실에 지나지 않았다. 벗이 앉아 있는 뒤쪽, 열린 창문으로 얼마 전에 이중섭 전람회가 열린 고대 화랑의 옆구리가 바라보였다. 간단히 피난 이후를 주고받았다. 벗의 웃음소리가 순식간에 이 중년의 남자 속에서, 한 고등학교 일학년 학생을 살려냈다. 왁자지껄한 교실에서 히히덕거리는 웃음소리. 떨어지지 않고 배긴 것이 이상한 일이지만 그들의 귀를 힘껏 잡아당기면서 푸시킨을 외게 한 국어 선생. 숙식을 하는 밤, 근처 과수원에서 사과를 훔쳐다 먹으면서 교실에서 뒷줄에 앉는 덩치 큰 동급생들이 여학생들과 사귀는 얘기를 듣던 일.

"그 친구들은 그때 뭘 알았을까?"

"알았지. 개들은 나이가 많으니까."

"많아야 뭐."

"한두 살 상관이 클 때 아니야?"

"그렇군."

"우린 애기들이었지."

"히히히."

"동해관 생각나?"

"극장?"

"옳지. 난 거기서 살았지."

"괜찮았나?"

"그래두 안 잡혔으니깐."

"그랬었군."

"그럼, 안 본 거 없지. 「부하라에 나타난 나스레진」이니 「인도의 별」이니 「볼가의 뱃노래」니."

"생각나는데."

"한 번도 잡히지 않았으니 이상하지."

"이상한 일이군."

"지금 생각하면 한심하지."

"그러길 잘했지 뭐. 공부 열심히 해봤자, 뭐 소용될 것 있었나?"

"하기야, 나와보니깐 생판 딴소리를 배워야 했으니깐."

"절반쯤만 배우는 게 좋지. 다 배울려구 기를 쓰다간 병신 되기 꼭 알맞으니깐."

"훈장 노릇을 하는 게 그래서 어렵지."

"줄곧?"

"학교 나오구 줄곧."

"하던 일 하는 게 좋은데."

"말 말아. 밤낮 그 꼴이구, 무슨 나아질 가망이 있어야지."

"그래 지금 하는 일은 잘되나?"

"응, 뭘 좀 해볼려는데, 해봐야지."

"돈 벌기가 쉽겠나."

"돈 벌기까지 할 생각은 없어. 그저 좀 어지간히 살 만한 목돈만 되면 그만이지."

"잘돼야지."

"자넨 어떤가?"

"나야 그저 날품팔이지."

"그래도 마음대로 사니 좋지."

"마음대로 사는 사람이 어디 있나."

"그렇긴 하지."

음식이 들어왔다. 한낮이라 술을 하기도 좋지 않아서 식사만 하면서 그들은 얘기를 계속했다. 듣자 하니, 같이 지낸 세월이나 다름없이 알 만한 사정이었다. 누구의 사정인들 다를 리가 없었다. 구보씨는 벗의 피난살이 얘기를 들으면서 자기 자신이 그것을 남의 입에서 듣는 느낌이었다. 잊어버리고 사는 묻힌 시간들—소아

제14장 홍길레진 나스레동 369

마비에 걸린 기억의 그 부분이 전기 찜질을 받은 팔다리처럼 감정이 퍼져가는 것을 구보씨는 느꼈다. 그것이 그의 뿌리였다. 그 뿌리는, 동해안 어느 항구에 두고 온 것이 아니라 그의 속에 이렇게 살아 있었다. 보통 때는 잊고 있다는 것뿐이었다. 벗의 뒤쪽 창문으로 내다보이는 고대 화랑에서는, 얼마 전 그들의 동향인 한 화가의 전람회가 있었다. 그도 지난 전쟁 때 피난 온 사람이었다. 화가는 피난살이 속에서 훌륭한 그림을 남기고 있었다. 뛰어난 그림을 눈앞에 보면서, 그것을 그린 사람의 처지를 동시대인의 마음으로 느낄 수 있다는 일이 행복하였다. 예술과 삶이라는 것이 어떻게 맺어져 있는가를, 그 맺음 마디가 아직도 단단한 현장에서 볼 수 있다는 것은 좋은 공부였다. 벗이 털어놓는 이야기를 들으면서 구보씨는 어떤 송구스러움을 느꼈다. 벗은 학교를 마치자 선생이 되고 곧 결혼해서 아이들을 기르면서 살아왔고, 지금도 살아갈 일만이 걱정인 것이었다. 나는, 하고 구보씨는 자기를 돌이켜보는 것이었다. 구보씨는 고생했고, 지금도 고생한다. 그러나 구보씨의 고생의 숱한 부피는 쓸데없는 고생이 아니었던가. 남들이, 고등학교 시절에 보고 싶은 영화를 마음대로 본 것처럼 의심 없이 삶의 한가운데를 헤엄치고 있을 때, 구보씨는 감독 선생이 무서워서 영화관 근처에 얼씬도 않았던 그 시절처럼, 삶의 언저리에서 삶이란 무엇인가를 생각하면서 지내왔다.「부하라에 나타난 나스레진」을 들어가서 보는 대신에 영화란 무엇인가를 생각해온 셈이다. 그것은 잘못된 일이었을까. 많은 사람들이 한탄 섞어서 잘못이라고 말해온 터이다. 그러나 그렇게 생각할 필요는 없다. '삶'과 '생각'이라는 것은 기름과 물, 돌과 나무 같은 것은 아닐 터이다. 아마 기름 속의 기름, 강물의 밑 흐름 같은 게 아닐까. 삶이라는 나무의 한 뻗은 가지가 생각일 게다. 삶 속에 ─ 행동, 생각, 꿈 이런 것이 있는 것이다. 알맞게 행동하고, 바르게 생각하고, 아름답게 꿈꾸는 것 ─ 삶이란 그렇게 갈래마다 제구실을 해야만 하는 풍성한 어떤 숙제 같은 것인 모양이다. 만일 '생각'으로 지내왔다면 그 때문에 '삶'에 대해서 송구스러워할 건 없다. 바르게 생각했느냐 못 했느냐가 문제일 뿐이겠지. 돈벌이가 수월치 않은 것처럼, '생각'벌이도 수월한 것은 아니었고, 그렇다면 누구의 삶이든 별다른 이치였던 것은 아닌 셈이다.

오후에 구보씨는 또 한 군데 잡지사에 가보았다. 그는 그 잡지사 땅밑층에 있는 다방에서 편집자에게 전화를 했다. 잠깐 기다려달라는 것이었다. 구보씨는 자리에 와 앉아서 차를 마시면서 기다렸다. 오전 중에는 잡지사와 신문사에 들르고 고향 친구를 만났으니 꽤 바쁘게 지낸 탓이었던지, 아니면 어젯밤 늦게 잠든 탓인지 조금 고단했다. 찻집의 꾸밈새에 따라서 손님끼리 빤히 쳐다봐야 할 데도 있고 그렇지 않은 데도 있다. 여기는 다행히 널찍한 데다가 손님도 많지 않았다. 그래서 구보씨는 등걸이에 조심스럽게 기댄 채 눈을 감았다. 잠과 깨어 있음의 사이에 있는 상태를 즐기면서, 가끔 눈꺼풀을 가느다랗게 떠보면서 구보씨는 쉬고 있었다. 노 젓기를 멈추고 바람에 밀려가는 돛배처럼. '부하라에 나타난 나스레진.' 벗의 입에서 그 말이 나왔을 때 구보씨는 대뜸 생각이 났다. 구보씨는 보지 못했지만 그런 영화 이름을 들은 것은 거의 틀림없었다. 불법 관람자들의 관람 보고도 들은 것 같았다. 오락 역사물이었지 아마. 부하라. 어디 지명인가. 코카서스 지방이나, 터키 국경 지대쯤이 아니었을까. Бухара 이렇게 쓰는 것일까. Насредин 사하라. 알라딘. 비슷한 소리의 연상 때문에 막연하게 『아라비안나이트』의 장면 같은 게 떠오른다. 꾀 있고 씩씩하고 인정 많은 도적. 신출귀몰하면서 탐관오리를 골려주고 백성들을 돕는 러시아판 홍길동. 홍길레진. 나스레동.
"오셨군요."
구보씨는 눈을 떠서, 앞에 와 앉은 편집자를 보았다.
"네."
구보씨는 고쳐 앉으면서 인사를 했다.
"바쁘십니까?"
"그저 그렇습니다."
"수고 좀 해주시렵니까?"
"해야지요."
"응모 소설을 좀 보아주십시오."
"그렇군요. 마감이 됐습니까?"
"네."
이 잡지에서 해마다 뽑는 신인들의 소설을 가려달라는 부탁이었다.
"몇 편이나?"
"좀 많아요. 사십 편이 들어왔는데."
"사십 편?"

"그렇습니다."

"그걸 다 봐야 합니까?"

"네. 편집실에서 예선을 할까 했습니다만 좀 손이 모자라서, 모두 봐주셨으면 하는데요."

구보씨는 잠깐 생각했다.

"그건 좀 어렵군요. 겹친 일이 있어서. 그렇지만 않으면 제가 봐도 상관없는데."

"그래요? 자 그럼—"

이번에는 편집자가 잠깐 생각했다.

"할 수 없지요. 아무튼 그러면 예선에서 나오는 작품들은 좀 보아주시지요."

"그러지요. 그건 어렵지 않습니다."

편집자는 일을 마치고 바쁘다고 하면서 먼저 일어났다. 구보씨는 오후에 또 한 군데 볼일이 있었는데 아직 시간이 일렀다. 그래서 여기서 좀더 때를 보낼 생각이었다. 신문을 한 장 사서 본다. 월남에서는 다름없이 피가 흐르고 있었다. 벌써 열흘 가까이 공산군의 공격이 이어지고 있었다. 싸움은 공산 게릴라와 휴전선을 넘어온 공산 정규군이 한데 뭉쳐, 월남군을 치고 있는 것이었다. 십만가량 남아 있다고 알려진 미국 군대는 뭍 싸움에는 끼지 않고 해군과 공군에 의한 도움만을 주고 있다고 한다. 참으로 지겨운 일이었다. 2차 대전이 끝나자 줄곧 싸움이 이어지고 있으니 월남 사람들은 죽을 지경일 것이었다. 한국과 마찬가지로 민족이 갈라져서 싸우는 형편이 꼭같은 이 나라의 운명은 결코 남의 일이 아니었다. 게다가 구보씨는 신문을 아무리 읽어봐도 싸움의 모습이 잘 떠오르지 않았다. 좁은 땅에 한때는 오십만인가 하는 미군이 있었고, 월남군까지 있는데 베트콩이라 불리는 게릴라가 움직일 수 있다는 게 아무래도 곧이들리지 않던 것이다. 아마 '정글'이라는 우거진 숲이 있기 때문인 모양이었다. 이 뉴스 옆에는 미국의 달 로켓 소식이 나와 있었다. 그리고 이제는 눈 익은, 받침에서 떠나는 로켓의 사진이 곁들여져 있었다. 이것도 대단한 일이었다. 벌써 몇 번씩 가는 길이기는 하지만, 그때마다 구보씨는 입만 딱 벌어지는 것이었다. 이만한 일을 사람이 할 수 있게 됐는데도 땅 위에서는 사람끼리 피를 흘리는 일을 막지 못하다니. 구보씨는 찻집을 나와서, 거기서 가까운 산업신문사를 찾아갔다. 이 신문에서 '도의심의 타락에 대하여'라는 제목으로 좌담회가 있었다. 참석자 가운데 한 사람은 벌써 와 있었고 나머지 두 사람도 곧 와서 좌담회는 제때에 열렸다. 구보씨는 기록을 맡았기 때문에 참석자들의 이야기를 요점을 적고 가끔 기록자로서의 의견과 요구를 말하였다. 좌담회는 이렇게 진행되었다. 도의심이라는 것은 사람들이 남과 어울려서 살기 위한 원칙이라는 것. 동서고금에 따라 도의심의 모습은 다를 수 있지만 기능은 한 가지라는 것. 시대마다 도의심이 다르기는 하나, 그것들은 다른 시대와 비교될 수는 없고 구체적 환경 속에서의 적절함만이 문제 된다는 것. 우리 사회는 해방과 더불어 도의심의 수준이 떨어졌다는 것. 해방 전에는 눌려 있던 욕망이 해방과 더불어 한꺼번에 터져나왔는데, 욕망을 조정할 적절한 지도 이념이 형성되지 못했다는 것. 6·25 전쟁은 이런 사태를 더욱 밀고 갔다는 것. 1960년대에 들어서서 경제 윤리가 크게 타락했다는 것. 자본주의의 원동력이 되었던 공정한 경쟁이 지켜지지 못했다는 것. 이 같은 현상을 바로잡자면 책임 있는 자리에 있는 층에서 바른 마음으로 돌아와야 한다는 것—대개 이런 내용의 매우 도덕적인 결론이 나왔다. 구보씨는 기록한 것을 접어서 주머니에 넣고 신문사에서 나왔다.

다음에 구보씨가 간 곳은 출판사였다. 그 출판사에서 문학 전집을 낼 생각인데 한번 상의하러 들러달라는 편지를 받고 있었다.

출판사 응접실에서 구보씨는 안면이 있는 그곳 사원과 만나서 이야기를 나누었다. 아직 확실한 계획은 없고 저자들을 만나서 조건을 알아보는 단계라고 하면서, 회사측의 희망을 말해주었다. 작품 선정이라든지, 인세 조건도 모두 알맞은 것이었다. 그래서 구보씨는 그러한 뜻을 말하고, 언제든지 응하겠노라고 말해주었다. 이 자리에서도 가와바타 이야기가 나왔다. 사원은 일본 같은 데는 작가의 생활이 넉넉할 텐데, 일본 작가들은 좀 성급한 것 같다고 말했다. 구보씨는 풍족한 대로 문제가 있을 수 있는 일이라고만 대답했다. 그리고 사원의 요구에 응해서 자기 작품의 목록을 만들어주었다. 회사에서 미리 만들어본 목록에서 빠져 있는 것을 보태주면 되었다.

출판사에서 나왔을 때는 5시쯤 지날 무렵인데 해는 아직 높직이 떠 있었다. 그는 광화문 쪽으로 걸어가면서 속으로 분주하게 망설였다. 누군가를 만나서 한잔할 것인가, 아니면 이대로 집에 가느냐, 그것이 문제였다. 얼른 마음을 정하지 못한 채 그는 천천히 대한문을 지나왔다. 뒤로 물러앉은 대한문 앞 찻길에는 지하 철도 공사를 하기 위해서 막아놓은 울타리 안에서 기계가 부르릉거리는 소리가 시끄러웠다. 지금 찬찬히 보니, 그 지하철 공사하는 자리는 원래 대한문이었던 자리였다. 그때 물리라거니 못 물린다거니 옥신각신이 있었던 것이 떠오르는데, 그때 이미 철도 계획이 있었다면 굳이 물러앉게 한 처사도 알 만한 일이었다. 덕수궁 옆길을 따라 곧장 걸어간다. 한 군데 사람들이 몰려서서 공사를 구경하고 있다. 체신부 앞을 지나 국회의사당 앞에 이른다. 요즈음 쉬고 있는 그 건물은 보기에도 한산했다. 그 옆에 새로 지은 까마득한 달라이 라마의 성 같은 빌딩 때문에 더욱 그렇게 보였다. 구보씨는 광화문 지하도에 내려가면서까지도 궁리를 하다가 결국 종각이 있는 쪽으로 올라갔다. 아무래도 누군가를 만나보고 싶었던 것이다. 그렇게 정하고 보니 뭣 때문에 집에 빨리 들어가려고 서둘렀는지 알 수 없었다. 홀아비인 그가 저녁 걸음을 다그쳐야 할 까닭은 실은 없는 일이었다. 구보씨는 큰 결심이나 한 듯이 활발하게 걸어갔다. 구보씨가 비칠비칠 문단에 들어서던 때만 해도 벌써 옛날이어서 벗들은 모두 처자를 먹여 살리는 한 집안의 가장들이라, 구보씨는 그들의 본능적인 가정주의를 다치지 않기 위해 조심해오는 터였다. 통행금지까지의 시간을 머리에 두고 계획된 음주를 하는 그들에게 폐가 되는 일이 있어서는 안 되는 것이었다. 그러한 것을 배운 것이 세월이라는 학교였다. 물론 그것은 시시한 일이었다. 문제는 세상은 시시한 것이고 그것은 우리와 상관없이 정해진 일이며, 피차에 답답한 일을 서로 헤아리면서 사는 수밖에 없다는 것이었다. 갈팡질팡하다가 징이 울리고 마는 삶이라는 무대. 이 알 수 없는 정글. 구보씨는 이 어두운 밑바닥의 사실로부터 생각의 성을 쌓는 수밖에 없었다. 모든 설계와 약속, 희망과 꿈은 이 사실을 바꾸지 못한다. 다만 이 사실 위에서 이루어지는 연극을 되도록이면 억지 없이 해내기 위한 기술에 지나지 않는다. 무대 위에서 왕이든 거지든, 그것은 맡은 흉내일 뿐, 장막의 저쪽에 있는 분장실에 가보면 서로 지워야 하는 화장일 뿐이다. 무대에서 진짜로 거지를 때리거나, 진짜로 왕에게 충성하는 배우는 실성한 놈이다. 이런 놈들처럼 짜증스러운 자들도 없다. 연극에서 진짜로 목을 잘려서야 쓰겠는가.

사람들은 분주하게 지나간다. 그들만이 알고 있는 각본을 따라서. 그들이 등장할 장면에 늦지 않으려고. 구보씨도 자신 있는 등장인물처럼, 청진동 골목으로 들어섰다. 찾아간 곳은 친구의 사무실이었다. 사무실은 이 건물의 사층에 있었다. 일층에 있는 찻집 옆으로 난 계단을 따라 올라간다. 이 건물에는 승강기는 없고, 승강기를 달 수 있는 자리만 만들어져 있었다. 아마 건축법에 그렇게 돼 있는 모양이었다. 이층은 낮에는 차를 팔고 밤에는 맥줏집이다. 삼층. 학원 사무실이다. 이 학원學院이 아직도 수지가 맞는 장사인 모양이다. 사층이다. 문을 밀고 들어간다. 친구는 없었다. 각본에 없는 장소에 구보씨가 마음대로 왔던 것이다. 공연이 없는 시간에 무대를 찾아온 배우처럼. 주인이 없어도 기다릴 수는 있는 약속이었다. 구보씨는 주인 없는 방에 앉아서 장막을 내다보았다. 오늘 하루는 조금 바쁘게 지낸 날이었다. 문인협회에 가서 느닷없이 자살한 외국 소설가에 대해서 느닷없이 횡설수설을 적어넣고, 신문사에 가서 주문받은 원고의 배달부 노릇을 했으며, 길에서 우연히 고향 친구를 만나 잠깐 고등학교 일학년 학생이 되었고, 잡지사에 가서 일거리 예약을 했으며, 신문사에 가서 좌담회 서기를 보았고, 출판사에 가서 재고품을 팔 거래를 하였다. 창밖에는 늘 보는 거리가 내려다보였다. 건물들은 무대 장치같이 잠깐 시늉만 보인다는 식으로 발라맞춰 지은 것처럼 보이고 사람들은 부지런한 엑스트라처럼 가장 정말인 양 분주하게 오가는 것이었다. 구보씨도 그것을 구경하는 사람인 양 내려다보았다. 구보씨는 전화로 몇 군데 친구들을 불러보았다. 공교롭게도 자리에 있는 사람이 하나도 없었다.

  구보씨는 광화문으로 나와서 버스를 기다렸다. 사람들은 가장 바쁘다는 듯이 서로 앞을 다투었다. 고등학교 학생 하나가 구보씨의 옆구리를 팔굽으로 내지르면서 버스에 올라가고 문은 닫히고 차는 떠났다. 연기演技들이 너무 진짜 같은 게 탈이었다. 연극인 줄도 모르고 구보씨는 하마터면 화가 날 뻔했으니. 두번째 버스에는 쉽게 탈 수 있었다. 흠, 첫 버스는 물러서는 게 좋은 모양이군, 이렇게 구보씨는 생각하였다. 차들은 가장 바쁜 체 서로 다투어 달린다. 버스에 앉은 사람들도 하루의 이 시각이니 으레 고단하지 않겠느냐고 생각한 모양인지. 모두 저마다 독창적인 고단함을 시늉하고 앉아 있었다. 구보씨는 가 닿는 곳에 긴한 일이 기다리는 것도 아닌 사람의 버릇으로 창밖 거리를 열심히 내다보았다. 집에 들어서는 길로 세수를 하고 나니 옥순이가 밥상을 가져왔다. 구보씨는 천천히 밥을 먹는 연구를 하는 배우처럼 여러 번 숟갈질과 젓가락질을 했다. 상을 물린 다음에 구보씨는 오늘 닿은 우편을 살펴보았다. 원고 청탁서가 한 장. 나머지는 세 권의 기증되어온 책이었다. 수필집이 하나. 소설집이 하나. 시집이 하나였다. 구보씨는 차례로 그것들을 살펴보았다. 목차와 서문을 읽어보고, 각기 머릿속에서 그것들을 읽을 앞뒤를 정했다. 이렇게 여러 사람이 글을 쓰고, 책이 되어 나오는 것이 왜 그런지 대견스러웠다. 구보씨는 책 세 권을 포개어 책상 위에 얹어놓은 다음 목침을 베고 드러누웠다. 이렇게 눕고 보니, 일찍 들어온 것이 잘된 듯싶었다. 그리고 꽤 고단하다는 것을 알았다. 눈을 붙이고 잠을 청해본다. 오늘 하루 일이 천천히 되살아올 뿐 얼른 잠은 오지 않았다. 그러자 구보씨는 한 가지 발견을 했다. 고향 친구와 저녁에 만날 약속을 안한 일이었다. 친구는 술을 마시지 않는다고 했다. 그 때문이었을까. 술이 없이 다시 만난 자리는 거북스러울 것이었다. 왜 그럴까. 아무튼 그럴 것이 틀림없었다. 더 생각하면 쓸쓸한 답이 나올 것 같은 짐작 때문에 여기서 그쳐버렸다. 문학 전집이 예정대로 나온다면 아주 다행한 일이었다. 돈이 나오면 할 일이 많았다. 구보씨는 여기서 일어나 앉았다. 서랍을 뒤져서 작품 목록을 꺼내놓고 훑어보았다. 현재로서는 아무것도 계약에 묶여 있는 것이 없었다. 다시 말하면 그에게는 인세 수입이 전혀 없다는 말이었다. 만일 작자에게 작품을 택하게 할 경우를 생각하고 표를 해보았다. 일어나서 뒤뜰로 나왔다. 해가 막 지기 전의 빈한 모닷빛이 비긴 뒤뜰은 보기에 시원했다. 구보씨는 나무 사이를 따라 걸어봤다. 새벽

공기처럼 시원한 기운이 땅에서 솟는 것 같았다. 구보씨는 쭈그리고 앉아서 땅을 만져봤다. 땅은 시원했다. 나무둥치를 만져본다. 은근한 따뜻함이 손바닥에 닿는다. 옥순이가 가꾸어놓은 화단 쪽으로 가본다.
 구보씨는 차츰 짙어지는 보랏빛이 화단에 퍼지는 것을 지켜보았다.
 어느 결에 화단의 풀포기가 먹빛이 되고, 그의 머릿속에만 보랏빛이 남을 때까지 서 있다가 방으로 들어왔다. 고단한 기운은 없어지고, 머리는 개운했다.
 그는 벗어놓은 저고리 주머니에서 좌담회 기록을 꺼내놓고 잊어버리기 전에 정리를 하기 시작했다. 적어놓은 것만 가지고는 생각나지 않는 대목이 몇 군데 있어서, 잠깐 쓰기를 멈추었다. 꼭 그대로 적을 필요는 없는 것이지만, 그렇다고 마음대로 쓸 수도 없는 일이었다. 그런 대목마다 구보씨는 담배를 한 대씩 피웠다. 그러자 신기하게도 기억이 되살아났다. 구보씨는 친구를 거리에서 보자 곧 알아보겠던 일을 떠올렸다. 지난날을 같이 지낸 사람이란 것은 서로가 비망록과 같은 것이었다. 기억이라는 것도 혼자 지닐 때보다도 여럿이 같이 지닐 때가 몇 곱절 오래간다. 구보씨는 이런 생각을 하면서 기록을 다듬어나갔다. 참석자들이 솜씨 있게 이야기를 해준 탓으로 일은 썩 쉬웠다. 구보씨가 혼자서 써야 할 원고라면 아마 한밤중까지 걸렸을 부피를 잠깐 동안에 마칠 수 있었다. 구보씨는 처음부터 읽어보면서 말을 몇 군데 고쳤다. 이야기해보았자 뾰족한 결론이 나오기가 힘든 이런 제목을 가지고 참석자들이 애써 깊이 있는 말을 전하려고 한 맛이 잘 나온 것 같지 않았다. 너무 멋대가리 없는 도덕론이 된 느낌이었다. 구보씨는 그것을 좀 어떻게 해보려고 애를 썼지만 잘못하면 게도 구럭도 놓칠 염려가 있어서 그만둬버렸다. 정말 성인군자라고 생각할까 봐 걱정할 필요는 없는 일이었다.

구보씨는 쓰기를 마친 원고를 접어서 봉투에 넣었다.

팔다리를 고르기 위해 구보씨는 일어섰다. 그때였다. 나스레진이 부하라에 나타난 것은. 홍길레진 나스레동이. 진. 동. 간곡한 니은 소리와 그리운 이응 소리가 귀청 가득히 퍼지고 구보씨는 뒤따라 '神哥놈'을 욕하는 자기 목소리를 눈물처럼 들었다.

제15장
亂世를 사는 마음 釋迦氏를 꿈에 보네

그날 아침 구보씨는 새벽에 잠이 깼다. 벌써 5월도 마지막 갈 무렵이라, 방 안은 보기 좋을 만큼 어슴푸레하지만 시각은 퍽 이를 것이었다. 구보씨는 머리맡을 더듬어 시계를 찾았으나 웬일인지 손에 잡히지 않았다. 아무튼 쓸데없이 일찍 일어날 까닭이 없었다. 그래서 구보씨는 좀더 자기로 작정하고 잠이 들었다. 덕분에 구보씨는 좋은 꿈을 꾸었다. 봄인지 여름인지, 꽃이 흐드러지게 핀 벌판 같은 데를 걸어간다고 한다. 지저귀는 새 소리가 들리고 냄새는 어찌 그리도 삽상한지. 그저 구보씨는 걸어가는데 그렇게 좋을 수가 없다. 걸어가는 것만인데도 말이다. 그렇게 신명 나게 걸어다녔다.

다음에 깬 것이 7시쯤이었다. 구보씨는 느닷없이 참 인제 겨울도 갔구나 하는 생각이 퍼뜩 떠올랐다. 아무래도 생퉁 같은 느낌이었지만, 따지고 보면 틀린 말은 아니었다. 겨울과 봄 사이에 어다 금 그어놓은 것이 아닌즉 봄이란 계절은 겨울이 물러나고 여름이 시작되느라고 뜸 들이는 동안이라 할 수도 있지 않겠는가. 모름지기 지난겨울이 유별나게 따뜻해서 봄이되 봄 같지 않아서 더욱 무심히 지낸 탓인지도 모른다. 계절이 뚜렷하지 않아서 실지 살림에 눈에 보이게 달라지는 것이야 없을 테지만, 그래도 어쩐지 구보씨는 마지막 믿는 도끼에 당한 느낌이었다. 겨우내 구보씨는 봄이 되면 어디 소풍을 한번 가려니 별렀는데 그 소원을 이루지 못한 채 이렇게 여름을 맞게 된 셈이었다. 굳이 마련하면 어디 가지 못할 바도 아니었지만 어렵지 않은 그 일이 실은 어려웠던 것이다.

구보씨는 자리에서 반쯤 몸을 일으켜 창문을 열고 툇마루에 놓인 신문을 집어들었다.

미국 대통령 닉슨이라는 사람이 소련을 찾아가서 흥정을 하고 있는 소식이 나와 있다. 요즈음 이것이 그중 큰 소식이다. 핵무기를 서로 그만 만들자는 이야기가 가장 긴한 의논거리인 모양이다. 두 나라가, 죽기 아니면 살기지 더불어 하늘을 이고는 못 산다더니 이쯤 되면 험한 지경은 끝내 겪지 않고 한세상 넘기게 될 모양인가. 그것도 무슨 갑자기 믿는 바가 달라져서 이리된 게 아니라, 지구 땅덩이 몇 개를 박살낼 만한 힘을 가진 폭탄이 만들어진 탓으로 된 일이니, 역사의 조화속이란 것도 미상불 한번은 묘하게 빠졌다. 말이 쉽지 이 사람 사는 땅덩이를 박살내다니 희한하고 끔찍한 일이다. 사람이 세상 이치를 생각해온 이래로 한 목숨이 살다가 죽는 세월은 여전한데 폭탄이란 것만 이리노 무시무시한 놈이 생겼으니 이 아니 딱한가. 사람 목숨이 그만큼 늘어나는 법이

알아졌으면 영생 불로초를 구하던 옛사람의 바람이 이루어졌으련
만. 이건 마술보다도 더하다. 싸우는 연장이 너무 좋아서 싸우지
못하게 됐다니 백번 생각사록 야릇하다. 본전 건지지 못할 싸움을
할 수야 없다니 말이다. 살다 보면 이런 세상도 보게 되니. 그러나
이것은 그런 힘을 가진 나라에 관한 이야기일 뿐이다. 월남에서는
오늘도 싸움이 한창이다. 여기서는 여전한 모습의 싸움이다. 큰
나라들은 싸움을 안 하는데 작은 나라들은 싸움을 한다. 월남 사
람들은 2차 대전 후 줄곧 싸움 속에서 살고 있으니 이 역시 끔찍한
일이다. 무슨 내일을 생각할 여부가 있으랴, 핵폭탄에 죽으나 소
총에 맞아 죽으나 밥숟가락 놓기는 일반이다. 보나 마나 오죽지도
못할 밥숟가락을. 월맹군이 북에서 내려와 게릴라와 합세해서 월
남 북쪽의 여러 도시를 연이어 점령한 채로, 현재 세 군데서 공세
를 늦추지 않고 있다 한다. 한 군데는 '후에,' 다음이 '콩툼,' 세
번째가 '사이공' 근처다. 미군은 비행기가 월맹을 폭격하고, 제7
함대라고 대만을 지키던 함대가 내려와서 월맹을 폭격할 뿐, 육군
은 전투에 끼지 않고 있다. 실지 싸움은 동족끼리만 하고 있다. 이
것이 지금 미국 대통령이 들어서면서 미국민에게 약속한 전쟁 방
식이다. 미국민의 피는 흘리지 말고 미국의 친구들은 여전히 돕는
다는 방식이다. 소련 역시 마찬가지다. 지금 월맹이 쓰고 있는 전
쟁 물자는 모두 소련이 대고 있다. 신문에 따르면 미국 대통령의
이번 소련 길은 월남에서의 전쟁을 피차 그만두는 방법을 말해보
자는 것이 제일 큰 용건이라고 한다. 서로 뒤를 대는 나라끼리 흥
정을 해보자는 것이라고 한다. 그렇게나 돼서 빨리 전쟁이 끝나야

지 월남 사람들이 더 이상 이런 지옥을 산다는 것은 너무한 이야기다. 이런 소리를 남의 말로만 하는 게 아니라 우리 처지가 그들과 다를 바 없으니 더욱 그렇다. 2차 대전 후에 독일까지 합쳐서 세 나라가 한 민족이 두 쪽으로 갈려서 살게 되었는데 그중에서도 우리나 월남처럼 억울한 처지도 없다. 독일은 싸움을 일으킨 나라로서 책임이 있으니 땅이 나뉘었다 해도 싸움에 진 죄라고나 할까. 우리나 월남은 그것도 아니다. 정작 독일은 한 민족에 두 나라가 생겨도 오늘까지 싸움 안 하고 넘겨왔는데 나라를 뺏은 강도들이 망하기만 기다리던 우리는, 원수가 망한 다음에도 좋은 세상을 못 볼 뿐 아니라 서로 죽이기에 이르고 만 것이니 이보다 원통한 일이 어디 있겠는가. 그뿐인가, 우리 원수 일본은 날로 번창하는 꼴을 물 건너에 보는 처지인즉 모든 일의 근본은 여기 있다. 구보씨는 요즈음 문득 이러다 생전에 고향에 못 가보는 게 아닌가 하는 생각에 아뜩해지는 때가 있다. 1945년에서 어느덧 삼십 년 가까운 세월이 흘렀다. 이러다가 십 년 이십 년이 또 어마지두에 지나고 보면 구보씨의 경우로 보면, 한창 나이를 다 넘기고 마는 것이 된다. 그래서 작년에 난데없이 남북 간에 적십자 회담이란 것이 열렸을 때는 깜짝 놀랐다. 너무 뜻밖이었기 때문이다. 그런데 그 후 회담이 거북이걸음으로, 지금은 실무자 회의라는 단계에 있는 모양이다. 구보씨는 요즈음에는 신문 제1면 가운데로부터 아래쪽으로 짤막하게 실리는 그 실무자 회의 소식이 있는가 찾아보았지만 오늘은 실리지 않았다. 실리지 않았다고 해서 꼭 아무 진척이 없었다고는 짐작 못 한다. 이런 회담이 시작될 때만 해도 미리 그런 낌새가 보인 것은 아니었으니까. 보이지 않는 데서 잔뜩 곪았다가 어느 날 갑자기, 자 터졌소 하고 아닌 밤 홍두깨를 맞을 차비를 하는 편이 되레 낫지 않을까 싶다.

구보씨는 제2면을 본다. 여기는 경제 소식이 나는 자리다. 구보씨는 여기를 볼 때마다 골치가 지끈지끈 쑤신다. 제1면만 해도 소설로 치면 '악한소설' 아니면 기껏 '자연주의 소설'이다. 그래서 무식한 눈에도 지끈 우지끈하는 모양이 좀 알아볼 만하다(사실이야 그것인들 오죽하랴만). 그러나 이 제2면이란 데는, 도무지 '추상소설' 아니면 그 뭣이다냐 '상징주의' 같은 자리다. 우선 눈에 띄는 것이 신문 하면 나라 안팎 잘난 사람들 얼굴이 사진으로 나는 법이고, 제법 왕래하면서 보이는 행동거지를 사진으로 보여준다. 소설노동자들이 쓰는 공사판 문자로 '形像化'라 하는 게 되는 국면이라는 모양이다. 꿈에도 보고 싶은 생각이 별반 있달 수 없는 낯짝들이 귀밑까지 입이 찢어진 표정이라든지 그런 따위 말이다. 그런데 이 제2면이라는 데는 쇠통 이런 따위 '劇的' 장면이 안 나오는 것이다. 이게 참 보통 일이 아니다. 돈과 재물이 움직이는 모양을 싣는 자린데, 늘 봐야 갈비 한 짝 뜯는다든지 하다못해 팁 한 번 주는 사진도 나는 법이 없다. 그 대신 아라비아 숫자만이 보고만 죽으라는 듯이 푸짐하게 박혀 나온다. 그래도 행여 무슨 알아볼 만한 대목이 있을까 해서 소경이 막대질하듯 이리저리 살펴는 본다.

아침 밥상을 물린 다음 구보씨는 뒤뜰을 서성거렸다. 궁리가 잘 나지 않든지 하면 이렇게 한다. 안 나는 게 당연하지만 그래도 이 수밖에 없으니 이렇게 하는 것이다. 오늘은 궁리 때문이 아니라 그저 서성거리는 것이었다. 그러자 구보씨는 자기가 지금 새벽 꿈에 본 그 장면을 생각하고 있다는 것을 알았다. 그래서 뒤숭숭했던 모양이다. 무언가 허망한, 줄곧 속아만 살아온 사람 같은, 잃어버린 그 무엇인가를 아물아물 떠올리느라 씨애질을 하는 느낌이었다. '에익 神哥놈,' 하고 구보씨는 속으로 속삭였다. 그러자 이상스럽게 난데없이 콧마루가 찌잉하는 것이 아닌가. 용서할 수 없는 추태였다. 그러나 어찌할 수 없었다. 그래서 구보씨는 그러한 자기를 눈감아주기로 했다. 대신으로 오늘 외출을 하면 누군가를 꼭 그만큼만 용서해주기로 마음먹었다.

뒷산에 올라가 통곡을 하고 난 청상과부처럼 한결 마음이 개운해진 구보씨는, 이윽고 방에 돌아와서 며칠 걸려서 써오는 소설 한 편을 쓰기 시작해서 점심 전에 끝을 마쳤다. 이런 소설이었다.
—지난 일요일에 나는 오래 별렀던 자그마한 바람을 이루기 위하여 시외버스를 탔다. 바람이란 다름 아니라 Y군에 있는 고려 시대의 절터를 찾아가는 일이었다. 그곳에 그런 절터가 있다는 것을 나는 어느 친구한테 들어서 알고 있었다. 그 이야기를 들을 때 나는 그 자리에서 절터로 가는 편을 잘 물어서 알아두었던 것이다. 아마 친구, 거기를 다녀온 친구가 너무 그럴듯하게 이야기를 한 탓이리라. 나는 덮어놓고 갈 만한 곳임을 굳게 믿었다. 어떤 일에는 꼭 까닭을 댈 수 없으면서도 마음에 짚이는 때가 있는 법이다. 그때부터 그 절터는 내 마음속에서 한 서묵한 자리기 되었다. 나는 좀처럼 틈을 낼 수가 없었다. 그것이 벌써, 작년 가을에 들은

이야긴데도 이 봄에는 마음 한구석에 대들보에 매달아놓은 씨앗 옥수수처럼 얹어둔 채로 이내 옮기지 못했던 것이다. 도회지 삶이란 정말 괴롭다. 더욱이 가난한 사람이고 보면 괴로울 겨를조차 없다. 수많은 사람들. 그러나 그들은 서로 알지 못한다. 시골 장날 같으면 사람이 아무리 많아도 모두 아는 사람이요, 소식을 묻고 무슨 기별을 그편에 전할 '인편'이다. 도회지에 살다 보면 어느새 마음에서도 사라져가는 느낌이지만, 사실 숱한 사람이 모여 살면서 굳이 피차 알고자 않는다는 이런 따위 삶의 방식이란 것은 여간 괴상한 것이 아니다. 도회지가 생긴 것이 어제오늘은 아니라 하더라도 몇백 년이 된다 할망정 괴상한 일은 괴상한 일의 밖에 날 수가 없다. 살기는 한군데 살면서 사실상 거의 모든 사람에 대해서 아랑곳없이 지낸다는 방식은, 많은 탈을 냈다고 할 수 있지 않을까. 마을이라든지 읍 소재지만 한 곳이면, 거기 사는 사람들 사이에는 거미줄 같은 연락이 닿아 있다. 시골 읍 같은 데서 어느 집에 관혼상제가 있으면 거의 온 동네가 술렁거린다. 어느 사람이건 남과 어울려 있고 산천과 마주 서 있으며 죽은 사람들하고도 무관하지 않다. 사람 하나가 난데없이 허공중에서 돋아난 것이 아니요, 내력이 있고 까닭이 있으며 그것을 피차 알고 있다. 사람이 죽는다는 것이 반드시 그렇게 무서운 일일까. 기억에 옛날 어른들은 죽음을 태연히 말하는 법이었다. 아들 손자 며느리를 둘러앉혀놓고 와석종신만 한다면, 그것이 그리 못 할 일이거니 하는 마음은 옛날 사람은 갖지 않았다. 그래서 타향에 나가 죽는 것을 싫어했던 것이다. 타향에서의 죽음은 박절하기 때문이다. 오늘날 도회지 사람은 이런 죽음을 죽는다. 자연히 그들의 삶도 박절하다. 삶도 죽음도 뿌리 없는 허깨비 같은 것이다. 가끔 어쩌다 북적거리는 거리에서 택시며 버스 사이를 지나가는 장의차의 모습처럼 초라한 몰골도 없으리라. 미안한 듯, 송구한 듯, 장의 자동차는 무슨 흉한 물건을 담은 검은 달구지처럼 사라지는 것이다. 이것이 도회지에 사는 사람의 마지막 모습이다. 그들 생전에 얼마만 한 낙을 누렸단 말인가. 다름이 없는 천 년 전이나, 또 그 천 년 전이나 다름없는 고해화택이었을 뿐이다. 그러면서도 오늘날 사람은 어느 한때 그런 섬뜩한 삶의 실지 모습을 돌이켜볼 겨를이 없다. 정신을 차릴 겨를 없이 오만 가지 쓰레기 같은 것들이 오관을 들쑤셔대고 눈코 뜰 새 없이 만든다. 실지로 내일 아침까지 이 세상이 있겠는지 없겠는지는 아무도 모른다. 그런데도 우리는 마치 천 년이나 만 년을 살 것처럼 이렇게 태연하다. 무슨 믿는 데가 있어서가 아니다. 살기에 바쁘다 보니 그렇게 되는 것이다. 개화 이래로 많은 것들이 이 땅에 들어왔다. 그리고 지금은 우리 손에도 익었고 우리도 만들고 있는 물건들— 문명의 이기라고 하면 벌써 촌스럽게 들리는 그런 물건들을 다루면서 살아가는 것이 오늘 우리의 삶이다. 개화 시절 우리 선인들은, 그것을 신기해하고 두려워했다. 지금의 우리는 그런 고비는 넘기고, 그것을 가지고 싶어 한다. 그런 것을 가지고 싶다는 욕망이 아마 오늘날 사람이 사는 단 한 가지 사는 표적이다. 그런 것을 가지면 사는 것 같고, 못 가지면 사는 것 같지 않다. 그래서 어떻게 되었는가. 그것들을 가지고 전 년이나 만 년을 사는가. 물론 그렇지 못하다. 그저 여전한 육칠십 평생이다.

그 한평생에 무슨 장난감을 가지고 논들 어떤 다름이 있겠는가. 그렇다고 해서 모든 사람이 물건을 티끌같이 알 수는 없으니, 사람이 사는 곳에 재물이 없을 수 없다. 그러나 그 재물을 가지고 극락이나 영생을 살 수 없는 줄 느낀다면, 재물을 좇는 방식이 그렇게 박절할 수는 없는 것이 아닌가. 오늘날 사람들은 이것을 느끼지 못한다. 이 느낌을 가질 수 있는 어떤 마음의 줄이 녹슬어 있다. 그 느낌이 솟는 샘이 얼어붙어 있으면 인두겁을 썼을망정 사람은 아니기 때문에, 언제나 사람이 사는 곳에서는 이 샘이 마르지 않게 하는 모닥불을 피웠고, 그 샘으로 가는 길을 밝히는 등불이 있었다. 이 불을 밝히고, 모닥불을 피우는 것도 어엿한 기술이요 법이다.

오래 무심하다 보면 기술을 잊어버린다. 잊어버리면 샘이 있어도 잊어버린다. 인두겁을 쓴 사람들이 안개 속 같은 거리를 갈팡질팡하는 모습, 이것이 내남없이 도회지에 사는 사람의 나날이다. 옛날 사람이 이렇게 되기를 면하게 하던 등불을 우리는 잊어버린 지 오래다. 하기는 도회지에 사는 사람들은 산과 바다를 찾는다. 갈수록 거의 미친 사람들처럼. 그런데 사람들이 몰리는 데는 벌써 그들이 찾는 것이 없다. 술주정과 도적질과 싸움질이 난장판으로 벌어지는 곳이 그런 곳이다. 여러 해 전에 경주 불국사에 간 적이 있다. 경내는 어지럽고 사람들은 거칠어서 참으로 가지 않음만 못한 걸음이었다. 이후로 아무 데건 이름난 곳이면 가지 않는다. 그러자니 간혹 억지로 틈을 내고 싶어도 가고 싶은 곳이 없다. 답답하고 어리석은 거리를 쳇바퀴처럼 돌아다니노라면, 마음은 수세미처럼 지치고 쉴 자리 없는 노동 지옥이 예가 아닌가 싶어진다. 그러던 터에 친구가 가르쳐준 곳은 마음에 와 닿는 이야기였다. 폐허가 더 좋더라는 것이다. 벼르던 끝에 마침내 그곳으로 가는 버스를 타고 시골길을 달리는 마음으로 그럴 수 없이 부풀어 있다. 이렇게 시골 나들이하는 사람들 눈도 각각이겠지만 언제부턴가 나는, 그것이 산과 들이기만 하면 모두 그럴듯해 보인다. 산천을 보는데 명승지를 찾는 마음은 과연 옳은 일인지. 뫼가 있구나 내가 있구나 하는 마음이 일게 되는 것이 산천을 대하는 단 한 가지 보람이다. 사람이 만들지 않은 물건이 있다는 것, 그것이 나 같은 도회의 노동자에게는 제일 큰 놀라움이다. 그리고 사람이 만들지 않은 그 물건에는 처음에는 주인이 없다는 것—이것이 가난한 사람의 속풀이다. 사람이 그 속에서 살고 있는 이 이상한 덩어리—흙과 만나는 즐거움이다. 버스 창문으로 내다보는 풍물은 그런 것이다. 옛사람이 그른 말 한 게 없다. 나이를 먹으면서 세상은 달라 보인다. 나무 없는 박산에 그저 함부로 돋아난 초여름 잡풀이 왜 이리 다정하게 보이는가. 보고자 하는 마음이 없으면 보이지 않는 것이 이 세상에 너무나 많다. 이윽고 나는 친구가 가르쳐준 데서 버스를 내린다. 여기서부터는 걸어야 한다. 절터는 큰길에서 내려와, 산모퉁이 하나를 돌아간 곳에 있다 한다. 골짜기 안쪽에, 넓게 벌어진 산기슭에 절터가 있다. 주춧돌은 풀더미 속에서 원래 땅속에 솟아난 흰 그루터기처럼 보인다. 그루터기를 따라 걷는다. 그렇게 걷고 있노라니 문득 이상한 느낌이 든다. 빈 주춧돌 위에 옛날 모습대로 집채가 올라앉는다. 잘라버린 다리를 느끼는 수술 환자의 착각 같은 것이다. 주춧돌을 따라서 천천히 걸어갈수록 이 느낌은 더한다. 나는 없는 문으로 들어가서 보이지 않는 처마를 올려다본다. 드넓은 마루를 건너 뜰을 향하여 활짝 열린 안쪽에 금빛이 부신 불단이 바라보인다. 그 앞을 지나 다음 건물로 간다. 모로 쓰러진 주춧돌을 만나 보이지 않는 집채가 휘청 기울어진다. 문득 제정신이 든다. 마음속에 주춧돌을 일으켜 세우고 우람한 집채가 다시 솟아오른다. 포근하게 안긴 산기슭에 햇살이 창창하게 쏟아부어 바야흐로 땅과 하늘이 후끈거린다. 그때 풍경 소리가 난다. 나는 귀를 기울인다. 사이사이에 피어난 들꽃을 찾아드는 것이리라. 잉 하고 벌이 날아다닌다. 그 소리였다. 다시 걸음을 옮긴다. 돌계단을 밟고 빈 뜰에 올라선다. 거기도 방금 지나온 데보다 약간 규모가 작은 집채가 솟아 있다. 주춧돌을 따라 한 바퀴 돌아간다. 그쪽 어깨에 완연히 집이 느껴진다. 또 풍경 소리가 난다. 어느 처마에서. 그러자, 고요함이 한결 깊어진다. 잎사귀 하나가 떨어져내린 연못처럼. 어느 모퉁이에서 스님 한 분을 만난다. 젊은 스님이다. 손을 모아 인사를 나눈다. 그는 말없이 걸어간다. 다리도 쉴 겸 계단에 걸터앉는다. 국도에서 얼마 되지 않는데도 골짜기 앉음새 탓에 깊은 산속 같다. 숱한 스님이 이 절을 지킨다. 사람들은 여기 와서 서로가 형제임을 안다. 임금과 거지도 비로소 알아본다. 머리에 쓴 금조각과 몸에 걸친 누더기 때문에 가렸던 동기간 표적을. 그뿐인가. 산천초목과 새짐승까지도 한핏줄임을 알아본다. 옛날에 씨가 달라 팔자가 다른 줄로만 알던 시절에 사람이 짐승보다 낮게 사는 길을 지켜온 샘터가 여기다. 샘터 길을 밝히는 등불을 지키는 사람들이 이 뜰에 넘쳤던 때. 와보기를 잘 했다고 생각한다. 어느 온전한 절도 여기처럼 싱싱하지 못하다. 주춧돌이 받치고 있어 보이는 집채는 사라졌는데도 마음은 더 뚜렷이 드높이 치켜진 추녀를 본다. 풍경 소리를 듣는다. 풀 냄새를 닮은 은은한 향내까지 코에 와 닿는다. 혹 지구 밖에서 온 어떤 고등 동물이 와서 이 주춧돌을 본다면 어떨까. 필시 그는 이 다듬어진 돌이 이런 모양으로 벌여 놓인 까닭을 알 수 없으리라. 그는 생각하기를 이것이 무슨 별자리를 옮겨놓은 것인가 짐작할지도 모른다. 이 돌의 형국을 알아보는 눈을 가지지 못하면 불가사의한 일임에는 틀림없으리라. 밖에서 보는 눈으로는 결코 그 뜻을 읽을 수 없다. 그는 이 돌이 무슨 돌인가를 광물학의 지식으로 풀이하려고 할지도 모른다. 다음에 벌여놓은 형국을 가늠하기 위해서 측량술을 써볼 것임에 틀림없다. 그런 연후에 그는 알았다고 생각하리라. 이러저러한 돌이 이러저러하게 놓인 것이 현상의 내용이라고. 이것은 마치 책을 가리켜 이르기를 흰 데다 검정 자국을 낸 종이 뭉치라고 함과 같다. 그는 뜻을 읽은 것이 아니라, 재료를 알아본 것뿐이다. 그에게는 뜻에의 길이 막혀 있다. 왜 그런가. 그는 사람이 아니기 때문이다. 사람에게만 사람을 통해 전해지는 샘물의 줄기가 그에게는 없기 때문이다. 같은 사람 사이에서도 이 비슷한 일은 일어난다. 사람이 이 지구 상에 살아온 세월에다 대면, 우리가 과학이라는 이름의 측량술을 가지고 이 세상을 설명하는 버릇이 된 기간은 쌀에 뉘 같은 짧은 기간이다. 그런데 과학은 사람에게 으뜸 요긴한 일을 겉보기를 넘어서 풀이한 것이기 때문에 그것은 늘 중심을 가져야 한다. 연못에 번지는 물결처럼. 과학은 얼마든지 테두리가 번지기는 할망정 필경 애초에 비롯한 중심을 잊어버리면 그 연고를 알 수 없다. 번져나가는 테두리만 쫓아가다가 사람들은 자기를 잊어버린다. 물결 흐르는 대로, 바람 부는 대로가 되어버린다. 번진 물결이 남쪽 기슭에 닿았다고 슬퍼하고, 북쪽 언덕에 닿았다고 기뻐한다. 기슭과 언덕이 자기라고 생각하는 것이다. 참자기란 무엇인가, 하는 질문을 세우고 자기란 것은 없다고 깨달은 생각의 높이와 굳세기는 이 누리의 끝에서 끝까지의 지름보다 더 강하고 크다. 지금부터 이천 수백 년 전에 이 엄청난 생각의 우주여행을 마친 사람, 피골이 맞붙는 고통을 치르며 그 여행에서 가져온 보물을 혼자 누릴 수 없어 모든 벗들에게 나눠준 사람. 그 보배—사랑의 불씨가 대륙을 지나 이 땅 이 자리까지 왔다는 일. 기차도 전차도, TV도, 비행기도 없던 시절에 그것이 얼마나 힘든 일인가를 지금 우리는 그대로 느끼지 못한다. 얼마나 많은 사람들이 자기를 버린 열매인가를 느끼지 못한다. 이미 은혜 속에 있으니 공기를 고마워하지 않듯이 이 산속에 다듬은 주춧돌이 이런 형국으로 벌여지기까지의 사연. 그래서 사람들은 이 보배를 간직하고 다음 세상 사람들에게 물려주기 위해서 온갖 정성을 쏟았다. 그러나 이 보배는 물건이 아니기에 손에서 손으로 쥐여주는 것이 못 된다. 우리가 있은 후 가장 슬기로운 사람이 죽을 고비를 넘겨서 만들어낸 눈에 보이지 않는 정밀한 기술이다. 어느 서슬에 잘못 다루어지면 헝클어진 실타래처럼 갈피를 잡아내기 어렵다. 아마도 우리 시대가 그런 시대가 아닐지. 그래서 마음은 갈피 없고 갈 곳을 모른다. 그러나 아주 갈피를 잃어버리기에는 너무나 많은 실마리가 남아 있다.

바로 이 주춧돌만 해도 그 실마리의 한 가지다. 이천 수백 년 전의 그 깨끗한 숨결이 이곳까지 닿아서 아직도 이렇게 튼튼하게 땅속에 박혀 있다. 이것은 그 위에 실렸던 집채를 잃어버린 남은 그 루터기가 아니라, 헤아릴 수 없이 깊이 파묻힌 광맥의 윗머리가 땅 위에 솟아난 부리라고 보인다. 바다에 잠긴 얼음산의 멧부리처럼.

자리에서 일어나 다시 걷는다.

대순처럼 솟아오른 돌부리를 따라 걸어간다. 그 위에 울창한 가지를 뻗었던 그루터기를 따라. 그렇다면 그루터기는 못 바닥에 박힌 연뿌리다. 한때 향기롭게 피었던 가람들. 가람이라는 연 이파리 위에 피어 있던 부처라는 이름의 연 꽃송이들. 그렇다면 이 폐허는 연꽃이 흐드러지던 연못이었던 셈이다.

연못을 따라 걸어간다. 마른 연못가를. 풀 냄새 가득한. 어느 모퉁이에서 아까 만난 스님과 또 마주친다. 이번에는 조심스럽게 말을 건넨다.

—큰 절입니다

—네

—오랜만에 마음이 편안합니다

—다행입니다

—그런데 이곳을 떠나면 또 다 잊을까 걱정입니다

—그럴 때면 또 오십시오

—어디 그렇게 됩니까

―하긴 그렇군요. 살기도 바쁘겠지요
―잊어서는 안 될 것은 까맣게 잊고 바쁘기만 하다는 일이 야단입니다
―글쎄요. 저도 수도하는 몸이라, 꼭 효력이 있을 방법을 가르쳐드리지 못해서 미안합니다
―온 별말씀을
―사실입니다. 제가 소년 적에 부처님 앞에 와서 이렇게 지냅니다만, 워낙 아둔한 그릇이라 깨달음을 얻지 못하고 있습니다
―너무 겸손하신 말씀이십니다.
―아니올시다. 사실입니다. 요즈음 같아서는 아주 저같이 가망 없는 그릇은 차라리 환속하여버릴 마음도 납니다
―환속하다니요?
―너무 나 자신이 무능한 것 같아서요
―환속하지 마십시오
―글쎄요. 그런 맘도 문득 인다는 말입니다
―우리 같은 사람은 바쁜 일에 쫓기다 보면 도대체 앞뒤를 돌아볼 생각이 나지 않아요
―그렇게 바쁩니까?
―말두 못 합니다
―뭐가 그리 바쁜가요?
―글쎄요 모두들 바쁘니 따라서 바쁜 셈이죠
―그 가운데서 틈을 내기란 쉽지 않겠군요
―그렇습니다

―그러면 소승도 그냥 있는 게 좋을까요?
―그렇다 뿐입니까? 환속해서 하잘것없는 일에 파묻혀 아까운 세월을 허송하다뇨
―그건 그래요. 나같이 못난 사람이 부처님 가르침을 이처럼 가까이서 받는다는 게 큰 복이지요
―그렇구말구요
―사실 어리석은 사람에게는 늘 귀에 못이 박이게 길들이는 게 제일인가 봅니다
―속세에 있다 보면 그처럼 못이 박일 계제가 없는 게 탈입니다
―여기서는 모두 소승보다 뛰어난 분들만 계셔서 그 무리에 싸여 있는 것으로 큰 공붑니다
―얼마나 좋은 일입니까
―사실 사람이 옳은 살림을 하는 게 별다른 게 아닌가 봅니다. 옳은 사람을 찾아서 본을 받는 게 나 같은 사람에게는 으뜸입니다. 그래서 여기를 떠나지 못합니다
―옳으신 말씀입니다
―나 혼자 속세에서 길을 잃지 않을 자신이 없어요
―네
―매일 다니는 이 길을 걷는 게 제일 편합니다. 눈 감고도 다닐 수 있으니깐요
―어려서 들어오셨으니 그러시겠군요
―부처님이 꼭 여기만 계시지야 않겠시요. 온 세상을 다니면서 중생을 구제하시니 이 세상 어느 곳인들 부처님 발길 닿지 않으시

는 데가 있겠습니까?
―그렇지만 부처님은 밤에만은 여기서 주무실 테니 여기가 제일 많이 뵙는 처소가 아니겠습니까?
―네
―어떤 선배나 동료들은 부처님 발길을 따라 세상천지를 두루 다니면서 부처님을 돕고 있습지요
―편력하시는 스님들 말씀이시군요
―그렇습니다. 그분들 말씀이 이 세상을 두루 돌면서 야경꾼처럼 산천과 인심을 끊임없이 지켜보지 않으면 마음이 놓이지 않는다는군요
―중생을 건지시는 마음이군요
―아니 물론 그야 그렇겠지요만, 우선 당자들 스스로 산천과 세상을 한때라도 놓치면 허전하다고 하더군요
―그래서 스님들이
―네. 저 산이 올해도 저기 있구나, 저 냇물도 여전히 흐르는구나, 하고 말입니다
―여전하지만은 아니잖겠습니까?
―그렇군요. 여전한 것을 보고 안심한다는 것보다는 세상이 시시각각으로 있는 모습대로 있는 것을 보아야 직성이 풀리는 모양입니다
―왜 그럴까요
―글쎄요. 어떤 선배 스님은 그러더군요. 구름과 걸음을 맞추고 냇물과 장단을 맞추는 것이라더군요

―장단을

―네. 구름과 나 사이에 걸치는 것이 없고 강물과 나 사이에 가로막는 것이 없게 되고 싶다고 합니다

―가로막다니요

―구름과 강물을 잊어버리게 하는 온갖 것이겠지요

―속세란 말인가요?

―아니지요, 속세도 구름이요 강물이라는 모습이 안 보이게 하는 온갖 것이지요

―속세와 구름이

―네 조선 팔도를 샅샅이 걸어다니다 보면 이 세상과 내가 하나라는 이치가 마음에 앞서 두 다리 정강이에 사무치게 된다더군요

―다리에 말입니까?

―그렇지요

―스님께서도 자주 다니십니까?

―소승은 다리가 시원치 않아서 그렇게 못합니다

―어디 불편하시기라도

―아니올시다. 굳이 그러지 않아도 제 다리는 늘 걸어다닙니다

―무슨 소임을 맡고 계십니까?

―마당 쓸고, 종 치고, 잿밥 올리고, 군불 지피고, 빨래하고, 나무하는 게 제 일이지요

―그러시군요

나는 비로소 그가 바쁜 몸임을 안다.

―아차, 소승은 이만 물러가야 하겠습니다

스님은 갑자기 무슨 생각이 떠오른 사람처럼, 어느새 나란히 걸터앉았던 계단에서 일어섰다. 그 서슬에 발을 헛디뎌 기우뚱 몸이 쏠린다. 나는 황급히 팔을 뻗쳐 그를 붙든다.

그 서슬에 문득 잠이 깬다.

한참 어리둥절한 채로 자리를 분간 못 하겠다. 나는 꿈을 꾸었던 것이다. 초여름의 일요일 한낮이다. 나는 내 방에서 풋잠이 든 사이에 늘 마음에 있던 그 절터로 꿈길을 더듬어 가보았던 모양이다. 금방 계단에서 부축한 스님의 팔굽이 내 손아귀에 있는 듯하다. 걸터앉았던 돌계단의 시원한 기운이 허리에 완연하다. 솟아오른 추녀 끝이 눈에 선하고 앉아서 얘기하는 동안에도 사이사이 들리던 풍경 소리도 귓가에 암암하지 않은가. 좋은 꿈에서 깨는 것처럼 세상에 못 할 노릇이 없다. 여름이 가기 전에 꼭 그리로 가보아야 하겠다. 무엇보다 이제 그곳에 가면 구면의 스님이 있지 않은가. 그래서, 다 못 한 이야기를 나누어야 할 것이 아닌가.

해설

남북조 시대의 예술가의 초상

김우창

『소설가 구보丘甫씨의 일일』의 이야기는 제목과는 달리 소설가 구보씨의 하루의 행장기行狀記가 아니다. 소설의 제1장을 넘긴 후 곧 분명해지듯이 그것은 하루가 아니라, 여러 날, 또 끝까지 보고 나면 일 년 내지 삼 년 이상에 걸친 세월 동안 구보씨의 생활에 관한 것이다. 그렇다면 소설의 제목은 잘못된 것일까? 연재소설로서 씌어진 소설이 그럴 수 있듯이 이 경우에도 처음 시작과 이야기의 중간에 작자의 의도가 바뀌어 제목과 내용 사이에 괴리가 생겼다고 볼 수도 있다. 그러나 또 달리 보면 소설의 내용은 형식적인 의미에서는 아닐망정, 실질적인 의미에서 제목을 정당화해주는 것으로 취할 수 있을 것 같다. 즉 제목의 하루는 시계의 하루가 아니라 일 년을 하루같이, 삼 년을 하루같이 비슷한 삶을 산다는 뜻에서의 하루를 의미한다고 생각될 수 있다는 말이나.

구보씨의 생활은 그 좁은 일상성日常性으로 특징지어진다. 대개의 일상생활이라는 것은 이러나저러나 좁을 수밖에 없는 것이지만, 구보씨의 경우, 가족도 없고 (하숙이 집이라면 집일까) 집도 없고 또 그렇다고 일용할 양식을 크게 걱정할 필요도 없는 그의 형편으로 하여 일상생활의 범용한 번사煩事도 없는 까닭에 더욱 좁고 단순한 것이 된다. 그의 생활은 소설가로서 필요한 사회적 연관을 유지하는 일, 즉 작품 발표, 신인 작품의 심사, 출판 기획의 자문, 동료 문인의 출판 기념회, 이러한 것들과 관계하여 편집장을 만나고 동료 작가들과 만나고 그러다가 옛 친구를 찾아보거나 고궁의 동물원이나 전람회를 찾는 일, 이 정도의 테두리에 한정된다. 일상생활의 정비 유지에 필요한 작업의 한정성과 안정은, 대개의 일상생활이 그렇듯이 구보씨의 생활도 하나의 끊임없는 되풀이가 되게 한다. 이러한 되풀이의 성격은 소설의 작고 큰 구조에서도 드러난다. 소설의 많은 장章에서 대체로 이야기는 구보씨가 아침에 일어나는 것으로 시작하여 밤에 잠자리에 드는 것으로 끝난다. 또 전체적으로 볼 때, 이러한 나날의 되풀이 외에 소설의 구조 자체가, 적어도 소설의 앞뒤 부분에서, 반복적인 것에 우리는 주목할 수 있다. 소설의 처음은 구보씨가 동향同鄕 출신의 소설가 이홍철 씨와 함께 신인 작품 심사를 하는 이야기로 시작하는데 끝 부분에 가서도 구보씨는 동향 출신의 소설가 김홍철 씨와 작품 심사를 하고 있는 것으로 되어 있다. 전후의 에피소드에서 작품 심사를 병아리 감별사의 일에 비교한다거나 구보씨가 동향 출신의 작가와 식사를 같이한다는 것까지 비슷하다. 또 소설의 처음과 끝에서 구보씨는 동물원을 찾아가서 우리에 갇힌 동물과 사람의 경우를 비교해보고 또 처음에는 샤갈, 나중에는 이중섭李仲燮의 그림을 보기 위하여 전람회에 간다. 그리고 소설의 머리 부분에서 구보씨의 우울한 번설세사煩屑世事 가운데의 편력은 법신 스님과의 청담淸談에서 얻은 평화와 일단 대조되는데, 소설의 마지막은 다시 옛 절터의 맑음과 고요를 꿈속에 찾아가는 삽화로 끝난다. 그리고 이렇게 강조되어 있는 이 소설의 반복적 구조는 이 소설이 끝난 다음에도 구보씨는 비슷한 하루와 비슷한 삶의 주제 속에 살고 있으리라는 인상을 남긴다. (연대로 보아 이 소설의 사건들은 1969년의 동짓달부터 1972년의 5월까지 사이의 일로 되어 있으나 소설의 여러 삽화는 겨울에서 봄 여름 가을 다시 겨울을 거쳐 초여름까지에 벌어지는 일들처럼 배열되어 있다. 『월간중앙』에 연재되었을 때의 제목 「갈대의 사계四季」가 뜻하는 바와 같이, 이 소설의 일 년 남짓한 기간의 생활을 예시例示하는 것과 같은 구조를 가지고 있다. 이러한 계절적인 구조도 이 소설의 기본 양식인 순환성을 뒷받침해준다.) 이와 같이 『소설가 구보씨의 일일』은 그 주제와 구조에서 삶이 근본적으로 하루의 되풀이 속에 있다는 이해에 입각해 있다. 이 소설의 제목도 이러한 사실을 나타내는 것으로 볼 수 있는 것이다.

물론 구보씨에게 중요한 것, 또 이 소설의 근본적인 지향에서 중요한 것은 번설한 일상적인 일들의 되풀이가 아니다. 중요한 것은 구보씨의 관념들이고, 또 이러한 관념들로 이루어지는 구보씨의 소설이다. 구보씨의 관념들은 재치 있고 세련되어 있으며, 크고 작은 것들을 망라한다. 일상의 면에서의 좁고 메마른 세계가 그렇게 풍부하고 섬세한 관념의 생활을 가능케 할 수도 있다는 것은 놀랄 만하다. 그러나 우리는 구극적으로 구보씨의 관념들도 실제 생활의 좁고 따분한 테두리를 넘어서지 못한다고 할 수밖에 없다. 그의 관념들은 그 섬세함에도 불구하고 일상적인 되풀이의 한 요인이 될 뿐이다. 이것은 일상생활의 한정성으로 하여 그렇게 되는 것이다. 따지고 보면 일상적인 현실과 관념은 깊은 상호 연관성을 가지고 있는 것이다. 우리의 생각에 끈질김과 힘을 주는 것은 현실과의 관계일 뿐이다. 이 후자가 없을 때, 생각은 그 맥락과 심각성을 오래 유지하지 못하고 곧 단편적이고 유희적인 것이 된다. 이것은 구보씨의 경우에도 해당된다. 그런데 여기서 일상적 삶이란 단지 문자 그대로의 되풀이만을 의미하는 것은 아니다. 어느 사람의 경우나 그것은 어느 정도 한정되어 있기 마련이지만 어떤 경우에 그것은 사회 전체의 동역학動力學에 깊이 연결되어 있을 수도 있고 그렇지 못한 경우도 있다. (가령 강력한 정치 지도자와 한 무명 시민의 생활은 표면상으로는 크게 다르지 않을 수도 있으나, 그들의 일상생활이 사회 전체에 일으키는 메아리에 있어서는 크게 다른 것이다.) 문제는 사회적인 지위의 문제에 연결되어 있다. 구보씨의 생각이 정치하고 그 자체로는 깊이 있는 것이라 하더라도 그것은 현실과 결고 틀며 돌아가는 강력한 생각이 되지 못한다는 것인데, 이것은 구보씨의 사회 안에서의 위치에 관계되어 있는 일로 생각된다. 구보씨가 어느 정도의 성공을 거둔 작가임은 틀림이 없다. 그는 문단의 중견으로서 신인 작품의 심사위원도 되고 출판사의 출판 기획에 자문 역을 맡기도 한다. 그러나 그의 문단 내의 지위는 비록 구보씨 자신이 그와 같이 스스로의 자리를 이해하고 있는지는 모르지만, 사회적 지위하고 일치되는 것은 아니다. 그가 중견의 작가라고 하여도 그러한 그의 위치는 그에게 여유 있는 삶을 확보해주지 않고 다만 영세 수공업자의 끊임없는 잔일의 생활만을 가능케 한다는 데에서 그의 사회적 위치는 단적으로 나타난다. (한 사회가 그 사회적 잉여를 어떻게 배분하느냐 하는 것은 그 사회의 신분 질서를 가장 확실하게 반영한다고 일단 볼 수 있다.)

아마 구보씨와 같은 헌신적인 작가에게 우울한 사항이 되는 것은 물질적인 의미에서 그의 위치가 사회의 주변에 머물러 있다는 것보다도 문화적인 의미에서 그렇다는 사실일 것이다. 가공의 인물 구보씨의 경우가 아니더라도, 작가의 보람이 한 사회의 정신생활, 따라서 구극적으로는 모든 사회 과정의 핵심에 관계되는 지혜를 제공하는 데 있다고 한다면, 한국 사회를 움직이는 실제적인 지혜는 거의 작가의 작업과 관계없는 곳에서 이루어진다 할 수 있으므로, 한국의 작가가 그의 문화적, 사회적 주변성周邊性에 절망한다는 것은 충분히 이해할 수 있는 것이다. 구보씨에게 그의 관념이 구극적으로 공허하고 그의 소설이 본격적인 실감을 주는 것이 못 되는 것은 그의 자리가 사회 역학力學의 주변에 있기 때문이다. 그러니까 작가의 사회 역학 속에서의 무력함은 단순히 행동적, 실천적 무력함이 아니라 인식認識에서의 무력함에 근본 원인이 있는 것이다. 이 인식상의 무력함은 구보씨도 잘 알고 있는 것이다.

이렇게 구보씨의 삶이 일상적 반복이라고 해서, 정작 큰 사건들이 이 소설에 전혀 이야기되어 있지 않은 것은 아니다. 나만, 그것들은 구보씨의 세계의 저 너머에서 일어나고 있는 것으로 이야기

되어 있다. 그것도 아주 먼 국제 정세의 차원에서 일어나고 있는 것이다. 닉슨이 돌연 북경北京을 방문하여 동서 냉전에 해빙의 기운을 가져온다거나, 남북 적십자 회담이 열려서 꿈에라도 금기 사항이었던 남북 대화가 돌연히 이루어질 것 같은 기운이 돈다거나 하는 일이 그러한 사건들이다. 구보씨에게 이러한 사건들이 갖는 의미의 하나는 그로 인하여 그의 무력감이 커진다는 것이다. 구보씨가 깨닫는 것은 보통 사람은 자기의 삶의 구극적인 테두리를 정하는 역사적인 사건에 참여할 수도 없으며 또 그것을 제대로 이해할 수도 없다는 사실이다. 정작 역사의 실력자들은 "집단 미신이나 집단 최면" 같은 것으로 보통 사람을 속이면서 "자기들만은 잇속과 사실에 따라 처신"한다는 것—이것이 역사의 비밀인 것이다(제5장). 역사의 큰 미신들이 하루아침에 무너지는 것을 구보씨는 일본의 천황, 이승만, 스탈린 등의 우상偶像이 쓰러지는 데에서 보았고 닉슨의 북경 방문과 남북 적십자 회담에서 보았다. 여기에서 보통 사람은 역사의 객체, 꼭두각시에 불과하다.

구보씨가 냉전 체제의 변화에 특히 당혹감을 갖는 것은, 최인훈 씨가 『광장廣場』에서 이야기한 바와 같이, 한국의 상황을 기본적으로 결정하고 있는 것이 냉전 세력이라고 보기 때문이다. 그런데도 여기에 대하여 한국 사람들은 속수무책의 상태일 수밖에 없는 것이다. 이러한 사정은 한국인 구보씨에게만이 아니라 작가 구보씨에게 매우 고통스러운 것이다. 이것은 역사의 세력에 대한 작가의 관계가, 위에서 말한 대로 작가의 작업과 중대한 관계가 있기 때문이다. 구보씨의 소설 이론에 의하면 작가의 임무는 사회 현실의 진실을 드러내는 것, 그 자신의 자조적自嘲的인 표현을 빌려, "환경에 맞게 계산해내는 무당"(제1장) 노릇을 하는 것, 또는 "신수身數점과 국수國數점을 어울리게 간을 맞추는 비빔밥"(제2장)을 비벼내는 일이다. 또는

소설이라면 알다시피 세상살이 이야기 한 꼭지를 지어내서 세상 이치를 밝혀내고 인물마다 옳고 그름을 가리는 일이다. 그러니 인물 몇을 이리저리 몰면서 신파 연극을 꾸미는 것은 우선 나중 일이고 그놈의 '세상 이치'와 '시비곡직'이란 것만은 환히 꿰뚫어 보아야, 몰고 다니든 타고 다니든 할 것인 (제12장)

것이다. 이러한 것은 서양의 소설사를 보아도 알 수 있는 일이다. 가령, 발자크의 작품이 사회의 드라마를 환히 그려낼 수 있었던 것은 사회 현실을 주물러가는 "대형급"(제9장) 인물을 다룰 수 있었기 때문인 것이나 20세기에 가까이 올수록 서양 소설은 왜소한 인간, 지엽적인 번사에 빠져들어감으로써 사회의 큰 움직임을 설명할 수 없게 된 것이다. 구보씨가 놓여 있는 한국의 현실은 바로 세상 이치와 대형급 인물에서 가장 멀리 떨어져 있는 것이다. 이렇게 말하면, 문학이 사회의 진실을 이야기한다고 할 때 그것은 국제적인 세력보다는 국내적인 세력에 의하여 이루어지는 진실, 또 설령 국제 세력에 근본 원인이 있다고 하더라도 그것은 국내 세력의 중개에 의하여 국내화되지 않으면 현실에 작용할 수 없는 까닭에 결국은 국내 세력에 의하여 이루어지는 진실을 가리키는 것

이 아니냐고 반문할 수도 있으나, 하여튼 구보씨의 주장은 국제 정세가 한국 사회의 자생적인 동역학을 완전히 파괴해버리고 말았다는 것이다.

그러면 한국의 리얼리즘을 이야기하는 사람들은 무엇을 말하고 있는 것인가? 구보씨는 이 소설의 한 곳에서 그러한 사람들은 "정치권력이 자기 민족 안에서 이루어지는 것을 못 보고 자랐기 때문에 나면서부터의 정치 음치들"인 사람들이라고 잘라 말하고 있지만, 대체로는 그가 이 정도로 단호한 태도를 가지고 있다고 말할 수는 없다. 사실 구보씨가 리얼리즘주의자나 참여론자參與論者들을 강하게 의식하고 있다는 것은 이 소설의 모든 면에서 나타나고 또 이렇게 의식하고 있다는 것은 그 자신 이들의 주장을 한마디로 물리쳐버릴 수 없는 것임을 알고 있기 때문일 것이다. 위에서 본 구보씨의 소설 이론도 이미 문학이 사회의 진실을 밝혀야 한다는 점을 주장하는 면에서는 리얼리즘의 이론에 동조하고 있다는 말이 된다. 또 동시에 리얼리즘 논자들이 전제로 삼고 있는 정치적인 이상도 구보씨가 가지고 있는 정치 이상에서 크게 다르지 않다고 할 수 있다. 구보씨가 진보적인 정치 이상을 가지고 있는 것은 틀림없다. 그가 생각하고 있는 것은 적어도 사회민주주의적인 복지국가의 이상일 것이다. (그는 인생은 근본적으로 '제비뽑기'이고 잘 살고 못사는 것은 운수소관이지만, 이 "제비뽑기에서 속임수를 없애는 것, 불행의 제비에 대한 위험률을 고르게 하는 것," 제비를 잘못 뽑은 사람은 "좋은 제비를 뽑은 사람들이 먹이고, 입히고, 가르칠 것"이라고 그 정치적 신념을 토로하고 있다〔제2장〕.) 이런 신념 이외에도, 도시 환경이나 정치적 부패에 대하여 내리고 있는 판단은 그가 정치의식이 강한 민주주의자이며 인도주의자라는 것을 증거해 준다. 그러나 그의 정치적 관심에도 불구하고 그가 보통의 현실 참여론자와 같은 입장에 서 있는 것은 아니다. 무엇보다도 그가 다른 참여론자와 다른 점은 정치와 역사의 과정에 대한 구체적인 이해의 면에서이다. 그의 정치적 관심과 이상은 사회의 구조에 대한 일정과 견제에 입각해 있지 않고 따라서 그는 그의 정치적 이상의 실현을 사회 구조 안의 갈등과 모순의 과정에서 찾으려고 하지 않는다. 민중주의民衆主義가 이러한 과정 속에서 발생하는 하나의 세력에 역사의 전진적前進的인 기능을 인정하고 이 전진 세력의 핵심으로 민중을 옹호하는 입장이라고 한다면, 구보씨의 눈으로는, 타락한 사회에서 그 어떤 부분도 그 타락으로부터 자유로울 수는 없는 까닭에 이러한 민중주의는 독단과 교조주의로밖에 성립할 수 없는 것이다. 그러나 이러한 타락한 사회에서도 갈등과 부패의 부분성을 초월할 수 있는 입장이 있는데, 그것은 예술가의 '시심詩心'이다. 사회의 타락 가운데에서 '시심의 높이'만이 '가늠대'가 되고, 여기에 입각해서 예술가는 "어느 黨派를 支持할 것이냐 하는 立場을 버리고 가장 높은 詩心의 領域에서 醜한 것은 無差別射擊"하여야 하며, "友軍의 行動限界線이라고 해서 射擊을 延伸하지 말고 詩心이 허락할 수 없는 地帶에는 융단 爆擊을 加하여 利己心에 대한 殺傷地域을 造型"(제1장)해야 한다. 무엇이 시심에게 이러한 보편성의 고지高地를 차지할 수 있게 하는가? 이에 대한 설명은 시심의 신비성에서 찾을 도리밖에 없다. 구보씨는 "明月이나 梧桐나무에는 發情하는 詩心이 人事의 正邪에는 發情하지 말 아야 한다는 것은 原理의 一貫性에 矛盾된다"(제1장) 하고 또 조금 더 경험적으로 말하여 예술가는 또는 예술가와 같은 입장에 있는 과학자도 "예술이라는, 과학이라는, 신神대를 잡으면 본의 아니게 정말을 실토하게 된다"(제6장)는 것이다.

이렇게 보면, 구보씨는 정치 현실에 대한 깊은 관심을 가지고 있다는 점에서 정치의식을 가진 작가라 할 수 있으나, 이 관심을 정치 현실에 대한 구체적인 개입에까지 발전시키지 않고 있는 한 그는 철저한 정치적인 작가가 아니다. 이것은 단순히 그의 관심과 정력의 한계에 관계되는 일은 아니나, 말하자면 그의 정치적 입장 자체가 정치에 의한 정치의 극복을 부정하는 것이다. 그에게 정치의 극복은 예술 내지 문화에서 온다. 사실 그의 정치적 우울에도 불구하고 적어도 이론적으로는 구보씨의 근본 관심은 예술이나 문화에 있다. 또 구보씨의 예술관은 위에서 본 바와 같이 직접적으로 정치적 비판의 기능을 다하는 데에서 그 본령을 찾는 것도 아니다. 그에게 예술의 가치는 그 자체의 즐거움과 행복에 있다. 역사와 정치에서 소외되어 있으면서 또 그것과 밀접한 관계를 가지고 장기적으로는 그 속에서 정당화되는 예술을 창조한 대표적인 예술가로서 단테는 구보씨의 마음에 하나의 전형이 되지만, 다른 한편으로 그가 더욱 가깝게 느끼는 예술가는 험난한 시대에도 시대의 험난함에 휩쓸리지 않고 행복과 향수의 공간을 만들어낸 예술가, 샤갈이나 이중섭과 같은 사람이다. (한편으로 단테 그리고 다른 한편으로 샤갈과 이중섭은 반드시 서로 대조되는 예술가라기보다는 단테가 언어의 예술가인 데 대하여 샤갈과 이중섭이 화가였다는 데 차이가 있다고 할 수 있다. 그러나 구보씨가 샤갈과 이중섭에 더욱 친화감을 느끼는 것은 사실이다.) 이 화가들의 예술은 현실에 대하여 직접적인 관계를 갖지 아니한다. 샤갈의 그림에서, "그림 속의 물건들은 현실의 기호가 아니라 감정의 기호들이다"(제7장). 이중섭이 만들어내는 공간도 "둔중한 모사模寫의 공간을 이미 벗어난 자유로운 꿈의 색깔과 꿈의 발자국이다"(제13장). 그리고 이러한 예술의 존재 이유나 원인을 설명하려고 할 때, "그것을 설명하는 것은 그것"(제7장)이라고 할 수밖에 없다.

그렇다고 해서 이러한 예술에 인간적인 의미가 없는 것은 아니다. 구보씨가 강조하는 것은, 샤갈이나 이중섭이나, 그들의 예술이 평화와 사랑을 노래했다는 점이다. 그리고 그들이 화폭에 담은 이러한 행복의 정서는 그대로 현대 문명의 삭막함에 대한 날카로운 비평이 된다고 구보씨는 말한다. 구보씨의 경우에도 그의 정치의식은 사회의 현실이 그의 정치적 목표나 정의감에 거슬리기보다는 평화와 사랑, 이러한 그의 행복의 감각을 만족시켜주지 못하기 때문에 날카로워지는 것이다.

그러니까 그의 사회가 당면한 문제는 정치적이라기보다는 문화적인 것이다. 사회의 문화적 혼란은 첫째는 외래문화의 침해에 의하여 야기된다고 할 수 있다. 구보씨가 서양 영화를 상영하는 영화관 앞을 지나며, 그 앞의 "외국인 배우의 얼굴과 그 밑에서 와글거리는 노오란 몽고족의 대조가 조계租界라든지 '政廳' '治外法權' '原住民' 이런 분위기를" 전한다고 느끼고 서울이 "그 이국 도시" 홍콩을 닮아가는 것을 유감스럽게 느끼며, 또 한국의 여자들이 "모두 아리안계 여자의 모조품으로 보이게 하려고 피눈물 흘린 성과를 얼굴이라고 들고 다"니는 것에 주목하는 것 등은 외래문화의 범람을 우려를 가지고 대한다는 증거이다(제5장). 그러나 구보씨가 외래문화 자체에 반대하는 것은 아니다. 그 자신 샤갈에 취하고 단테와 발자크를 이야기하지만, 이론적으로도 그는 오늘날은 "민족이나 국민의 예술에서 호모 사피엔스의 예술로 옮아가는 과도기"(제5장)이고 따라서 구보씨 자신의 예술도 이런 인류적 예술을 지향하지 않을 수 없다고 말한다. 그럼에도 불구하고 구보씨가 대체로 외래문화의 영향 아래 우리의 전통이 파괴된 것을 시대의 혼란의 가장 큰 병인病因으로 생각하는 것은 틀림없다. 이질적인 문화의 교차가 하나의 조화된 삶의 양식을 파괴한다. 이 조화는 평화와 사랑 그리고 행복의 조화이고, 예술이나 문화가 가능하게 해주는 것도 바로 이러한 조화인 것이다. 그리하여 『소설가 구보씨의 일일』에서 가장 빈번히 되풀이되어 나오는 긍정적인 가치는 한국 전통의 어떤 조촐하고 조화된 삶의 행복을 시사해주는 것들이다. 이것은 그의 하숙집의 고풍한 가옥 형태일 수도 있고(소설의 처음에 구보씨의 숙소는 침대가 있는 아파트로 되어 있으나 나중에 이것은 한옥으로 바뀌어 있다) 하숙집 아주머니의 동양적인 여성취女性趣일 수도 있고 또는 이 아주머니와 실랑이를 하다가 노래로써 그 억울함을 하소하는 광주리장사일 수도 있다. 그러나 구보씨가 가장 아쉽게 생각하는 것은 불교적인 '버림'으로 하여 가능하여지는 평화와 사랑의 세계이다. 이러한 과거의 조화된 문화의 흔적에 대하여 구보씨의 마음을 괴롭히는 것은 단순히 외래문화가 아니라 외래문화도 작용하여 일어난 문화의 파괴, 삶의 황폐와 사람과 사람을 인정으로 묶어놓는 공동체 의식의 상실이다. 그리하여 구보씨는 고궁이나 옛날의 유물이나 문화 유적들이 제대로 보존되지 못하는 것을 사회의 야만 상태의 증상으로 보고 옛 인정이 사라지는 것을 쓸쓸하게 생각한다. 그리하여 문화를 상실한 그 자신을 마음의 '벌거숭이'라고 생각하였고 무엇보다도 자신과 또 모든 동시대의 사람들을 행복한 삶의 터, 공동체를 상실한 피난민으로 본다. 이 소설에서 구보씨의 고향이 이북이란 점이 되풀이되어 이야기되어 있는 것은 그의 문학적, 사회적 기아棄兒로서의 처지를 강조하기 위한 것이다.

우리가 구보씨의 예술관을 어떤 것으로 보든지 그에게 예술과 현실은 떼어놓을 수 없는 관계에 있다. 그러나 그가 이해하는 행복한 공간의 창조로서의 예술은 구극적으로는 사회 과정에 적극적으로 개입할 현실적 근거를 찾지 못한다. 완전한 행복으로서의 예술은 완전한 불행으로서의 현실에 대하여 완전한 절단 상태에 있을 수밖에 없다. 완전한 보편성으로서의 예술가의 자유는 완전한 타락의 세계에서 적극적인 계기를 찾지 못하는 것이다. 행복한 예술은 예술가의 사회로부터의 소외를 가속화한다. 구보씨는 어느 누구보다도 그가 살고 있는 사회의 심미적, 사회적 비인간화에 민감하고 또 거기에 대하여 가장 철저히 비판적인 자세를 견지하지만("처음의 처음부터 시작해서 그릇됨을 뿌리에서 밝혀야 한다"(세4장), "구보씨가 택한 길은 [······] '글 속에서' 팔을 걷어붙여보자는 길이었다"〔제5장〕, "끊임없이 우상을 부수는 것. 그것만이 구원이다"
〔제6장〕) 그에게 현실에 돌아갈 길은 없다. 그에게 결국 현실의 움
직임은 이해와 개입을 초월하는 어떤 것이다. 그의 서글픔에 크게
배어 있는 것은 "무엇 때문에 이 고생인가. 모른다. 아무도 모른
다"(제3장)는 낭패감이다. 사는 데 있어서의 문제는 구보씨의 생
각으로는,

　　　세상은 시시한 것이고 그것은 우리와 상관없이 정해진 일이며,
　　　피차에 답답한 일을 서로 헤아리면서 사는 수밖에 없다는 것이었다.

그리고 그는 이어서 말한다.

　　　갈팡질팡하다가 징이 울리고 마는 삶이라는 무대. 이 알 수 없는
　　　정글. 구보씨는 이 어두운 밑바닥의 사실로부터 생각의 성을 쌓는
　　　수밖에 없었다. 모든 설계와 약속, 희망과 꿈은 이 사실을 바꾸지
　　　못한다. (제14장)

삶은 그 속 움직임을 알 수 없는 어떤 것이며 거기서 사람이 할
수 있는 것은 별로 없다는 인식 — 이것이, 이 글의 처음에 이야기
하였듯이, 궁극적으로 구보씨의 좁고 반복적인 인생을 테두리 짓
는 것이다(이것이 또한 구보씨의 삶을 그리는 이 소설 자체를 지속적
인 사건이 없는 삽화의 모음이 되게 한다). 여기에서 유일한 위안은
예술과 예술적인 조화를 가지고 있었던 전통적인 삶의 방식, 그리

고 무엇보다도 종교에서 온다. 종교야말로 고통과 무력과 우수憂愁의 되풀이, 그 윤회輪回에서 사람을 해방해줄 수 있는 구극적인 진실이 아니겠는가? 이렇게 하여『소설가 구보씨의 일일』에서 가장 긍정적인 가치를 나타내며, 되풀이되는 일상에서 클라이맥스를 이루는 것은 법신 스님과의 해후邂逅이고 또 마지막에서의 옛 절터에 대한 명상(또는 환상)이다. 구보씨의 마지막 지주支柱로서의 종교에의 귀의심歸依心은 특히 마지막 장에 아름답게 표현되어 있다.

그러나 이 뛰어난 산문에 표현된 구보씨의 마음이 반드시 초월적 세계, 적멸의 세계, 다시 말해서 이 세상을 넘어서는 신비 체험을 이야기하는 것이 아니라는 점은 이야기되어야 할 것이다. 그가 이야기하고 있는 것은 사람과 사람, 사람과 짐승, 사람과 자연이 평화와 사랑 속에 묶일 수 있는 한 방법이다. 세상의 모든 것은 불성佛性 속에서 하나이며, 이것을 인식할 때, 사랑의 깨우침을 가질 수 있고 오늘날의 타락한 물질세계의 잔인성을 벗어날 수 있는 것이다. 구보씨의 종교에의 귀의가 저세상으로의 해탈解脫이 아니라 사랑을 통한 이 세상의 재확인이기 때문에, 아마 그의 옛 절터 방문은 현실에서 이루어지는 것이 아니라 꿈속에서 이루어지는 것일 것이다.

『소설가 구보씨의 일일』은 우리 시대의 험난함 속을 사는 한 양심적인 예술가의 초상을 보여준다. 또 그의 초상화는 우리 시대의 전형적인 지식인의 초상화이기도 하다. 구보씨의 말대로 지난 이십오 년은 "한국 사람들이 겪은 가장 나쁜 경우"(제11장)라고 할 만한 면을 가지고 있는 세월이었다. 이것이 나쁜 경우였다면 그것의 일부 원인은 경우의 나쁨에 대하여 구보씨와 같은 양심 있는 인간이 그것에 작용을 가하고 또는 최소한도 그것을 이해하고 하는 일이 극히 어려운 상황이었다는 데에 있다. 이 어려움은 이 소설에서 구보씨의 생활의 일상적인 반복성과 그의 환경의 삭막함에서 나타난다. 이것은, 위에서도 말한 바와 같이 소설 자체의 단편성에 그대로 반영된다. 이 소설에 부족한 구조적 상상력도 여기에 관련되는 것이다(보람 있는 삶이 불가능한 시대에 본격적인 장편을 쓴다는 것은 불가능한 것은 아니래도 지난한 과제가 된다). 그러나 이 소설이 건축술의 면에서 조금 모자란 바가 있다고 하더라도 그것이 작가의 관념을 다루는 능력의 부족에 기인한다고 할 수는 없을 것이다. 내 생각으로는 우리 소설은 '구보씨'에 이르러서 비로소, 상투적인 틀이나 경험적 탐색을 기피하는 수단이 아니라, 본격적으로 살아 움직이는 의식 작용의 정밀한 반사경反射鏡이 되는 관념을 얻었다고 할 수 있을 것 같다. T. S. 엘리엇은 헨리 제임스를 두고 관념에 의해서 범犯해질 수 없게 섬세한 지성을 가진 작가라고 말한 일이 있지만, '구보씨'에게 관념 작용의 움직임은 이런 경우에 가까이 간다. 하여튼 이 소설은 관념으로 이루어진 소설이지만, 여기에 재미없고 일고—考의 가치도 없게 상투적인 생각들은 거의 없다고 해도 과언이 아니다. 또 독창적인 생각은 독창적인 언어와 분리될 수 없는 것이다. 이 소설에서 최인훈 씨의 스타일은 극히 다양하고 유연하다. 다만 우리는 이러한 독창적인 생각과 유연한 스타일이 좀더 진지하게 전체 현실의 착반에 사용되었더라면 하고 바랄 수는 있을 것이다. 그렇긴 하나 『소설가 구보씨의 일일』이 주목할 만한 성숙성에 도달한 업적임은 틀림이 없다.

〔1976〕

해설

비판 의식과 문학적 상상력

김인호
(문학평론가)

1. 들어가며

2009년에 최인훈의 『소설가 구보씨의 일일』을 다시 읽는 일은 1970년대 초반에 쓴 소설이 현재 우리에게 어떤 의미를 주는지 살펴보는 일이 된다. 소설이 보여준 출간 당시의 사회에 대한 인식과 실천의 문제는 현재까지 우리의 변함없는 화두인 세계 인식과 이데올로기 문제로 지속되고 있다. 이중적 고발이라고나 할까. 그것을 읽는 현재에도 정치적 억압이 존재한다면 일제 강압기에 같은 제목의 소설을 썼던 박태원의 상황——월북 작가를 '박○원' 식으로 표기하던 시대에 금서 목록에 포함된 특정 소설의 제목을 그대로 사용한 것은 문학사적 측면에서 연속성의 단절에 대한 항의 표시가 된다——을 떠올리면서 그때(일제 강점기)와 별로 다를 것이 없는 현재의 정치 상황을 걱정해볼 수도 있겠다. 그런데 검열

자의 눈을 피하려다 보니까 그렇게 표현했으리라고 생각하다가도 문득, 그것이 우회적 기법이라기보다 아주 먼 미래까지 내다본 형식이라는 사실을 깨닫고는 섬뜩 놀라게 된다.

책을 펼치면 구보가 하루 동안의 산책에서 만난 것들이 겉으로 보기에는 아무런 전략도 없이 펼쳐져 있다. 그 15개의 이야기를 순서에 상관없이 읽어도 되고 작가의 체험을 읽는다는 생각으로 가볍게 읽어도 된다. 거기서는 '짜임'에 대한 기대를 할 필요가 없다. 하지만 자세히 들여다보면 세계를 이야기하고, 문학을 이야기하고, 나아가 인간의 본질을 이야기하면서도 현실 속의 꿈만이 아닌 '꿈속의 현실'을 담아내는 장치가 교묘히 장착되어 있다. 그것은 「총독의 소리」에서 보여준 화자의 거부와는 전혀 다른 방법으로 복잡한 심층을 만들어낸다. 거기서 현실과 꿈의 경계가 종종 무너지지만 실재는 더욱 돋보인다. "꿈속에는 반드시 현실이 있고 현실의 바깥 테두리에는 반드시 꿈이 있"(pp.223~24)다고 말하는 것을 보아 알 수 있듯이, 구보는 꿈을 통해 현실과 현실 너머까지 이야기한다. 그때 독자는 상상의 나래를 펼쳐 언어 효과의 궁극까지 가보게 되며, 실재에 더 선명히 다가서게 된다.

『소설가 구보씨의 일일』은 『광장』과 『서유기』, 그리고 「총독의 소리」와는 다른 형태의 소설이다. 『광장』의 견고한 짜임, 『서유기』와 「총독의 소리」의 실험성과는 거리가 멀지만, 자세히 들여다보면 거기서도 소설 아닌 것을 소설로 만들어내려는, 앞선 작품들과 비슷한 맥락의 안간힘이 전해져온다. 구보는 1930년대 박태원의 절박함으로 1970년대의 억압적 현실을 바라보고 있다. 소설은

'군사 훈련'을 받지 않겠다고 시위를 하는 대학생을 핑계로 대학문이 닫히고 대학에 군대를 주둔시키는 폭압적 정치 현실을 스쳐 지나가듯 보여주면서, 이제 '총독의 소리'와 같은 논평조차 들려주기 힘들어진 시대 상황을 고발한다. 말하자면 작가는 억압적 현실을 폭로하기 위해 박태원의 구보를 빌려왔고, 사회 현실의 다양한 실태를 보여주기 위해 에세이 형식을 취한 것이다. 실제로 최인훈은 박태원의 구보에게 자신의 육체를 빌려주고 자기 대신 자기 시대를 바라보게 하고 싶었다고 『화두』에서 말한다. "그들〔박태원이나 조명희〕이 못다 한 방황, 그들이 못다 한 고뇌, 그들의 육체적 존재가 말살되었기 때문에 그들이 계속 지켜보지 못한 인생과 세월과 역사를 그들의 정신의 맥박을 생생하게 지니면서, 그것들이 과연 어떻게 되어나가는가를 끝까지 지켜봐야 할 집념이 내 육체 속에 자리 잡아"(최인훈, 『화두』 2, 문학과지성사, p.226)갔다는 것이다.

두 명의 구보가 살았던 식민지와 분단 현실의 상황은 크게 보아 같은 맥락 속에 있다. 최인훈은 그것을 「총독의 소리」 연작에서 보여준 바 있다. 광복된 지 20년이 지났건만 지하에서 여전히 암약하는 일본 총독의 목소리가 들려온다는 것이다. 어쩌면 구보의 이중 목소리의 기법은 그것과 유사하다. 시치미 떼면서 시대를 비판하고 문학적 이상을 실천하려는 것이다. 거기다가 그는 『신곡』을 쓴 단테와 자신의 처지를 비교해본다. 피난살이도 따지고 보면 단테의 정치적 망명과 크게 다를 것이 없다. 그는 '구보가 된 단테'가 되어 당대 현실을 비판한다. 단테는 스스로 현실을 바꿀 능력이 없다고 깨닫자 아예 당대 현실을 넘어선 문학적 현실을 만들었다. 그것이 온통 거짓으로 이루어진 시대 전체에 타격을 가했다. 최인훈이 단테와 구보, 혹은 '총독'과 같은 사람의 목소리를 빌려오는 것은 그 때문이다. 현실의 '우상'을 폭로하고, 이데올로기의 '호출'을 조롱하고, 성벽 밖에 있는 '광야'나 항구의 밖에 있는 '바다'에 대해 말하기 위해서였다.

두 사람의 시선이 섞이자 수면 밑에 가라앉아 보이지도 않던 것들이 입체적으로 부풀어 수면 위로 떠오른다. 구보는 전근대적인 풍속 속에서 숭배했던 거짓 이념의 본색을 알아챈다. 그것은 일제 강압기와 소련 군정, 그리고 실질적 미국의 지배를 겪었기 때문에 저절로 알게 된 것이지만 그동안 누구 앞에서도 말할 수 없는 것이었다. 그는 식민지 시대에 일왕日王을 '신'으로 받들다가 광복과 함께 스탈린이 '진리'인 줄 알았고, 또 남한에 정착하면서는 미국을 '구원자'로 받아들였다. 그런데 한 세대가 끝나기도 전에, 고작해야 그들은 흉포한 제국주의자에 불과하다는 사실이 밝혀졌다. 구보는 믿을 것은 자기 자신밖에 없고, 자기 자신마저 제대로 서지 못하면 또다시 엄청난 환난을 겪어야 한다는 사실을 몸으로 체득했다. 이념 바깥의 진실에 대해 말하자면 목숨을 걸어야 한다. 이 자명한 사실을 알면서도 '바깥'으로 나갈 방법을 찾는 사람의 비애가 이 책에는 숨겨져 있다.

2. 닫힌 세계

『구운몽』과 『서유기』의 '독고'라는 성을 가진 주인공들은 끊임없이 달아난다. 그런데 그들은 달아날수록 '늪' 속에 빠져서 허우적거린다. 그걸 보면 마치 누군가 원형 감옥의 탑 위에서 그들을 감시하며 조종하고 있는 것만 같이 여겨진다. 결국 『구운몽』의 독고민은 광장에 이르러 총살당하고, 『서유기』의 독고준은 W시에 도착하자마자 재판을 받는다. 거기에 이르기까지 그들은 온갖 회유와 경고, 그리고 협박에 시달린다. 혹은 무고하게 죄를 뒤집어쓴다. 여기까지는 한 개인의 억압당한 내면의 모습일 따름이다. 그런데 그것을 잘 들여다보면 한 개인의 문제를 뛰어넘어 사회적 문제가 튀어나온다. 그들이 가고자 한 곳은 유토피아였을 것이나 그들이 이른 곳은 '얼어붙은 광장'이거나 다 부서져내리는 W시였다. 온갖 방송 속에서 그들의 어떤 행위도 비정치적일 수 없다는 사실은 그것들을 극명하게 보여준다. 실제로 방송의 내용을 분석해보면 주인공들은 정치적 음모의 희생양처럼 보인다. 독고민은 여인의 입맞춤으로 되살아나 혁명군 수령이 되고, 독고준은 재판정에서 자기 행위의 정당성을 말해 귀신들의 세계에서 빠져나오는 것을 볼 때 '그곳'은 충분히 암시되어 있다.

최인훈 소설의 전체 맥락에서 보자면, 구보는 『광장』에서 길을 잃은 뒤 『구운몽』과 『서유기』의 무의식이나 꿈, 환영의 세계를 헤매다가 현실 세계로 돌아왔다고 말할 수 있다. 그가 돌아다니는 동물원이나 기억 속에서 떠올린 것을 보면 그가 여전히 길을 잃었다는 것이 분명하다. 그럼에도 불구하고 그는 비교적 안정된 생활을 하고 있다. 박태원의 구보를 둘러쓴 최인훈의 구보는 미로를 과학적으로 분석하며 현실과 환상의 함수관계를 풀어본다. 그런데 그가 고안한 미적분학만으로는 그것이 다 풀리지 않는다. 언어 현실과 실제 현실과의 차이가 계산되지 않았을 뿐만 아니라 그것만으로는 미로 바깥으로 나가는 길을 찾을 수 없기 때문이다. 이성만으로 찾을 수 없는 길. 기껏 언어의 현실에서 바깥으로 나갔는데 만나게 된 낭떠러지. 자칫 누군가는 텍스트 밖 벼랑에서 추락사할 수도 있다. 그래서 모두 텍스트 바깥, 혹은 이데올로기 바깥에 나가기를 주저한다. 극소수의 몇 사람만 그곳에 도달했지만 그가 죽었는지 살았는지 확인할 길이 없다. 따라서 아무리 세계를 지구의地球儀처럼 돌려보고, 혹은 고고학자처럼 기억의 파편을 맞추더라도 그것의 정체가 잘 밝혀지지는 않는다. 『광장』의 이명준이 갈매기 뛰노는 바다에서 체험한 것이나, 『구운몽』의 독고민이 광장에 몰려 충격을 당한 일들은 그것을 암시한다. 그들이 가고자 하는 곳에는 죽음이 도사리고 있었다.

  구보는 태연한 척 길을 찾는다. 벽은 높고 미신과 터부는 많고 길은 어지럽다. 어떤 이는 미로에 주저앉아 길 찾기를 포기한다. 구보는 과학자의 태도와 문학적 상상력을 가지고 지푸라기라도 잡는 심정으로 거기에 매달린다. 하지만 암담한 건 마찬가지다. 다만 그는 자기 자신마저도 포기하면 '진실'이라는 것은 사라지고 말지도 모른다는 위기감으로 이데올로기와 맞선다. 이데올로기는 주체를 호출하거나 혹은 무관심하게 만든다. 이런 이중의 방법으로 사람들을 협박하거나 회유한다. 그러자 공포에 질린 사람들이 늘어나고 '바깥'에 대한 소식은 갈수록 희미해지고 마치 없었던 것처럼 취급되는 일까지 발생한다. 그래서 구보는 관습적 사고를 비판하며 사태를 인식하고 문학적 상상력을 통해서 미로의 끝을 찾는다.

구보는 동물원 쇠창살에 갇힌 사자를 보고 '감차에 실려 압송되는 전봉준'을 생각한다. 사로잡힌 전봉준은 혁명가이다. 사나운 이빨과 발톱을 가진 야수가 동물 우리를 맴돈다. 전봉준은 묶인 채 형장으로 끌려가고 있다. 영웅마저 그럴진대 민중은 어떻겠는가. 갇힌 짐승은 헛걸음질을 통해 예전에 누린 영화, 즉 맹수로서의 위용을 뽐낸다. 동물원의 야수는 그렇게 굿을 하고 자신의 기억을 떠올린다. 그렇게라도 해야 사자는 사자가 되고 그것을 보는 사람은 사자의 영화를 기억하게 된다. 사자의 헛걸음. "자기가 자기임을 유지하기 위한 되풀이. 되풀이. 삶의 형型의 되풀이"(p.49). 그 되풀이야말로 '생의 기억'을 되찾게 한다. 하지만 그것은 둔중한 모사模寫가 아니라 '꿈의 색깔'을 지녀야 한다. 꿈을 잃은 사자는 사자가 아니다. 그것을 읽어낸 예술가는 사자보다 더 사자다운 생명력을 포착한다. 동물원에서 본 사자를 보고 야생의 사자를 만들기. 구보는 "상상력의 원형으로서의 자연. 자연형의 기본형으로서의 원형질의 기본형으로서의 원자. 의 핵核. 의 중간자中間子"에 이르기까지 생각이 미친다. 가장 미시적 세계를 생각한 다음에 "악"과 "없음"을 생각하고 생명과 죽음은 종이 한 장 차이라는 것까지 생각한다. 예술가의 그것도 마찬가지다. "종種적 버릇"을 유지하고 있는 "고전적인 예술가"는 백척간두의 "아찔함" 속에서 외줄타기를 하고 있다. 전통적 삶의 기반을 잃어버린 자는 그런 절박함으로 자기 길을 찾고 있다. 우리에 갇힌 동물이 세상에 나오기란 그렇게 어렵다. 그와 마찬가지로 구보도 예술과 삶의 길을 생각하고 있다.

갇힌 동물을 보며 시작된 상상력은 '전통과 차단된 예술'을 이야기하는 것에까지 미친다. 예술가로서의 혁명을 꿈꾸는 구보는 우리 안에서 맴도는 사자를 보고 "전통 예술의 유지자로서의 사자" 혹은 "전통 예술의 명창名唱·명공名工·명수名手로서의 사자"를 떠올리면서 혁명이 어떤 기반에서 이루어져야 하는지 생각한다. 반복과 모방 없이 이루어지는 것은 아무것도 없다. 최인훈은 박태원의 구보만 빌려온 것이 아니라 김시습·김만중·박지원 등의 주요 작품에서 제목을 빌려오고, 그 밖에도 신화와 전설, 판소리 등의 내부에서 '혁명의 불씨'를 가져왔다. 그것을 해설한 듯한 『화두』의 견해를 살펴보자. "문학사는 자기 자신을 프로테우스Proteus처럼 한없이 변모시켜가는 푸가fuga 같다는 생각. 선행, 후행하는 작품들은 자기들끼리 서로 알아보고, 시간과 배경을 건너뛰면서 부르고 화답하는 과거와, 현재와 미래가 공존하는 환상의 생태계라는 생각"(『화두』 2, p.57). 그 흐름과 가락에 몸을 맡겨보면, 문득 시대 저편에 걸린 '거울'에 자기 얼굴이 떠오를지 모른다. 전통에 이어진 '나'의 발견. 어쩌면 그 거울(앞선 텍스트)에 자신의 얼굴을 비춰 보면서 세계를 이야기할 때 혁명은 가능해지고, 궁극적으로 미로에서 빠져나올 수 있게 되지 않을까?

무엇보다도 먼저 작가는 '도덕성'을 가져야 한다. 그것은 어떤 이데올로기의 술책에도 자기 자신을 지탱하는 역할을 한다. 그걸 가져야 어둠 속에서 들려오는 신음 소리를 듣고, 시대와 현실의 옳고 그른 것을 판단할 수 있게 된다. 현실에 대한 냉철한 비판 의식 없이 만들어진 감성은 가짜다. 그것은 현실로 돌아올 수 없는 뜬구름 잡기의 이야기나 만들 따름이다. 따라서 박태원이든 단테든 선배의 도움도 필요하다. 단테는 베르길리우스의 안내로 지옥의 광경들을 탐사했다. "우리가 평안할 수 있는 것은 누군가가 사형死刑을 집행당하기 때문이지. 깨끗한 처녀가 화촉동방을 가질 수 있는 것은 누군가가 매음賣淫을 하고 있기 때문이지. 어느 사회도 그러니깐. 어떤 사회건. 그게 사회라는 것의 조건이니깐. 이 재수 없는 제비에 걸리지 않으려는 안간힘"(pp.51~52). 말하자면 먼저 이런 지옥이 지옥인 줄 알아야 작가는 지옥을 묘사할 수 있다. 단테는 베르길리우스 같은 선배 작가의 안내를 받아 지옥을 발견하고 훗날 천국의 문도 열 수 있게 된다. 그것은 올바른 판단력, 즉 그의 '도덕성'이 이데올로기의 억압을 견뎌냈기 때문에 가능했다. 굿판을 벌이지 않고 작가가 될 수는 없다. "해동海東 조선국에 부정살이 끼었구나아, 귀신이 어디서 왔느냐, 밖이냐 안이냐, 서쪽이냐 북쪽이더냐, 푹푹 잘도 썩는구나. 염통이 둘이더냐 셋이더냐 미련한 것들아아, 엇수"(p.52). 이렇게 신이 들려 '살풀이'를 해야 '간 큰 도둑'과도 맞서 싸울 수 있게 된다. 그래서 문학은 감성 이전에 냉철한 판단력이 요구되는, 그래야 갈 수 없는 곳의 문을 열게 되는, 그 문의 열쇠를 찾기 위해 목숨을 거는 일이 된다.

3. 저항의 언어

최인훈은 외형상 실험적인 성격을 보이지만 내용적으로는 철저하게 리얼리즘 정신을 지닌 작가이다. 그의 소설을 읽다 보면 서사의 지연과 단절에 덜컥거리는 느낌을 받다가도 단호한 역사적·정치적 의식에 번쩍 정신을 차리게 된다. 그렇다면 그의 형식은 작가가 자신의 문제의식을 두드러지게 만든 장치이다. 그가 찾아낸 우회의 방법에는 자기가 하고 싶은 이야기가 모두 담겨 있다. 다만 그것을 읽어내기 어려울 따름이다.

『소설가 구보씨의 일일』은 문학의 독자적 가치와 전통의 연속성이 무엇인지 고민해본 작품이다. 최인훈은 정치에 대해 직접적으로 응답하는 것을 피하면서 정치의 작동 원리를 파헤친다. 그리고 현실을 재현하기보다는 현실 이면의 기원을 찾아낸다. 현실 지배의 원리가 가부장제일 수도 있고, 독재자가 만든 제도일 수도 있지만, 그것의 근본을 탐구해보면 '워싱턴이나 모스크바'를 움직이게 하는 어떤 힘이 될 수도 있다. 그것을 알아야 이데올로기의 예속으로부터 벗어난다. 최인훈은 문학과 철학과 역사를 통합적으로 동원한 야심 찬 기획으로 그것의 이면을 들여다보고자 한다. 식민지와 한국전쟁을 겪은 그는 무수한 독서를 통해 제국주의 이념들이 어떻게 변하며 흘러가는지 파악하면서 그로부터 해방을 추구한다.

현실을 재현하더라도 현실에 대한 진단이 필요하다. 떠나느냐 혹은 남느냐 판단하는 것에 따라 같은 풍경도 다르게 그려진다. 제국 간의 싸움에 밀려다니는 피난민들의 경우에는 더욱 그렇다.

구보의 비판 의식은 살기 위해 생겨난 것이다. 구보는 권위주의 시대에 몸은 비록 노예일망정 자유인의 꿈을 지닌 사람으로 이데올로기의 문을 열고자 한다. 『광장』의 이명준은 피가 끓어 불행을 자초했다면 『화두』의 화자는 좀더 차분히 그것을 수행한다. 말하자면 『화두』는 『소설가 구보씨의 일일』의 연장선상에서 의식의 확장을 꾀하고 있다. 『화두』의 화자는 삼십 대 중반의 '구보'에서 이순의 '나'로 바뀌었지만 '나로 바뀐 구보,' 아니 '구보로 바뀐 나'는 정치적 억압이나 이념의 변화 속에서 예술의 길을 생각하고, 또 삶의 길을 찾는다. 지배 원리를 밝혀낼 때 그것은 가능해진다.

이런 버릇을 20세기 유럽 작가들도 아직 벗지 못해서, 권력의 구조에 대해서 '빈정거림'이라는 연필칼질밖에는 못 하게 하고 있다. 그리고 후진국의 골이 빈 비평가들은 그것을 리얼리즘이네 뭐네 하고 있다. 그들은 정치권력이 자기 민족 안에서 이루어지는 것을 못 보고 자랐기 때문에 나면서부터의 정치 음치들이다. 그것을 메울 상상력, 골도 없다. 골속에는 잡탕 쓰레기 지식과 욕심과 시샘만이 가득 차 있다. (pp.241~42)

최인훈은 서구의 리얼리즘조차 가차 없이 비판한다. 유럽의 작가들이 나태해져 '권력의 구조'에 대해 말하는 것을 소홀히 하고 있다는 것이다. 그렇게 리얼리즘의 근본 원리를 망각할 때 비판 의식은 사라지고 이데올로기에 예속될 수밖에 없게 된다. 더욱이 '빈정거림' 수준의 냉소는 리얼리즘의 저항적 요소를 사라지게 할

가능성이 많다. 그런데 후진국(우리나라)의 어느 비평가는 그것이 리얼리즘의 전부인 양 말하며 소설에서 정치의식을 제거하고자 한다. 그것은 억압에 길들여진 자들이 위장한 채 기득권을 지키려는 수작에 불과하다. 체제에 대한 비판 없는 리얼리즘은 리얼리즘이 아니다. 실제로 후진국의 비평가들은 상상력 없이 서구 원리를 소개하고 서구 이론에 지배받는 글쓰기로 자기 과시만 일삼으려 한다. 그들은 해방된 세계에 대한 열망보다는 당대의 영향력에 더 관심을 둔다. 서구의 방법론은 우리 문학에 그대로 적용되기 어렵다. 그것은 마치 우리나라에서 크리스마스란 이름으로 서구에서도 존재하지 않는 엉뚱한 카니발이 벌어지고 있듯이, 검증 없이 들어온 서구의 원리가 우리의 정신을 오염시키고 금기에서 벗어난 욕망만을 조장하는 것과 같다. 그럴 경우 서구 이론들은 우리의 의식과 정신을 갉아먹고 우리가 그나마 지닌 것들조차 다 집어삼킨다. 우리가 아무리 문학의 새로운 장을 펼치고자 하더라도 전통에 대한 깊은 천착이 없다면 '가설 무대'가 만들어질 뿐이다. 리얼리즘도 풍자에서 금기에의 고발로, 그리고 구조를 뒤집어엎기로 나아가지 않는 한 '상용 무대'는 요원해진다. 그래서 최인훈은 보다 근본적인 것을 건드린다. 『구운몽』『서유기』「총독의 소리」 연작에서 정치적 목소리로 세계의 모순을 폭로하며 소설의 고정된 틀에 대한 의구심을 드러낸 것이다. 그리하여 마침내 구보의 이야기에서는 틀 자체에서 자유로운 에세이 형식을 택하게 된다.

사실주의 계열의 소설에서 볼 수 있듯이 극빈자 주인공을 내세웠다고 해서 근대적 세계관이 구현되는 것은 아니다. 현실을 재현

하는 글쓰기를 했다고 해서 리얼리즘 소설이 되는 것도 아니다. 텍스트 내부에 근대적 정신이 구현되고 구조 자체가 그것을 드러내야 리얼리즘 소설이 된다. 그렇지 못할 때 극빈자 주인공은 하층 계급을 그린다는 유행의 산물에 지나지 않게 되고, 거기서 만나게 되는 것은 근대적 인간의 투영이 아니라, 야만적 삶의 모습에 불과하다. 가난하고 비참한 삶의 이야기는 중세에서도 얼마든지 가능했다. 그것을 통해서는 "사회라는 '집단'을 굽어볼 수 있는 관측 지점"(p.241)을 확보할 수 없다. 작중 인물들을 모아봐야 '짐승들의 우리'에 불과하게 된다. 작가는 근대 의식을 통해 공간을 갈고(耕) 형식을 갈고(改) 그것을 끝까지 밀고 가야(行) 한다. 그래야 세계를 관측할 수 있게 된다. 그것 없는 리얼리즘은 가짜 리얼리즘이다. 김동인의 「감자」보다는 박태원의 구보의 이야기가 훨씬 더 사실적이다. 그것은 김동인의 소설에는 야만의 세계만 그려져 있다면, 박태원의 소설에는 야만의 세계에 대한 공포와 자유에의 꿈이 담겨 있기 때문이다. 박태원이 공간을 '갈고,' 이상이 형식을 '갈았다면,' 최인훈은 양자를 받아들이면서 끝까지 밀고 나갔다. 그러고는 세계와 맞대면해서 구조의 결함을 찾아냈다.

구보의 작업은 구조를 원점으로 돌리는 것으로부터 시작된다. "나 스스로 개조(開祖)가 된 창업"(p.109)을 하겠다는 것이다. 그것이야말로 단테와 베케트의 정신이다. 잘못된 정치적 상황을 고치려고 직접적으로 뛰어들기보다 구조의 문제점을 지적하는 것. 그리하여 마침내 자기만의 문학적 세계를 세움으로써 혁명 이상의 효과를 얻는 것. 그것이야말로 모순된 당대를 넘어서는 영원성을 얻게 되는 일이고, 바로 문학만이 할 수 있는 일이다. 문학이 신들린 듯 떠벌린 진실은 이데올로기를 타격한다. 이쯤 되면 플라톤과 같은 이데올로그가 '시인'을 공화국에서 추방하려고 하는 이유를 알게 된다. 구보는 "말이 노래가 되게 할 것. 후퇴함으로써가 아니라 전진함으로써 그렇게 할 것. 그렇게 해서 글에 점잖음을 줄 것"(p.234)을 강조함으로써 소설의 왕국을 만들고자 한다. "왕은 한 사람이지만 문학의 왕은 원칙적으로 정원定員이 없습니다"(p.310). 소설가는 언제나 그런 절대적 위치에서 자기 세계 속으로 문학의 백성들이 찾아오기를 바란다. 자기와 함께 누릴 수 있는 사람을 찾는 것이다. 어떤 도식의 고정에 반대하면서 "보다 나은 도식"을 찾는 사람. 최인훈은 지금 당장의 실현 여부에 상관없이 "가장 뛰어난 도식"을 찾으면서 불완전한 꿈속의 현실을 더듬는다.

4. 동굴의 출구 찾기

구보는 허위의식과 터부를 털어내고자 한다. 그것이 일상을 감쌀 때 영원히 이데올로기로부터 벗어날 수 없기 때문이다. 이미 겹겹이 쌓인 것들은 근원을 알 수 없을 정도로 복잡해 한번 왜곡된 질서는 바로잡히지 않는다. 그것을 까발리려는 사람들은 쫓겨나거나 감금당한다. 길들여지지 않는 사람들에게는 더 가혹하게 죄를 뒤집어씌운다. 그래선지 사람들의 억압된 무의식 속에 담긴 실상은 잘 드러나지도 않고, 누군가 그것을 말하고자 할 때에는 극심

한 공포에 시달리게 된다.

문명의 발전은 흥망이라는 모델에서 축적, 쌓인다는 모습으로—그러니까 각 시대마다의 문화가 소멸하지 않고 지층地層 모양으로 겹친다고 보는 거야. 나무의 나이테처럼. 지금까지는 밑에 있는 층이나 안쪽에 있는 테는 그것으로 응고해 다만 존재할 뿐이었지. 정신분석의 공적은 이 기층 부분의 존재를 확인한 것이겠지. (p.124)

일단 구보의 생활은 평범하다. 적어도 『구운몽』과 『서유기』와 달리 구보는 일차적 억압에서 풀려나 자기 생활을 누리고 있는 것이다. 하지만 그가 자유롭다고 말하기에는 아직 문제가 많다. 억눌린 욕망이 출구를 찾지 못하고 '기억이라는 화석'으로 굳어진 것이다. 거기에는 개인적 욕망을 넘어 사회적 억압마저 담겨 있다. 하지만 그것들은 결사적으로 자신을 위장하여 자신의 정체를 숨긴다. 그래도 억압된 무의식을 탐구하는 과정 속에서 조금씩 실상이 드러난다. 아무 생각 없이 쓰고 살았던 허물을 벗어던지기는 누구나 어렵다. 그리고 그 가면을 벗는 순간 거의 죽고 싶을 정도의 충격에 빠진다. 그래선지 플라톤의 동굴 비유가 말하듯, 동굴 속 어둠 속에서 작은 불빛이 전체인 줄 알고 살아온 사람들은 동굴 밖으로 나가면, 그 눈부신 빛 때문에 눈이 멀고 만다. '야간 통행금지'의 사례에서 끝없이 긴 터널과 어둠만이 느껴지는 것도 그것과 관련이 있다.

이것이 우리 사회의 문명의 근본 터부이다. 12시부터 4시까지, 네 시간 동안이지만 실은 그렇지 않다. 밤에 거리에 나간 사람이면 10시쯤부터 벌써 바빠진다. 10시 이후의 두 시간은 온전한 두 시간이라 할 수 없는 것이다. 4시 이후의 두 시간도 또한 자연스러운 시간이 아니다. 통행금지가 '방금' 끝난 시간이기 때문이다. 따라서 그 두 시간도 온전치 못하다. 이렇게 해서 실지 금지되는 네 시간은 앞뒤로 두 시간씩, 먹물처럼 번져서 결국 여덟 시간이 된다. 이십사 시간의 3분의 1이 이렇게 '禁忌'의 시간이다. 〔……〕 이 '느낌'은 실지로 생활에 압박을 준다. 통행금지가 가까워지면 모든 사람이 조급해진다. 어디론가 떠나려는 사람들. 빨리 집으로 돌아가려는 사람들이 서로 교통의 순서를 다툰다. 택시는 금방 난폭해진다. 모든 서비스가 거칠어진다. 피난민들이 마지막 열차에 매달리는 풍경이다. (pp.203~04)

구보는 여기서 우리 삶을 지배하는 원리를 찾아낸다. 야간 통행금지는 어느 지배자가 시민에게서 하루 스물네 시간 중 '네 시간'만 빼앗은 것이 아니라 밤 전체를 빼앗고, 나아가서는 하루의 반 이상을 빼앗은 것을 의미한다. 이처럼 효과적인 지배 방식이 어디 있겠는가? 그것은 동굴 입구를 가로막은 거대한 바위와 같은 것이다. 동굴의 주인은 키클롭스. 그 속에서 영혼과 생명은 질식되고 어둠에 봉사하는 자만이 살아남는다. 눈이 먼 키클롭스가 무슨 짓을 할까 봐 숨죽이며 살아가는 사람들. 구보가 동물원을 두 번이나 찾은 것은 그것을 확인하고 동굴 속에서 벗어날 기회를 갖기 위해서이다. 동굴을 막은 거대한 바위를 어찌해야 할까. 그것을 전제하지 않은 문학은 이미 문학이 아니다. 현실에 대한 인식이 없는 순응주의자의 문학이기 때문이다. 또 상상력이 없이는 동굴 밖의 세상을 떠올릴 수조차 없다. 사람들은 그 바위를 들어낼 사람을 기다린다. '만적'이나 전봉준 같은 이는 그 바위를 조금 밀어냈을 뿐 '바깥'으로 나가지 못했다. 그런데 구보가 동물원에서 '바다의 소리'를 듣게 된 것은 동굴 밖 들판을 인식했다는 것을 의미한다. 하지만 그것에 앞서 현실 인식이 더욱 중요하다.

> 幻想이 말라버린 詩들이 우리를 슬프게 한다. 밤을 잃어버린 詩들은 비닐봉지처럼 權力의 눈깔사탕을 포장한다. 아무리 뒤집어보아도 꿈은 없고, 言語의 껍데기만 구겨지는 시들이 우리를 슬프게 한다. 밤을 잃어버린 時代에서의 詩의 荒廢가 우리를 슬프게 한다. 主人의 밤의 行動이 하나도 描寫되지 않는 當代小說의 모습이 우리를 슬프게 한다. (p.206)

비판 의식이 밤의 어둠과 그 속에서 슬퍼하는 사람들을 찾아낸다면 감성은 '말라버리고 잃어버리고 구겨진' 것들을 찾아내 그것들에게 생명의 입김을 불어넣는다. 하지만 아직 그 정도로는 키클롭스의 바위를 밀어내지 못한다. 구보는 동굴 안 어둠 속에서 '바위'가 있다고 알리고 꿈과 환상을 이용해 동굴 바깥의 대기를 호흡한다. 이성의 힘만으로 밀쳐낼 수 없는 바위를 문학적 상상력은 들어올린다. 특히 이성의 기반을 지닌 감성은 슬픔을 노래함으로

써 밤의 주인의 위협을 드러낸다. 이성은 보이는 것만 존재로 여기고, 감성은 어둠을 느끼며 보이지 않는 것의 정체를 이야기한다. 감성 없는 이념은 노예에 불과하지만 밤에 통곡하는 '감성화된 이념'은 해방에 접근한다.

키클롭스는 한 해에 딱 한 번 야간 통행금지를 풀어준다. 깊은 밤에 이국의 성자를 찬양하라고 교회당에 보내주지만 서양 풍속으로 치면 카니발을 벌이자는 것이다. 이날 한국 사회의 모든 사회 심리가 한 덩어리가 되어 소용돌이치고 쏟아진다. 미 군정이 우리에게 선물한 방종, 성적 타락, 상업적 아나키즘화. 그것은 우리의 전통적 가치를 빼앗고 뒤섞고 우스갯거리로 만든다. '쇠우리'에 갇힌 동물들은 단 하루의 자유를 노래하지만, 사실 그것은 그의 목에 걸린 올가미를 더욱 옭아매는 것일 따름이다. 그럼에도 불구하고 일본, 소련, 미국이라는 제국주의의 체험을 하고 그로 인해 파생된 권위주의 정권에 길들여진 영혼은 하룻밤의 은전에 감격한다. 출구가 막힌 지속적 계엄의 상황에서 일본 왕의 '칙어'에 속고, 스탈린과 '당'의 목소리에 속고, 독재자에게 길들여진 사람들은 자신이 당장 키클롭스의 먹잇감이 아니라는 사실에 안도한다. 그것은 '더러운 쇠우리'를 그려놓고 '갇힌' 것을 문제 삼기보다 '더러운 짐승'들만 탓한 꼴이 되고 만다. 최인훈은 "통념에다 바늘구멍만 한 흠집"(p.222)이라도 내고서 동굴을 빠져나갈 궁리를 한다.

· 예술가와 과학자의 말이, 그것만이 정말이다. 왜 그런가. 그들이 개인적으로 훌륭한 사람들이어서 그런가. 아니다. 예술이라는, 과

학이라는, 신神대를 잡으면 본의 아니게 정말을 실토하게 된다. 신들린 무당처럼. 용한 무당도 술 먹고, 오입하고 사기도 한다. 그러나 신대를 쥐고 몸을 와드드 떠는 당장에만은 정말을 중얼거리지 않고는 배기지 못한다. 그게 직업의 허영이다. 신들린 말을 녹음한 기계―그것인즉 바로 책이다. 그래서 인간이 가진 정말의 기록으로서는 아직 책보다 나은 게 없다. 책 속에서는 저자는 자기한테 불리한 말도 한다. 번연히 제 눈 찌르는 말도 한다. 그러지 않고는 말이 씨가 먹어지지 않기 때문이다. 책이 별것이 아니다. (p.164)

소설은 세계의 겉과 속을 이야기한다. 때로는 제가 불리한 줄 알면서도 제 눈을 찌르는 이야기도 한다. 결국 그런 태도가 당대를 넘어서는 영원성을 지니게 한다. 통념에 저항하며 공포를 이겨내는 소설은 동굴 바깥의 세계를 상상하면서 해방을 꿈꾼다. 그리고 그 바깥으로 나가는 길이 아무리 험해도 포기하지 않는다. 그러다가 어느 날 문득 거대한 바위의 틈새에서 부옇게 비쳐오는 빛을 발견한 작가도 있다.

5. 언어의 사원을 위해

『가면고』에서 근원적 진실의 문제를 다룬다면, 『광장』에서는 남북한의 책임과 그로 인해 갈라진 것들을 메울 수 있는 '사랑'을 추구한다. 『구운몽』에서는 다시 악몽에 시달리면서 '사랑'의 필요성을 설파한다면, 『회색인』과 『서유기』에서는 억압된 무의식 속에 감추어진 해방적 요소를 살핀다. 이미 『서유기』에 나오는 구원의 여신이라고 할 수 있는 '방공호의 여인'과 W시로 변형된 '서방정토'는 최인훈이 궁극적으로 찾는 것이 무엇인지 짐작하게 해준다. 『소설가 구보씨의 일일』에서 구보는 도시를 산책하고 세계와 예술을 관찰하면서 그것들이 자신의 내면과 어떻게 관련되어 있는지 살핀다. 그리고 기억 너머의 본래적인 것, 그 자신의 문학적 상상력이 뻗어나가 세우게 된 '사원寺院'을 만난다. 여기서 '불교'는 전통과 문학적 상상력이 통합된 어떤 자리이다.

구보는 불교, 하고 뇌어봤다. 그 정묘한 관념의 체계의 한 부분을 가지고 그럼직한 미학美學의 이론 하나 만든 사람이 없다는 것을 생각해본다. 천 년이요, 이천 년이요를 들여 몸에 익힌 버릇에서 실오라기 하나 건지지 못하고 시대가 바뀌면 미련 없이 『팔만대장경』을 나일론 팬티 하나와 바꿔버리는 풍토. 구보는 문득 부끄러움을 느꼈다. (pp.12~13)

구보는 기꺼이 복고적인 태도를 취한다. 불교라는 전통을 알아보지 못하는 야만이 '키클롭스의 야만'을 불러왔다는 생각이다. 불교가 들어온 지 이천 년 가까이 되어 『팔만대장경』과 같은 값진 문화적 전통을 가졌건만 사람들은 너무 쉽게 그것을 박래품과 바꾼다. 많은 이들은 전통을 버리고 크리스마스와 같은 신식 문화를 즐기는 것만이 근대화를 이루는 것인 양 착각해왔다. 물론 이것은 불교를 비유적으로 사용한 경우에 해당되지만 구보는 아무리 발버둥쳐도 서구의 원리만으로 우리의 풍속이 확립될 수 없다는 점을 지적하고 있다. 우리의 형식은 전통과 어우러진 채 뿌리를 내려야 한다. 우리의 마음속에 '사원'과도 같은 것이 자리 잡을 때 현대의 형식은 완성된다. "감옥에 갇힐 만큼 잘나지도 못했던 노예들이 마음을 의지한 곳. 장할 만큼 굳세지는 못해도 한스럽게 착할 수는 있었던 약한 짐승들의 나무 그늘. 장하지도 그리고 착하지도 못한 눈먼 짐승들이 제 욕심을 빈 칠성터"(p.84). 결국 구보는 마음속의 사원을 세우고자 한다. 그의 문학이 지향하는 것은 바로 그것이다. 구보는 이미 '불성佛性'을 문학적 상상력으로 볼 정도로 불교의 너른 품에 매료되어 있다. 손오공이 뛰어놀았던 곳이 부처님의 손바닥이라면 '노예들의 의지처' '짐승들의 나무 그늘'은 부처님의 손등이다. 구보는 '사자'에서 아래로 내려온 석가나 '염소'에서 위로 올라온 만적의 정신을 받아들였다. "샤카는 위에서 아래로 내려왔으니 사랑이요 만적은 아래서 위로 올라갔으니 노여움이다. 사랑과 노여움은 손바닥과 손등이다"(p.331). 문학은 그 둘을 하나로 묶는다. 자비와 더불어 혁명적 울분도 지녀야 하는 것이다. 『구운몽』의 독고민은 사랑의 입맞춤으로 되살아나자 혁명군의 수령이 된다. 구보는 사자만이 사자의 목소리를 알아듣고 염소만이 염소의 목소리를 알아듣는 현실을 안타까워한다. 그런 가운데 그는 파도 소리를 듣는다. 그게 바로 구보가 찾던 근원적인 것이었을까? 창경궁에서 떠올린 바다는 만적의 '노여움'과 석가(샤카)의 '자비'를 동시에 가지고 있는 것이다. 구보는 파도 소리에서 생명과 파괴의 힘을 동시에 느낀다. "바다가 속에 품은 모든 것을 안고 다가섰다가는 물러나는 기척, 어느 큰 장승이 숨 쉬는 소리였다. 바다라는 장승이"(p.336). 구보는 끝내 항상 거기 있는 바다에서 창조와 파괴의 신, 시바의 춤사위를 엿보게 된 걸까?

그런 가운데 떠올린 사원. 바다 한복판에서 사원이 떠오른다. 구보는 난데없이 콧마루가 찌잉하는 것을 느낀다. 구보가 그것을 만난 것은 초여름 한낮 방에서 잠시 풋잠이 들었을 때 꿈속에서 본 것이었다. 그는 시골 나들이를 하면서 "그저 함부로 돋아난 초여름 잡풀"이 왜 그리 다정하게 보이는가를 생각한다. 보고자 하는 마음이 있으면 '보이지 않는 자연의 힘'마저 인식할 수 있게 되는 것이다. 그는 골짜기 안쪽에, 넓게 벌어진 산기슭 절터에서, 풀더미 속에서 솟아난 흰 그루터기처럼 보이는, 주춧돌을 발견한다. 그리고 거기에 꿈의 사원 하나를 세운다.

빈 주춧돌 위에 옛날 모습대로 집채가 올라앉는다. 잘라버린 다리를 느끼는 수술 환자의 착각 같은 것이다. 주춧돌을 따라서 천천히 걸어갈수록 이 느낌은 더한다. 나는 없는 문으로 들어가서 보이지 않는 처마를 올려다본다. 드넓은 마루를 건너 뜰을 향하여 활짝 열린 안쪽에 금빛이 부신 불단이 바라보인다. 그 앞을 지나 다음 건물로 간다. 모로 쓰러진 주춧돌을 만나 보이지 않는 집채가 휘청 기울어진다. 문득 제정신이 든다. 마음속에 주춧돌을 일으켜 세우고 우람한 집채가 다시 솟아오른다. 〔……〕 어느 모퉁이에서 스님 한 분을 만난다. 젊은 스님이다. 손을 모아 인사를 나눈다. 그는 말없이 걸어간다. 다리도 쉴 겸 계단에 걸터앉는다. 국도에서 얼마 되지 않는데도 골짜기 앉음새 탓에 깊은 산속 같다. 숱한 스님이 이 절을 지킨다. 사람들은 여기 와서 서로가 형제임을 안다. 임금과 거지도 비로소 알아본다. 머리에 쓴 금조각과 몸에 걸친 누더기 때문에 가렸던 동기간 표적을. 그뿐인가. 산천초목과 새짐승까지도 한핏줄임을 알아본다. 옛날에 씨가 달라 팔자가 다른 줄로만 알던 시절에 사람이 짐승보다 낫게 사는 길을 지켜온 샘터가 여기다. 샘터 길을 밝히는 등불을 지키는 사람들이 이 뜰에 넘쳤던 때. (pp.391~93)

소설가의 상상력은 '주춧돌' 하나만 보고 '사원'을 세운다. 구보는 그런 소설적 세계를 꿈꾼다. 지금까지는 모든 것을 과학적으로 설명하려고 했던 구보가 환상으로 '보아버린' 위대한 사원 때문에 생각이 바뀐다. 과학은 사람들에게 늘 중심이 되어온 무엇이지만, 부처님의 세계에서는 하찮은 것이 되고 만다. 거대한 인식의 전환이다. "참자기란 무엇인가, 하는 질문을 세우고 자기란 것은 없다고 깨달은 생각의 높이와 굳세기는 이 누리의 끝에서 끝까지의 지름보다 더 강하고 크다"(p.394). 과학의 힘을 믿는 '참자기'가 '자기란 없다'고 말하는 경우도 파악해야 한다. '참자기'란 과학의 힘으로 잡을 수 없는, "이 누리의 끝에서 끝까지의 지름"보다 더 큰 것으로서, 그것을 가질 때 사자와 염소가, 임금과 거지가, 산천초목과 새짐승이 한핏줄임을 알아보게 된다. 결국 구보는 불국토佛國土, 혹은 '동굴 바깥'에 이르게 된 것이다.

절터의 '주춧돌' 하나로부터 시작해서 뻗어나간 문학적 상상력.

그래도 땅속 깊이 박힌 주춧돌이 있었기에 튼튼하고 아름다운 사원 하나를 세울 수 있게 된다. "이것은 그 위에 실렸던 집채를 잃어버린 남은 그루터기가 아니라, 헤아릴 수 없이 깊이 파묻힌 광맥의 윗머리가 땅 위에 솟아난 부리라고 보인다. 바다에 잠긴 얼음산의 멧부리처럼"(p.395). 문학은 바다 위에 떠오른 작은 빙산을 보고 바닷속에 몸을 감춘 거대한 얼음산을 찾아내는 것. 주춧돌이라는 작은 유물 하나만 있어도 문학은 사원을 짓는다. 문학은 고통을 치르며 얻어낸 것을 모든 사람들과 함께 나누는, 그리하여 그 사원에서 새로운 세상을 기원하는 그런 것. 바로 작가 최인훈이 이뤄낸 꿈의 모습이다.

〔2009〕